Drago Jančar

Der Galeerensträfling

Drago Jančar, geboren 1948 in Maribor, gilt als der bedeutendste zeitgenössische Schriftsteller Sloweniens. 1974 wurde er wegen „feindlicher Propaganda“ inhaftiert. Zahlreiche Preise, u. a. Prix européen de littérature 2012.

Seine Romane, Essays und Stücke wurden in viele Sprachen übersetzt. Zuletzt bei Folio: Der Baum ohne Namen (2010), Nordlicht (2012).

# Drago Jančar

# Der Galeerensträfling

## Roman

Aus dem Slowenischen von Klaus Detlef Olof

Unkorrigiertes Leseexemplar

Erstverkaufstag: 25. Februar 2015

Gebunden mit Schutzumschlag
340 Seiten, 13,5 x 21 cm
€ [D/A] 19,90 / € [I] 18,80
ISBN 978-3-85256-661-0

eBook
€ 16,99
ISBN 978-3-99037-044-5

TransferBibliothek
FolioVerlag

**TransferBibliothek CXXIII**

Titel der Originalausgabe: Galjot, Ljubljana 1978

Durchgesehene Neuausgabe des unter dem Titel „Der Galeot“ 2004 bei Folio erschienenen Romans.



Coverbild: © Samo Trebizan (Hieronymus-Kirche im Nanos-Gebirge, Slowenien)
Grafische Gestaltung: Dall'O & Freunde
Druckvorstufe: Typoplus, Frangart
Printed in Europe

ISBN 978-3-85256-661-0

www.folioverlag.com

# 1

*Dichte Luftschichten. Schleim kriecht die Wände hinauf. Ankunft aus den Sümpfen. Pestkommissare im Land. Ein ganz merkwürdiger Auftritt. Ein ganz versoffener Anfang.*

Dunkle feuchtfleckige Fratzen äfften ihm von der Wand entgegen. In dieser dumpfen Stille schienen sie zusammen- und auseinanderzukriechen und mit unheimlich langsamer Bewegung unbestimmbare Bilder zu formen. Unten war die Mauer ringsum nass, geradezu schwarz von der schleimig-wässerigen Masse. Die unsichtbare Bewegung flimmerte aufwärts, zu diesen Flecken und Fratzen. Dazwischen gerann eine weißliche Flüssigkeit, sammelte sich zu Tropfen und glitt sachte zurück in den Sumpfboden. Es war, als wüchse die Kapelle aus der Erde, als würde sie all dieser feuchte und flüssige Schleim tränken und zugleich in den morastigen Boden zurückziehen. Er fasste mit der Hand nach der Mauer und fühlte darauf den warmen, nachgiebigen Schleim. Ein Frösteln lief ihm über den Rücken, und er zuckte zusammen bei der Berührung mit dieser lebendigen toten Masse.

Eine jähe Erregung setzte ihn in Bewegung. Sein Blick wurde vom Mauerwerk weg zur Tür und zur dunklen Öffnung dahinter gelenkt. Er trat näher und fasste wie beiläufig an das kalte Eisen. Er rüttelte an den Gittern, sodass der Riegel hohl anschlug. Drinnen ein Scheppern, das wieder erstickte. Er presste das Gesicht an und wartete, bis die kreisenden Pupillen die Dunkelheit durchbohrten und die Umrisse im Innern ausmachten. Die Wände waren rau und mit einem Weiß getüncht, das schon grau war vor Feuchtigkeit. Auch hier bewegten sich die nassen Flecken. Im Hintergrund erkannte er zuerst einen Haufen Lumpen und dann eine hohe Gestalt, die aus ihnen emporwuchs. Direkt neben dem massiven und kahlen schwarzen Kreuz stand, an eine Art Säule gebunden, ein Jüngling mit harmonischen, etwas unförmig geschnittenen und gemalten Gesichtszügen. In seiner Schulter steckte ein Pfeil, der sich ziemlich tief hineingebohrt hatte, aus der Wunde darunter schoss in einem mächtigen Strahl schwarzes Blut. Das musste früher einmal rot gewesen sein, und die Wände weiß. Pfeile steckten auch in seiner Brust, in den Beinen, im ganzen Körper. Der Himmlische war ganz schön durchlöchert. Hinter seinem schönen, bleichen Gesicht hing das zerfetzte Tuch einer Fahne. HL. SEBASTIAN, zog es sich über die Falten und über das verblichene Rosa. Erst jetzt bemerkte er den kleineren Mann auf der anderen Seite des Kreuzes. Die Skulptur war leicht gekippt und lehnte mit dem Rücken am Altar. Ein Pilger oder Bettler oder weiß Gott was in zerrissenen Lumpen. Mit der Hand deutete die Figur auf die blasige Beule auf ihrem Schenkel, und auch aus dieser schwärenden Wunde floss etwas Dickes, Helles, eine Art Schmiere, die sich da absonderte. Beide blickten nach oben, ihre Blicke waren mit aller Kraft an die schwarze Decke, den Himmel, geheftet.

In dieser Stille hörte er nur sein Atmen. Nur sein Luftholen und das Rasseln in den Kehlröhren und in der Mundhöhle, die die dichte Luft einzog und wieder ausstieß. Die zwei da drinnen waren ganz still. Das schwarze Kreuz stand regungslos zwischen ihnen und sah ihn an. Mit dem ganzen Körper drehte er sich um und entzog sich mit plötzlicher, aber immer noch langsamer Bewegung dieser krampfartigen Todesstarre.

Er drehte sich nicht mehr nach der Kapelle um und nach dem Schleim, der ihre Wände emporstieg. Die nassen Stiefel wateten durch das kurze Gras. Er sah, wie die feuchten Halmbüschel an seine Füße klatschten und sich mit Tausenden Saugnäpfchen daran festhielten. Er kam nur mühsam voran. Die Luft war mit Feuchtigkeit gesättigt. Aus dem morastigen Boden stieg warmer Dunst auf und kroch ihm unter die Haut. Er spürte etwas Kühles auf der Stirn, und als er hinfasste, blieben auch hier die Flocken einer nassen Masse an den Fingern hängen. Der Schweiß schlug durch die Haut, und von der Anstrengung wurde ihm schummerig vor Augen. Nur unter Qualen bewegte er sich durch die dichten Luftschichten. Er ging über einen schmalen, grasüberwucherten Knüppeldamm. Links wellte sich das Moor mit seinem warmen Dunst sachte zwischen reglosem hohem Lolch- und Schilfbewuchs. Von rechts starrte ihn dichtes Unterholz an, und schwarzrote Beerenkugeln leuchteten zwischen kriechendem Schlinggewächs. Abgestorbene und stinkende Brennnesseln bedrängten ihn mit ihrem betäubenden Geruch. Die Sonne stand hoch am Mittagshimmel. Ihr endloses Gleißen blendete durch das dichte Gemisch aus Luft und Wasserdunst. Er röchelte und schnappte nach der wenigen sauberen Luft in dieser Dichte, die von allen Seiten auf ihn eindrang und kein schnelleres Gehen zuließ.

Dann brach das Strauchwerk auf, und durch diese Lücke hindurch schlug er sich zwischen die Bäume und in den Wald. Die Luft war hier um nichts besser, auch aus dem flechtenartigen Moos dunstete es, aber wenigstens konnte man sich freier bewegen. Das Gelände stieg leicht an, und oben zwischen den Bäumen spürte er mehr Licht. Er stieg einfach schräg hinauf. Als er oben ankam, streifte er mit dem Gesicht ein Dornengestrüpp, und schwarze, glänzende Brombeeren hüpften vor seinen Augen. Hier war der Kamm, den entlang führte der Weg, und grünes, offenes Gelände lag zu beiden Seiten.

Er setzte sich ins feuchte Gras und warf das schwere Gepäck ab. Mit dem Ärmel wischte er sich die nasse Stirn. Ein Weitergehen war unmöglich. Die Luft war weich und schmierig. Sie drückte ihn zu Boden. Er wusste jetzt: Wenn er aufstand, würde er sich durch sie hindurchschlagen müssen wie durch Wasser.

Irgendwo in der Nähe erklang eine Glocke. Dumpf verlor sie sich in der fetttriefenden Masse. Dann hörte er das Gewoge zahlreicher Stimmen, und es verging nur wenig Zeit, da begann es hinter seinem Rücken zu murmeln. Über den Waldpfad zur Grastrift hinunter zog langsam und wogend ein Haufen Menschen durch das neblige, poröse Gewebe. Wie in einem Traum schwankte hoch über seinem Kopf zuerst ein buntes Banner mit rundlichen Engelchen vorüber, die vor dem blauen Hintergrund grellrot leuchteten, und dann zeichnete sich im Dunst eine murmelnde Menschenmenge in Feiertagsgewändern ab.

Er stand auf, warf sich Sack und Sattel über die Schulter und ging hinter den letzten der Herde her. Er versuchte einen nachzottelnden Alten anzusprechen, aber der mümmelte nur vor sich hin und hob die Augen in die Nässe über sich, zu dem verschwommenen Kreis am Himmel, der vermutlich die Sonne war. Doch er ließ sich nicht abwimmeln. Beharrlich schritt er neben dem gebeugten Mann her, der schon ziemlich weit hinter der Prozession zurückgeblieben war. Irgendwohin musste er doch kommen. Irgendwo musste dieser Weg doch enden.

Der Karrenweg fraß sich wieder in den Wald und biss sich jetzt steil in den Hang. Hier war es schlammig und glitschig unter den Füßen. Kleine stinkende Pfützen ergossen ihre abgestandene Flüssigkeit in die Löcher, die die Schritte hinterließen. Der Alte rutschte ein paarmal ab. Es sah aus, als würde er fallen und zurückstolpern. Mit triefenden Augen blickte er umher und heftete schließlich seinen Blick auf ihn. Misstrauisch tastete er über sein Gesicht und seine Kleidung und hielt an seinem Sattel inne. Dann sagte er mit schleppender und unsicherer Stimme, als überlegte er, ob er überhaupt sprechen sollte:

– Und wo ist das Pferd?

Er stieß den Sack über den Sattel und packte mit der Rechten fest zu, sodass es ihm den Rücken krummzog. Mit der Linken fasste er den Alten unter der Achsel und zog ihn langsam zur Böschung hinauf. Er wollte zu den Bäumen, aber der Weg verlief in einer Schlucht, und die Hänge waren glatt, wie geölt. Der Alte versuchte zuerst, sich zu winden, doch dann überließ er sich dem kräftigen Griff. Langsam kamen sie zu einer Stelle, von wo der Weg einen etwas flacheren Verlauf nahm. Hier blieben sie kurz stehen, dann kamen sie unter die Bäume. Jetzt ging es leichter voran.

Erst hier antwortete er ihm.

– Ich habe es unten gelassen, sagte er, im Moor. Ich glaube, es hat die Mauke. Ich habe es zu sehr durch die Pfützen gehetzt. So erhitzt, wie es war.

– Pottasche in Wasser kochen, sagte der Alte zufrieden und kennerhaft. Und Kiefernzapfen. Mit der Lösung dem Pferd täglich die Beine waschen und mit Öl einschmieren.

Der Fremde blickte vor sich hin. Er sah dieses einknickende und nasse Tier, dem der Schweiß nur so über die Haut lief. Das auf einmal im Schilf stehengeblieben war und leer vor sich hingestarrt hatte und nicht mehr vor und nicht zurück konnte.

– Hatte schon alles vereitert, sagte er nach einiger Zeit. War nichts zu machen.

Der Alte war wieder verstummt. Auf einmal war er wieder misstrauisch und wollte den Blick überhaupt nicht vom Boden heben.

– Wir haben uns im Moor verirrt, versuchte der Ankömmling zu erklären. Erst bei der Kapelle habe ich den Weg gefunden.

Sie gingen schweigend. Der Wald lichtete sich, und unten zeigten sich Holzhütten mit schwarzen Strohhüten. Die Prozession wand sich auf morastigem Weg durchs Dorf. Einige dunkle Gestalten kamen aus den Nebelschwaden zwischen den Häusern herbeigehastet und schlossen sich den Pilgern an. Langsam und mit vorsichtigen Schritten stiegen die beiden abwärts. Vor den ersten Häusern fing der Alte an, ein wenig herumzudrucksen, und murmelte etwas, als wollte er sich verabschieden.

– Ich dachte, sagte der Fremde, ob ich vielleicht etwas heiße Milch oder Wein bekommen könnte.

Der Alte zögerte. Sein Schritt zog ihn weiter, aber des Fremden Stimme hielt ihn fest. Noch einmal maß er ihn mit seinem triefenden Blick. Jetzt war er zu einem Entschluss gekommen. Komm, deutete er und ging einen schmalen Weg zwischen zwei Holzzäunen hinunter zu diesem Nistplatz aus schwarzen Elendshütten.

Das Dorf war fast leer. Einige Hühner flüchteten vor ihren Füßen, und ein paar Schweine wollten partout nicht aus dem Weg. An einem der Häuser nahm er eine Bewegung hinter dem Fenster wahr. Als er in die Richtung zurücksah, huschte hinter der Öffnung ein Frauengesicht zurück. Ein Stück weiter schob der Alte ein Holzgatter auf. Auf dem Hof dahinter war ein großer Misthaufen. Ringsum breitete sich eine einzige stehende und stinkende Lache, aus der es unerträglich dampfte. Er deutete dem Fremden mit der Hand zu einem Holzblock neben der Holzhütte. Er selbst rief etwas und trat ins Innere der Hütte. Einen Augenblick später zeigte sich ein runzliges Frauengesicht in der Tür, von allen Seiten mit langen Strähnen grauer Haare verhängt. Aufmunternd nickte sie ihm zu.

Er setzte sich und wartete. Aus der Hütte kam hastiges Reden. Hinten zwischen den Häusern wieder ein Huschen, und dann erschien direkt am Zaun eine üppige Frauengestalt. War es ihr Blick gewesen, den er gespürt hatte? Hatten diese schwarzen Augen ihn vorhin abgetastet? Wirklich, da war eine Schärfe in ihren unruhigen Pupillen. Sie versenkte ihren Blick in seinen und wiegte sich in den Hüften.

Da kam von der Tür her lautes Geschrei, Schlampe oder dergleichen, und das Weib schlüpfte hastig wieder zwischen die Hütten zurück. Auf der Schwelle stand der Alte mit einer Schale Milch in den Händen. Er platschte durch die Pfütze und reichte sie ihm. Mit großen Schlucken zog er das heiße Gesöff in sich hinein, sodass ihm wieder große Schweißtropfen auf die Stirn traten.

– Treiben sich herum und sind geil, sagte der Alte, als würde er auf eine Frage antworten.

– Wirklich, nahm der Fremde das Gespräch gern auf. Ihr habt hier eine so merkwürdige Luft, Feuchtigkeit und Hitze, beides zugleich.

– Hitze und schlechte Luft, flüsterte der Alte vertraulich, davon werden die Leute anfällig für bösartige und giftige Ausgeburten.

– Deshalb betet ihr? fragte der Fremde.

– Ja, sagte der Alte. Alle Zeichen sind da. Die Krankheit ist im Kommen. Nur der heilige Rochus kann uns noch retten.

Er wollte keine Zeit verlieren. Solche Prophezeiungen wurden überall von wirren Greisen ausgestreut.

– Ein Pferd, sagte er, wo kann ich ein Pferd kaufen?

– Hier nicht, flüsterte der Alte verschwörerisch, hier ist alles krepiert. Der Wirt. Im nächsten Dorf, diesen Weg weiter.

Er zog sich den Packen auf die Schulter und watete durch die stinkende Pfütze. Die Luft hier ist aber wirklich merkwürdig, überlegte er. Unten, auf dem Weg zwischen den Zäunen, hörte er einen Ruf. Er drehte sich um und sah den Alten, der reglos dastand und ihm nachgaffte.

– Du kommst nicht weit! hatte er gerufen.

Mitten am Nachmittag hielt er noch einmal an und fragte nach dem Weg zum Wirtshaus. Ein stämmiger Mann, die Ärmel bis zur Schulter aufgekrempelt, zeigte seine muskulösen Arme, die bis an die Ellbogen sonnenverbrannt waren, oben aber weiß wie Milch. Mit mächtigen Axtschwüngen fuhr er in die Holzklötze, dass es nur so wegsplitterte und sie regelmäßig nach dem ersten Schlag in zwei Teile auseinanderkrachten. Er war freundlich und gut gelaunt. Das war auch die hagere Frau mit den scharfen Linien im Gesicht, die sich in der Stalltür zeigte und ihre Hände an der Schürze abwischte.

– Nur den Weg weiter, rief er, Ihr seid bald da. Er sprang ins Haus und kam mit Obstschnaps in einem kleinen Tonkrug zurück. In dieser Hitze hilft der beim Gehen. Er erzählte ihm, dass die Reisenden häufig bei ihrem Haus haltmachten. Manchmal blieben sie sogar über Nacht. Der Mann war redselig und neugierig. Dem Fremden aber stand der Sinn nicht nach Unterhaltung.

– Ich muss weiter, sagte er, ich brauche ein Pferd.

Linkisch versuchte er sich zu bedanken, aber der andere winkte mit der Hand ab.

– Aber Vorsicht, der Wirt ist ein Gauner, sagte er und verzog sein Gesicht beim Versuch, ihm zuzuzwinkern.

Der Weg schlängelte sich wieder durch sumpfiges Grasland dahin. Aber jetzt war es leichter. Das Ziel war nahe. Doch die Atmosphäre war noch immer gesättigt mit Wärme und Feuchtigkeit.

Als er sich dem Wirtshaus näherte, war es Nacht. Aus den Fenstern kam etwas Licht. Er schlug an die Tür. Drinnen rührte sich etwas, und dann ging das Haustor einen Spaltbreit auf. Aus der Öffnung schlug der Geruch von Rauch, Wein und Körpern.

– Nachtlager, sagte der Fremde. Die Tür ging auf, und ein Mann mit verkniffenem und mürrischem Gesicht ließ ihn ein. Der Raum wurde von zwei, drei Kerzen erleuchtet, die auf den Tischen standen, und in der Ecke flackerte im Luftzug das Feuer einer Pechfackel. Einige Kerle saßen am Tisch bei einem Krug Wein und unterhielten sich halblaut. Als er eintrat, drehten sie sich nach ihm um. Die anderen Tische waren leer. Sack und Sattel warf er auf die Bank und schob sich selbst auf einen leeren Platz in der Ecke. Wortlos stellte der Wirt Wein vor ihn hin und setzte sich ihm gegenüber.

– Von weit? fragte er.

– Ja, antwortete der Fremde.

Der Wirt warf einen Blick zur Runde am Nebentisch, wo die Männer ihre Worte auffingen, und beugte sich über den Krug nach vorn.

– Keine Sorge, ich pflege nicht groß zu fragen, sagte er. Er stand auf und trat zur Tür, die ins Innere führte.

– Der Gast übernachtet, rief er.

– Pferd füttern? belferte eine Männerstimme, und in der Tür erschien ein Kopf mit feuerrotem Haarschopf.

– Hat keines, sagte der Wirt und wies mit dem Kopf auf das Gepäck des Fremden.

Er aß eine Grütze, in der große, fette Fleischbrocken schwammen. Dann hielt er es nicht mehr aus. Die Augen brannten ihm vom Rauch und vor Müdigkeit, und er spürte, wie die ganze Hitze, die ganze Feuchtigkeit und der betäubende Dunst dieses langen Tages durch seinen Körper strömten. Er rief den Wirt, der sich langsam vom Nebentisch erhob.

– Morgen brauche ich ein Pferd, sagte er.

Die Augen des Wirtes wurden lebendig vor Interesse.

– Wird nicht leicht sein, sagte er und schickte einen schnellen Blick über das Gewand und den Sack des Fremden. Mit Pferden ist es schwierig.

– Wir sprechen morgen darüber, sagte der Fremde und stieg hinter dem Rotkopf die Treppe hinauf. Der drückte ihm vor der Tür die Kerze in die Hand.

– Damit Ihr keine Angst bekommt, sagte er und lachte zwischen den Schatten, die über sein Gesicht wanderten.

Er schob den Sack unter das Bett und verriegelte die Tür hinter sich. Den Dolch legte er unter das Kopfkissen, dann begann er sich auszuziehen. Sein Blick blieb an einem gedruckten Votivbildchen hängen, das nahe der Kerze auf der Holzbank lag. In grellroter Farbe war darauf dieser Kerl in Lumpen abgebildet, den er schon irgendwo gesehen hatte. Mit der Hand fuhr er zur Beule auf seinem Schenkel, aus der eine helle Flüssigkeit triefte. In der Kapelle, heute morgen, da hatte er ihn gesehen.

Er legte sich hin, und mit geschlossenen Augen sah er die rote Gestalt des heiligen Rochus vor sich. In den Nasenlöchern spürte er die Feuchtigkeit und den betäubenden Dunst, der aus den Sümpfen aufstieg.

Der Wirt erwartete ihn mit einem breiten Lachen. Der Morgen war warm, und alles deutete darauf hin, dass die Sonne zumindest ein wenig von diesem feuchten Dreck, der die Luft vergiftete, vertreiben würde. Noch war sie nicht sauber, aber der Atem ging einem doch schon etwas leichter in die Lunge. Auf dem Gesicht des Wirtes lag nichts mehr von der Unwirschheit des Vortags. Aber er begrüßte ihn mit einem so sonderbaren Lächeln – Haben wir gut geschlafen? –, dass sich ihm bei all dieser Fröhlichkeit ein Druck auf die Brust legte.

Es ging vorüber, als sie sich zum Gespräch niedersetzten.

– Das Pferd habe ich, sagte der zum Lachen aufgelegte Wirt, aber ich fürchte, Ihr werdet es nicht benutzen. Der Fremde blickte ihn erstaunt an.

– Schaut nur nicht so, salbaderte der Wirt, Ihr braucht keine Eile mehr zu haben. Heute hat in aller Herrgottsfrühe Richter Albin hier haltgemacht, ein ziemlich hohes Tier. Er hat erzählt, in der Stadt gebe es Besuch.

Er machte eine Pause und stellte Wein auf den Tisch. Obwohl sonst niemand jetzt im Raum war, beugte er sich vertraulich vor zu ihm.

– Der Pestkommissar, flüsterte er.

Der Fremde zuckte mit den Achseln. Die große Neuigkeit schien keinerlei Eindruck auf ihn zu machen. Der Wirt lehnte sich enttäuscht zur Wand zurück.

– Ich sehe, dass Ihr nichts begreift, sagte er. Die landesfürstliche Statthalterei hat die Errichtung von Pestkordonen und -lazaretten verfügt. Noch ist nichts passiert. Noch ist die Krankheit nicht aufgetreten. Die üblichen Vorsichtsmaßnahmen. Nur, dass von nun an kein Reisender mehr einfach so durchs Land spazieren kann.

Jetzt schien der Mann zu verstehen, worum es ging.

– Ich kann nicht weiter? fragte er.

– Na endlich, atmete der Wirt auf. Ihr habt richtig verstanden. Ihr könnt nicht weiter. Erneut setzte er sich und sah ihn aufmerksam an. Der Fremde trank einen Schluck Wein und wirkte ganz ruhig. Dann trommelte er mit den Fingern auf den Tisch, und die Bewegung verriet, dass sich im Innern seines Schädels die Gedanken stoßweise jagten.

– Genau genommen könnt Ihr gehen, sagte der Wirt nach einiger Zeit sanft in diese Stille hinein. Aber jetzt werden sie jeden Fremden gründlich abtasten und überprüfen. Das ist nicht jedem angenehm.

Er stand auf und ging zur Tür.

Der Fremde sah wortlos auf die Rotweintropfen, die sachte den Krug abwärts krochen und sich auf dem Tisch zu einer blutigen Lache sammelten.

Den ganzen Vormittag ritt er in der Gegend umher. Der Wirt hatte ihm ein gutes Tier verkauft. Er betrachtete die sanften grünen Hügel, die das Pferd so leicht bezwang. Es war feucht, aber schön. Wenn die Sonne diesen Dunst auseinandertreibt, muss das hier ein freundliches und gutes Land sein, dachte er.

Mittags aß er rasch und zog sich mit einem Krug Wein in sein Zimmer zurück. Er betrachtete das rote Bildchen und ließ sich volllaufen. Er sah den Mann im roten Kittel, wie er am Zaun zwischen den schwarzen Hütten stand und ihm nachrief: Du kommst nicht weit!

Unten hörten sie ein lautes, abgerissenes Lachen.

Abends kam er mit blutunterlaufenen Augen herunter und setzte sich wieder allein an den Tisch. An diesem Abend war das Wirtshaus voll. Einheimische und reisende Kaufleute. Er hörte sie fluchen. Wenn Pestkordone gezogen würden, sei es vorbei mit Saumlasten und Verdienen, dann bleibe ihnen nichts, als zu Hause herumzusitzen und Verluste zu machen.

Es war klar, dass der Wirt nicht gelogen hatte.

Mit Wein verbrachte er auch den folgenden Tag.

Den dritten Tag kam der Wirt in sein Zimmer. Er setzte sich, sah ihn an und schwieg. Ebenso ging er auch wieder, ohne ein Wort.

Diese Nacht erwachte er aus seinem Weindusel, und ihm war, als hätte sich der Riegel an der Tür bewegt.

Am Morgen beschloss er weiterzuziehen. In diesem Wirtshaus konnte er nicht bleiben. Eines Nachts würden sie seinen weingetränkten Leichnam hinten im Wald verscharren. Eines Nachts würde der leuchtende Feuerkopf nach seinem Lager hin ausholen.

Aber der Morgen war sonnig. Der ganze Dunst war verflogen. Hinten am Horizont drückten die Wolken zu Boden, und er spürte ihre heiße Umarmung, doch hier war es hell und sonnig.

Als er seinen Reisesack schnürte, ging hinter seinem Rücken die Tür auf. Er fuhr herum, dort stand der Wirt, an den Türpfosten gelehnt.

Diesmal sprach er.

– Mit Euch geht etwas Schlimmes vor, sagte er. Ich frage nichts, aber mit Euch geht etwas Schlimmes vor. Jede Nacht schreit Ihr im Schlaf.

Der Fremde schwieg. Dann sagte der Wirt lächelnd:

– Ich habe eigentlich nicht die Absicht, Euch zurückzuhalten. Aber es ist meine Pflicht, Euch zu sagen, dass eine Kontumaz eingerichtet wird.

Das sagte er mit seinem Lächeln und ließ ihn allein. Jetzt ging in diesem seltsamen Fremden etwas vor. Er setzte sich und vergrub seinen Kopf in den Händen. Offenkundig hämmerten Zweifel und Fragen in ihm.

Langsam schnürte er den Sack wieder auf und ging die Treppe hinunter. In der Gaststube saßen zwei Bauern beim Wein und ließen sich wortlos volllaufen. Er schob den Krug fort, den der Wirt vor ihn hingestellt hatte, und schwieg, bis die zwei aufgestanden waren, gezahlt hatten und gegangen waren. Er winkte dem Wirt, er solle sich zu ihm setzen.

– Ich weiß nicht, warum Ihr mich so sehr von meinem Weg abzuhalten versucht, sagte er dann leise und konzentriert, aber irgendeine Absicht müsst Ihr damit verfolgen. Wartet Ihr auf eine günstige Gelegenheit? Wollt Ihr herausfinden, ob ich allein reise? Ob mir keiner nachkommt? Liegen da schon viele Knochen im Wald hinter Eurem Haus?

Der Wirt lächelte.

– Also doch, sagte er, man kann also doch mit Euch reden. Bisher habt Ihr nur getrunken und seid umhergeirrt, als würdet Ihr von etwas Schlimmem verfolgt. Jetzt habt Ihr endlich angefangen nachzudenken. Gott ist mein Zeuge, sagte er, dass ich nicht zu denen gehöre, die auf einsame Reisende einschlagen. Ich mache Euch nur auf eines aufmerksam: Ich habe meinen Nutzen, wenn Ihr bleibt. Ihr habt Euren Nutzen, wenn Ihr bleibt. Die Kontumaz ist eine schlimme Sache. Aber die lästigen Fragen, die von den Richtern und Inspektoren in den Pestkordonen gestellt werden, sind – noch schlimmer.

Der Fremde blickte ihm gerade in die Augen.

– Ich bleibe, sagte er.

Der Wirt nickte zufrieden.

– Aber nicht in diesem Wirtshaus, das so voll ist von Euren guten Absichten.

Der Wirt rutschte unruhig auf seinem Platz hin und her. Er fuhr mit den Händen durch die Luft.

– Das beste Wirtshaus, betete er sein Sprüchlein herunter, das beste weit und breit, überall sonst werdet Ihr betrogen und vor allem – ausgefragt. Ich frage nichts, ich nehme jeden Gast gerne auf.

Der Fremde wandte seinen Blick nicht ab.

– Darum geht es nicht, sagte er. Ich werde mich niederlassen. Wenigstens so lange, bis dieser Irrsinn vorüber ist. Ich suche ein Haus, eine Bleibe.

Das brachte den Wirt auf die Beine. Er ging durch den Raum und kurvte mit unsicheren Schritten um die Tische. Dann kehrte er zu seinem Tisch zurück und stützte sich mit den Händen auf.

– Ihr wollt bleiben? fragte er verwundert.

– Ich bleibe, sagte der Fremde.

– Habt Ihr genug Geld für ein Haus? fragte der Wirt.

– Genug, sagte der Fremde.

– Und ich habe schon gedacht, Ihr wäret so ein entsprungener Galeot, sagte der Wirt.

Am Abend war die Sache abgemacht. Der Wirt kam mit einem konkreten Vorschlag in sein Zimmer. In der Nähe gebe es ein leeres

Haus. Er solle nicht fragen, warum es leer sei. Er könne einziehen. Ein wenig Geld für den Wirt und für den Richter Josef Albin in der Stadt sei notwendig, um unnötige Nachforschungen zu vermeiden. Er könne bleiben.

Am nächsten Tag sah er sich die Sache an. Das Haus war verlassen, aber gut erhalten. Er würde bleiben. Am selben Tag noch war er in der Stadt. Lange besprach er sich mit dem Richter. Er würde bleiben.

Am nächsten Abend zog er ein.

So blieb er. Ganz plötzlich hatte er sich in seinem Weindusel entschieden, seinem Schicksal entgegenzutreten. Ganz plötzlich und ganz einfach war er in seine Geschichte eingetreten, deren Ausgang nicht abzusehen war.

Er war nachts gekommen, und er war allein gekommen.

So hatte diese schlimme Geschichte ihren Anfang genommen.

## 2

*Nadelstiche der Erinnerung. Die Teufelsklauen der Skepsis. Die Warnungen der Steirischen Carolina. Das Neue Stift. Die gerechten Verfahren des Richters Lampretič. Tanz der Fliegenbrut unter der Haut, im Schädelgewebe, in den Augenhöhlen, durch die Adern zum Herzen hin.*

Ein böses Gewissen ist ein schlechtes Ruhekissen, oder mit anderen Worten: Etwas stimmte nicht mit diesem Menschen. Schon bei seiner Ankunft nicht, schon von allem Anfang dieser schweren und lehrreichen Geschichte an. Etwas stimmte nicht, weil er allein war, etwas stimmte nicht, weil er nachts gekommen war, vor allem aber, weil in den folgenden Nächten in seinen Fenstern ununterbrochen Licht brannte! In diesen schweren Zeiten, als in der Luft, im Wasser und auf der Erde sonderbare Dinge vorgingen, als die Sünde des ersten Menschen doch von fast jeder Seele Besitz ergriffen hatte, als Tag um Tag und Nacht um Nacht die Rede war von Magie, als Propheten und Alchimisten heimlich ihre Formeln sprachen, als Stifter, Wiedertäufer und andere Ketzer die Menschen aufwiegelten und in mondhellen Nächten mit rasenden Weibern verkehrten, als man in dem einen Winkel des Landes noch nicht vergessen hatte, dass „dieser Hurensohn Primus und seinesgleichen prediget, die Jungfrau Maria sey eine Hur' gewesen", und in dem anderen die Steirische Carolina – durch ihren ehrenwerten Richter Lampretič und dessen Kollegen – vom Teufel besessene Frauen und Männer zu Folter und Tortur, zu Ertränken und Scheiterhaufen verurteilte; in diesen schweren Zeiten, für die sich nicht verlässlich sagen lässt, wann sie begannen und wann sie endeten, war Nacht um Nacht ein solches Licht im Fenster ein hinreichend klares Zeichen: Dahinter steckte ein böses Gewissen. Es war still, es war stumm, doch es nagte und nagte, langsam und beharrlich. Allen hatte es sich unter die Schädelwölbung gebohrt und nachts wie ein Albtraum auf die Brust gelegt, jeder wusste, er stand vor seinem Entweder-Oder, was von gelehrten Leuten damals Prädestination genannt wurde: entweder Friede, Ehrbarkeit, Gesundheit und ein frohes Gemüt in dieser Welt und Erlösung in jener oder aber Versuchung, Ketzerei, böse Träume, scheußliche Krankheiten und dann Daumenschrauben, Streckbank, Feuer und anderes mehr, was mit Buchstaben und Tat die Carolina hier verfügte, und die unendliche Pein dort.

Und bei wem nachts das Licht brannte, mit dem ging bereits etwas vor.

Nein, für eine Anzeige reichte es nicht. Schließlich verlangte ein handfestes Gericht auch handfeste Beweise. Doch war völlig klar, dass es Informationen über diesen Menschen zu sammeln galt. Niemand sollte sich daran stören, wenn sich später, in anderen Gegenden, andere ehrbare Leute mit ganz anderen Informationen hervortaten, so völlig anderen, dass wir für einen Augenblick zu zweifeln haben, ob es sich überhaupt um ein und denselben Menschen handelte, dessen lehrreiche Geschichte wir hier verfolgen wollen; fürs Erste sei ihnen geglaubt. So wurde es vernommen, so wurde es gesehen. Nach einiger Zeit wurde es so gewusst.

Er war nicht von hier. Er hatte niemals hier gelebt. Er war aus dem bergigen Norden gekommen. So wurde es festgestellt und bestätigt, so verrieten seine harten Gesten, seine unbeholfene Sprechweise, so versicherte er bald selbst. Auch sein Name, auch aus dem ließ sich eine solche Herkunft ablesen: Johann Ott. Nach seiner Ankunft hier im Süden, so ging das Gerücht, habe er sich lange Jahre in Krain herumgetrieben. Einmal habe er sich diesem, einmal jenem Herrn verdingt. Er habe die Sprache erlernt und Geld angehäuft. Wie, auch das wussten die ehrbaren Leute: Mit Arbeit bestimmt nicht. Wieviel Wohlstand, welche Art Wohlstand, das wusste niemand so genau. Aber Wohlstand war es nun einmal. Er hatte ein Haus, hatte Brachäcker, Pferd und Waffen. Er lebte allein, setzte sein Haus allein instand, kochte allein, ruhte allein, schlief er allein? Schlief er überhaupt? Immerzu hatte er rote und geschwollene Lider. Immerzu brannte Licht. In aller Frühe sah man ihn schon herumwandern, beim ersten Abenddämmern wieder. Also schlief er wenig, oder er schlief überhaupt nicht. Wer nicht schläft, wer wach liegt, dessen schwarze Gedanken durchkreisen den leeren Raum oder schweifen hinaus in die finstere Nacht. Über dem Eingang hing eine beinlose Ratte. Ein Schutzmal. Vor wem? Oder besser noch: vor was? Einmal jagte er Fledermäuse, Nachtvögel, ein anderes Mal verirrte er sich ins Moor, dann wieder verjagte er mit schrecklicher Stimme Kinder von seinem Haus. *Wer Wege fehlt und Vögel leimt, wer Kinderspiel vom Haus vertreibt, ein Feind ist dieser Engel rein, der leidet in der Seele Pein.* Er konnte einfach zu viel. Er konnte reiten, mit Waffen umgehen, verstand sich aufs Schmiede-, Zimmermanns- und Schuhmacherhandwerk. Er hatte Bücher. Also las er. Doch was? In diesen schweren Zeiten liefen sehr unterschiedliche Bücher mit sehr unterschiedlichen Lehren um. Wer die las, konnte leicht auf irrige Gedanken kommen, im Nu beschlich ihn ein skeptischer Teufel.

Es gab genaugenommen gar nicht wenig Anhaltspunkte. Ein Wunder, dass man ihn nicht sofort ergriff und ein wenig peinigte und stach und befragte.

Nein, mit Johann Ott stimmte etwas nicht. Schlecht hatte er begonnen, sehr schlecht.

Was geht in der Erinnerung vor bei einem so abgezehrten Menschen, was brodelt in der Erinnerung eines solchen Irrfahrers, dass er nachts mit diesen Kerzen oder sonst einem Licht herumhantiert, was siedet und gärt da in seiner Seele und seinem Körper, dass nachts sein Schatten hinter den Fenstern tanzt? Dass er sich plötzlich anderswo seinen Wohnsitz sucht und vor irgendwem oder irgendwas flieht oder sich versteckt? Dass er all diese Dinge treibt, deretwegen man ihn, wenn man nur wollte, sofort, gleich von Anfang an unter Druck setzen könnte? Er muss schon so aufgetreten sein, er muss ihnen schon diesbezügliche Hinweise zum Fraß vorgeworfen haben, dass sich Lampretič und dessen Leute ernstlich für ihn zu interessieren begannen. Es hätte durchaus geschehen können, dass ihn Lampretič und dessen Leute nach dieser Erinnerung befragten oder ihn aufgrund anderer Anzeichen einfach so und ohne viel Federlesens unter Druck setzten und fertigmachten. Aber Johann Ott war nicht an diesen Ort gekommen, um mit seinem ungewöhnlichen Leben so leicht und rasch abzuschließen. Noch warteten die Carolina und alle anderen Richtsprüche auf ihn, noch erwarteten ihn die Galeere und andere Dinge, bei denen schon die Haare zu Berge stehen, wenn wir nur an sie denken.

Und schließlich war der Mann gar nicht so harmlos. Seine Vergangenheit, von der wir beim Sammeln und Zusammensetzen all der Angaben immer weniger verlässlich wissen, wie sie eigentlich war, lag in dieser Erinnerung, das tat sie ganz sicher, und dazu kam eine Menge zäher Lebenserfahrung. Deshalb wusste er bald selbst, dass ein solcher Anfang wirklich nicht gut war. Nur so lässt sich der plötzliche Wandel erklären, der den Leuten einen leichteren Schlaf bescherte. Denn alles deutete darauf hin, dass er dableiben würde. Eines Tages fing er an, nach alter Gewohnheit der hiesigen Bevölkerung an seinem Haus herumzuwerkeln. Er ging zum Kirchtag in die Stadt, stritt sich mit den Zöllnern, feilschte mit den Kaufleuten und betrank sich zum Schluss ausgiebig mit Wein. Das war schon besser. Jetzt war mit ihm schon auszukommen. Noch andere gute Sitten hatte er angenommen. Er war in der Kirche gewesen. Hatte von sich erzählt. Etwas getan. Einigen Frauen zugenickt. Hatte an einem windigen und kalten Tag ein Kind zu sich aufs Pferd gehoben. Ein fremdes Lied gesungen, zum Lachen. Einen Hund getreten. Einen Kelch gestiftet. Ein Schwein gemästet, es geschlachtet. War vor dem Kreuz an der Straße auf und ab gegangen. Hatte die Glocken geläutet. Hatte seine Wanderungen durch Moor und Felder eingestellt. Hatte verschiedenen hübschen Hausrat angeschafft. Hatte etwas mit der Obrigkeit besprochen. Hatte beim Schmied auf den Amboss geschlagen.

Nur das Licht brannte noch. Nur die Sterne beobachtete er noch. Nur die Hunde heulten manchmal noch hohl, wenn sein Schatten umherirrte.

Kurzum, er gab keinerlei Versprechungen ab, er erklärte eigentlich nichts Rechtes, und trotzdem beruhigte sich die ganze Angelegenheit etwas. Sie wussten, dass sie ihn akzeptieren würden. Sie würden zwar noch etwas murren und flüstern, aber sie würden ihn akzeptieren. Langsam und sicher würden sie sich mit seiner Anwesenheit abfinden, und vielleicht würde er sogar ganz einer der Ihren werden. Doch ein schlechter Anfang ist ein schlechter Anfang. Der haftet im Gedächtnis.

Auch Blut hatte er geschröpft aus einem kranken Körper, und eine Seuche hatte er zum Stillstand gebracht. Das muss man wissen, sonst lässt sich nur schwer verstehen, warum sie ihn in dieser schweren Zeit ertrugen und akzeptierten. Später, als die Ereignisse einen überraschenden und ungewöhnlichen Verlauf zu nehmen begannen, wurde natürlich alles Mögliche gemunkelt. Er habe den Richter Josef Albin und dessen Kollegen mit geschickter Zunge und dicker Geldbörse geschmiert. Er habe schon damals mit einer geheimen Gruppe in Verbindung gestanden. Es muss doch einen Grund gegeben haben, dass man ihn in dieser schlimmen Zeit, trotz aller Anzeichen, so lange in Ruhe gelassen hatte. Und dies war eine Zeit, in der man wirklich nicht einfach so herumziehen oder sich irgendwo ansiedeln konnte. Allzu gut waren den Menschen noch die Krankheiten an Leib und Seele in Erinnerung, die in dichter Folge Jahr um Jahr über sie gekommen waren. Es gab kein Jahr, in dem nicht Pesthäuser vernagelt, Wachen aufgestellt und Leichname in Gruben geworfen wurden, denn es gab kein Jahr, in dem der allmächtige Gott nicht seinen gerechten Zorn über das sündige Land gegossen hätte. Dabei bewies er einen unglaublichen Einfallsreichtum. Einmal schickte er den Pferdehändler, dann den Lederer, dann den Fleischer, ein andermal einen Bediensteten oder einen Boten, ein drittes Mal kleine Tierchen oder Hexen, damit sie allen Sicherheitsmaßnahmen und aller Vorsicht der Bevölkerung zum Trotz ihre Saat ausstreuten. Wenn nicht anders, schickte er ein schwarzblaues Wölkchen am hellichten Tag oder einen giftigen Windhauch in der Nacht. Kurzum, es war nicht leicht, und die Angst war nicht gering, dass sich die schreckliche Seuche anschicken würde zu ihrem Tanz. Und so geschah es eines sonnigen Nachmittags, dass sie in der Hütte am Dorfende vor Grauen aufkreischten, als ihnen die Mutter starb. Denn die Frau hatte eine schwarze Beule unter der Achsel und Schweiß auf der Stirn. Sie war im Hof zusammengebrochen und hatte geröchelt und wirr geredet, ganz plötzlich. Die einen waren nach dem Geistlichen gerannt, die anderen nach Ärzten in die Stadt, die Dritten hatten sich in ihren Häusern verrammelt.

Wer hätte sich in diesem Augenblick nicht der Zeichen am Himmel erinnert, die in letzter Zeit gar nicht so selten zu sehen gewesen waren? Des Tages, als am Himmel zwei Nebensonnen gestanden hatten. Die Hauptsonne war bleich gewesen, als wäre sie krank. Der Nacht, als sie den blutigen Mond gesehen hatten, mit Feuerschwert und Peitsche im Mund. In jener Nacht hatte eine Frau Zwillinge geboren: Das eine Kind war schwarz gewesen, das andere weiß. Des blutigen Regenbogens, der schwarzen Hunde, der flammenden Kirchtürme, all der anderen Zeichen und Bilder, die von Mund zu Mund gingen.

Vielleicht hatte auch Johann Ott an all das gedacht, vielleicht hatte auch sein Herz gebebt und war in Wallung geraten, als er sich mit den Ärzten aus der Stadt gestritten und immer wieder seine Meinung geäußert hatte. Die gelehrten Männer wollten die Frau absondern und ihre Kleider verbrennen. Aber Johann Ott behauptete, das seien nicht die Symptome, er habe die Krankheit schon einmal gesehen. Die einzige und wirkliche Ursache sei darin zu suchen, dass das kranke Organ von Blut überquelle, weil sich hier dickes schwarzes und krankes Blut angesammelt habe. Dieses Blut müsse man ablassen. Das müsse heraus und in die Erde.

Bekanntlich lässt man in solchen Fällen auf der dem erkrankten Organ gegenüberliegenden Seite zur Ader. Dort fließt das kranke Blut dann ab. In seltenen Fällen muss man die Ader auf der kranken Körperseite öffnen. Diese Methode ist weniger zuverlässig. Es gibt allerdings dreißig nachgewiesene Adern, aus denen Blut abgelassen wird. Auch kann man das kranke Organ selbst öffnen und anschließend Brennkraut oder eine Heilerbse in die Wunde stecken.

All das war den Ärzten bekannt, all das waren bewährte und gute Heilmethoden. Nur – die Beule war schwarz gewesen. Darin lag die Schwierigkeit. Aber sie hatten beschlossen, er solle es versuchen. Sollte er schneiden. Sollte er sie anfassen. Sollte der Zugewanderte doch draufgehen, wenn er wollte.

Johann Ott hatte das Seine getan. Er hatte die Frau völlig zerschnitten. Und wirklich, danach wurde sie schwächer und bleicher, und nach ein paar Tagen starb sie. Aber nur sie war gestorben. Eine Seuche kam nicht. Die Zeichen am Himmel hatten etwas anderes zu bedeuten gehabt.

So könnten wir die Geschichte enden lassen von der Ankunft des sonderbaren Fremden in unseren Breiten, denn seither hatte er sich Vertrauen erworben und genauso gelebt, wie die Menschen hier seit jeher lebten. Aber wir haben ihn nicht deshalb ausgesucht, um ihn jetzt hier, unter diesen guten und ehrbaren Leuten, in Ruhe zu lassen. Seinen Kelch wird er bis zur Neige leeren, bis zum letzten Tropfen. Denn hinter all dem, wie er begonnen, was er getrieben hat, hinter all dem verbirgt sich etwas. Die Dinge sind bei Weitem nicht so einfach, wie sie auf den ersten Blick zu sein scheinen. Die kommenden Ereignisse werden das ganz überzeugend zeigen, wenn auch vielleicht etwas unklar für jene, denen die verschlungenen Wege des Geistes etwas Fremdes sind.

Es fing damit an, dass aus der Dorfmitte, von dort, wo sich die finsteren Wohnhütten drängten, verworrener Lärm drang. Rufen, Lachen, Fluchen, alles durcheinander, ein eigenartiges Gewirr von Lauten und Tönen, wenn sich Menschen versammeln oder zu einem Haufen zusammenströmen, beunruhigend. Es nieselte leicht, und Johann Ott war über und über dreckverschmiert, als er vor die Kirche gelaufen kam. Dort bekam er was zu sehen. Zwei völlig zusammengekrümmte Leiber, zwei nackte Menschenklumpen, und um sie herum eine höhnende, grölende, brüllende, geifernde Horde Menschen. Einer der beiden Körper gehörte einer Frau. Besudelt und beide Hände vor der Scham, die hier der Hauptgegenstand des Gebrülls war. Sie kauerte sich an den Boden, und die kreischenden Weiber schrien noch lauter. Er solle sie bespringen, geiferten sie, jetzt solle er sie bespringen, wie er sie die ganze Zeit schon bespringe und es mit ihr treibe. Der Mann sah nach vorn, die Hände schlaff herabhängend, den Kopf gesenkt, den Blick in den Kot. Und zwischen den

Beinen baumelte ihm dieser armselige Stummel in dieser Kälte und diesem Regen. Das war der Preis für die Ausschweifung. Die von göttlicher und menschlicher Gesetzlichkeit verhängte gerechte Strafe.

Durch ihre feuchten Haarsträhnen blickte sie auf und Johann Ott direkt in die Augen. Das fraß sich ihm in die Pupillen, und das Brennen wanderte hinab bis in die Eingeweide. Er stand da und sah zu, wie die Schandorgie all der Ehrenmänner ringsum endlos weiterging. Neben sich vernahm er ein Würgen, ein Röcheln, kehlige, gequälte Laute, und er erblickte einen Alten, den der Anblick der Frau völlig verstört hatte. Die Begierde setzte ihm schlimm zu, er würgte und griff sich an Bauch und Brust. Ott fühlte, dass er dem Alten mit aller Kraft eines auf den Scheitel schlagen und auf ihm herumtrampeln müsste, damit alle zusammen endlich still wären und ihn dieses warme Gefühl da drinnen in den Eingeweiden wieder verließe.

Aber er tat nichts. Er ging weg. Er tat niemals etwas. Er wurde immer nur von etwas angezogen und dann zermalmt.

Ein Teufel hatte seine Finger dazwischen, nur so viel lässt sich sagen, denn an diesem Tag musste es über ihn hereinbrechen. Die ganze Nacht lag er da und starrte in die Finsternis. Der ganze düstere Tag, der ganze Dreck, die Horde Menschen, der Regen, die beiden nackten Leiber, der Blick durch die nassen Haarsträhnen herauf, diese glühenden Pupillen, das ganze Gesöff, das er am Abend zuvor in sich hineingeschüttet hatte, die ganze Brühe floss da in ihm herum und brodelte und brannte. Gegen Morgen suchten ihn Fratzen heim, ohne Schwanz und Kopf, ohne Form und Inhalt umkreisten sie ihn, gingen in ihn ein und aus ihm heraus, sodass er aufstand und seinen Kopf gegen die Wand hämmerte. Das half, aber nur für kurze Zeit. Als er sich wieder hinlegte, drehte die Welt erneut ihr Räderwerk und den verrückt spielenden Raum. Er trat hinaus, um nach seinen Schutztierchen zu sehen und sie zu berühren, doch draußen blies der Wind, und da schaukelte nichts über der Tür. Die beinlose Ratte war verschwunden. Johann Ott wurde starr und blass vor Grauen. Sein Schutzgeist gegen den Fürsten der Finsternis, seit jeher Bürge und Friede seiner Wohnstatt, war weg. Er war weg, wohin sonst, wenn nicht zum Teufel? Er warf sich auf den Boden und tastete im Dreck umher, jedes Steinchen tastete er ab, aber umsonst, Johann Ott, umsonst, das Tierchen war nicht mehr da. Er lief hinaus, hinters Haus, auf den Berg, in den Wald, und hinter ihm beugte der Wind die Baumkronen. Er irrte durch die dunkle Nacht, bis seine Muskeln nachzulassen begannen, bis er die wässerige, schleimige Masse in seinem Körper wabern fühlte, bis er das Brennen und Grauen aus seinem Körper herausgepresst hatte, das sich in seiner Brust eingenistet hatte und durch die Adern in alle Enden seiner Glieder strömte. Schlaff, zerschlagen, mit hängendem Kopf kehrte er zurück in seine einsame Behausung. Er warf sich aufs Bett und presste die Fäuste gegen die Augäpfel. In seinen Pupillen standen Flammen. Mit einem Ruck nahm er die Hände weg. Oben hinterm Haus brannte das Reisig. Ein roter Feuerschein strich über ihn weg. Johann Ott wusste: Ein Teufel hatte seine Finger dazwischen.

Nichts bleibt versteckt, alles wird entdeckt, denn davon wusste schon jemand anderer. Der stand vor dem Haus, schwarz das Gewand bis zur Ferse, schwarz das Gesicht, das Haar, das Buch in seinen Händen. Er lächelte freundlich und schaute in die roten Augen und die verzerrten Gesichtszüge vor sich, auf die entstellte und zerfließende Gestalt Johann Otts, des nächtlichen Wanderers.

– Mit Euch stimmt etwas nicht, sagte er, mit Euch stimmt etwas ganz und gar nicht. Eure unbekannten Wege zu später Stunde, Euer Gesicht gestern vor der Kirche, das Feuer hinter Eurem Haus. Das sind Zeichen. Wissen müsst Ihr und vertrauen. Uns interessiert nicht, wo und was, wir fragen nichts, aber hier sind wir wachsam, hier und jetzt, deshalb interessiert uns jedes Warum. Wir sind informiert, wir sind auf der Wacht und wissen, dass all das gefährliche Zeichen sind. Jedes Umherirren ist ein Zeichen, jede Unruhe, die den Menschen verfolgt. Deshalb ist es an Euch, dass Ihr Euch unserer Hilfe erschließt, dass Ihr die Verwirrung in Euch zu Ordnung und Reinheit bringt, dass Ihr mit unserer gemeinsamen Hilfe, mit Hilfe des Heiligen Geistes, austreibt, was unrein ist. Ihr seid auf der Flucht, sagte er, Ihr seid unablässig auf der Flucht. Vor wem, das sagt uns, vor wem. Es geht nicht darum, dass ehrbare Menschen unter sich die Zeichen und Hinweise vergleichen, dass Ihr aus dem Oberland geflohen seid und aus Krain, dass dort Eure Familie weint und jammert, dass Euer Blut nach dem Vater schreit. Es geht darum, dass Ihr auf der Flucht seid und dass hinter Eurem Haus Flammen züngeln und Feuerschein lodert. Ihr werdet zu einer Beute. Ich möchte Euch warnen: In unserem Land gibt es gefährliche nächtliche Zusammenkünfte. Es gibt Anzeichen, dass auch Ihr bald dazugehören werdet. Ich warne Euch: Auf dem Haus liegt ein Fluch, in Euren Büchern sind unklare Zeichen. Ihr befindet Euch auf Irrwegen, sagte er, Ihr lebt in Irrtümern und Widersprüchen. Bei uns gibt es Zusammenkünfte und Feuer. Überall gibt es Flammen und Feuerschein. Ich sage es Euch ganz deutlich: Wenn es irgendwo ein Land gibt, in dem der Fürst der Finsternis herrscht, der seine Macht ausbreitet über Alchimisten, Magier und Propheten, dann ist es das unsere.

Johann Ott durchbohrte die schwarze Gestalt mit seinen blutunterlaufenen Augen.

– Gibt es einen Verdacht? sagte er, gibt es irgendeinen Verdacht? Gibt es einen leichten Verdacht, gibt es einen schweren Verdacht, gibt es einen unumstößlichen Verdacht?

– Nein, sagte das Lächeln, überhaupt nicht. Ihr seid gut unterrichtet. Das sind schon die einzelnen Stufen unserer Gesetzgebung. So weit ist es noch nicht. Aber es ist eine Warnung.

Immer mehr Hinweise hatten die ehrbaren Leute, immer mehr Hinweise, obwohl nicht klar war, woher, und auch niemand wusste, wo die Tatsachen überprüft und bestätigt wurden. Er hatte den Abgesandten richtig verstanden: Mit ihm stimmte etwas nicht. Anstatt friedlich zu leben und das Vertrauen der hiesigen Bevölkerung zu genießen, schlug er sich die Nächte um die Ohren und knüpfte irgendwelche Verbindungen zu Leuten zweifelhaften Rufes. Er selbst war schuld, er selbst braute sich sein Schicksal zusammen. Was hatte er auch in die Judenhäuser zu gehen und mit den Ärzten immer wieder über Krankheiten und über einschlägige Arzneien und Beschwörungen zu diskutieren? Welche verdammte Neugier hatte ihn getrieben, Richter Gregorij Pregl nach den Verhören der Stifter und anderer Teufelsaufrührer zu fragen? Was musste er dem hochgelehrten und allseits geschätzten Arzt Ivan Gemma eine ganze Nacht lang beim Wein zu erklären und einzureden versuchen, die geheimnisvolle Aufschrift

| | | | | |
|---|---|---|---|---|
| S | A | T | A | N |
| A | D | A | M | A |
| T | A | B | A | T |
| A | M | A | D | A |
| N | A | T | A | S |

sei voll tiefer Bedeutungen und ein zuverlässiger Schutz vor dieser oder jener Krankheit? Warum hatte er ihm erzählt, dass sich vor großen Unglücks- und Trauerfällen eine wahnsinnige Verzweiflung der Bevölkerung bemächtige, dass alle göttlichen und menschlichen Gesetze aufgehoben seien, dass das Band zwischen den Eheleuten, zwischen Eltern und Kindern, zwischen den Geschwistern zerreiße? Dass der Mensch angesichts des Pesttodes zum wilden Tier werde? Dass er auf einer seiner Reisen in einer derartigen Situation eine Spelunke voller Menschen gesehen habe, die sich trotz strengster behördlicher Verfügungen zügellos dem Trunk hingegeben und kreuz und quer miteinander verkehrt hätten, und dass aus den Spelunken unartikuliertes Schreien und Krakeelen zu vernehmen gewesen sei? Dass Alt und Jung wie närrisch getanzt und dabei bitteren Hohn und schreckliche Blasphemien ausgestoßen hätte? Dass sich die Menschen in aller Öffentlichkeit schamlos den widerlichsten Verirrungen hingegeben hätten? Und was hatte er schließlich den Burgschreiber zu fragen gehabt, ob die Wiedertäufer miteinander wirklich wie Brüder und Schwestern verkehrten?

Das andauernde Flüstern lief bald von Stube zu Stube, und die Tatsachen zeigten ein immer klareres Bild des schweigenden Zugewanderten, immer mehr wusste man von seinem Leben und Treiben, Denken und Träumen, seinen Bindungen und Feindschaften. Gar nicht viel Zeit war vergangen, da brachten die bewährten Nachrichtenkanäle schon eine Reihe zuverlässiger Informationen in Umlauf.

In was für einem Verbrecherloch musste er aufgewachsen sein! Die Mutter eine Hure, der Vater Pferdehändler. Der Teufel hatte sozusagen schon an seiner Wiege gestanden. Oben im Norden hatte er schon früh den Kerker zu kosten gekriegt. Er hatte verschiedenen Herren gedient, einmal solchen vom wahren, einmal solchen vom falschen Glauben. Am Licht der wahrhaftigen Wahrheit hatte er sich nie so recht erwärmen können. Auf Wallfahrten war er gegangen. Warum? In frommer Bußfertigkeit bestimmt nicht. Eine Frau hatte er und Kinder, aber etwas hatte ihn fortgetrieben und in die Welt hinaus. Was, das wusste man noch nicht. Aber man konnte seine Schlüsse ziehen. Hinterm Haus hatte es gebrannt, und das Feuer war von selbst verloschen. Die Ratte war verschwunden, das beinlose Tier. Am Körper trug er Narben, in seinem Innern schwelte ein glühender Brand. Das hatten seine Augen vor der Kirche verraten. Seine Erinnerung hatte ihm die Fäden verwirrt, einmal redete er so, ein andermal so. Hinter den Frauen war er zwar nicht gerade her, aber er war vor die Kirche gelaufen gekommen, als die Strafe für die Ausschweifung verkündet und vollzogen wurde. Öfter war er in einem Judenhaus in der Stadt verschwunden. Mit Ärzten und anderen gelehrten Leuten hatte er ganze Nächte beim Wein diskutiert. Was, das hatte man bald heraus. Sogar das, sogar das wurde von der gesamten Familie des Stadtwächters Macl bestätigt: Eines Abends hatte über seinem Haus eine Wolke von Ungeziefer der verschiedensten ekelhaftesten Formen und Stimmen geschwebt.

Und wohin ging er nachts?

Diese Frage, die wichtigste Frage genau genommen, würde sich bald von ganz allein klären. Allzu viele Gerüchte dieser Art schlangen und wanden sich um Johann Ott. Vielleicht wirklich manchmal etwas wirr, vielleicht wirklich manchmal in widersprüchlichen und nicht ganz logischen Varianten, aber die Angaben häuften sich, es wurde geredet, und das war in keinem Fall gut. Denn da redete nicht nur irgendwer, es redeten auch schon die ehrbaren und anständigen Leute. Wem sonst sollte man glauben, wenn nicht ihnen?

Doch jetzt war er gewarnt. Deutlich genug hatte der Mann in Schwarz zu ihm gesprochen. Jetzt hieß es abwarten und Obacht geben. Etwas würde geschehen. In etwas würde er hineingezogen werden.

In solcher Zeit war es nicht gut, wenn sich über einen Menschen allzu viele Gerüchte, Nachrichten und Hinweise verbreiteten. Irgendwer siebte und sichtete sie. Verwarf Geschwätz und Spreu und behielt Tatsache und Frucht des Irrglaubens zurück. Die Dinge lagen überhaupt nicht einfach. Johann Ott war auf der Flucht, daran gab es keinerlei Zweifel. Genauso sicher war aber auch, dass er in diese Lande gekommen war, um seinen Frieden zu suchen. Er wollte trinken und essen und herumvagabundieren. Diesen Frieden gab es weder hier noch in seinem Innern. Es brannte ihm in der Brust, es stürmte im Luftraum um ihn herum. Denn man weiß, dass in der Luft nicht nur Krankheitskeime sind, in den Lüften und Luftwirbeln gibt es auch finstere Ideen, die von bösen Geistern durch den menschlichen Allraum gesandt werden, damit sie, keiner weiß, wann, in einen hineinkriechen. Schließlich hatte er sich seinen Winkel für die ruhigen Tage ganz schlecht und unglücklich gewählt. Er hatte wahrscheinlich gedacht, dass die Leute hier genug eigene Schwierigkeiten hätten – wurden sie doch von allen möglichen irdischen und kosmischen Wirren bedrängt und zugleich von den guten Mächten, die gegen diese Wirren kämpften –, so viele Schwierigkeiten, dass sie sich um den Neuankömmling überhaupt nicht kümmern würden. Aber es war gerade umgekehrt: Er hatte allzu viele schlechte Angewohnheiten, allzu viele sonderbare Dinge geschahen mit ihm und um ihn herum, als dass sie über ihn so einfach hätten hinwegsehen können.

Denn diesen Feuerschein im Lande hatte es wirklich gegeben, und die Flammen waren wirklich aufgezüngelt. Darin hatte sich der Mann mit dem Lächeln und dem schwarzen Buch keineswegs geirrt.

In der Tat suchte der Fürst der Finsternis seine Stützpunkte im Land, und die Gerechten mussten sich mit allen Kräften und Mitteln gegen ihn zur Wehr setzen. Deshalb hatte der bekannte und unbestechliche Ehrenmann, der Richter Dr. Andrej Barth, die Margareta Klajdič angeklagt und eine Alte namens Juliana, sie hätten sich mit dem Teufel zusammengetan, Krankheiten bewirkt und sich dem abscheulichen Satan auf alle möglichen Weisen hingegeben. Margareta hatte mit dem Geständnis etwas gezögert, doch der hochweise Andrej Barth hatte sie auf die Streckbank spannen lassen, und schon war die Wahrheit da. Juliana war im Kerker gestorben. Margareta hingegen hatte Gnade vor dem guten Richter gefunden: Er ließ sie, die derart Zerbrochene und Zerrissene, nicht einfach verbrennen, wie es das ehrbare Volk erwartete und verlangte. Sie wurde zuerst enthauptet und dann erst verbrannt. Alle diese Tatsachen mussten Johann Ott bekannt sein.

Sechs Monate später richtete der bedeutende Richter Lampretič in der Stadt die Ursula Kolar. Gerade dieser Prozess führte zu überraschenden Entdeckungen und zeigte, wie verbreitet das Böse in diesem Land eigentlich war. Wieder und wieder hatte Ursula Kolar immer neue, abscheuliche Manns- und Weibsgeschöpfe entdeckt, als man ihr geschmolzenen Talg über die Füße goss, und immer satanischere Züge hatte ihr Gesicht angenommen. Es erwies sich, dass diese Brut überall steckte, unter Ursulas Bekannten und Nachbarn, unter den Bürgern und Kaufleuten, unter Leuten, denen niemand gefährliche und ketzerische nächtliche Umtriebe zugetraut hätte. Besonders zahlreich war diese Brut unter den ungewöhnlicheren Menschen, den weniger bekannten, solchen mit weniger stetem Lebenswandel. Und immer größer wurde das Bedürfnis nach Aufdeckung und Vernichtung dieses Ungeziefers. Doch erstaunlicherweise wurde auch Ursula Kolar vom Glück und von einem humanen Verfahren ereilt. Auch sie wurde nicht bei lebendigem Leib verbrannt. Zuerst wurde sie am Pfahl erdrosselt.

Natürlich zog der Prozess gegen Ursula Kolar infolge ihrer verlässlichen Zeugenschaft neue Untersuchungen und Verfahren nach sich. Mühe und Wirken von Lampretič und den Seinen blieben nicht fruchtlos. In Stadt und Umgebung entdeckte man nach sorgfältigem Befragen eine ganze Reihe von Männern und Frauen, die, mit dem Teufel im Bunde, zahllose Untaten verübt, Diebstähle, Kindesmorde, Brandstiftungen begangen, Krankheiten und Unwetter bewirkt hatten usw. Die einen wurden im Fluss ertränkt, der durch die Stadt floss, die anderen wurden verbrannt, die Dritten wurden geschont und nur zu Tode gepeitscht, wieder andere hauchten das Leben unter den Händen ihrer Peiniger aus. Ihre Körper wurden später an einsamen und ungeweihten Orten begraben.

Obgleich dieses Wirken überaus erfolgreich schien, war das Übel lange nicht endgültig ausgerottet. Nachts verschwanden Kinder, tagsüber verreckte das Vieh. Jetzt brannte es hier, dann dort. Einmal wurde dieser, einmal jener ehrliche Mann bis aufs Blut geprügelt.

Es gab viel Böses.

Finsternis und Flammen und Blut überall, und in den Menschen verborgenes und böses Trachten.

Was aber das Allerschlimmste war: Es sammelten sich Gruppen, denen schwer auf die Spur zu kommen war.

Einen ruhelosen Schritt hatte er eines Tages, den ganzen Tag über einen so ruhelosen Schritt, im Wald, auf dem Feld, im Haus. Die Hitze drückte ihm auf die Schädelhülle, dass darunter die ganze Hirnmasse schmolz und hin und her waberte und er davon einen ganz vernebelten Blick kriegte. Weder hierhin noch dorthin sagte ihm der Weg zu, überall argwöhnte er Hindernisse, überall konnte die gefährliche Verirrung in ihm selbst ansetzen, nirgends gab es Schutz. Er bewegte sich noch immer elastisch, doch spürte er, dass auch das Körpergewebe schon nachgab, dass die sehnige Kraft unter der Haut nachließ, dass sein Herz lauter und schneller schlug, etwas war da, das würde sich nicht einfach aufhalten lassen.

Versuchte er zu laufen, versagten ihm die Beine. Versuchte er es mit Sitzen, jagte ihn eine ungekannte Unruhe hoch.

Es ging nichts, überhaupt nichts. Er ging ins Haus und warf sich übers Bett und lauschte dem Pulsen und Vibrieren seines Körpers.

Etwas hatte sein Gesicht berührt, doch es war so ruhig und still und betäubend, so sanft, dass er überhaupt nicht zusammenzuckte, dass er nicht aufsprang oder vor Grauen aufschrie bei der feuchten Berührung.

Nichts von alldem tat er. Es war so still und feucht und angenehm, als es ihm übers Gesicht fuhr, über die Stirn, über die Augen, durch die Haare, als es nach seiner Brust griff und hinein, als es ins schlagende Herz kroch, in jede unruhige Faser seines Körpers, als es das heiße Blut kühlte, dämpfte und alle Stimmen beruhigte, dass er ruhig und ganz einfach so in den Schlaf sank.

Einen tiefen Schlaf.

Johann Ott befand sich im Wirkungskreis magischer Kräfte. Als er erwachte, war es Nacht. Deshalb sah er zuerst die Finsternis, zuerst das Fenster, in dem die Sterne träumerisch flimmerten, zuerst die schwarze Decke seines Wohnraumes, zuerst seinen ruhigen und gestreckten Körper, zuerst seine schlaffen Hände neben sich auf dem Lager. Das sah er zuerst, dann sah er diese heißen Pupillen, die ruhig seinen Blick auf sich zogen und weiterwanderten und weiter, in ihn hinein, er sah diese Pupillen und war schon völlig in ihrer Gewalt. Sie waren ganz nahe, sodass ihm der Hauch warm in den Hals rann und der Körper ergeben und glücklich irgendwo im Raum kauerte; ohne seine Seele, ohne Blut und Glut, ohne Herzschlag und Puls.

Dieser Augenblick dauerte sehr lange. Dann stand sie auf, und im Aufblitzen der Erinnerung sah er ihren gedemütigten Körper, zusammengekrümmt dort vor der Kirche, inmitten all der ehrbaren Frauen, und hörte das kehlige Ächzen des ehrbaren Greises, der jetzt irgendwo in seinem Zimmer ganz in der Nähe laut atmete.

Mit einem Mal wunderte er sich nicht mehr. Sie war hier, in diesem Raum voller Erscheinungen und Stimmen, und auf einmal sah er, dass dies die einzig mögliche Welt war. Sie war hier, und so waren die Dinge ganz einfach.

Dieser Augenblick dauerte sehr lange. Dann stand sie auf und ging hin und her, und er sah ständig ihren nackten, gedemütigten, beschmutzten Leib, den schönen Leib vor sich, immer schneller ging sie hin und her, ringsum verloschen die Lichter. Das war die Zeit, wo sie die Kirchen schlossen, immer schneller ging sie, und der Raum umklammerte sie, sie wollte hinaus, und etwas von jener Unruhe, die er den ganzen Tag über gespürt hatte, überkam ihn, Unruhe, die in diesem Augenblick schon so groß war, doch jetzt war es etwas anderes, etwas ganz anderes. Sie sei ihn holen gekommen, sagte sie, komm heute Nacht mit mir, sie zeichnete sonderbare Zeichen in die Luft und neigte sich über ihn: Du bist unser, sagte sie, wir wissen, dass du zu uns gehörst, komm mit, du wirst sehen, wo die wirkliche Wahrheit ist, die wahre Gestalt des Geistes und der Welt.

Draußen erloschen die Lichter.

Das war die Stunde der Versammlung.

Er trat hinter ihr über die Schwelle. Draußen war die warme Nacht. Der Wind zog durch die Dunkelheit. Johann Ott fühlte, wie sich die Gefüge des Raumes bewegten, er verlor das Gleichgewicht, als er ihr nachtastete. Doch sie sah sich überhaupt nicht um, entrückt schaute sie vor sich und ging klar ihrem Ziel entgegen.

Oben am Berg sah er Licht und bald danach eine schweigende Gruppe von Menschen, mit Fackeln in den Händen. Sie traten in ihre Mitte, und ein leises, freundliches Murmeln war der brüderliche Gruß. Lichter kamen von allen Seiten, aus dem Wald, über die Wiesen und Felder. Hinterm Dorf flammten neue auf und ergossen sich in Schlangenlinien, die demselben Ziel zueilten. Jetzt ging Johann Ott in der Reihe, geblendet von der flackernden Flamme vor sich, geblendet von ihrem Leib, der sich beim Gehen lebhaft wiegte, und hörte das Fauchen und Rauschen des Windes in den Baumkronen.

Sie kamen auf die Wiese hoch oben am Berg. Vor ihm stand ein Mann und redete. Johann Ott hörte nicht ein Wort, er sah die Mundhöhle, die sich unmittelbar vor seinen Augen öffnete, auf allen Seiten fühlte er ein Schieben und Drängen. Welch ein Bild: Die dunkle Mundhöhle unmittelbar vor den Augen, und ringsum das Flackern der Lichter, und im Hintergrund die kleinen Gestalten, die von allen Seiten näher und näher strömten. Das Dröhnen dieser bewegten Stille drückte auf seine Schläfen, dass er mit den Händen zum Kopf fuhr, zum Haar, und die Finger hineinwühlte.

Hinter dieser Höhle aus Mund, Zähnen und Zunge, hinter diesem dunklen Gesicht, das jedenfalls auf ihn einredete und ihm irgendetwas darlegte, brannte ein großes Feuer. Die Neuankommenden warfen ihre Fackeln hinein und stellten sich an allen Enden der sichtbaren Ebene auf, zumeist am Rand, an der Böschung der Waldlichtung, sodass sie mit den Schatten verschmolzen, die überall im Kreis zuckten.

Jetzt drehte sich jener, der auf ihn eingeschrien hatte, auf seine Stirn, seine Augen, sein erstarrtes Gesicht, plötzlich um und krümmte sich zu Boden. Eine unsichtbare Kraft zog ihn tiefer und tiefer, sodass seine Beine zu zittern begannen, es zog ihn mit stetig wachsender Macht hinunter, bis er zusammensank, nieder auf die Knie, und er den Kopf gegen die Erde presste. Die ganze Menge folgte diesem Befehl aus dem Erdenschoß, und auch Johann Ott fühlte, wie es ihn zu Boden zog.

Als er sich niederbeugte, durchschoss ihn für einen Augenblick der messerscharfe Gedanke: Hier oder unten in der Erde? Er legte den Kopf wie auf einen Hackblock, mit weit offenen Augen schaute er in das flackernde Feuer. Und da hörte er es: Da unten waren Bewegung und dumpfes Dröhnen.

Ich höre es, kreischte in diesem Moment eine Frau mit gelöstem Haar und begann wild um das Feuer zu tanzen. Die Schatten antworteten und erhoben sich und eilten von allen Seiten zu ihr, zum Feuer, zum Sprung, zum Tanz.

Hoch in die Luft hob sie ein brennendes Herz und legte es neben das Feuer. In diesem Augenblick war vom nahe gelegenen Berg Glockenläuten zu hören, das Feuer loderte hoch auf bis an die Baumkronen.

Sie schnellte durch die Flammen und sank versengt auf der anderen Seite zusammen. Dunkle Schatten huschten jetzt wild durch den Feuerschein und gingen einer nach dem anderen, umarmt, hinüber zum Waldrand.

Im Nacken spürte er eine feuchte Hand, weich fuhr sie ihm unters Hemd, und als er sich umwandte, sah er das Glühen jener Pupillen, in denen jetzt die Flamme widerschien und sich in die Augäpfel ergoss.

Hätte er gewusst, wohin er diese Nacht geraten war, hätte er nicht so lange und erschlagen wie ein bleicher Leichnam bis zur Mitte des hellichten Tages geschlafen. Nachmittags lief er gedrückt und benommen umher und wusste wieder nicht recht, wohin sein Schritt wollte, was das Hirn in seinen verrückten Windungen mahlte. Trinken wollte er, trinken. Aber alleine trinken in einem solchen Augenblick, das war noch schlimmer. Er ging in die Schenke an der Brücke. Dort hatten sich Reisende, Wächter, Schreiber und andere Bedienstete der Stadtverwaltung und Post versammelt, alle, die schon seit jeher Schenken aufsuchten und es bis in alle ewigen Zeiten tun würden. Als er eintrat, spürte er jene Stille, die bei seiner Ankunft entstanden war, jenes Köpfezusammenstecken. Er setzte sich zu den Wächtern und sah gleich, dass es mit dem Schwadronieren und den Geschichten von seinen Schlachten und Feldzügen nichts würde. Sie rückten ans andere Ende. Er blieb an seinem Tischende allein.

Mit dem Blick durchbohrte er die Gesichter im Raum: Wer ist gestern Abend dabei gewesen? Die Pferdehändler in der Ecke fuchtelten mit ihren mächtigen Armen und ihrem besoffenen Kopf. Dann begann einer von ihnen zu reden, der fremde Kaufmann vom Nachbartisch pflichtete ihm ausdauernd bei. Die mündliche Weitergabe, das modernste Vehikel des Informationsflusses. Das Neue Stift hebt wieder sein Haupt. Schreckliche Gotteslästerungen. Eine Untergrundorganisation mit ihrer Zentrale beim Satan selbst. Die Mitglieder sind überall, unterm einfachen Volk, unter den Bürgersleuten und unter den hohen Herren. Auf den Bergen brennt es. Das ist der Anfang. Jetzt sammeln sie sich. Dann Kampf, Mord, Brand, Umsturz. Die finsteren Verliese sind noch nicht voll genug. Noch viel zu wenigen hat man die Daumenschrauben angelegt. Sie schweigen wie das Grab. Teufelsbündler. Wer einmal dabei ist, für den gibt es kein Entrinnen. Andererseits reckt die schwarze Herrin Pest ihre Hand ins Land. Straßensperren. Zum Dritten kommen jetzt die Sonnwendfeiern. Voller Magie. Gefährlich.

Ein wenig schwindelte ihm der Kopf von dem Wein und all den Neuigkeiten und absonderlichen Schrecken, die diese gut informierten Leute von einem Ort zum anderen trugen. Er wollte zahlen und gehen, als sich ihm eine vertraute Hand auf die Schulter legte. Er schaute hinauf, und dort unter der Decke, im Dunkel, war das knöcherne Gesicht des Doktor Ambrož, Magisters der Heilkunde, Kenners der Logik, der Physik und guter Weine.

– Und jetzt, sagte Ambrož, jetzt wirst du dein Amulett brauchen, wie hattest du es doch noch hingeschrieben? Er deutete mit der Hand, zwinkerte mit dem Auge in die Ecke hinüber: Hörst du dieses Tohuwabohu, dieses Chaos, das die Welt überflutet? Und du bist allein. Nicht einmal der Büttel will mit dir zusammensitzen.

Nur Magister Ambrož, nur dieser verständige Mann, den jeder einmal brauchte, nur der setzte sich noch zu Johann Ott. Dass man alles wüsste, sagte er am Tisch, dass es schlecht für ihn stehe, von allem Anfang an schlecht, seit seiner Ankunft, seit den langen Nächten beim Wein, als er so sonderbare Sachen geredet und gefragt habe, mehr noch seit den langen Nächten, als er wer weiß wo durch einsame Walddickichte geirrt sei.

Ob er wisse, sagte er, ob Johann Ott denn wisse, was das sei, der Kreis? Was das sei, der Hexenkreis? In diesen Gegenden gehe manch einer zur Sonnenwende und um Mitternacht zum Kreuz an der Wegscheide. Nein, das habe nichts mit dem Stift zu tun. Das täten andere ehrbare Christenmenschen auch. Wer sich traue, wer den Mut habe, natürlich. Dorthin gehe um Mitternacht, wer kühn sei und es wage und den Teufel anrufe. Mit der Haselrute ritze man einen Kreis in die Erde und trete hinein. Wenn man drinnen sei, komme der Teufel. Er bringe Geld, alles, was man sich wünsche. Aber die Sache habe ihr Sowohl-als-auch. Wer flüchte, wer Angst kriege, wer nicht mit dem Rosenkranz nach dem Teufel schlage, wer nicht im Kreis ausharre, für den gebe es keine Rettung. Seine Seele sei dahin. Deshalb: Im Kreis ausharren oder alles verlieren.

Magister Ambrož hatte seinen Worten immer aufmerksam zugehört, war den Geschichten von seinen Reisen, war seinen Erfahrungen und seinen Gedanken immer gefolgt. Lange Nächte beim Wein. Jetzt redete zum ersten Mal nur er. Nur das sagte er und verabschiedete sich.

So starrte Johann Ott in seinen sauer gewordenen Wein und dachte über die Geschichte nach, und schließlich verstand er. Jetzt wusste er, wohin er diese Nacht geraten war.

Er hatte den Kreis betreten.

Die Steirische Carolina war eine ernste Angelegenheit, das sollte er bald erfahren. Deshalb brauchte man sich nicht zu wundern, wenn der Mann in Schwarz und mit den Büchern unterm Arm, den Gebetbüchern, Katechismen, Gesetzesbüchern oder was auch immer, wenn dieser Mann diesmal gar nicht mehr lächelte. Nicht ein bisschen. Auch den Schinken, den Johann Ott mit seinen gesunden Zähnen abriss, lehnte er ab. Er sah auf diese weißen Zähne, die die faserigen tierischen Bestandteile zerbissen und zerkauten, und je mehr er dieser einförmigen und regelmäßigen Bewegung zusah, desto mehr erschien ihm die ganze Sache ungewöhnlich, wenn nicht gar verdächtig, auch von diesem Aspekt her. Wer hatte schon solche Zähne? Er jedenfalls nicht. Sonderbar, sehr sonderbar.

Ott ließ ihn sich setzen und warten. Er sagte kein Wort. Der Mann war ruhig und kalt wie eine Schlange. Dann verrieb sich Johann Ott mit den Händen das Fett, das ihm übers Kinn lief, und sah ihn an und wartete, was diese gefühllose Erscheinung in der Ecke sagen würde.

Die gefühllose, schwarze Gestalt dort mit dem bleichen Gesicht trommelte an ihrem Tischende mit den Fingern. Denn der Mann wusste nur zu gut, dass der wichtige Augenblick gekommen war, dass es jetzt losging. Deshalb war er noch eine Weile ganz still, dann erst begann er zu reden, fast flüsternd.

– Das eine Mal war eine Warnung, sagte er, und jetzt bin ich zum zweiten Mal hier. Wahrscheinlich auch zum letzten Mal. Jetzt gehe es um keine Unterhaltung, sondern um ernsthafte Dinge. Jetzt mache er keineswegs mehr aufmerksam, jetzt warne er nicht mehr. Jetzt sage er nur, was Gesetz sei. Und jetzt müsse er ihn von der Tatsache in Kenntnis setzen, dass in diesem Land ein Gesetz gelte, das Steirische Carolina heiße. Und dieses Gesetz besage im Artikel 109 – er nahm das Buch und las:

„Artikel 109:

Wenn jemand den Menschen durch Hexerei Schaden oder Verderben zufügt, soll er zur Strafe vom Leben zum Tode befördert und soll solche Strafe durch das Feuer vollzogen werden. Wenn aber jemand Hexerei übt, ohne jemandem Schaden zuzufügen, soll er nach den Umständen bestraft werden, die Richter aber sollen der Empfehlung folgen, wie sie niedergelegt ist."

Die Papiere zitterten ein wenig in seinen Händen, ein wenig zitterte aber auch Johann Ott.

– Was habe ich damit zu tun? sagte Johann Ott nach einer Weile.

Doch der andere gab keine Antwort. Er hatte das Seine verlesen.

Nun hatte der Spaß ein Ende, das wusste Johann Ott sehr gut. Die Steirische Carolina kannte keine Umwege, keine Voreingenommenheit und keine Milde. Ihr Weg war rasch und gerade. So hatte ihm längst schon Richter Gregorij Pregl, in der Nacht der stillen und beharrlichen Gespräche, bedeutet und erklärt. *Am Anfang ist der Verdacht, und dieser Verdacht wird notiert und im Gedächtnis bewahrt. Das kann ein leichter Verdacht sein, ein schwerer Verdacht oder ein unumstößlicher Verdacht.* Jetzt war nicht die Zeit, sich den Kopf über die Kodifikation dieses Landes zu zerbrechen, über Gesetzesebenen, Winkelzüge und Auslegungen. Es war überhaupt nicht mehr wichtig, welcher Verdacht auf seinem zernarbten Rücken lastete. Denn für die Carolina reichten die Indizien. Sehr rasch war sie mit den erforderlichen Schritten bei der Hand: *Vorbereitung, Beweisführung, Beratung mit Urteilsverkündung und Vollzug der Strafe.*

Es war an der Zeit, sich an die Hand zu nehmen und sein Schicksal selbst zu entscheiden.

Es war an der Zeit, auf die Nacht zu warten.

– Die Brüder sind mit dir, und auch die Schwestern, sagte der Unbekannte, der gegen Abend an sein Fenster kratzte, an jener Seite des Hauses, die zum Wald hinübersah. Die Gruppe hält fest zusammen, niemand wird im Stich gelassen.

– Aber mich beschuldigen sie nicht des Umgangs mit den Stiftern, sagte Johann Ott, mir wollen sie irgendeine Hexerei anhängen.

– Du irrst, sagte der Unbekannte, das Neue Stift verfolgen sie, davor haben sie Angst, vor unserem alten, tiefen, fundamentalen Glauben, unserer unbeugsamen Bruderschaft.

Johann Ott wusste nichts von einer Mitgliedschaft in einer Vereinigung, einer Bruderschaft, die die Welt auf ihre Weise und wie wahnsinnig und mit Feuer und Peitsche und Glauben verändern wollte.

– Wer eine solche Nacht lang mit uns zusammen ist, sagte der Unbekannte, ist unser Bruder. Wir retten ihn, wir retten ihn in jedem Fall, auch wenn es gegen seinen Willen ist. Du warst mit uns, unser Glaube, die Kraft unseres Vertrauens retten dich, unser Wille, unsere Einigkeit, unsere Gemeinschaft.

Zu viele solcher Worte waren es.

Er sei nur dieser Frau nachgegangen, ihn habe nur etwas getrieben, er habe nur das Trommeln gehört, er habe kein Programm, kein Dokument mit seinem Herzblut unterschrieben.

Zu viele solcher Worte.

Zu hastig hatte der andere gesprochen, als dass Johann Ott an eine vernünftige und wirkungsvolle Vereinigung geglaubt hätte.

Er ließ den nach Luft Schnappenden draußen stehen und ging ins Haus.

Mit keines, mit niemandes Hilfe, allein würde er sich den Weg durch das allseitige Chaos bahnen.

Das Häufchen Hirn war klein, darin gab es Schreckgespenster, Missgestalten und Geheimbünde. Aber in diesem Moment war dieses Häufchen elastisch, gut durchblutet, arbeitete schnell und berechnend. Dies war der Moment, als Johann Ott wusste, wohin mit sich selbst, was mit sich selbst. Sein Denken arbeitete ausschließlich zu Verteidigungszwecken, ausschließlich zu seinem Nutzen.

Sie würden ihn anklagen, daran war nicht zu zweifeln, vielleicht würden sie ihn noch diese Nacht ergreifen. Vielleicht war das schon die *Stufe der Vorbereitung*. Er war mit einer Gruppe von Springern zusammengewesen. Jetzt war er mit dem Neuen Stift im Bunde. Was wusste er über sie? Wenig oder gar nichts. Aber er war mit ihnen zusammen gewesen! Sie waren durchs Feuer gesprungen, hatten der Stimme aus der Erde gelauscht. Hatten brennende Herzen geschaut. Am Waldrand, im weichen Farn hatte er mit einer Zügellosen gesündigt, die von ihrer verdienten Strafe schon vor der Kirche ereilt worden war. Mit ihren brennenden Pupillen hatte sie ihm das Satansfeuer in die Eingeweide geflößt. Das würde er sagen, wenn sie ihn ergriffen, wenn es zur *Stufe der Beweisführung* käme. Sie hätten ihn in die Bruderschaft aufgenommen, in eine gefährliche Umstürzlergesellschaft. Das würde er sagen, wenn sie ihn ergriffen, und noch manches andere. Er wusste selbst nicht, wie er unter sie geraten war und wie von dort wieder weg, aber das war jetzt überhaupt nicht mehr wichtig. Da waren noch andere Zeichen und andere Geschehnisse, in die er zweifellos verwickelt werden würde, wenn sie ihn ergriffen. Er fürchtete sich vor bösen Geistern, deshalb hatte er die beinlose Ratte über der Tür hängen gehabt, aber wie die berühmte *iustitia* mit Lampretič an der Spitze diese Sache interpretieren würde, war eine andere Frage. Überall gab es schicksalhafte Ereignisse. Landauf, landab brannten die Scheiterhaufen, einsame Reisende kamen auf die ungewöhnlichste Weise zu Tode. Das Vieh krepierte. Er war ein Fremder. Die Strafe würde ausgesprochen werden. Und vollstreckt. Auf ihn wartete der gerechte Lampretič mit seinen Männern, die nach den bekannten Tarifen bezahlt wurden: nach der Anzahl der Nadelstiche, wie oft einer den Hexenthron besteigen musste, nach all dem Schlimmen, das schmerzte, brannte und die Knochen brach.

Wenn sie ihn ergriffen.

Am Morgen war Johann Ott schon über alle sieben Berge. Dem Pferd ließ er die Zügel, und das müde Tier trabte zufrieden den Waldrand entlang, sodass er an den Waden sein warmes, angenehmes, müdes Wogen spürte, das sanfte Spannen der Sehnen und Muskeln, das Zucken der Haut und das glatte Pulsen des gesunden Blutes darunter.

Dieser Morgen, dieses Zittern der Tautropfen auf dem Laub, wie frisch das alles war, wie frisch; ein Nebelschleier, der sich an den Boden schmiegte, Buschwerk, ein Bach, nirgends ein Weg – wahre Zeichen der Freiheit, in die Johann Ott jetzt ritt, Weite, die sich seinen Augen zu allen Seiten auftat, reine Offenheit überall. Und hinter ihm die Nacht dieses Landes, mit all ihren Untaten, ihren Mordbrennern, Räubern, Hexen, Ketzern, bösen Geistern, die die Erde in ihrem Schoß bereithielt, die zu jeder Tages- und Nachtstunde um die Häuser strichen, die den Menschen unter die Haut und ins Herz krochen, die die Tiere befielen, sodass sie ganz traurig auf den Vorderfüßen knieten. Alles das war hinter ihm, alle Richter und Ärzte, Gerichtsbüttel und Bauern, die ganze ehrbare Nachbarschaft, der Mann im schwarzen Gewand und seine verdammte, blöde Steirische Carolina mit ihrem Artikel 109, alle Verdächtigungen, alle Verfahrensschritte, Lampretič und seine Männer mit ihren Tarifen, die Stifterbruderschaft mit ihren Ketzereien und ihren Programmen und Feuern und Geißeln und ihrem Springen und Kopulieren. Alles, alles hinter ihm.

Und vor ihm dieser Morgen, mit dem weißen, frischgewaschenen Kirchturm im Bildhintergrund, mit dem blauen Himmel, in den die ersten Sonnengarben ihre goldenen Farben malten, der Morgen mit der Nacht der Flucht, des verzweifelten Ritts, dieser Morgen des Neubeginns.

Flucht, ja, die bezwang den ängstlichen Teufel in der Brust, die vertrieb die Hexenkeime aus dem Blut, die Angst, die tief in den Knochen saß. Jetzt, gleich jetzt begann sie wieder, immer von Neuem, immer am Morgen, immer von Neuem. Vielleicht brach er in ein anderes Land auf, *wo warm der lichte Morgen lachte, wo Pilgerpfade schön und sachte,* vielleicht führte ihn der Weg zurück in den bergigen Norden, wer weiß?

Wer kennt die Stunde und den Tag, da er mit frischgewaschenem Antlitz, hinter sich die Nacht und vor sich den hellen Tag, mit klarem Herzen und reinem Sinn die Stätte seines Bleibens betritt?

Dies war die Zeit der Erlösung, der festen Vorsätze, der taufrischen Gräser und der neuen Wege.

Zu Mittag desselben Tages marschierte Johann Ott von den sieben Bergen her denselben Weg am Waldrand zurück. Nur dass jetzt die Sonne hoch am Himmel stand und sich alle Poren seines ermüdeten Körpers geöffnet hatten. Es lief ihm über die Schläfen und das Gesicht, vor sich sah er nur verbranntes Gras, keinen Tau, keine Kühlung, nur das gleißende, heiße, dunstende Erdreich auf den Feldern, die im Hintergrund der neuen Szenerie flimmerten. So marschierte Johann Ott zurück, die Gerichtsbüttel links und rechts und den ausgezehrten Klepper hinter sich.

Über ihren Köpfen sammelte sich ein Schwarm stinkender, dicker, aufdringlicher Fliegen, die sich an die schweißtriefenden Gesichter klebten, ins Hemd krochen und unter die Haut, sich in die Körperfalten drängten, den Schleim und das erhitzte, träge Blut Johann Otts saugten, um dann unter der Haut ihren höllisch sirrenden Tanz fortzusetzen.

Dieses wimmelnde Kribbeln war unerträglich. Ott wollte in den Wald, wo es dunkel und kühl war, aber die beiden gefährlichen Typen links und rechts hatten für seine Vorschläge und Ansuchen nur ein freundliches Feixen übrig.

– Dir wird noch heiß genug werden, Freundchen, sagte der erste, und zwar bald.

– Da hilft auch nicht, dass du mit unseren Kameraden gezecht hast, dir wird noch heiß genug werden, sagte der zweite.

– Wenn dir die Nadel unter die Nägel kriecht, sagte der erste.

– Wenn dir der geschmolzene Talg über die Füße fließt, sagte der zweite.

– Wenn dir der Knochen bricht und der Kiefer knackt, sagte der erste.

– Wenn sie dich strecken, sagte der zweite.

– Wenn sie dir, ganz zum Schluss, unter den Füßen einheizen, sagte der erste, dann wird dir zum letzten Mal heiß werden.

– Wenn ich einem die Schnauze zertrümmere und zuschlage und zubeiße, sagte Johann Ott, aber schon im nächsten Augenblick brachen sich in seinen Augen Licht und Dunkel, denn hinten am Schädel hatte es hohl gekracht, und dann sah er weit oben, gleich neben der Sonne, mitten im gleißenden Licht, ein feistes Gesicht, das kaum merklich grinste und den Mund wie zum Reden offen hatte.

– Was sagt er? hörte er diese Mundhöhle von sehr weit her knarrend sagen.

– Dieses Weib verflucht er, hörte er den anderen antworten, das täte ich an seiner Stelle auch.

Das soll ich gesagt haben? dachte Johann Ott. Ich soll jetzt in diesem Traum, nach diesem rohen und ungerechten Schlag gegen meinen Kopf, der jetzt der Kopf eines rechtlosen und verbrecherischen und mehr als verbrecherischen Viehs ist, ich soll jetzt von diesem verfluchten dreckigen Weib geredet haben?

Die Sonne brannte neben dem schwarzen Gesicht vor ihm, das genauso war wie jenes finstere Gesicht mit der großen Flamme im Hintergrund, diese Sonne brannte, sodass der Mund trocken war und das Hirn zu einer schwabbeligen Masse verklebte. Die Fliegen unter der Haut spielten total verrückt, jetzt drangen sie schon tiefer, ins Schädelgewebe und in die Augenhöhlen und durch die Adern zum Herzen und zum weichen Organismus im Körper.

So nehmen die Ereignisse jetzt ihren Lauf und entwickeln sich so unerwartet und doch den Gesetzen der Natur so entsprechend, dass uns nicht viel Zeit für Überlegungen und Erklärungen bleibt. Deshalb sparen wir uns das Nachdenken für später auf und überlassen Johann Ott nunmehr seiner Zukunft, wie sie ihn jetzt gegen seinen und unseren Willen erwartet, und stellen fürs erste nur eines klar. Nur so viel, dass sich Johann Ott ganz sicher nicht in so unschöner Begleitung befunden hätte, die ihm eines mit dem Knüppel über den Kopf zog, wann immer es ihr gefiel, sodass er dann dort in der Sonne lag und ihm die Fliegen überall über die Weichteile wimmelten; ganz bestimmt wäre er nicht auf dem Weg zum ehrenwerten Chef der Justiz- und Untersuchungsbehörde gewesen, zu Richter Lampretič, hätte ihn nicht seine gierige Natur verraten, von der wir bis jetzt recht wenig wissen.

Der tauige Morgen, an dem er seiner hellen Zukunft entgegengeritten war, war nun einmal schnell vorüber gewesen. Die Sonne war gekommen, und mit ihr die Leere und der Hunger im Magen, denn der Flüchtling hatte nur wenig Nahrung eingepackt. Geld und Wertsachen schon, Waffen auch, Wegzehrung hingegen in der flüchtigen Eile und in Ermanglung von Stauraum recht wenig.

So meldete sich im Gedärm eine Leere, die immer lauter wurde, vor dem Hintergrund des morgendlichen Bildes aber zeigten sich immer neue und wieder neue weiße Kirchtürme mit kleinen Dörfern, die sich darunter zusammendrängten. Lange stand er da und schaute. Etwas Proviant hatte er noch im Beutel, aber für wie lange? Und das Pferd? Wie weit war er eigentlich gekommen? Wie lange sollte er den Dörfern noch ausweichen? Die ganze Nacht geritten, müsste er doch schon ziemlich weit sein. Wenn er nur nicht den Weg verfehlt hatte, wenn er nur auf dem richtigen Weg war? So stand er da und schaute und fürchtete sich, etwas zögerte er noch, doch dann siegte die Natur mit ihren unabweisbaren Bedürfnissen.

Ganz in der Nähe, auf einem flachen Hang, stand ein Häuschen, und dort würde es sicher etwas geben für ein solches Schlabbermaul voller Speichel, voll ewiger Gier nach Beißen, Kauen und Schlingen.

Ringsum war es still und leer. Idyllisch stank es nach Menschen- und Tierkot. Also lebten hier Menschen, also verdauten sie, und wenn sie schissen, fraßen sie auch. Deshalb überlegte er nicht länger. Das Pferd ließ er unten.

Er ging vorwärts und trat ein.

Die Hütte war leer. Wahrscheinlich waren sie bei der Arbeit, früh auf dem Feld. Er würde jemanden rufen, er würde bezahlen, doch wenn niemand da war, musste er sich selbst bedienen. Es war ein ekelhafter Anblick. Finster, stinkend, dreckig, schon beim Eingang. Durch die kleinen Luken drang kaum Licht. Als er eintrat, sah er nichts. Er ging wie eine Katze und tastete im Dunkeln nach den Gegenständen. Dann richtete er sich auf und stieß mit dem Kopf gegen die Decke. Ihm war, als hätte sich in der Ecke etwas gerührt. Auf einem Mauerbord ertastete er Töpfe. Dort musste es etwas zum Essen geben, egal was, wenn es nur etwas zum Essen war. Er streckte die Hand aus, und die Finger erfassten irgendein Gefäß. Es entglitt ihm und schepperte zu Boden. Jetzt hatte sich in der Ecke wirklich etwas bewegt, ganz deutlich.

Er fuhr zusammen, und die Augäpfel traten ihm aus dem Kopf vor angestrengtem Hineinstarren in diesen dunklen Raum. Dann sah er einen Haufen Lumpen und obendrauf eine Gestalt und zwei helle Lichter, die ihn ansahen. Ein Wesen, etwas Menschliches, Altes lag da und funkelte ihn mit seinen Augen an. Er zog seinen Geldbeutel hinter dem Gürtel hervor und hielt ihn hin.

– Ich bezahle, sagte er, ich bezahle, Essen, er zeigte mit den Fingern auf seinen Mund, Essen, bezahlen.

Jenes Wesen wich über die Lumpen zurück, wie in Angst, wie in einer Art stummen Grauens wich es zurück und öffnete schon den Mund. Er machte einen Schritt nach vorn und hielt den Geldbeutel hin und klingelte, ich bezahle. Da stöhnte in der Kehle dort hinten etwas auf, gleich darauf kreischte es so schrecklich los, dass ihm der Schrei durch den ganzen Körper fuhr, den Rücken hinauf und ins Hirn, dort anhielt und die Töne hinaufkletterte, sodass er nicht wusste, was tun, zur Tür, hinaus oder was? Der Schrei durchschnitt den Raum, und plötzlich sprang er wie von selbst vor und schlug mit der Hand zu und traf etwas Knöchernes und schlug noch einmal, sodass der Schrei in Ächzen ausklang.

Das war schon besser, Ächzen war nicht Krächzen, und sogar recht menschlich hörte es sich an, richtig irdisch und erträglich. Etwas sehr Altes und Armseliges wälzte sich da auf dem verdreckten Lager voller Lumpen, ächzte und stöhnte, zischte ihm zwischendurch scharfe, unverständliche Sätze entgegen. Es konnte eine Frau sein, eine sehr alte und sehr müde Frau, die sie hier als Hauswächterin hatten, als Wachhund sozusagen. Sein Schlag musste sie aber doch schlimm zugerichtet haben. Er sah, dass sie wieder zu schreien versuchte, das war ja ihre Aufgabe, so hatten sie ihr vermutlich aufgetragen, und in diesem Moment schoss ihm ein letzter heller und blitzartiger Gedanke durchs Hirn, der Gedanke, dass es für ihn in diesem Haus nicht gut ausgehen würde. Wäre ihm der bloß einen Augenblick früher gekommen, nur einen Augenblick früher, und alles, aber auch alles hätte wahrscheinlich eine ganz andere Wendung genommen.

Er drehte sich um und stürzte geduckt zur Tür. Draußen hörte er Stimmen.

– Unsere Mutter schreit, rief jemand, einer schlägt sie.

Zu spät.

Der Eingang war von einem Haufen Körper verrammelt.

– Du Schwein, jetzt haben wir dich, kamen noch mehr Stimmen, unsere Mutter schlagen, einer über den anderen, jetzt erlebt er sein blaues Wunder, verdammt, unsere Mutter schlagen und prügeln, die Kranke, die Ärmste auf dem Bett.

Zu spät.

Nicht einmal die Waffe konnte er heben, als es schon auf ihn einprasselte.

Sie machten ihn ziemlich fertig. Als ihnen dann schien, sie hätten ihre Mutter hart genug gerächt und ihm ihre Angst und Schmerzen heimgezahlt, da sie es doch vor ihren Augen taten, sodass ihr zahnloser Mund zischte und ächzte und sie selbst noch auf den Räuber einzuschlagen versuchte, sich dadurch aber nur noch unglücklicher auf dem Boden wälzte; als ihnen schien, sie hätten dieserart ihre Pflicht getan, ließen sie sich noch die Schuld für alles begleichen. Dergestalt, dass sie Johann Ott alles, und zwar wirklich alles, abnahmen, was er besaß. Sie sperrten ihn in den Schweinekoben, und dort erwartete er dann die beiden Gerichtsschergen.

Gegen Mittag kamen sie, zogen ihm jeder noch ein paar schwere, blutige Stockhiebe über, banden ihn aber nicht. Das Marschieren wäre zu mühsam geworden.

So schritt Johann Ott zur heißen Mittagszeit in dieser Begleitung, mit den Fliegen unter und den Wunden auf der Haut, jenen berühmten Waldrand entlang, wo am Morgen der Tau das frische Gras genetzt, wo die ersten Sonnenstrahlen ihre Reflexe an den blauen Himmel gemalt hatten, wo es einen Morgen des Neubeginns hätte geben sollen, jenen Waldrand entlang schritt er voran auf dem Weg seiner lehrreichen Geschichte.

# 3

*Die Aussage*

Da hockte er nun ganz jämmerlich zusammengestaucht in diesem Loch des Gerichtsturms und sah den Ratten zu, die hin und her liefen und ihn mit winzigen Augen neugierig beobachteten, den Ankömmling, den Neuen. Wie lange würde er hier sein, wann würde er schließlich doch der Länge nach daliegen und nur noch so schwach atmen, dass er die Lider nicht mehr heben, die Glieder nicht mehr rühren konnte, und wann würde er auch für sie ein weicher Happen sein? Hier hockte er und durchkämmte immer wieder sein Gedächtnis nach dieser sonderbaren Verwirrung, die ihn hierhergeführt hatte. Wo war jetzt der aufrechte Mann, der seine Geschichten erzählte von Kriegszügen und Schlachten, der den Krug auf den Tisch donnerte, der in gelehrter Gesellschaft über alle Dinge von Verstand und Geist urteilte, der über Medizin, Physik und die Ideen der Sekten und Gruppen laut nachgrübelte? Wo war der zernarbte und sonnenverbrannte Johann Ott, der seinen Kopf so hoch durch Dorf und Stadt getragen hatte? War das dieser so jämmerlich Zusammengestauchte? Der da hockte, sein Gedächtnis durchkämmte und über irgendeine Verwirrung, irgendeinen Irrtum nachgrübelte, der ihn hierhergebracht hatte, der bohrte und immer wieder bohrte und auf die Fragen wartete und nicht wusste, was und wie er sie beantworten würde? Nein, Johann Ott war keineswegs in einer beneidenswerten Lage. Er hatte schon etwas auf dem Gewissen, dass es an ihm fraß und voller Unruhe, Angst und Hoffnung seine Zähne in sein Inneres schlug. Andererseits ist es gut, dass er hier war. Jetzt werden wir wenigstens erfahren, wer und wie und überhaupt, was mit Johann Ott los war. Eine genaue Untersuchung würde sicher auch eine genaue Antwort erbringen. Grundlegende Anhaltspunkte und Mittel standen genügend zur Auswahl.

Merkwürdigerweise ließ man ihn nicht lange zwischen den Mauern, der Feuchte, dem Eisen und den schwarzen Tierchen faulen. Auch zu essen bekam er. Die Untersuchung eilte. Er war in ihren Händen, und jetzt wollten sie klare und rasche Antworten auf ihre Fragen. Und sie hatten allerhand zu fragen. Sie hatten Anhaltspunkte. Als er zum ersten Mal vorgeführt wurde, suchte er unter den Untersuchenden und Richtern und den anderen Männern vergebens *sein* blasses und mageres Gesicht. Ihm wurde leichter. Denn alle Fragen war er imstande zu beantworten, was zeigte, dass es jetzt noch nicht um entscheidende und verhängnisvolle Dinge ging.

## DIE FRAGEN

War er bei der Räuberbande im Krainerland gewesen, war er nachts über einsame Wege geschlichen, hatte er friedliche Leute überfallen, ihnen Geld und Gut genommen?

Hatte er bei Hoje an der Kokra einen Gerichtsdiener mit dem Kopf gegen einen Stein geschlagen und an den Haaren gezogen und unter Wasser getaucht?

Hatte er am Pilgertag auf der Wallfahrt bei Sankt Lorenzen, als Bettler verkleidet, die Schlossherrin zu entehren und zu besudeln versucht?

Hatte er auf der Insel im See aus der Kirche Kelche gestohlen?

Hatte er ehrbaren Leuten des rechten Glaubens mit der blanken Messerklinge gedroht?

Hatte er seine Frau geschlagen, ihr den Verzehr von Fleisch untersagt, sie betrunken an den Haaren gezerrt und in dem Irrglauben fleischlosen Lebens unterwiesen?

Hatte er seinen Sohn zur Räuberei angestiftet?

Hatte er gestohlen? Und woher stammten die Goldstücke in seinen Taschen und seinem Ranzen?

Es war nicht nötig, ihm die Glieder zu strecken, die Knochen zu brechen, ihn zu prügeln, an Seilen hochzuziehen, ihm die Fingernägel auszureißen, ihm heißen Talg über die Füße zu gießen. Er sprach gern. Er sprach von selbst. Er sah zum Schreiber hin, der kritzelte und kritzelte, und sprach. Er wusste, jeden Augenblick würde es endgültig ernst werden, jeden Augenblick würde die Falle gestellt werden, und es würde um die heile Haut gehen, um die heilen Knochen, ja, ums Leben. Darum sprach er gut und überlegt und genau.

## DIE ANTWORTEN

Ich heiße Johann Ott. Ich stamme aus dem Fürstentum Neisse in Deutschland. Ich bin von daheim fortgezogen, weil ich besser leben wollte, besser essen, besser trinken, besser schlafen. Ich wollte mir mit harter und redlicher Arbeit mein Brot verdienen. Ich war ein redlicher Schmied, ein redlicher Stellmacher, ein redlicher Schuhmacher. Ich war Mitglied der Zünfte und habe in Bayern, Tirol, Kärnten und Krain gearbeitet. Ich stand bei verschiedenen Herren in Dienst und habe lesen gelernt. Ich war bei verschiedenen Heerzügen gegen die Ungläubigen dabei, doch klebt kein Menschenblut an meinen Händen. In Krain habe ich die Sprache angenommen, die das Volk dort spricht. Bei einer Räuberbande bin ich nie und nimmer gewesen, so wahr mir Gott helfe, denn ich bin ein ehrlicher Christ. Im Gegenteil, in dunklen Wäldern und an einsamen Kreuzwegen haben wir Jagd auf Räuber gemacht. Ich bin auf Wallfahrten gegangen, nach Sankt Lorenzen und anderswohin, das ist wahr. Aber mein Weib und meine Familie sind mit mir gezogen. Wahr ist auch, dass ich an der Kokra einen Gerichtsdiener mit dem Kopf gegen einen Stein geschlagen, ihn an den Haaren gezogen und unter Wasser getaucht habe, aber nur deshalb, einzig und allein deshalb, weil er mir mein Schwert gestohlen hatte und meiner Frau Gewalt antun wollte. Bei Sankt Lorenzen habe ich wirklich einmal gebettelt, aber nur deshalb, weil ich gerade erst ins Land gekommen war und nichts zum Leben hatte. Den Kelch habe ich nicht gestohlen, den Kelch habe ich auf dem Jahrmarkt in Loka gekauft. Auch sonst habe ich keinerlei gotteslästerliche Tat begangen, weder diese noch eine andere. Mit einer Messerklinge habe ich niemals gedroht oder aber nur dann, wenn ich im Gasthaus oder beim Ablasshandel Betrügereien bemerkte. Auch wenn ich Irrglauben predigen hörte, habe ich das Messer gezogen. Das Fleisch habe ich meiner Frau verboten, weil sie böse Tiere im Bauch hatte, die das Fleisch fraßen und die sie manchmal auch ausgeschieden hat. Darum habe ich sie auch geschlagen, um diese Tiere aus ihr zu vertreiben. Meinen Sohn habe ich im rechten Glauben unterwiesen, das Gold habe ich mir mit ehrlicher Arbeit verdient, hohe Frauen habe ich immer ehrerbietig und von Weitem mit einer Verbeugung gegrüßt. Das ist alles nach der reinen Wahrheit gesagt, alles, dessen ich schuldig bin, gestehe ich gern und bereue es bereitwillig.

Hier ging es leicht, er sprach gern, aber es war auch nicht allzu interessant für sie. Es ist leider wahr, während des Verhörs kratzten sie sich, stießen und sahen sich an, zwinkerten sich zu, sahen wieder ihn an und befühlten ihn, rümpften die Nase, wendeten die Papiere in den Händen, aber sie taten ihm keine Gewalt an. Sie stellten eben einfach den Sachverhalt fest, verglichen ihre Angaben mit seinen Aussagen und bereiteten damit die wirkliche Untersuchung und Beweisführung erst vor. Einiges haben wir über Johann Ott nun doch wohl erfahren, obwohl seine Aussage in keiner Weise die ungewöhnliche Verwicklung der Ereignisse erhellt, die ihn so rasch und zuverlässig in den Gerichtsturm gebracht haben, in die Zangen und den Schraubstock des Rechtsverfahrens. Die Umstände weisen nämlich deutlich auf die Vermutung hin, dass unser merkwürdiger Patron nicht an diesem Ort war, um von den verschlungenen Wegen seines früheren Lebens zu erzählen. Johann Ott würde noch mehr reden. Denn jetzt waren die Theologie und die Metaphysik an der Reihe mit überaus ernsten Fragen über die Vorstellungen und Ideen jener Zeit; dieses Gebiet war die Domäne eines außerordentlich kundigen und verständigen Mannes, des berühmten Magisters der Jurisprudenz Richter Lampretič. Mit ihm würde es schwieriger werden. Johann Ott war sein, er würde ihm helfen, all das aus dem Körper zu treiben, was ungesund und unrein war. Nicht zum ersten Mal würde die Autorität des berühmten Gerichtshofes solche Fragen stellen, nicht zum ersten Mal würde sie verwickelte ideologische Knoten lösen.

Denn das dünne und kahlköpfige bleiche kleine Männchen, das am folgenden Tag kam, war ein Mann, dessen Gedächtnis die historische Wissenschaft aufgrund seiner außerordentlichen Gerichtsakten bewahrt hat. Deshalb sollte Johann Ott noch mehr reden.

## NOCH MEHR FRAGEN

War er nachts oft außer Haus gewesen? Wann und wie oft war er nachts außer Haus und wo war er gewesen?

War er auch in jener Nacht vor dem Fest des heiligen Johannes des Täufers, Sohnes des geistlichen Vaters Zacharias und seiner Frau Elisabeth, außer Haus gewesen, oder war er in jener Nacht bei einem Feuer und in einer Gesellschaft gewesen, die die Feierlichkeiten für ihre ketzerischen Zwecke benutzen wollte?

War er damals im Wald oder auf dem Feld oder irgendwo sonst außer Haus gewesen?

Hatte er an der Haustür eine beinlose Ratte hängen gehabt, und was bedeutete ein solches Tier und Mal seiner Meinung nach? War er in ein leeres Haus eingezogen, und gab es in diesem leeren Haus etwas Geisterhaftes, war da etwas in der Luft, kam da etwas durch die Fenster geflogen?

War dieses Haus verhext, und, kurzum, warum war er in ein verhextes Haus gezogen, warum hatte er gerade ein verhextes Haus für ein bequemes Dasein und seinen Schlaf gewählt?

War er aus Krain geflüchtet, oder war er aus freiem Willen hergekommen?

War er auch aus dem Fürstentum Neisse geflüchtet, vor wem oder was und wie war er aus seiner Heimat geflüchtet?

Hatte er vor der Kirche einer bestraften Zügellosen mit den Augen Zeichen gegeben, oder hatte er diese zügellose Frau später in sein Haus gelockt?

Hatte er vor der Kirche aus unbekanntem Grund einen ehrbaren Greis niedergeschlagen, und wenn er ihn schon nicht niedergeschlagen hatte, warum hatte er ihn niederschlagen wollen?

Hatte er in dem leeren Haus aus unbekanntem Grund, *aus noch unbekanntem Grund,* eine arme Greisin geprügelt und dazu sonderbare, unbekannte Wörter gerufen, welche der ehrbaren Mutter ehrbarer Kinder unverständlich gewesen waren, sodass sie Angst bekommen hatte, als sie noch dazu sein finsteres und böses Gesicht sah?

Hatte er getrunken? Was für einen Sud hatte er getrunken, und wie hatte er den Sud gebraut?

Hatte er, konkret, in der Nacht auf der Waldlichtung gestanden, jene Nacht vor dem Fest des heiligen Johannes des Täufers?

Hatte er ein brennendes Herz hoch in die Luft und gen Himmel gehalten?

Hatte er der Sprache der Finsternis und der Erde gelauscht?

War er durchs Feuer gesprungen?

Hatte er sich in dunkler Nacht auf der Waldlichtung, im Feuerschein irdischer Flammen, widerlicher und unkeuscher Lust hingegeben?

War er früher schon häufig, wie von Sinnen, mitten am hellichten Tag und mitten in dunkler Nacht durch die Felder gelaufen, und was hatte in Brust und Gedärm gebrannt und ihn zum Laufen getrieben?

Hatten Feuerschein und Flammen über seinem Hause gestanden?

Hatte eine Wolke von Ungeziefer mit sonderbaren Formen und Stimmen über seinem Haus und Dach gestanden?

Hatte er ein Wimmeln von Fliegenbrut unter seiner Haut gespürt?

Warum war er aus dem Fürstentum Neisse geflüchtet? Das sollte er sagen, das wäre für Lampretič die Schlüsselfrage. Warum war er aus dem Fürstentum Neisse geflüchtet, aus einem Land, in dem sich bekanntlich so manches ereignet hatte?

Jetzt stockte die Zunge, nichts ging Johann Ott so recht von der Zunge. Er wusste: Sie wussten etwas. Etwas hatten die Zeugen ohne Zweifel und eindeutig und unter Eid ausgesagt, hatten die Spitzel geflüstert, hatten die Nachrichtendienste zusammengetragen. Deshalb wollte er zuerst nicht reden. Deshalb gab er zuerst ausweichende Antworten. Aber sie halfen ein bisschen nach, indem ihm Lampretičs Mann ein wenig die Nase brach, indem sie ihm ihre soliden und technisch vollkommenen Vorrichtungen zeigten: die Streckbank, den

Hexenstuhl, die Zangen, den flüssigen Talg, dic Seilwinde an der Decke und anderes mehr.

Die Werkzeuge und Vorrichtungen wurden ihm nur gezeigt, er wurde nur auf eine Lehrexkursion durch den Gerichtsturm geführt, damit er ihr einwandfreies Funktionieren sehen konnte.

Er sah die Arbeit und die Anwendung der Daumenschrauben.

Das waren zwei Platten mit scharfen Rändern, die so miteinander verbunden waren, das sie sich mithilfe von Schrauben aufeinander zubewegten. Die Frau – sie bot einen solchen Anblick, dass an ihren Hexen- und Teufelsbündlereien kaum zu zweifeln war –, die Frau hatte beide Daumen zwischen den Platten stecken, die der Henker jetzt mit ruhiger Hand anzog, wodurch er die Daumen zuverlässig zusammenpresste. Die Daumen wurden zerquetscht und zerdrückt, und das Blut spritzte unter den Nägeln hervor, sodass sie jetzt dünn waren wie ein Blatt Papier. Sie kreischte und heulte entsetzlich, als der Satan aus ihr herausfuhr.

Er sah die Arbeit und die Anwendung der Seilwinde.

Lampretičs Mann band dieser abscheulichen Vettel beide Hände dergestalt auf den Rücken, dass die Handflächen nach außen gekehrt waren, und zog dabei das Seil so stark an, dass es bis auf die Knochen einschnitt, wobei die Gelenke sichtlich gedehnt wurden.

Auch jetzt schrie sie.

Er sah den Hexenstuhl, und diese steirische Erfindung, die man nur in diesem Lande kannte, war so vollkommen und wirkte so einwandfrei und zuverlässig und schnell, dass sie auf Johann Ott wirklich großen Eindruck machte.

In der Mitte des Raumes stand eine gut zweieinhalb Meter lange Bank. Die Beine waren auf der einen Seite fast anderthalb Meter hoch, auf der anderen Seite hingegen kaum sechzig Zentimeter, sodass die Sitzfläche schräg war, darauf befanden sich mehrere scharfe Kanten, die von Zeit zu Zeit nachgeschliffen wurden. Hier wurde der Mensch nackt ausgezogen, in einen Nesselkittel gesteckt und derart auf die Bank gelegt, dass er auf dem tiefer geneigten Teil zu sitzen kam, mit den Beinen zum höheren Teil hin. Die Beine wurden so fest zusammengebunden, dass das Fleisch über den Strick quoll.

Der Körper wurde um die Mitte, über Rücken und Schultern an einem Haken an der Decke festgebunden. So hing der böse Körper in der Luft und konnte sich nicht rühren. Ein Mensch mit dem Teufel im Leib empfand dabei natürlich keine Schmerzen, oder doch – wer konnte das wissen? Johann Ott wusste für seine Person, dass er Schmerzen empfinden würde. Er hatte keinerlei Wunsch, Lampretičs Vorrichtungen und Apparaturen auszuprobieren.

Deshalb redete er lieber.

## NOCH MEHR ANTWORTEN

Ich bin Johann Ott, ich stamme aus dem Fürstentum Neisse. Ich bin von zu Hause fortgegangen, weil es dort zu viele Hexen gab, sodass die Obrigkeit der Stadt sogar einen Ofen bauen musste, um sie zu verbrennen. Ich habe mich immer vor Hexen gefürchtet, deshalb bin ich schnell in die südlichen Lande gezogen, weil ich gehört hatte, hier unten sei es wärmer und gebe es weniger Teufelsbünde als dort oben. Deshalb habe ich fortan zufrieden gelebt und bin auf Wallfahrten gegangen und allen Versuchungen ausgewichen. Ich bin von zu Hause fortgegangen, weil meine Frau immer so viel Fleisch aß und dieses Fleisch dann von der Hexenbrut in ihrem Gedärm gefressen wurde. Ins Steirische bin ich deshalb gekommen, weil ich gehört hatte, dass es dort infolge von Krankheiten viele leere und verlassene Häuser gäbe, und ich mich deshalb leicht eines Besitzes würde erfreuen können. Der Zügellosen habe ich keine Zeichen mit den Augen gegeben, auch den Greis vor der Kirche habe ich nicht niedergeschlagen, vielmehr bin ich von dort geflüchtet. Ich weiß nicht, ob ich auf der Waldlichtung war, in jener Nacht habe ich schlecht geschlafen. Einer abscheulichen und unkeuschen Lust mit jener Frau habe ich mich nicht hingegeben. Vor nichts, was in meinem Körper oder in meinen Gedanken gewesen wäre, bin ich durch die Luft geflüchtet. Hinter dem Haus hat wirklich Reisig gebrannt, mehr weiß ich nicht. Sonst weiß ich nichts zu sagen.

– So ist es, wenn du ein guter Mensch bist, sagte Lampretič, wenn du zu den Menschen freundlich sprichst und sie gut behandelst. Das sagte er und schwirrte ab durch die Tür, seine Leute hinter ihm her.

Nein, Lampretič war nicht zufrieden mit Johann Ott, überhaupt nicht. Die einzige solide Aussage war das Geständnis, dass es im Fürstentum Neisse wirklich Hexen gab. Aber das wussten sie ohnehin, das war ihnen lange bekannt. Von ihm wollten sie ganz etwas anderes, ganz andere Spuren und Wege, die zum wahren Ziel führten. Und weil Lampretič bekannt war für seine beharrlichen, vor allem aber humanen Ermittlungs- und Beweisverfahren, gab er noch immer nicht die Anweisung, Johann Ott auf dieser oder jener Apparatur der Wahrheitsprobe zu unterziehen. Obwohl Johann Ott bereits der *Stufe der Beweisführung* unterworfen war, wie es mit Buchstaben und Geist die Steirische Carolina bestimmte, obgleich Lampretič mit ruhigem Gewissen und in guter Absicht und in Übereinstimmung mit der Gesetzeslage ihn dort hätte untersuchen und examinieren lassen können, untersuchte er noch einmal im Guten. Es traten Zeugen auf.

Richter Gregorij Pregl: Ich schäme mich zutiefst und bereue, dass ich mit dem Angeklagten Johann Ott, der sich jetzt auf der *Stufe der Beweisführung* vor unserem Gericht befindet, persönlich und wiederholt gesprochen habe. Das geschah ausschließlich in der Absicht, mein Fachwissen zu bereichern, denn der Angeklagte wusste viel über die Rechtsverhältnisse in anderen Ländern. Jedoch muss ich jetzt, im Interesse von Gesetz, Recht und Frieden in unserem Land, aussagen, dass sich Johann Ott oft und ungewöhnlich brennend für die Stifterprozesse interessierte, die vor geraumer Zeit vor unserem Gericht geführt wurden. Er interessierte sich für ihre Gedankenansätze, so wie sie von ihnen beim Verhör einbekannt wurden, das ich selbst geführt habe, dafür, weshalb sie sich gegen die kirchliche Ordnung auflehnten, warum sie sich selbst Buße auferlegten, warum sie miteinander wie Brüder und Schwestern verkehrten und ähnliches mehr. Er erklärte auch, dass eine Bestrafung von Sündern auf die Weise, dass man sie nackt vor der Kirche zur Schau stellt, traurig und gegen das Prinzip des wahren Glaubens sei. Da wir wissen, dass die Stifter erwiesenermaßen und ohne jeden Zweifel Satansanbeter sind, ist sein eifriges Interesse für sie ganz bestimmt der Beweis für eine seiner finsteren Verbindungen. Jetzt ist mir auch klar, dass es durchaus möglich und durchaus wahrscheinlich ist, dass Johann Ott ebenfalls Mitglied einer dieser Gesellschaften ist, die wir bei uns mit großer Beharrlichkeit und mit Eifer aufdecken und verfolgen.

Doktor Ivan Gemma: Mit Johann Ott habe ich mehrmals über die Heilkunde gesprochen, vor allem aber über die Krankheit des Schwarzen Todes. Johann Ott hat einer Greisin Beulen und Adern aufgeschnitten, damit das unreine Blut abfließen sollte. Die Alte ist kurz darauf gestorben, was ein hinreichend klarer Beweis dafür ist, dass er sie nicht geheilt, sondern vergiftet hat. Ich habe damals irrtümlicherweise geglaubt, Johann Ott hätte einige Erfahrung auf dem Gebiet der Heilkunde, deshalb habe ich in der Folge mehrfach mit ihm gesprochen. Er erzählte mir vor allem von den seelischen Anzeichen, die in Verbindung mit der genannten Krankheit bei den Menschen vor ihrem Toben und währenddessen auftreten. Eines Nachtshat er mir beim Wein folgendes Geheimzeichen aufgemalt:

| | | | | |
|---|---|---|---|---|
| S | A | T | A | N |
| A | D | A | M | A |
| T | A | B | A | T |
| A | M | A | D | A |
| N | A | T | A | S |

Ich habe ihm damals versichert, das beste Heilmittel sei eine getrocknete und zu Pulver gestoßene Kröte mit einem Zusatz von Schwefel oder getrocknetem Skorpionpulver, die man in einem Beutel um den Hals und auf dem Herzen trägt. Doch der Angeklagte hat über diese anerkannte und allgemeingültige Heilmethode nur gespottet und sich weiterhin auf seine Zaubersprüche versteift. Er versicherte, dass Krankheiten die Frucht unreiner geistiger Zustände im Menschen seien, was zwar richtig ist, jedoch propagierte er weiterhin seine geheimen Aufschriften, die mit ihren tiefen geistigen Bedeutungen solche Zustände neutralisieren würden. Unter anderem schrieb er auch diesen Spruch nieder:

HAX – PAX – MAX – DEUS – ORDINAX

Nur wissenschaftliche Neugier und nichts anderes hat mich geleitet, diese Zauberbilder und Sprüche zu erörtern. Ich wundere mich, dass ich nicht schon damals erkannte, in welchem Irrtum der Angeklagte lebt und von welchen Mächten sein Geist und sein Körper besessen sind. Sicherlich steht all das in Verbindung mit einer Macht, die sich in ihm befindet, und wer das ist und was ihm die eingibt, können wir uns denken.

Stadtwächter Anton Macl: Wenn ich mit Johann Ott zechte, haben ihm morgens immer die Augen geglänzt wie bei einem Tier. Ich sah ihn zu jeder Nachtstunde unruhig umherirren. Einmal fragte er mich, ob ich wüsste, was die Wunder bewirke und was die Krankheiten. Er sagte, dass nicht Gott das alles über uns schickte. Der beste Beweis für seine Verbindung aber ist die Ungezieferwolke, die meine Frau über seinem Haus gesehen hat. Es war kurz vor Sonnenuntergang, und dieses Ungeziefer wimmelte und kroch da drinnen durcheinander und fiel sich gegenseitig an. Es war so ekelhaft, dass sie fortgerannt ist, und zu Hause hat sie mir alles erzählt. Ich schlage vor, dass sie die Szene selbst beschreibt.

So waren die Aussagen und Geständnisse der Zeugen. Auch Doktor Ambrož sagte das Seine, die Nachbarn sagten das Ihre, und ebenso zahlreiche andere ehrbare Zeugen, die sein Treiben bestens kannten. Der Aussagen waren so viele, dass es eigentlich für den Übergang zur nächsten Verfahrensstufe schon ausgereicht hätte, der der *Beratung und Urteilsverkündung*. Aber Lampretič wollte etwas ganz anderes. Er wäre seinen Ruhm nicht wert gewesen, hätte er die Dinge nicht bis zu ihrer wahren, logischen und rationalen Auflösung geführt. Er wollte die Verbindung aufdecken zwischen dem jetzigen Gerichtsverfahren und den Prozessen im Fürstentum Neisse, wo Johann Ott seine Jugend verlebt hatte. Alles wies darauf hin, dass eine solche Verbindung existierte, er wollte nur ein aufrichtiges Bekenntnis all seines Treibens, er wollte wissen, was für eine Rolle der Angeklagte in der Stifterbewegung spielte, er wollte hören, wie und wo die Bewegung mit den finsteren Mächten Kontakt hatte. Er wollte von Johann Ott die Bestätigung, dass es Hexen gab, denn die kausale Verbindung verlangte eine solche Bestätigung. Die Justifikation, also der Nachweis der Rechtmäßigkeit des Gerichtsverfahrens, musste präzise sein, logisch und genau, mit einem Wort, dem Ansehen angemessen, das Dr. sc. jur. Lampretič in Standes- und Obrigkeitskreisen genoss. Für all das aber bedurfte es eines aufrichtigen Geständnisses und einer rechtlich eindeutigen Erklärung von Seiten des Angeklagten.

Beides würde er bekommen.

Johann Ott hatte sich nämlich schwer getäuscht, wenn er glaubte, er werde mit dem, was er sich in den Nächten unter den Ratten im Gerichtsturm ausgetüftelt hatte, Lampretič überlisten und ihn auf ihm genehme Wege führen. Denn auch die Geduld eines so gerechten und humanen Richters hatte ihre Grenzen. All diese Verstellungen und Winkelzüge reichten der Jurisdiktion jetzt. Man steckte ihm die Finger in die Daumenschrauben und presste sie, bis sie so dünn waren wie ein Blatt Papier.

Jetzt ging es.

## AUFRICHTIGES GESTÄNDNIS

Ich bin Johann Ott aus dem Fürstentum Neisse. Aus einem Land, das dafür bekannt ist, dass dort der Satan mithilfe seiner Helfershelfer entsetzlich gewütet hat. Er kam in jedes Haus, fuhr zu jeder Tages- und Nachtstunde in die Menschen, verursachte Krankheiten und Feuer, vernichtete das Vieh und die Erträge, seine Mägde flogen umher, trafen sich mit ihm an Waldrändern und gaben sich ihm hin, küssten ihm den Hintern, aus dem es stank. Auch in unser Haus kam er, sodass sich meine Mutter merkwürdig aufzuführen begann. Sie ging in die Gasthäuser und verkehrte mit betrunkenen Männern, worauf mein Vater anfing, beim Pferdehandel zu betrügen. Überall herrschte großes Übel, nicht nur bei uns. Die Stadtobrigkeit ließ deshalb einen besonderen Ofen bauen, in dem die Teufelsweiber eifrig vernichtet wurden. In jenem Jahr wurden zweiundvierzig verbrannt, im folgenden, wie ich später hörte, noch ein paar hundert. Meine Mutter stand unter Verdacht, sie befand sich auf der ersten Stufe des Verfahrens, als sie an einer Teufelskrankheit am Geschlecht starb.

Diese hatte ihr ein betrunkener Mann beigebracht, in dem der Satan seinen kranken Samen zurückgelassen hatte.

Lampretič gefiel solche Rede, jetzt ging es ganz gut voran, und der Angeklagte näherte sich dem Augenblick des nächsten Geständnisses. Er war richtiggehend reif. Wenn der Teufelssame in der Scheide seiner Mutter gewesen war, wenn der Teufel in jenem Geschlechtsorgan gewütet hatte, dann war dieser Same auch in ihm. Das würde den Notwendigkeiten einer gesunden Gerichtslogik entsprechen, die Sache hatte ihren richtigen Ursprung und ihre glatte Kontinuität, Beweise, Geständnisse und Zeugenaussagen aus der neueren Zeit rundeten alles zusammen schön ab und ergänzten es. Aber für einen Moment geriet das Verfahren ins Stocken. Johann begann zu seinem Unglück mit dem Kopf gegen die Wand zu rennen und zu schreien, die Mutter habe ihn vorher geboren, bevor der teuflische Same in sie gekommen sei. Die Schärfe dieses Gedankens überraschte Lampretič. Aber jetzt war keine Zeit mehr für solche Marginalien oder für philosophische Debatten. Jetzt galt es, das aufrichtige Geständnis sobald wie möglich abzurunden und abzuschließen. Nur für ganz kurze Zeit setzte er ihn auf den Hexenstuhl, und schon ging es weiter.

## DAS AUFRICHTIGE GESTÄNDNIS GEHT WEITER

Ich, Johann Ott aus dem Fürstentum Neisse, bekenne und sage aufrichtig und bei klarem Verstand, dass ein Teufel in mir war. Vielleicht ist er aus dem Geschlechtsorgan meiner Mutter in mich eingedrungen, vielleicht hat er sich von dort in meinem Blut angesiedelt. Ich bin von zu Hause geflohen und von allen Orten, an denen ich mich aufgehalten habe, weil der Teufel die ganze Zeit in mir war und mich die ganze Zeit begleitete. Man möge mir diese Flucht als mildernden Umstand anrechnen. Er führte mich ins Steirische und zeigte mir das verhexte Haus. Ich wollte ihn noch immer loswerden und hängte deshalb über der Tür eine Ratte ohne Beine auf, denn ich dachte, das Tier würde den Bösen vertreiben. Eines Tages ergriff er jedoch wieder von mir Besitz durch die glühenden Augen der zu Recht bestraften Zügellosen vor der Kirche. Damals hob er auch meine Hand gegen den armen, ehrbaren Greis. Denselben Abend stahl er das Tier über meiner Tür und entfachte den Feuerschein über meinem Haus. Er trieb auch die Ungezieferwolke mit ihren sonderbaren Formen und Stimmen über mein Dach. Die ganze Zeit über erhielt ich den irdischen Bund mit ihm aufrecht durch den aktiven Anschluss an die Stifterbewegung und die Mitarbeit darin. Beweis für meine Beziehungen sind auch die geheimnisvollen Aufschriften, von denen ich jetzt nichts anderes behaupte, als dass sie Teufelszeichen mit dunkler Bedeutung sind. Die Mahnungen und Warnungen der Steirischen Carolina habe ich nicht beachtet. Ich betrieb meine Sache weiter und verführte ehrbare Leute, die vor diesem Gericht gegen mich als Zeugen aufgetreten sind, zu gedanklichen Zweifeln und brachte sie damit natürlich in die Nähe meines Fürsten der Finsternis. Ich habe die Greisin geschlagen, ein brennendes Herz in Händen gehalten, der Sprache der Erde gelauscht, ich bin durchs Feuer gesprungen, wie von Sinnen, mitten am hellichten Tag und in schwarzen Nächten durch die Felder gelaufen, habe den sirrenden Höllentanz der Fliegenbrut unter der Haut gespürt, habe sonderbare Worte ausgestoßen und war, mit einem Wort, von seiner Gegenwart bis zum Äußersten besessen. Ich weiß nicht, ob ich auf diese Weise die Krankheiten oder Unglücksfälle der letzten Zeit verschuldet habe, jedoch lässt sich das aus all dem schließen, was mit mir geschehen ist. Ich füge noch hinzu, dass ich meine Frau geschlagen, meinen Sohn im Irrglauben erzogen und mit dem Satan in mir auf Wallfahrten gegangen bin. Es kann kein Zweifel daran bestehen, dass meine Taten Krankheiten und Viehsterben zur Folge hatten so wie auch andere merkwürdige Erscheinungen auf der Erde und am Himmel. Mein Mitwirken in der Stifterbewegung der Springer in der Nacht vor dem Fest des heiligen Johannes des Täufers hat natürlich keine andere Bedeutung und keine andere mögliche Erklärung als das Mitwirken in einem Teufelsbund. Gern würde ich sagen, wer die Ketzer mit mir auf der Waldlichtung waren, jedoch kenne ich keinen von ihnen.

Hier stockte es wieder, doch sagte Johann Ott diesmal wirklich nichts, weil er wirklich nichts wusste. Dieser für die spätere Entwicklung der Ereignisse bestimmende rettende Umstand war auch der

Eile zuzuschreiben, mit der Lampretič diese Angelegenheit nun endlich abschließen wollte. Wenn er gewollt hätte, hätte er es schon aus ihm herausgebracht, aber hinter ihm lagen bereits die schrecklich ermüdenden Prozesse, die Ursula Kolar mit ihren Anzeigen neuer und immer neuer Namen verursacht hatte. Die Richterschaft wollte nicht schon wieder eine solche massierte Schinderei, die zwar gute Resultate brachte, aber auch hohe Kosten verursachte und viel kluge Überzeugungsarbeit unter den Menschen erforderte. Sollte sich das Volk erst einmal beruhigen. Die Geschichte Johann Otts war vorläufig lehrreich genug. Deshalb nahmen Richter und Angeklagter wie alle übrigen Mitwirkenden am Prozess mit Erleichterung zur Kenntnis, was ihm die geistlichen Väter feierlich und vor Zeugen vorlasen:

WIR EXKOMMUNIZIEREN UND VERFLUCHEN

*im Namen des Vaters, des Sohnes und des Heiligen Geistes aufgrund der Gesetze alle Ketzer unter dem Schirm und Schutz unserer katholischen Kirche und überantworten sie dem Satan. Sie sollen verflucht sein, wo immer sie sind: in Stadt oder Land, beim Essen oder Trinken, wachend oder schlafend, lebendig oder tot. Gott sende ihnen Hunger und Pest, und mögen sie allen Menschen verhasst sein. Möge Satan zu ihrer Rechten stehen, und mögen sie beim Jüngsten Gericht zur ewigen Verdammnis verurteilt werden. Sie sollen vertrieben werden aus ihren Häusern; mögen ihnen die Feinde alles Hab und Gut nehmen; ihre Frauen und Kinder sollen sich gegen sie erheben; niemand soll ihnen in der Not helfen. Verflucht sollen sie sein mit allen Flüchen des Alten und Neuen Testaments; der Fluch Sodoms und Gomorrhas falle auf sie, und ihr Feuer soll sie verbrennen. Die Erde möge sie lebendig verschlingen wie Datan und Abiram wegen der Sünde der Unbußfertigkeit. Verflucht sollen sie sein wie Luzifer und alle Teufel der Hölle, wo sie mit Judas und den ewig Verdammten verbleiben sollen, es sei denn, dass sie ihre Sünde bekennen, es sei denn, dass sie um Gnade bitten und ihr Leben bessern.*

Sie gingen ab mit ihren bleichen, feierlich weisen Gesichtern, Johann Ott aber wurde fortgeschleppt nach unten. Dort hatte er in der Feuchte und zwischen seinen reizenden Tierchen genug Ruhe und

Zeit, über seine Untaten nachzudenken, wie sie sich aufgrund seiner zahllosen Kontakte zum Fürsten der Finsternis ereignet hatten.

Wie verhielt sich der leidende Mensch bei all diesen Ereignissen und Gesprächen? Wie alle, denen Derartiges zugefügt wird. Er wurde langsam, aber zuverlässig gebrochen. Sicherlich erkannte er seine Irrtümer und seine dunklen Beziehungen, die seine Adern durchströmten und sein Hirngewebe durchjagten. Sicherlich begriff er jetzt manches, was er vorher nicht begriffen hatte.

Derartige Instrumente und deren Anwendungen und derartig feierliche Worte, all diese Dinge sind ganz einfach Medizin für einen kranken Geist.

So lag er dort unten, und in den Ohren hallten ihm die Worte der Verdammnis wider. Abgerissen, in kleinen Stückchen krochen ihm die zerfetzten Sätze durch den Schädel und unter die Haut. Alles hatte er gesagt, alles zugegeben. Was jetzt mit ihm geschehen würde, war klar. Nur die Erklärung, nur die wartete noch auf ihn, damit Lampretičs Justifikationsverfahren Genüge getan wäre. Eigentlich ist es merkwürdig, dass er bis dahin noch nicht in die Erklärung eingewilligt hat. Wo er doch all seine Beziehungen und Untaten eingestanden hatte! Das Ende kam so oder so, Erklärung hin oder her, das war nur noch eine Formalität. Und dann?

Nein, der Mann rechnete nicht mit dem Tode, woher auch!

Er dachte ans Leben, dennoch schoss ihm durch den Kopf, dass die letzten Sätze des feierlichen Wortschwalls etwas bedeuten könnten.

Deshalb fasste er einen Entschluss. Das eine würde er noch tun.

Eigentlich hatte er sich nicht so ganz von selbst entschlossen. Als sie ihn wieder hinaufbrachten, war es schon entschieden. Er willigte nur ein. Er schwor allem ab. Und willigte in alles ein. In diese Erklärung:

ERKLÄRUNG

*Ich schwöre, daran zu glauben, dass alle Ketzer und Hexen im ewigen Feuer leiden, und sage somit der Ketzerei ab – besser gesagt dem Unglauben, der lügnerisch und fälschlich behauptet, es gäbe keine Hexen und keine Hexer, und sie könnten keinen Schaden tun, denn der Unglaube – wie ich jetzt bekenne – steht im ausgesprochenen Gegensatz zum Beschluss der heiligen Mutter Kirche, aller katholischen Doctores und kaiserlichen Gesetze, die den Tod auf dem Scheiterhaufen für solche Menschen fordern.*

Noch ein gefährlicher Gedanke durchfuhr sein Hirn, der Gedanke, dass er doch die ganze Zeit bereits so gedacht hatte, die ganze Zeit seines Lebens, und dann noch der Gedanke, dass er eigentlich nicht wisse, warum er das, sich selbst zum Schaden, gestand, aber rasch erkannte er darin einen neuen und weiteren Versuch der finsteren Mächte in sich. Deshalb senkte er den Blick und beschwor seine Erklärung.

Er hatte nichts mehr hinzuzufügen.

Die Sache Johann Ott war abgeschlossen.

## 4

*Das geheimnisvolle Verschwinden des Johann Ott. Soll das Volk demütig abwarten? Die häretische Gesellschaft fällt eine Stabsentscheidung, eine Unternehmung wird gestartet. Verwirrung der öffentlichen Meinung.*

Die Sache war beendet für Richter Lampretič und seine Gesinnungsgenossen in Regierung und Gerichtswesen. Beendet war sie für die juridischen und theologischen Fachleute, für Lampretičs rastlose Mitarbeiter: für die Zuträger, Schreiberknechte, Lockvögel, Spitzel, Lauscher, Wächter, für seine Kerkermeister und blutrünstigen Helfershelfer. So dachten sie zumindest. Der Mann hatte eigentlich allen zusammen nicht viel Arbeit gemacht, und der Fall Johann Ott war lehrreich, überaus lehrreich. Jetzt wusste das Volk, vor wem es sich zu hüten, vor wem es seinen Besitz, seine Frauen und Kinder, seine Felder, Vieh und Erträge, letzten Endes auch seine Seele zu schützen hatte: vor den Fremden, vor allem vor den Fremden. Auch vor solchen Einheimischen, die sich wie Fremde aufführten, die nachts draußen umherirrten, die Tiere über der Tür hängen hatten, die soffen und bei denen spät in der Nacht das Licht brannte, die Verbindungen suchten mit den Neustiftlern, die aus Inschriften geheime und tiefe Bedeutungen herauslasen. Der Teufel hatte überall seine Finger im Spiel. In dir versteckte er sich, im Nachbarn, im Freund, in der Frau, im Tier, in der Luft, in der Erde, in Bach und Fluss, überall. Jetzt wollte das gerechte Volk diese Bestie in Menschengestalt, die ohne Zweifel noch viel mehr Böses verursacht hatte, als man ihr nachweisen konnte, jetzt wollte es Johann Ott im Feuer sehen, das diesen entarteten Körper und seine Seele rösten und mit seinen ble-ckenden Flammen den neuen Erfolg des ehrbaren und weisen Richters Lampretič triumphierend begrüßen würde. Darum waren die friedlichen, disziplinierten und arbeitsamen Menschen dieses Landes noch an dem Schicksal dieses Mannes mit den finsteren dies- und jenseitigen Bündnissen und Verbindungen interessiert, und deshalb war die Sache für sie noch nicht beendet.

Das Volk wusste mehr als genug über die Sache Johann Ott, mehr als genug wurde über seine zahllosen satanischen Unternehmungen geredet, die die Justiz bereits während der Beweisaufnahme über ihre rechten Männer hatte verbreiten und verkünden lassen. Deshalb konnte man nicht länger schweigen, denn der Satansknecht wollte und wollte einfach nicht auf den Scheiterhaufen kommen, er war immer noch nicht erwürgt, ersäuft oder sonstwie erledigt zu sehen. Das Problem nahm sehr ernste Ausmaße an, als eine Gruppe von Bürgern aus der Stadt und der Umgebung am Stadttor zwei Stadtväter und den Stadtschreiber, die dort in amtlicher Eigenschaft zu tun hatten, mit Steinen bewarf.

– Den Satansknecht ins Feuer, rief die aufgebrachte Menge, die sich um keinen Preis beruhigen wollte. Bis in die Nacht hinein tobten die Leute in den Wirtshäusern, sodass sie schließlich von der Stadtwache mit Hilfe des Burgvogts und seiner Knechte auseinandergetrieben werden mussten.

Weshalb der Abgesandte des Teufels noch lebte, weshalb die Gerichtsobrigkeit ihr Urteil noch nicht vollstreckt hatte, das doch ausgesprochen war, weshalb weder Scheiterhaufen noch Ertränken noch Erdrosseln mit anschließendem Verbrennen vorbereitet wurde – das war eine Frage, welche die Köpfe der ehrbaren Untertanen und Freien immer mehr erhitzte. Sogar manch hohem Funktionär war die Sache nicht ganz klar, war doch eine Vollstreckung in derartigen Fällen etwas ganz Normales und Natürliches. Aber in den Kreisen schwieg man lieber, etwas musste beschlossen worden sein, ein Aufschub oder so. Zugleich zeigte man sich besorgt, denn mit der Stimmung des Volkes war nicht zu spaßen. Sollten die Menschen schicksalsergeben abwarten, bis wieder eine Pest oder ein Gemetzel oder sonst eine Seuche oder ein Leid über sie käme? Nur deshalb, weil irgendjemand zögerte, der verfluchten Brut die Seele aus dem Körper zu treiben? Deshalb brannten in einigen Stadthäusern die Lichter bis tief in die Nacht und drangen aus den Fenstern erregte, streitende Stimmen.

So hatte sich Lampretič schwer geirrt, wenn er glaubte, die Sache Ott wäre abgeschlossen, als er das Urteil verkündete, unterschrieb und den Gerichtsakt schloss. Geirrt hatten sich auch seine Männer, die mit dem Mann weiterhin zu tun hatten. Jetzt auf andere Weise, mit seinem Namen und seiner Erscheinung, die die Gemüter erregte, sodass es sogar, wie wir gesehen haben, zu richtiggehenden Unruhen und Ausbrüchen von Unzufriedenheit kam.

Es war gar nicht so leicht zu entwirren, was wirklich mit dem sonderbaren Patron aus dem Fürstentum Neisse – wenn er wirklich von dort stammte –, mit Johann Ott – wenn er wirklich so hieß –, geschehen war, dass die Leute weder das Rösten seiner Haut noch das Heulen seiner Seele, wenn sie sich in den Schoß ihres schwarzen Herrn flüchtete, zu hören und sehen kriegten. Sollte der unfehlbare Richter Lampretič mit seinen Mitarbeitern womöglich einen Fehler gemacht haben? Weshalb wäre er sonst so plötzlich abgereist, in die Gerichtshauptstadt, anstatt auf seinem abonnierten Sitzplatz vor dem Scheiterhaufen zu sitzen und dort zufrieden den wahren und feierlichen Abschluss seines Werkes zu erwarten?

Nein, ein Fehler konnte nicht passiert sein. Denn für Lampretič und die Seinen war der Fall wirklich abgeschlossen. Wenn auch allem Anschein nach für niemanden sonst.

Das beweisen die Gerichtsakten, die die Unfehlbarkeit von Lampretičs Justiz bestätigen, ihre Präzision und Gültigkeit. In diesen Akten gibt es keine juristischen Irrtümer. Nur die Mitteilung über den Strafvollzug fehlt. Alles andere aber ist von Anfang bis Ende mit Punkt und Strich verbrieft und besiegelt. Das Gerichtsprotokoll über die *Stufe der Vorbereitung,* über die *der Beweisführung,* über die *der Beratung mit anschließender Urteilsverkündung* endet mit einem charakteristischen, energischen Schriftsatz, den keine andere als die Hand Lampretičs dazugesetzt haben kann. Die Notiz besagt, dass der verurteilte Mann, der eine nachgewiesene und durch eigene Aussage eingestandene Beziehung zu den dunklen Mächten hatte, nach H., in den Teil des steirischen Berglandes, überführt worden sei, wo eben damals mit den bekannten gerichtlichen Hilfs- und Beweismitteln und Proben die Schuld einer großen Gruppe von Frauen festgestellt wurde, die sich auf dem Berge P. mit dem Teufel getroffen hatte. Dort würde der Verurteilte mit seinen Geständnissen und Erkenntnissen bei der Aufklärung und beim Gerichtsverfahren behilflich sein.

Doch in H. ist in den Akten keinerlei Mitteilung über das Mitwirken eines Johann Ott aus dem Fürstentum Neisse bei den damaligen Verhören und Prozessen aufzufinden.

Was also ist mit unserem Mann geschehen?

Jemand hat an ihn gedacht, jemand hat Tag und Nacht getüftelt und die Seinen zu Absprache und Beratung versammelt. Die Rettung naht, wenn sie am wenigsten erwartet wird, und so konnte auch Johann Ott, in seiner Behausung unter den Ratten im Gerichtsturm am Fluss, der nachts jenseits der Mauern seine Geschichten und Träume raunte, so konnte Johann Ott in dieser seiner Feuchte und in diesem seinem Grübeln über das kosmische Missverständnis, in das er verwickelt worden war, einfach nicht darauf hoffen, dass die Dinge doch noch eine Wendung nehmen würden. Aber sie hatten bereits eine Wendung genommen. Der Stab der Rettungsarmee in R. tüftelte schon an einem Plan. Für ihn war der Fall Johann Ott noch am wenigsten beendet und vergessen. Hatte der Mann nicht mit den verdammten und exkommunizierten Häretikern in jener Nacht vor dem Fest des heiligen Johannes des Täufers der Sprache aus den Finsternissen der Erde gelauscht? War er nicht mit ihnen durchs Feuer gesprungen, war er nicht ihrem Geheimbund beigetreten, als die Stunde der Sammlung schlug, die Stunde der brennenden Herzen und heißen Liebe am Rande der Waldlichtung, erhellt vom Schein des warmen und reinigenden Feuers? Johann Ott hatte immer gezweifelt, was für ihn letztlich auch verhängnisvoll werden sollte. Aber in jener Nacht, als der Unbekannte mit dem Rettungsversprechen zu ihm gekommen war, da hatte er wohl zu sehr gezweifelt. Nein, er hatte nicht gezweifelt. Er hatte kein einziges Wort geglaubt. Der unbekannte Besucher hatte ihm Hilfe versprochen. Er wusste schon, warum, er hatte die Überzeugung und die Macht dazu. Johann Ott war nicht der Mensch, der Vereinigungen,

Gesellschaften und Geheimbünden beigetreten wäre. Er hatte zu viel mit sich selbst zu tun. Mit den Neustiftlern aber war er sicher zusammengewesen. Was würden sie sonst tüfteln und seine Rettung vor Feuer, Wasser und Strick beschließen? Er war in jener Nacht bei ihnen gewesen, und es ist überhaupt nicht wichtig, ob er in ihre Umsturzpläne eingeweiht war, ob er etwas von ihren häretischen Konzepten wusste oder nicht. Er hatte keine Zeit für solche Grübeleien. Zuvor hatte er die Alte geschlagen und sich in der sicheren Obhut von Lampretičs Mitarbeitern wiedergefunden. Zuvor hatte er sein Herzblut verspritzt, auf dem Hexenstuhl gesessen und am laufenden Band Geständnisse abgelegt und Aussagen gemacht.

Die anderen aber waren verdammt geschickte und gefährliche Leute. Man wusste nie, wo ihre Verbündeten und Gesinnungsgenossen saßen, wie weit die Glieder der Bruderschaft mit ihrer Macht und ihrem Einfluss reichten.

Sie waren zu stark im Glauben. Deshalb waren sie gewiss im Bunde mit den finsteren Mächten, und deshalb waren sie vielleicht die allerschlimmsten Häretiker. Sie sprangen durchs Feuer, entzündeten Herzen und sprachen über die Einheit der Seele. Sie lauschten der Erde. Sie wanderten nachts auf einsamen Wegen mit Fackeln in den Händen. An den Feuern geschahen Wunder. An den Feuern liebten sie einander, ohne Scham und Furcht, oder wie es in einem Papier wortwörtlich heißt: Sie trieben Hurerei. Der Richter hatte sie befragt: Ist es wahr, dass ihr keinen Unterschied zwischen euch kennt? Besitzt ihr wirklich alles gemeinsam? Seid ihr wirklich wie Brüder und Schwestern untereinander? Aber sie hatten keine Antwort gegeben. Lieber waren sie gestorben. In R. hatten sie früher ihre Kirche gehabt. Sie hatten sich am Rande des schönen Landes versteckt, sie wussten zu schweigen, sie hielten zusammen, denn sie wussten, die Carolina war nahe und konnte jeden Augenblick einen jeden von ihnen dahinraffen.

Johann Ott, der jetzt dort in seinem finsteren Loch in Gesellschaft der Ratten lag und über all die Teufel in seinem Blut nachdachte, kam es einfach nicht in den Sinn, dass er Mitglied einer so glänzend organisierten Vereinigung sein sollte, deren suggestiver und entschiedener Führer Jakob Deržaj klar gesagt hatte: Bald werden neue und unerhörte Dinge geschehen. Wer fähig war, ein solches Programm zu verkünden, dem fiel es auch nicht allzu schwer, seinen Bruder der tödlichen Umarmung Lampretičs und der Carolina zu entwinden.

Johann Ott war immerhin ihr Bruder. Er war dabeigewesen, er hatte eine ihrer Schwestern besessen. Er wusste, was die Erde sprach. Er kannte die Sprache der Flammen und der Schatten. Er war ein mutiger und schweigsamer und fester Mann. Vor der Kirche hatte er sich hervorgetan mit seinem Handeln. Das alles wussten sie und warteten, wann er nachgeben würde unter den Daumenschrauben und der Schlinge. Ein noch so fester Mann gab nach, wenn er nicht tief genug im Bund und im Glauben stand.

Johann Ott hatte nichts gesagt. Niemanden verraten.

Es ist jetzt nicht einmal wichtig, ob ihr Bruder, den die Steirische Carolina in ihrer heißen und kalten, tödlichen Umarmung drückte und koste, nichts verraten konnte, weil er einfach nichts Rechtes wusste. Er war hinter dieser Frau hergegangen in jener Nacht, hatte das dunkle Gesicht mit dem Feuer dahinter gesehen, hatte einen unbekannten Prahler am Abend vor der Flucht verjagt, doch – was sollte er darüber schon erzählen?

Die Nächte gingen dahin, die Tage liefen ins Land, und niemand pochte mit lautstarker Ankündigung an ihre Tür. Also hatte er niemanden verraten.

Alle Qualen hatte er ausgehalten, seine körperlichen Schmerzen und sein Blut hatte er für den Bund gegeben. Darum setzte sich die Verschwörermaschinerie in Gang. Es wird niemals endgültig klar werden, wie weit ihre Fühler und Organisationsfäden reichten. Hatte der bestechliche Richter Josef Albin beschlossen, dass der Verurteilte nach H. gebracht werden sollte, wo einer größeren Gruppe von Hexen der Prozess gemacht wurde? Hatte das ein anderer getan? Kamen die Winke und Einflüsterungen von höherer Stelle? Gab es ganz oben in der Gerichts- und Gewaltenhierarchie einen Angehörigen der Vereinigung, der eingeflüstert, der einen Wink gegeben hatte? Warum war Lampretič so plötzlich nach G. abgereist, hatte aber das Gerichtsprotokoll in aller Richtigkeit und Konsequenz so abgeschlossen, dass an seiner unerschütterlichen Treue zum Recht zu keiner Zeit der geringste Zweifel aufkommen würde?

Auf diese und andere Fragen werden wir niemals eine Antwort bekommen. Wir wissen nur, dass der Anführer der Stifter, Jakob Deržaj, sehr viel später aussagte, sie hätten für Johann Ott in seinem Verschwörerstab in R. die Rettung vorbereitet. So werden wir Johann Ott auf seinem Weg durch die geschichtlichen und metaphysischen Wirren wiederbegegnen. Diesmal heiterer und mutiger denn je zuvor. Denn: *Wer einmal dem Tod entflieht, das Leben mit anderen Augen sieht.*

An jenem Morgen, als sie ihn wegbrachten, etwas bleich und ziemlich übel zugerichtet, seine Nase war zweifellos gebrochen, und das nicht nur einmal; als sie ihn also nach H. brachten zu neuen Beweisverfahren, gab es in der Menge auch eine ganze Reihe warmer und freundlicher und vor allem dankbarer Blicke. Der Mann konnte sie natürlich nicht sehen, denn um den Wagen drängte sich eine große Menge ehrbaren Volkes, das seine Wut und seine Feindseligkeit nicht zügeln wollte und es wohl auch nicht konnte. Warum auch, warum sollten sie ihn nicht anspucken und auf ihn einschlagen, wo er doch erwiesenermaßen schuldig war? Schweigend und mit gesenktem Blick ertrug er den gerechten Volkszorn. Er war all dessen schuldig, was man ihm nachgewiesen hatte, und vielleicht gab es noch vieles mehr. Jedem dieser guten und arbeitsamen Menschen hatte er direkt oder indirekt ein Übel zugefügt. Diesem hatte er das Vieh vernichtet, jenem das Kind verdorben. Dieser hatte seinetwegen gekränkelt, jenen hatten im Traum abscheuliche Fratzen verfolgt. Diesen hatte er ins Auge getroffen, jenen ins Gedärm. Nimm den Alten dort, der da zittert und hinkt und durch die spärlichen und faulen Zähne spuckt und geifert, während er sich zum Wagen mit dem Käfig und der Bestie darin drängt. Hat er nicht gerade dem die Manneskraft genommen, sodass er jetzt Nacht für Nacht in sein Kissen schluchzt? Und sieh dir dieses verwachsene Mädchen an, das seinen Kopf durch die Öffnung am Rande steckt und knurrt, als wollte es ihn beißen. Hat nicht gerade er ihm die Hände verstümmelt und sie verdorren lassen und ihm die Gedanken im Kopfe verstört und verwirrt? Und sieh dort das dicke Marktweib, das sich keuchend durchs Gedränge schiebt, rot im Gesicht, Speichel und Schaum vor dem Mund, einen

Stock in den Händen. Wer hat ihr in dunkler Nacht die Tochter entehrt? Er.

Er hat diese und andere schreckliche Sachen begangen, er hat die Leute nachts geweckt, sodass sie einen schlimmen Druck auf der Brust spürten und eine schweißnasse Stirn und feuchte Hände bekamen. Er ist auf ihren Dächern herumgeklettert, hat in dunklen Nächten mit den Fensterläden geschlagen, ist auf Zehenspitzen um ihr Bett herumgestiegen, hat ihr Gedärm verdorben, die Zähne vernichtet, ihnen die Freude am Essen genommen, ihren Kopf im Fieber verwirrt und ihnen Geschwülste in den Körper gepflanzt.

Er und seinesgleichen.

Dafür hatte er viel zu wenig gekriegt, wieviel es auch immer gewesen war. Die Nase hatten sie ihm eingeschlagen, aber warum hatte er heile Hände und Füße? Warum hatte er ein Auge zum Sehen, ein Ohr zum Hören? Warum wälzte sich in seinem Mund noch diese schwarze Zunge, mit der er die Verwünschungen ausgesprochen hatte? Warum hatte er noch die Fingernägel, mit denen er ihre Hälse zerkratzt hatte? Warum straffte sich noch immer die Haut über seinem Körper und den wimmelnden Ungeziefergelegen?

Ein Glück, ein großes Glück, dass all das bald rösten und braten würde, schrumpfen und schmoren und prasseln, ein Glück, dass dieses Nest der Teufelsbrut bald zu Staub zerfallen und der Satan unter schaurigem Geheul die Seele des Fremden verlassen würde.

Und wozu, wozu warteten sie noch mit dem Feuer? Wohin brachten sie ihn unter strengster Bewachung? Warum machten sie ihm nicht gleich hier den Garaus und rissen ihn in kleine Stücke?

Nein, in diesem Ausbruch des gerechten Volkszorns konnte Johann Ott die verborgenen Blicke nicht sehen, die ihm Hoffnung eingeflößt und die Gedanken von den Keimen in seinem Blut und dem Fliegengesirr unter seiner Haut abgelenkt hätten. Er konnte nur hoffen, dass sie ihn nicht gleich hier zerfetzten und mit den Zähnen zerrissen, dass seine Eingeweide nicht gleich hier auf diesem Stadtpflaster auseinandergezerrt würden. Aber eine solche Schande würde sich die Stadtobrigkeit nicht erlauben. Wenn der eindeutige Befehl gekommen war, dass er zu einem neuen Prozess nach H. musste, dann musste er dorthin, dann würde er eben dort seinen Tod erwarten.

Die Blicke aber gingen mit ihm. Von Dorf zu Dorf, von einer Versammlung des gerechten Volkszorns zur anderen gaben sie einander die geheime Nachricht weiter. Denn er konnte einfach nicht unter der Herrschaft des Teufels stehen, er hatte all diese schrecklichen Dinge nicht begangen. Er war einer der Ihren und wusste zu schweigen und auszuhalten. Die Verschwörungsorganisation funktionierte gut.

Der letzte Vermerk bezeugt, dass er nach H. geschickt wurde, und dann verlieren sich seine Spuren in unseren und in den benachbarten Landen. Es verliert sich jede Spur Johann Otts aus dem Fürstentum Neisse, was allerdings noch gar nichts besagt, gar nichts aussagt über sein Leben und sein geheimnisvolles Schicksal. Das letzte Protokoll bezeugt, dass er nach H. geschickt wurde. In allen Gerichtsarchiven und in H. findet sich jedoch keinerlei Hinweis, dass er in den dortigen Prozessen auch wirklich mitgewirkt hätte.

Was also ist unterwegs geschehen?

Der Zug mit einem so berühmten Reisenden kam natürlich nur sehr langsam voran. Nicht nur wegen der beiden armen alten Pferdekreaturen, die den Karren hinter sich herzogen und mit ihm diese ganze Teufelsprozession, nicht nur deshalb. Vor allem wegen der anständigen Leute an jedem Ort, in jedem Dorf, in jedem Weiler, die den Mann anspucken mussten, auf ihn einschlagen und ihn auch beißen, wo immer es möglich war. Johann Ott mit all seinen Untaten, aber auch die zahllosen anderen Schlechtigkeiten, die seinesgleichen und ihm Verwandte auf dem Gewissen hatten – alle diese Unglücksfälle nämlich waren nicht die einzige Bürde, die dieses Volk hatte ertragen und erleiden müssen. Es gab Krankheiten, es gab blutige Kämpfe, es gab wilde Janitscharen, ihre eigenen Söhne, es gab alles mögliche Böse, und es ist ganz verständlich, wenn sie den inneren Feind, den allergefährlichsten Feind genau genommen, den Feind, der hier war und in der Luft und im Blut und der jedem unter die Haut kriechen konnte, wenn sie einen solchen Feind inständig und aufrichtig hassten.

Aber das maßlose Elend, das sie erlebten, zeitigte auch die demografische Tatsache, dass viele starben, dass viele fortzogen und dass deshalb zahlreiche Häuser oder sogar ganze Weiler leer standen.

In einem solchen leeren Weiler machte die Teufelsprozession halt. Vor dem einzigen Haus, das Zeichen von Leben verriet.

Die Wache versuchte später, ihre Rast mit allen möglichen Ausreden zu rechtfertigen, was sie aber nicht vor vielfältigen Strafen und Bastonaden rettete. Sie sagten, man hätte ein solch schreckliches Tempo einfach nicht durchhalten können. In jedem Dorf Volkswut, und es hätte sie Anstrengung gekostet, den Verbrecher für die neuen Prozesse und den Scheiterhaufen am Leben zu erhalten. Sie sagten, sie hätten einfach eine Rast einlegen müssen.

Das war verständlich, schwerer aber war der schlimme Fehler zu erklären oder zumindest die sehr nachlässige Dienstausübung, die sie sich später hatten zuschulden kommen lassen. Zuerst versuchten sie es zu vertuschen, dann aber kam es an den Tag, als einer von ihnen einlenkte. Es seien auch unbekannte Leute zu dem Haus gekommen, hilfsbereit, aber mit finsteren Blicken. An die finsteren Blicke und an die Tatsache, dass mit dieser Gesellschaft eigentlich nicht alles stimmen konnte, daran hätten sie sich erst später erinnert. Damals hätten sie das nicht gesehen. Sie hätten sich nett dazugesetzt, zu ihren Getränken und ihren Frauen. Sogar der Missgeburt auf dem Wagen hätten sie etwas Brot hingeworfen und ihr zu trinken gegeben.

Mehr konnten sie nicht aussagen.

Gegen Abend muss eine Hexerei vorgegangen sein, denn der Verurteilte Johann Ott war zusammen mit den unbekannten Männern verschwunden.

Die Betrunkenen taumelten umher, als ihnen bewusst wurde, was geschehen war, die ganze Umgebung wurde abgesucht, aber die Nachtgestalten waren wie vom Erdboden verschluckt.

Wieder hatte ein Teufel seine Finger im Spiel. So ist es wahrscheinlich wirklich gewesen, denn ohne die finsteren Mächte hätte der Verbrecher, gefesselt und erschöpft, wie er war, nicht flüchten können.

Die Wächter beeilten sich, noch nachts nach H. zu kommen, damit das enttäuschte Volk nicht an den nächsten Stationen anfangen würde, sie, die unermüdlichen Wächter, zu bespucken und zu beißen, die sie doch ihre Arbeit gut verrichtet und auch mitgeholfen hatten, den Bösewicht zu prügeln, wenn ihnen langweilig gewesen war.

In H. war man am Toben, Lampretič tobte in der Stadt.

Das Volk wollte den Scheiterhaufen.

Johann Ott aber war nicht mehr da. Er war verschwunden. Der Skandal war schlimm, denn so einen Teufelsdiener aus den Händen zu lassen, bedeutete das nicht auch, selbst mit ihm im Bunde zu stehen? Eine Untersuchung setzte ein. Wer hatte den Verurteilten nach H. überstellen lassen? War diese Maßnahme dringend erforderlich gewesen? Hier kam man ins Stocken. Die Maßnahme sei in der Tat erforderlich gewesen, denn die Suche nach einer Verbindung zwischen der Hexerei und den Teufelsbünden im Fürstentum Neisse und dem Übel hierzulande habe ein äußerst wichtiges und brauchbares Resultat ergeben.

Die Obrigkeit versuchte den Skandal abzuschwächen. Um dem Zorn der aufgebrachten Menge zu willfahren, bekamen sie im Schnellverfahren von den Hexen aus H. alle notwendigen Geständnisse. Es stimmt zwar, dass dabei der verbotene spanische Stiefel angewendet wurde, nicht nur die zugelassenen Methoden der humanen Gerichtspraxis, also Streckbank, Daumenschrauben, Binden und Hexenstuhl; aber wegen der Dringlichkeit des Beweisverfahrens hatten die Zuständigen ein Auge zugedrückt. Dann wurden sie rasch geröstet, und zwar auf den verschiedenen Bergen des Landes, um eine ausgeprägtere und tiefere Propagandawirkung zu erzielen.

Damit wurde der Umfang der Untersuchung zugleich etwas eingeengt, denn die Asche der verbrannten Hexen war nicht geeignet, auf immer neue Häuser hinzuweisen, wo weitere Gefährtinnen und Mitgenossen hausten. So zeigten auch die Rückmeldungen und das Echo, das auf die Stimmung des Volkes hindeutete, nach detaillierter Analyse ein überaus günstiges Bild. Unter anderem hatte sich rasch die Neuigkeit verbreitet, auf einem dieser Scheiterhaufen habe auch Johann Ott diese Welt heulend verlassen.

So war es schon besser.

Die Meinungen widersprachen sich noch eine Zeit lang, einige Radikale, vor allem aber einige wenige Gewissenhafte des öffentlichen Dienstes waren mutig genug, zu später Abendstunde beim Wein oder zur Frau im Bett zu sagen, dass ihnen die ganze Sache doch leicht verdächtig vorkomme; einige zweifelten noch kurze Zeit und stocherten in der Nähe der Informationsquellen herum. Aber allmählich gewann der Gedanke die Oberhand, der in der gesunden Gerechtigkeitsvorstellung des Volkes wurzelte: Einen solchen Verbrecher musste die Strafe einfach irgendwo ereilt haben, wenn nicht auf diesem, dann auf jenem Scheiterhaufen, wenn nicht im Feuer, dann im Wasser oder unterm Beil.

# 5

*Ein wiegender Herbstwind. Die 12.672 Teufel der Elisa Pleinacher. Die alte Bruderschaft nagt an den Wurzeln. So viele hitzige Worte, so viele Pläne und Konzepte. Eine einige geistige Gemeinschaft. Die Gemeinde. Wohin treiben ihn die Strudel der gefährlichen Sendung?*

Unser Mann aber trug den Kopf fest auf seinem Hals. Hier ist er, sagte er zu sich, wenn seine Erinnerung zurückirrte, hier sind die Adern und Sehnen und Knochen, die ihn oben halten. Er war fest am Körper angewachsen, und jetzt nahm ihm den keiner mehr runter. Auch die Haut war heil geblieben, zwar schon narbenübersät, aber heil, schön straff über dem mächtigen Körper, über diesem geschwächten, aber immer noch umfangreichen Darmgeschlinge, das in ihm leicht hin und her schwappte, während er in dieser Kammer saß und Berge von Fleisch und Brot in sich hineinstopfte, wenn er sich krügeweise den Wein hineinkippte.

Alles ist versammelt, alle Teile des Körpers sind zur Stelle und heil. Das ist wichtig, sagte er und lachte vor sich hin, dass ihm der Wein in Bächen zwischen den Zähnen hervorspritzte auf den Tisch.

Die Carolina hatte sein Herz schon in ihrer kalten Hand gehalten. Er hatte ihre Hand in der Brust gespürt und ihren festen Griff gefühlt. Mit ihm war es vorbei gewesen, Feuer und Zange und Richter und Henker und das fromme, gerechte Volk – alle hatten ihm schon mit dem gestreckten Finger den Weg in die andere Welt gewiesen, nicht hinauf, nicht zu den Sternen, den himmelblauen, sondern hinab in die Erde, die er sprechen gehört hatte, zu ewigem Feuerschein und lodernder Flamme, zu Qual, Schmerz und Schrei, der in jegliches Gewebe drang, ins Gebein.

Der wievielte Tag war schon vergangen in dieser düsteren Bleibe irgendwo an irgendeinem Waldrand? Wie lange waren sie bis hierher gegangen? Wohin hatten sie ihn gebracht? Was würde der Preis sein für die Rettung? Womit hatte er sie sich verdient? Was kam danach?

Er rührte sich nicht aus der Hütte, so wie sie ihm aufgetragen hatten, aber die Fragen bohrten und bohrten. Der Körper hatte sich erholt, und der Mann wurde wieder von Unruhe geschüttelt. Weiter, raus hier. Aber wohin?

Er hörte den klagenden Herbstwind, der die Baumwipfel wiegte und kältere Tage ankündigte. Es wurde dunkel, und der Himmel drückte zu Boden. Seine Wölbung begann unmittelbar über dem Wald und spannte sich bis zur anderen Seite in der Ebene, sie umschloss den Raum. Von dort, durch diese Pforte in der Landschaft, mussten sie kommen. Er wartete in seinem bequemen Versteck und zermarterte sich das Hirn und konnte sich immer weniger seines Lebens und seiner heilen Haut freuen. Sie hatten ihn doch nicht dazu gerettet, um ihn hier in dieser Hütte verfaulen zu lassen?

Kein lebendes Wesen weit und breit. Nur der Wind mit seinem Lied und dem Wiegen der Bäume, nur die langen, leeren Nächte, wenn im Traum wieder die Geister mit ihren Gestalten erwachten. Die Nahrung begann ihm auszugehen, und er musste mit den Vorräten äußerst überlegt umgehen. Die Zeit floss unendlich langsam dahin, und es wurde unerträglich. Eines Tages stand er am Fenster, als er im Wald oberhalb des Hauses das Knacken von Zweigen hörte. Es kam näher, und ihm schien, als würde dieses Geräusch menschlicher Schritte direkt auf das Haus zumarschieren. Dann sah er oben zwischen den Bäumen eine Gestalt, die sich langsam und vorsichtig bewegte. Ein ärmlich gekleideter Bauer, mit Reisig beladen, sah zum verlassenen Haus herunter. Im ersten Augenblick war er darüber so froh, dass er am liebsten hinausgestürzt wäre und ihn zu sich eingeladen hätte, auf einen Imbiss, ein Gespräch, ein menschliches Wort. An der Tür stockte jedoch sein Schritt. Hatten sie nicht gesagt: Verrat droht? Hatten sie nicht gesagt: Warte, wir kommen selbst, wir kommen zuverlässig? Er hörte sein Keuchen, das Schlagen seines

Herzens, das in seiner Brust pochte und ihn hinaustrieb, und er hörte den Gedanken, der ihn an den Boden schmiedete. Die kreischende Alte, die zahnlose Vettel in der Ecke, die ihn mit ihrem scheußlichen Geschrei Lampretičs Leuten in die Fänge getrieben hatte. Der Bauer würde erschrecken, flüchten, melden. Das wäre das Ende, dann rettete ihn nichts mehr. Er blieb stehen.

Der andere sah lange herunter, als wollte er näherkommen und eintreten, dann drehte er sich plötzlich um und verlor sich zwischen den Bäumen. Was, wenn er hereingekommen wäre? Hätte er ihn erschlagen? Hinter dem Haus vergraben? Verbrechen und Menschenblut auf sich geladen?

Er warf sich aufs Lager und horchte auf die Unruhe, die gegen die Wände des Raumes und die Wölbung des geschlossenen Himmels brandete. Jetzt hielt er es nicht mehr aus. Jetzt musste er weg.

Am selben Abend kamen sie. Im Halbdämmer sah er sie, wie sie in der Ebene im Wind einherschwankten, wie sie unendlich langsam zum Haus geschlichen kamen. Einer zu Pferd, zwei hinter ihm. Für einen unendlich langen Augenblick verschwanden sie in der Senke vor dem Haus, dann waren sie auf einmal auf dem Hügelrücken und vor der Tür.

Diese Nacht brannte das Licht in dem einsamen Haus am Waldrand bis zum Morgen, und bis zum Morgen beugten die Männer ihre Köpfe zusammen in gelehrtem Gespräch. Diese Nacht enthüllte sich Johann Ott die wahre Gestalt der Welt. Was er bisher geahnt hatte, was im Aufblitzen seines Wissens und seiner Erfahrungen in sein Bewusstsein getreten war, das rundete und vervollständigte sich jetzt. Als er sich morgens beim ersten Tageslicht aufs Pferd schwang und den Männern die Hand drückte, wusste er: Dieses Land war eine Stätte des Unglücks. Tag um Tag entrichtete es seinen Blutzoll.

Feuer und Blut und Wirrsal herrschten überall. Der blutrünstige, grausame Türke pfählte noch immer unschuldige Christenkinder im Angesicht ihrer Eltern. Hunderte Male war er schon geschlagen worden, aber er hörte nicht auf. Aufrührerische Bauern wurden zu Tod und Galeere verurteilt. Die Herren untergruben mit Verschwörung und Hader die kaiserliche und kirchliche Autorität. Die Kirche selbst betrieb die allerschlimmsten Gottesfrevel. Kaum hatte sie die falschen lutherischen Propheten gezähmt, da rissen in ihr schon wieder Habgier, Laster und Bosheit ein. Die Weltgeistlichen waren hochfahrend, die Ordensleute weltlich, und alle zusammen waren sie raffgierig wie die Wölfe. Der Blutrichter verurteilte unschuldige Menschen als Kriminelle und Verbrecher. Die Tochter denunzierte die Mutter als Hexe. Die Gerichtskommission ließ sich während der Folter mit Wein volllaufen. Nonnen musste mit allen Mitteln der Teufel ausgetrieben werden, weil sie von einem sexuellen Massenwahn besessen waren. Bischöfe, die von Jesuiten erzogen worden waren, hatten sogar Professoren, Jurastudenten, Pfarrer, Kanoniker und Vikare, Seminaristen und die schönsten Mädchen einsperren und in erheblicher Zahl auch verbrennen lassen. Der Enkelin Elisa Pleinacher waren 12.672 Teufel ausgetrieben worden. Das zehnjährige Mädchen hatte dem Teufel zwei Kinder geboren und das ausdrücklich zugegeben. Sechs Frauen hatten ein Kind ermordet, es wieder ausgegraben und aus ihm Teufelsfett gekocht. Dr. Ivan Tillerich hatte in vier Jahren dreißig Hexen zum Scheiterhaufen verurteilt, um nichts besser waren Peter Schatz oder die schon erwähnten Dr. Barth und Lampretič gewesen. Waren das wirklich alles Hexenmeister gewesen, hatte man es den Hexen wirklich nachgewiesen? Waren unter diesem Vorwand nicht auch viele Häretiker und hauptsächlich gerade Stifter gestorben? Deutete nicht das System mit dem Finger auf sie: Sie beten den Teufel an? War nicht jeder ein Häretiker und Teufelsanbeter, der an dem allgemeinen Wahnsinn zweifelte? Hexerei gab es, daran war kein Zweifel, aber musste denn alles Hexerei sein, was diesem oder jenem adeligen oder kirchlichen Machthaber oder Stadtrichter gerade einfiel? Musste denn gerade das Neue Stift das Ziel ihrer Blutgier sein? Und der Teufel, auf welcher Seite versteckte sich der Teufel? In wem, in welchen Menschen und Institutionen? So weit war es gekommen, dass die Menschen im Steirischen bei einem Türkeneinfall dem Sultan den Treueid leisten mussten. So weit war es gekommen, dass Christen einander dreißig Jahre lang wegen eines falschen Dilemmas abgeschlachtet haben. In Wahrheit waren die einen nicht besser als die anderen. Lutherische oder Papisten, beide hatten Angst vor dem Glaubensfeuer, dem zu großen Entflammtsein für die Wahrheit. Beide behaupteten, ein Christ sei es schuldig, von seiner Obrigkeit auch Gewalt und Unrecht zu erdulden. Sie fürchteten sich vor den neuen Kirchen. Sie fürchteten die alte Gemeinschaft und Bruderschaft unter den Menschen. Sie waren aufeinander losgegangen, aber wenigstens im Krainischen hatten die Papisten die Lutherischen geschlagen. Jetzt waren die anderen an der Reihe. Tausende von Menschen hatte man durch die Marter läutern wollen, und die sollten alle mit dem Teufel im Bunde gewesen sein?

Aber noch lebte die alte Bruderschaft. Sie fraß an den Wurzeln und nagte an dieser Welt der Finsternis. Es war wahr, dass sie bei den Bauernaufständen dabei gewesen waren. Es war wahr, dass sie bei den Verschwörungen dabei gewesen waren, denn alle Mittel waren erlaubt zur Vernichtung der wirr und wahnwitzig eingerichteten Welt. Aber ihre wahre Stärke lag anderswo. Sie lag im Geist, im Glauben, in der Gleichheit, in der tiefen und unendlichen Hingabe an die gemeinsame Idee. Die Welt ihrer Zeit war eine Welt des Terrors, regiert von einer großen Verschwörung. Das Neue Stift würde dem ein Ende machen.

So viele flammende Worte, so viele Erklärungen, so viele heiße Blicke und so viele Händedrücke erlebte Johann Ott nach den langen Tagen der Einsamkeit in einer einzigen Nacht, dass ihm jetzt, wo er in den neuen Morgen ritt, wirklich ein wenig im Schädelkessel schwindelte. Aber er war dabei, mit glühender Überzeugung, mit entschlossener Hingabe an die neuen, bisher nur erahnten Ideen, die aber jetzt unerwartet und verlässlich als klare Erkenntnis in ihn Eingang gefunden hatten, als wahre und letzte Wahrheit. Er würde als Verkünder des wahren Bundes durch das Land ziehen, Feuer würden auf einsamen Lichtungen brennen, Menschen würden Steine auf ihren Rücken laden, und neue Kirchen würden an heiligen Stätten emporwachsen, dort wo sich die Wunder ereignet hatten, Pilgerscharen würden die wahren Heiligen verehren, die Organisation würde stärker als je zuvor innerlich verbunden und geeint sein. Das beunruhigte Volk würde endlich seinen Weg zu Erlösung und wahrer christlicher Gemeinschaft finden. Die Fronbauern würden die Fron verlassen, Knechte und Mägde würden von der Arbeit gehen, Kinder würden die Eltern verlassen und Väter die Familien, niemand würde über einen anderen herrschen, niemand würde jemandem den Papstgott predigen, alle würden wie Brüder und Schwestern miteinander leben, keine Messen und Predigten würde es geben, keine falschen Heiligen. Es würde eine einige geistige Gemeinschaft sein. Es würde eine Gemeinde sein, die Kraft des Geistes und des Glaubens, ein beharrliches Wirken von Mensch zu Mensch, eine unzerreißbare Bindung. Das war der Weg. Das war das Ziel.

So viele flammende Worte, so viel Eifer, so viel Entschlossenheit plötzlich für die neue Sache, dass wir unserem Mann nur schwer zu glauben vermögen. Er erwärmte sich für die Ideen der Stifter, ihre Konzepte und Programme, für ihr Nagen an den Wurzeln, für die Zersetzung von Geist und Organismus des bestehenden Systems, für eine Untergrund- und Verschwörertätigkeit genau genommen. Und er erwärmte sich so plötzlich, in einer einzigen Nacht war er warm geworden, und in einer einzigen Nacht hatte er in die aktive Teilnahme eingewilligt. Es stimmt, sie hatten ihn vor dem Tode errettet. Es stimmt, er hatte genug Zeit gehabt zum Nachdenken über die Justiz und die geistige Struktur dieser Menschen und dieses Landes. All das stimmt, aber es stimmt auch, dass an dem Mann nicht alles ganz geheuer war. Sein ganzes Tun, sein Selbstzeugnis bestätigt das. Viel zu anders waren die weltlichen und geistlichen Wege gewesen, die er bis dahin gewandert war, als dass er so plötzlich und so entschieden hätte umschwenken können.

Vielleicht sagte ihm die neue Aufgabe zu, dieses Handeltreiben von Stadt zu Stadt, von Dorf zu Dorf, dieses angebliche Handeltreiben, das seine wirkliche Sendung verbergen sollte: die Verbindung herzustellen zwischen den Anhängern, das Überbringen von Botschaften, das Sammeln von Wissenswertem. Wie auch immer: Er hatte sich selbst entschieden. Er würde die Folgen selbst zu tragen haben. Wenn er es sich nicht doch noch anders überlegte. Wenn es ihn nicht doch wieder sonstwohin treiben oder wirbeln würde.

## 6

*Ein weiter, heller Raum. Heimliches Schlachten eines großen Tieres. Nächtliches Keuchen im schwarzen Verschwörerloch.*

Die Ebene, die er zuvor vom Haus aus gesehen hatte, war bei Weitem nicht so weitläufig, wie es geschienen hatte, als das Himmelsgewölbe sie mit seiner Innenseite niederdrückte und umschloss. In der Klarheit des Sonnenaufgangs konnte man schön ihren Rand sehen, von wo sie steil zum Berg aufstieg. Das gute, sehnige Tier, das man ihm sorgfältig ausgesucht hatte, war einen Reiter auf seinem Rücken gewöhnt. Es setzte die Füße vorsichtig und mied den scharfen, gefrorenen Wegrand. Johann schaute in diesen Sonnenaufgang und spürte die warme, atmende, lebendige Masse unter sich, die zusammen mit ihm pulste in dem einheitlichen Willen zu reisen, Entfernungen zu bezwingen. Diesen Sonnenaufgang sah er und sah zugleich, dass wieder ein Morgen begann, immer wieder ein Morgen, immer wieder ein neuer Weg, immer wieder ein neuer Anfang, mochten am anderen Ende des Weges, am Ziel oder was immer dort war, auch noch so gefährliche Fallen warten. Als hätte sich die Natur gemeinsam mit ihm entschlossen. Das düstere Himmelsgewölbe, das vorher auf dem Boden gelastet und die Baumwipfel berührt hatte, war jetzt aufgebrochen, und die Sonne rötete sich grell und rund in dieser kalten Landschaft. Allmählich tauchte er in das Strahlen des roten Lichts ein, das oberhalb des Berges immer mehr aufbrach und sich versprühte.

Als er an den Fuß des Berges kam, verschwand die Sonne, und kalter Schatten überflutete ihn. Er gab dem Pferd die Sporen, damit es den schmalen Weg schneller vorantrabte, an den leeren Bäumen vorüber, mit ihren abstehenden, dolchkalten Zweigen. Wann hatte der klagende Wind die letzten gelben Blätter von ihnen heruntergeweht? In den letzten Tagen, als er in seinem Versteck gehockt und auf den Augenblick gewartet hatte, dass sich die letzte Spur verloren haben und den Verfolgern jegliche Lust an der Suche vergangen sein würde, oder schon früher? Er spürte diese Landschaft und atmete das klare Licht des jetzt schon blauen und reinen Himmels. Alle Augenblicke sah er hinauf. Mit jedem Atemzug zog etwas von dieser himmlischen Heiterkeit in ihn ein. So atmen und fühlen Wiedergeborene.

Es zeigte sich, dass der Weg in eine Art Talkessel führte. Auch auf der anderen Seite erhob sich ein Berg mit zerzausten Bäumen, und ganz schwarz war er an diesem Morgen mit seinen Hängen, die er so aufdringlich zur Schau stellte. Eine geraume Zeit musste er durch dieses Loch reiten, und er atmete richtiggehend auf, als er am Ende einen weiten, hellen Raum erblickte. Der Himmel zog sich mit seiner Bläue weit hinunter, und dort öffnete sich die Welt weit. Es würde wirklich angenehmer werden, aber auch gefahrvoller. Jetzt kamen Dörfer und einsame Bauerngehöfte, kurzum menschliche Wohnstätten, die ihn einst an einem solchen Morgen ziemlich rasch und gegen seinen Willen dorthin zurückgewiesen hatten, von wo er gekommen war.

Wind gab es noch immer keinen. Auch keine Wolken. Aber die Vögel tobten sich schon auf den Feldern aus. Schwarz krächzend, geradezu trübselig in dieser schwermütigen Herbstlandschaft, an diesem gesegneten Herbstmorgen, der für Johann Ott erwacht war. Langsam kam er voran zwischen den Feldern, über die Wiesen mit dem bräunlich gefrorenen Gras, und schließlich durchquerte er einen schütteren, grauen Wald. Es roch nach Schnee, obwohl der Tag klar war und die Sonne hoch über den Himmel rollte. Es war ja die Zeit, wo der Schnee kam, kalte, klare Tage warteten auf ihn. Irgendwo in der Ferne sammelten sich schon die schwarzen Massen am Himmel, um das Himmelsgewölbe wieder zu verschließen und den Horizont wieder zu verengen.

Diese öde Landschaft, dieses ermüdende Reiten über einsame Wege, war das seine Freiheit, die er so sehnlich erwartet hatte? Obwohl es den Horizont gab und Ausblicke, wohin er schaute, obwohl sich an seinem Weg in der Ferne ein Haufen Häuser abzeichnete und senkrecht der Rauch zum Himmel aufstieg, war Johann Ott plötzlich wieder missmutig und finster.

Zu schnell hatte er den feuchten Gerichtsturm aus dem Gedächtnis verloren, wo das Auge ringsum nur das Gemäuer abtasten konnte. An einem einzigen Tag hatte er die unendlichen Tage des Wartens in der Hütte vergessen, wo er nur einmal den wild aufgescheuchten Tritt eines Bauern gesehen hatte.

Es dürstete ihn nach Menschen, nach sorglosem Gespräch, nach einem Wirtshaus, nach vielen warmen, lebendigen Körpern auf engem Raum.

Gegen Abend erblickte er den Weiler, zu dem er wollte. Der schwarze Häuserhaufen duckte sich unter den Rücken eines Berges, als wollte er sich vor den Winden und Unwettern verstecken, die über ihn hinwegbrausten. Unwillig und müde blickte er auf diese niedrigen Hütten mit den kleinen Fenstern, die immer gleich weit, immer gleich klein und gleich hoch am Berg lagen. Das Pferd unter ihm bewegte sich schwerfällig und willenlos.

Als er oben ankam, war es schon dunkel. Hinter den schwarzen Öffnungen schimmerten ein paar schwache Lichter, und nur für Augenblicke wurden sie hier und da von einem Schatten verdeckt. Also doch, ganz nah und wirklich, Spuren von Leben.

Aus dem geräumigen und hohen Schuppen, der neben einem der Häuser stand und dieses sogar um einige Meter überragte, hörte er Stimmen. Langsam glitt er vom Pferd und ging mit müdem, wankendem Schritt dem Geräusch nach. Die Tür öffnete sich, sodass ein Lichtstreif auf den Hof fiel, zugleich stürzte ein niedriger Schatten aus der Öffnung und schlug die Tür hinter sich zu. Jemand stieß einen leisen Schrei aus, und das Licht in den Ritzen verlosch. Er stand vor der Tür und horchte verwundert auf die plötzliche Stille. Drinnen rührte sich nicht das Geringste.

Jetzt war er ganz auf der Lauer. Aus dem Gürtel zog er den langen Dolch und packte ihn fest am Griff. Ein Zurück war unmöglich. Mit diesem müden Klepper unter sich, in der Nacht mit Leder und

Silber beladen, überall lauerten sie. Und hier, was steckte hinter dieser plötzlichen Stille, hinter der Tür? Hatte er den Weg verfehlt? War er nicht an die richtige Adresse gekommen? Angespannt stand er da vor der Tür und überlegte. Er würde es mit einem freundlichen Wort versuchen, wenn es nicht die richtigen Leute waren, natürlich. Sonst würde er diesen Bauernschädeln, die da hinter der Tür hockten, sicher einen Schrecken einjagen. So würde er es machen.

Er trat zur Tür und schlug zweimal mit der Faust kräftig dagegen. Drinnen dröhnte es durch den Raum, aber es gab kein Echo. Kein Laut. Nichts. Und doch waren sie hinter der Tür. Leicht drückte er sie auf, sodass das morsche Holz durchdringend aufächzte. Die klare Nacht drang in den Innenraum, und der Mond beleuchtete eine sonderbare Szene. Von der Decke bis zum Boden herab hing eine riesige, ausgespannte blutige Masse Fleisch. Unten baumelte ein Tierkopf, unter der handbreit durchschnittenen Gurgel, aus der jetzt noch das Blut hervorsickerte und unten in den Eimer abfloss. Die Haut war in der Mitte aufgeschnitten und stark auseinandergezogen, sodass sich das blutverschmierte fleischige Innere im grellen Mondlicht glänzend zur Schau stellte. Sechs oder sieben Männer standen mit glimmenden Augen und in lauernder Haltung im Kreis. Als hätte er sie mitten in einer unehrlichen Handlung überrascht, und als wären sie jetzt zur Verteidigung bereit. Einer, der, der neben dem Tier stand, das die Beine zusammengebunden und irgendwo ganz unterm Dach versteckt hatte, hielt ein langes, bluttriefendes Messer in Händen.

So standen sie sich einen einzigen, endlos langen Augenblick gegenüber. Er in der Tür, das Mondlicht hinter sich, mit dunklem Gesicht und einem langen Dolch in der Hand, sie überrascht und im Licht, auf das Schlimmste gefasst. Der Bursche, der zuvor Wache gestanden und den Ankömmling gemeldet hatte, stand jetzt kaum einen Schritt von der Tür entfernt.

Obwohl das Betrachten und Erkennen nur einen Augenblick dauerte, hatten sie Zeit genug, sich zu vergewissern. Der Mann war allein.

Johann Ott spürte, dass die Spannung nachließ und dass das keineswegs gut für ihn war.

– Guten Abend, sagte er, und noch im selben Augenblick fühlte er, dass er alles zusammen verdorben hatte. Dass er den Schutzwall endgültig eingerissen hatte, der sich zwischen ihm und den Männern um dieses geradezu räubermäßig geschlachtete Tier herum befunden hatte. Was wird das denn? hätte er sagen müssen, was macht ihr denn hier? Aber niemals: Einen guten Abend. Denn kein Geb's Gott kam zurück, keine Antwort, überhaupt kein Wort. Sie fingen nur an, sich zu bewegen. Sie rückten nur allmählich und ganz ruhig zur Tür vor. Der mit dem Messer sah drein, als würde er gleich noch eine Gurgel durchschneiden, und sei es eine christliche, und Johann Ott erschien sein Dolch eine recht armselige Waffe gegen diese schwarzen Blicke, die gerade eben Zeugen eines gewaltigen Schlachtens gewesen waren.

– Halt, rief er, doch niemand blieb stehen. Halt, rief er und wich einen Schritt zurück, Urban suche ich, und er wusste, dass er sich nicht umdrehen durfte und weglaufen, weil es dann zu spät wäre, weil sie ihn ganz sicher einholen und auseinandernehmen würden. Urban suche ich, Urban Posek. Einer hob die Hand und brachte die anderen zum Stehen. Euer Schlachten interessiert mich nicht, sagte Johann Ott, was kümmert mich euer illegales, nächtliches Schlachten, ich bin kein Spitzel. Aber das war ebenso, als hätte er gesagt: Ich bin ein Spitzel, ich stelle euch nach, Urban Posek ist meine Ausrede, ihr seid entdeckt, und jetzt habe ich euch. Einer aus dem Hintergrund packte den mit dem Messer um die Hüfte und versuchte ihn zurückzuhalten. Der riss sich los und schüttelte die Umarmung des anderen ab.

– Dazu ist noch Zeit, zischte der im Hintergrund, dazu ist noch Zeit, verstehst du? Und rief über seine Schulter Johann Ott zu, der verwirrt auf das Durcheinander sah, das jetzt hier drinnen entstanden war: Sag sie! Die Worte!

Jetzt durchschoss es Johann Otts normalen und vernachlässigten Verstand. Mit brüchiger, aber doch klarer Stimme begann er langsam und mit Betonung zu syllabieren:

*– Darum spricht der Herr über jene, die meinen Sabbath heiligen und das tun, was mich erfreut …*

Im selben Augenblick kam aus dem Innern die Antwort:

*... und mein Bündnis unverbrüchlich halten.*

Der Schlachter ließ enttäuscht die Hände sinken.

Jemand seufzte erleichtert, und ein anderer sagte laut und mit Nachdruck:

– Er gehört zu uns.

Johann Ott steckte den Dolch hinter den Gürtel und trat ganz ein. Jetzt waren die Blicke schon aufgetaut, und die Männer betrachteten den Ankömmling neugierig. Erst jetzt spürte er den betäubenden, süßlichen Geruch von Blut und dampfendem Fleisch, der den ganzen Raum erfüllte. Jemand schlug Feuer, und bald erfüllte Helligkeit den Schlachtplatz. Der ganze warme und betäubende Geruch drang in sein Inneres, der Blick floh erschrocken weg von der weißen Gurgel, die glatt abgeschnitten herausragte, voller Röhren und weiß und knorpelig. Übelkeit überkam ihn.

– Ich bin müde, sagte er, und durstig. Der Bursche griff nach einem Topf, blutbespritzt, und lief irgendwohin nach draußen. Er kehrte mit Wasser zurück und reichte es dem Reisenden. Als er den Topf in die Hände nahm, spürte Johann Ott auf dem irdenen Boden einen klebrigen, glatten Schleim. Auch oben am Rande des Gefäßes, das er an den Mund pressen sollte, waren rote Tropfen. Sie sahen ihn an, und nun konnte er wohl nicht gut sagen: Ich bin nicht mehr durstig. Er schloss die Augen und brachte ein paar Schluck der klumpigen Masse die Kehle hinunter.

– Ja, fast hätten wir ein paar Würste mehr gehabt, sagte der Schlachter, und alle lachten.

– Bring ihn zu Urban, sagte der Mann, der die Losung erwidert hatte, und Johann folgte dem Burschen.

Ein paar Häuser weiter klopfte der Junge an eine Tür und murmelte schnell ein paar Worte, als geöffnet wurde. Die beleibte Gestalt in der Tür lud ihn mit einer Geste zum Eintreten ein, und Johann Ott betrat einen verrauchten Raum, der von einer Seite vom Glimmen der Feuerstelle erleuchtet wurde, von der anderen durch eine niederbrennende Flackerkerze.

– Was für Nachrichten bringst du? fragte der beleibte Mann finster, noch bevor sich Johann Ott im Raum richtig umsehen konnte. Er fühlte sich nicht recht wohl in der Gegenwart dieses merkwürdigen

Mannes. Bund hin, Bund her, draußen auf dem Pferd hatte er Silber und Ziegenleder, unterm Hemd Golddinare. Und wer wusste, ob man in diesem Dorf den Gedanken der christlichen Urgemeinde, die auch den gemeinsamen Besitz mit einschloss, nicht etwas zu ernst nahm.

– Das Neue Stift erhebt sich, sagte er eingelernt. Das Meer, welches das Heilige Grab verborgen hat, brandet schon unter der Erde. Feuer werden brennen, die Wege der Märtyrer werden sich wieder mit Leben füllen. Erneut ist die Stunde der Sammlung angebrochen.

Der Mann lief nervös im Raum auf und ab. Der führt etwas im Schilde, dachte Johann Ott, den Dolch lege ich lieber ans Kopfende. Sie werden mich nicht noch einmal kriegen, und wenn sie hundertmal Mitglieder der Bruderschaft sind.

– Sonst nichts? sagte der Bauer. Nichts Konkretes?

– Doch, sagte Johann Ott, Jakob Demšar läßt Urban Posek ausrichten, dass mit dem Bau der Kirche und des Altars des heiligen Fabian auf Gorca bald begonnen wird.

– Ist das alles? fragte Urban Posek.

– Alles, sagte Johann Ott.

Die Tür ging auf, und ein schmächtiges weibliches Wesen huschte herein. Sie sah den Fremden an, trat zum Feuer, wo sie sich für einen Augenblick die Handteller wärmte, dann verzog sie sich in die Ecke auf ein Lager.

Zeig ihm den Stall, sagte Urban, und das Mädchen war blitzartig auf den Füßen. Sie deutete mit dem Kopf, und Johann Ott ging ihr nach. Wortlos führte sie ihn hinter das Haus und zeigte ihm in einer merkwürdig zusammengezimmerten, mit Brettern und Steinen gedeckten Hütte einen Platz für sein Pferd.

– Die beiden werden sich gut verstehen, versuchte Johann Ott einen Scherz auf Rechnung von Kuh und Pferd, der beiden armen Tiere, die die Nacht in dem kalten Raum, in dem ein ziemlich starker Durchzug zu spüren war, zusammen verbringen würden.

Sie kicherte ein wenig und lief aus der Tür. Er nahm die Traglast ab und schleppte sie mit Mühe ins Haus. Das Mädchen wartete mit irgendeinem warmen Brei auf, der finstere Urban Posek, von dem sie ihm gesagt hatten, er sei ein wichtiges Glied in der Organisationskette der Bewegung, warf sich schon auf seinem Lager herum. Johann Ott hatte einen Schwall von Fragen und ein ermüdendes Gespräch erwartet, den anderen aber interessierte allem Anschein nach rein gar nichts. War er diese Kurierbesuche gewöhnt, oder heckte er wirklich etwas aus hinter seiner niedrigen Stirn?

– Die Tochter? fragte Johann Ott und deutete auf das Mädchen, das am Herd an einem schwarzen Metallkessel herumkratzte.

Doch der andere gab keine Antwort. Da, deutete er mit dem Kopf, wo sich der Ankömmling sein Lager bereiten sollte, und drehte sich zur Wand. Jetzt hätte Johann Ott am liebsten alles wieder zusammengepackt. Am liebsten hätte er im Stall geschlafen, neben seinem Tier, aber das war doch zu kalt. Wer weiß, ob das Pferd morgen früh noch da sein wird? Ob es nicht in diesem Schuppen hängen wird, die Beine unter die Decke gebunden und die Kehle durchgeschnitten? So dachte er bei sich. Er häufte das Stroh auf und breitete seine Decke aus. Ein Elend, ein solches Lager, solch ein stinkiger Raum, ein solcher Weiler, solch finstere Leute, murmelte er undeutlich vor sich hin, für die macht Johann Ott den Boten und Kundschafter, für diese Habenichtse, diese Hinterwäldler. Die wollen die Welt auf den Kopf stellen, die wollen neue Altäre errichten und eine reiche geistige Gemeinschaft errichten? Dieses vernagelte heidnische Volk?

Er wolle endlich Ruhe, es sei Zeit zum Schlafen, raunzte es auf der anderen Seite gegen die Wand, und Johann Ott schluckte die dicke Spucke hinunter. Er räumte die beiden Packen auf die Innenseite und legte sich um sie herum. Den Dolch schob er unters Kopfende. Am Herd goss das Mädchen noch Wasser um, sodass es auf den Eimerboden prasselte, lautes Reden ging am Haus vorüber, und dann war alles still. Später dachte er nicht einmal daran, wohin das Mädchen verschwunden sein könnte, er horchte nur auf diese Grabesstille, diese unendliche, schwarze Ruhe, die seit Urzeiten nächtens in diesen Gegenden herrschte. Es klang ihm in den Ohren, das innere Auge sah einen riesigen Wald mit zerzausten Bäumen, dunklen Stämmen und ein Pferd und seinen Reiter, die dazwischen hindurchzogen und hindurchschaukelten.

Zwischen einer Art Zischeln und Wispern hörte er in der Ferne ein Bellen. Ein Fuchs, dachte er und öffnete die Augen. Durch die

Luke flutete ein Streif Mondlicht, trotzdem war es im Raum völlig finster. Wo schlafe ich hier? dachte er in halbwacher Verwirrung, wo bin ich hier? Aber im selben Moment zischelte wieder etwas an seinem Ohr, und neben sich fühlte er die Bewegung eines lebenden Körpers. Er fuhr auf, griff nach dem Dolch unterm Kopfende und hob sich auf die Ellbogen. Jene Bewegung kroch wie ein großes Insekt unter der Decke zur Wand. Mit einem Ruck zog er die Decke weg und sah darunter den Umriss eines winzigen Körpers. Er langte mit der Hand hinüber und ertastete irgendwelche langen, strohigen Haare, zugleich aber fühlte er einen Finger auf seinem Mund.

– Pssst, zischelte es.

Die Frau, dachte er, jenes blasse Schattenwesen, das zuvor am Herd gestanden hatte, was zum Teufel treibt sie hier? Eine Finte, dachte er, die planen was, dachte er und sagte halblaut:

– Was soll das?

An der anderen Wand reagierte der schwere Körper des beleibten Bauern und rührte sich im Schlaf. Als wollte er etwas antworten, begann Urban Posek gewaltig mit dem Kiefer zu mahlen. Er knurrte, die Zähne schlugen aufeinander und knirschten wie ein windschiefes Tor. Die Frau richtete sich zu seinem Ohr auf, sodass er ihren warmen Atem spürte, und hauchte so unhörbar, dass er es kaum verstand:

– Leise, er ist gefährlich. Aber er schläft wie ein Toter.

So ist die Sache also? Johann Ott atmete erleichtert auf, obwohl er den lästigen Gedanken nicht ganz loswurde, dass hinter diesem Gekrieche unter der Decke etwas anderes stecken könnte. Wollte sie ihn bestehlen? Egal, jetzt war sie hier, Tochter oder Frau, Jungfrau oder lumpige Dirne, verdreckt oder verlaust, mit zweifelhaften Absichten unter den Zotteln ihres verklebten Haars, das ihr über das Gesicht fiel, oder mit echten weiblichen Trieben und Bedürfnissen. Er streckte sich wieder auf den Rücken und schob den Dolch unters Kopfende. Er streckte die Hand aus und zog ihren Kopf an sein Ohr, sodass er wieder ihren stoßweisen warmen Atem hörte. Sie schmiegte sich an ihn und streichelte sein Gesicht. Ein wenig roch sie ungewaschen, nach uraltem Schweiß, schrecklich rauhe Hände hatte sie, aber alles das passte genau zu dieser Umgebung. Heiß war sie, und ihre Hände waren unruhig wie trippelnde Tierchen. Sie streichelte seine Brust und griff nach unten, zur Hose. Er fasste ihre Hand. Auf der anderen Seite knirschte wieder dieses windschiefe Zahngehege. Er konnte sich nicht konzentrieren.

– Was, wenn er aufwacht? flüsterte er.

– Er wacht nicht auf, hauchte sie in sein Ohr.

Sie weiß Bescheid, sie hat Erfahrung, sie weiß schon, dass der schwere Mann in solchen Fällen nicht aufwacht. Die Finger krabbelten wieder abwärts, zum Geschlecht. Jetzt griffen sie tiefer, zum Knie, und tasteten aufwärts, die Schenkel entlang. Er spürte, wie es sich unten bewegte und regte, und er fühlte, wie sie ihn gierig und verlangend an den festen Stengel fasste und ihn hielt und laut in sein Ohr atmete, als würden Windböen an die Wände der Holzhütte trommeln. Er drehte sich zu ihr um und betastete die leicht vertrocknete und leicht hängende Brust des jungen Mädchens, und sie hielt und knetete ihn die ganze Zeit durch den Stoff, sodass es ihm wehtat, als er sich wieder umzudrehen versuchte. Unten hatte sie eine sonderbare Schwellung, und als sie ihn losließ und mit einem Ruck ihr Gewand bis zum Hals hochzog, da fühlte er mit der Hand einen bereits schön gerundeten und schön strammen Bauch. Sie trägt ein Kind, noch nicht lange, erst kurze Zeit, sagte ihm die Hand, die schon in ein üppiges Kleefeld mit ganz merkwürdig langen Haaren griff. Aber jetzt war es schon zu spät für Zweifel und Bedenken, für Gottesfurcht, jetzt fühlte die Hand schon das Feuchte und Weiche, das sich weitete und warm zugriff und gleich die Hand wollte und gleich mit der Hand zufrieden sein wollte. Dann presste sie plötzlich die Beine zusammen und richtete sich auf. Mit beiden Händen löste sie ihm den Gürtel und band ihm die Hose auf. Sie kniete sich neben ihn und stützte sich auf die Hände. Die Haare hingen ihr in Strähnen herunter. Er kroch hinter sie und stieß laut keuchend in sie hinein. Es war ein kurzes, krampfhaftes, knorriges, sich aufbäumendes Verrecken. So laut jaulte sie, dass Urban eigentlich längst hätte aufwachen und auf die Füße stolpern müssen.

Doch er knirschte nur weiterhin mit den Zähnen wie uraltes Gebälk.

– Reitet ihr bei euch immer so auf? fragte er dann, als sie das Lager wieder glattgestrichen und vom Stroh gesäubert hatten, das bei dem stürmischen Treiben von allen Seiten über die Decke und in alle Körperporen und Kleideröffnungen gekrochen war.

– Wie? fragte sie verwundert.

– So wie die Hunde, von hinten, sagte er.

– Siehst du nicht, dass ich schwanger bin, du Dummkopf? sagte sie. Willst du mir das Kind zerdrücken?

– Kommen hier oft Boten von uns vorbei? fragte er.

– Ja, oft, antwortete sie.

– Und kriechst du zu jedem? fragte er.

Sie schwieg. Dann zog sie sich das Gewand bis zu den Fersen hinunter und stand auf.

– Ach du, sagte sie, weißt du, was du bist? Eine vernagelte Krämerseele, sagte sie, und dann huschte ihr Schatten in die andere Ecke und verschwand unter den Lumpen.

Urban knirschte weiter und murmelte noch etwas laut durch die Zähne.

# 7

*Eine Nacht im Gebirge. Das Neue Stift erhebt sein Haupt. Ott zieht es anderswohin. Protokoll des Augenstechens, der Mordtaten und anderer Verbrechen der Schwärmerin Anna Jelenko. Schwermütige Soldatenlieder.*

Am anderen Morgen ritt Johann Ott weiter. Das Pferd war rüstig und gesund, und beide, Tier und Reiter, waren froh, dass es nicht im Schuppen unter der Decke hing. Noch immer war es klar und kalt, sodass der Frost unter den Hufen knirschte. Als das Gelände abschüssig wurde, stieg er ab und führte das Tier vorsichtig am Halfter. Jetzt war es ihm überaus wertvoll. Er konnte es sich nicht leisten, dass es mit dem Fuß möglicherweise böse strauchelte. Unter dem Wald öffnete sich eine Wiese, und als er zurückblickte, sah er hinter dem Wald unter dem Bergrücken jenes Häufchen zusammengedrängter Häuser, aus denen es wieder fröhlich rauchte. Vor einem stand eine Frauengestalt im langen Kleid und sah ihm nach.

Gut einen halben Tag ritt er nach Norden, und oberhalb des Flusses lenkte er das Pferd nach Westen, irgendwo an der Grenze zwischen dem Steirischen und Kärntischen würde er die nächste Nachricht abgeben. Wahrscheinlich wieder in so einem Weiler. Johann Ott hoffte, es würde dort keine erschrockenen nächtlichen Schlächter und keine schwangeren Frauen geben, die nachts unter der knirschenden Gegenwart eines Sektenführers die Abgesandten heimsuchten.

Verdammt dichtbevölkertes Land, sagte er zu sich, als er vom Hang zur Straße hinuntersah, wo eine Gruppe bewaffneter Männer geritten kam, zwischen ihnen schwerfällig schaukelnd die beladenen Pferde. Kaufleute. Mit Geleitschutz. Und ich Narr reite allein. In irgendeinem Hohlweg werden das Leder und das Silber zum Teufel gehen, wenn nicht gar noch mehr. So schnell wie möglich, dachte er, so schnell wie möglich muss ich mich einer bewaffneten Kaufmannsschar anschließen.

Er nahm den Weg direkt zum Berg hinüber. Die Richtung stimmte. Die Nachmittagssonne glühte mit rotem Widerschein an den Wipfeln der Nadelbäume. Keine Felder, keine Krähen. Wahrscheinlich überhaupt keine Tiere, auch keine Wölfe. Der Weg wand sich zielsicher auf den Bergrücken zu. Mehrmals legte er eine Rast ein. Irgendwo würde er eine menschliche Behausung finden müssen. Wenig später erblickte er zwischen den Bäumen eine schindelgedeckte Hütte. Sie stand auf einer einsamen Lichtung, ziemlich hoch auf einer Alm. Vom Rand des Waldes, der sie von allen Seiten umgab, besah er vorsichtig die Umgebung. Nirgends gab es ein Zeichen von Leben. Wahrscheinlich eine Hirtenbehausung für die Sommertage. Der richtige Platz zum Übernachten.

Die Hütte war wirklich leer und erstaunlicherweise stabil und war sorgfältig genug gebaut, um genügend Wärme zu geben. Aber wohin mit dem Pferd? Die Tür, die er mit Mühe mit Hilfe seines Dolches aufgebrochen hatte, war ganz bestimmt zu niedrig, um auch das Pferd hineinzulassen. Wenn er es draußen ließe? Wölfe? Bestien? Satansboten? Werwölfe? Warum nicht auch Werwölfe? Er sah sich im Innern gründlich um. Tatsächlich war der Bau hoch genug, dass sie beide hineinpassten. Die Hirten benötigten in den Sommermonaten offenbar keine Zimmerdecke. Oben war nur das Dach. Zuerst versuchte er das Pferd mit Zureden dazu zu bringen, den Kopf zu beugen, er zog an der Trense, aber es war hoffnungslos. Er suchte nach Werkzeug, um oben das Holz wegzuschlagen. Er fand nichts. Sie hatten alles mitgenommen. Einige verschmutzte Töpfe und etwas faules Stroh, mehr hatten sie nicht zurückgelassen. Draußen fand er einen großen, schweren Stein, und den drosch er mit aller Macht gegen den Türsturz, dass das Holz hohl ächzte und der Schlag noch lange vom Berg zurückrollte, bevor er sich zwischen den Bäumen verlor. Noch einmal schlug er zu, und jetzt hatte sich endlich alles etwas gelockert. Dass mir die verdammte Hütte nur nicht über dem Kopf zusammenbricht, dachte er. Er führte das Pferd an die Tür und konnte jetzt mit der Hand einige Querstreben und Bretter herausziehen. Zu wenig. Den Querbalken musste er herausreißen. Er knüpfte einen starken Strick daran und schlang ihn dem Pferd um den Sattel. Mit aller Kraft schlug er ihm mit der Peitsche über die Flanken, sodass das Tier wegsprang und der Balken oben krachend zerbarst.

Jetzt war Platz genug, aber es war wieder keine gute Lösung. Sollte er bei offener Tür schlafen? Er trug das ganze zerbrochene Holz hinein und schichtete es hinter der Tür auf. Wenigstens poltert es, sagte er sich, wenn jemand hereinzukommen versucht.

Die Nacht war lang, und er fand wenig Schlaf. Draußen heulten wirklich die Wölfe. Wo bin ich hingeraten? Auf diese verwünschte Alm, dachte er. Wer sagt denn, dass ich den Menschen auch hier aus dem Weg gehen muss? Er horchte auf das hungrige Heulen, das bestimmt den Winter ankündigte. In der heutigen Zeit, sagte er zu sich, in der modernen Epoche genau genommen, wo die Gegend so bevölkert und das Fuhrwesen auf den Straßen so gut organisiert ist, in so einer Zeit so ein Haufen heulender Bestien. War die Angst vor der einsamen Nacht auf der Alm schuld, oder waren es die heulenden Stimmen draußen? Jedenfalls beschlich Johann Ott wieder der Gedanke an böse Geister, die wahrscheinlich in Gestalt irgendwelcher verfluchter wilder Mistvieher auch hier hausten. Sollte er beten, sollte ihn aus dieser Beklemmung der glühende Glaube seiner Mitgenossen erlösen, der stärker und inbrünstiger war als sonst ein Glaube in der gegenwärtigen Zeit? Sollte er wieder zu einem Amulett greifen, einer Inschrift oder einem Zeichen, wovon er früher immer zu erzählen wusste? Tiefer und schlimmer Zweifel fraß sich in dieser Nacht wieder in ihn ein.

Als er am Morgen erwachte, erwarteten ihn der finstere Vorhang des Himmels, eine leicht mit Schnee bedeckte Wiese, und vom Himmel flogen noch immer vereinzelte Flocken. Der Beginn des neuen Tages war nicht gerade ermutigend. Schnee im Gebirge und steile Wege hinunter. Wie würde das mit dem Pferd gehen? In der Mitte der Hütte entzündete er ein kleines Feuer und kochte sich Wein auf.

Den heißen Wein flößte er sich ein, und schon sah alles weniger feindlich und abweisend aus. Aber die Furcht war berechtigt. Gleich unterhalb des Bergrückens führte der Weg auf der anderen Seite quer über den Hang abwärts, und zwar sehr steil. Das Tier scheute und sträubte sich, sodass er es andauernd am Zügel ziehen und Befehle ausstoßen musste. Irgendwo auf halbem Wege, als der Schnee schon fast aufgehört hatte und als in einem Augenblick von Helligkeit, die aus einem Riss im Himmel strömte, schon der Rauch aus dem Dorf zu sehen war, ging der Pfad wieder leicht bergan, gleich darauf öffnete sich zu seinen Füßen eine gut zwei Klafter tiefe, scharf eingeschnittene Felsstufe. Johann Ott wischte sich die Schweißtropfen von der Stirn. Ein Weiterkommen war unmöglich. Links fiel der Hang zwischen spärlichen Bäumen und Felsbrocken steil ab, und rechts war die Steigung so dicht mit Buschwerk bewachsen, dass kein Durchkommen war. Es gab einfach keine Möglichkeit. Der Weg führte nur noch zurück, was unter diesen Bedingungen für ein Vorankommen eine weitere Übernachtung oben auf der Alm bedeutete, denn auf der anderen Seite erwartete ihn ein um nichts leichterer Abstieg. Das treue Tier den Wölfen überlassen, oder ihm gleich eine Kugel in den Kopf jagen und zu Fuß weitergehen? Die Natur meinte es nicht gut mit Johann Ott.

Er entschloss sich, das Pferd in der Hirtenhütte zu lassen und es an einem der nächsten Tage gemeinsam mit einem der Dorfbewohner abzuholen, der ihm einen anderen Weg zeigen würde. So würde er es machen. Aber er erreichte die Höhe erst gegen Abend, denn das Pferd kam auf dem gefrorenen und rutschigen Boden nur sehr langsam voran. Jetzt war es auch gewagt, zu Fuß zurückzukehren. Er beschloss, auch die folgende Nacht oben zu verbringen. Eine andere Wahl hatte er nicht.

Er streute dem Pferd Hafer, füllte ihm einen Zuber mit schmutzigem Wasser und warf sich aufs Stroh. Er deckte sich zu und schlief völlig zerschlagen augenblicklich ein. Mitten in der Nacht erwachte er von unruhigen Tritten und vom Poltern von Holz, das das Pferd mit seinen Hufen unter sich herumstieß und zersplitterte. Er stand auf und horchte angestrengt. Draußen ächzte etwas, und dann hörte er hinter der dünnen Holzwand eine tastende Bewegung. Etwas atmete stoßweise und tief. Er schlug mit einem Knüppel gegen die Wand, sodass sich der Heuler auf der anderen Seite zum Wald hin verzog.

Schlaf gab es danach nicht mehr für die müden Glieder. Ob es mich wieder verfolgt? fragte sich Johann Ott. Ob wieder ein Teufel seine Werwölfe über mich gesandt hat? Ob es wieder ein verfluchtes Schicksal war, das sich ausgedacht hat, mich auch diese Nacht auf der verschneiten Alm zubringen zu lassen?

Bis zum Morgen wartete er ganz steif und voller Furcht. Er hatte keine Lust mehr, sich Wein heiß zu machen, er schüttete ihn gleich kalt hinunter. Bis zur Neige. Jetzt war er stark und konnte etwas aushalten. Was für Wölfe, was für ein Gebirge, was für Schnee? Noch heute würde ihn das Tal sehen. Als habe sich der Himmel seines unvernünftigen Treibens erbarmt, das ihn unter diesen Verhältnissen ganz leicht irgendwo auf den Grund einer Schlucht hätte werfen können, sodass bald die Füchse seine Knochen in die Wälder hätten verschleppen können, als hätte ihm der Himmel den Schrecken der beiden Nächte entgelten wollen, klarte es plötzlich auf. Die Sonne kam heraus, freundlich und warm, und zweifellos würden die Wege bald aufweichen.

Mitten am Nachmittag machte er sich auf den Weg, und das verständige Tier fand ganz allein gut hundert Meter vor der gefährlichen Felsstufe einen sicheren Weg, der sie oben durch höher gelegenes Buschwerk führte.

Am Morgen erreichte er ganz eingefallen und mit brennenden Augen, in denen die hungrigen Blicke der Wolfsbrut widerschienen, das Dorf.

Im Voraus zahlte er dem misstrauischen Wirt, der auf alles andere gefasst war, nur nicht darauf, dass ein einsamer, bewaffneter Reisender Kost und Logis für das Pferd und sich selbst im Voraus begleichen würde. Und zwar großzügig.

Er erwachte mitten am hellen Tag. Mit zittrigen Fingern schnürte er beide Packen auf, aber darin war alles unberührt. Auch das Pferd trat im Stall satt und zufrieden hin und her. Ein Wunder, sagte er zu sich, wieder ein Wunder, ich bin nicht bestohlen worden und bin noch immer am Leben. Aber mit einem solchen Wunder darf ich nicht noch einmal rechnen.

Kurz danach war ihm alles klar. Im selben Wirtshaus hatte auch die Kaufmannsgesellschaft mit der gut bewaffneten Bedeckung übernachtet, und die ganze Nacht hatten die Wachen einander abgelöst. Die Erfahrung jedenfalls besagte, dass ein einsamer Reisender, der Silber und einen kleinen Berg gegerbten Ziegenleders mit sich führte, in einem einsamen Wirtshaus in einem derart entlegenen Dorf unterm Gebirge sich kaum einen gesunden und hellen Morgen versprechen durfte.

Johann Ott war bald in ein Gespräch verwickelt. Nach Tisch würden sie nach Tirol reisen. Wein, Getreide, Öl, Nesseltuch und anderes mehr verkauften sie im Oberland. Auf dem Rückweg würden sie Stoff, Leinen, Loden, Leder, Metallerzeugnisse mitführen. Guter Verkauf. Außerordentlicher Gewinn, wenn man alle Schwierigkeiten bezwang und alle Hindernisse, die einem von der Obrigkeit, von eigenmächtigen Bürgern, Räuberbanden, Unwettern und Krankheiten in den Weg gelegt wurden. Hieß das, ein Stück Weges könnte Johann Ott mit ihnen reisen? Warum nicht, wenn er seinen Anteil zur bewaffneten Bedeckung beisteuerte?

Am nächsten Tag sei Aufbruch. Jetzt würden sie gründlich ausruhen. Sie wollten ein großes Stück ihrer Reise in einem zurücklegen.

Am Nachmittag ging Johann Ott durchs Dorf. Er betrachtete die gepflegten, bescheidenen, aber hübschen Häuser. Wenn der Schlamm nicht gewesen wäre, den die Herbstsonne nach dem Frost der letzten Nacht gründlich aufgetaut und den die Leute fleißig breitgetreten und zermatscht hatten, hätte das Dorf keinen so verwahrlosten Anblick geboten, wie es ihn von der Bergflanke aus abgegeben hatte. Aber es war etwas anderes, das seine Aufmerksamkeit anzog. Schon als er aus dem Wirtshaus kam, das am Dorfrand stand, sah er eine Frau mit wehendem Rockschoß zwischen den Beinen irgendwohin zur Dorfmitte laufen. Ganz verstört sah sie aus. Nach einigen Schritten hörte er auch ein Trappeln von der anderen Seite. Ein alter Mann keuchte schwer schnaufend an ihm vorbei, ohne ihn zu sehen, ein Kind lief ihm nach, sein Enkel vermutlich. Dort ging etwas vor. Die Herde war schon zusammengelaufen, die Gesunden ganz vorne, die Behinderten und Verspäteten beeilten sich, um ja nichts zu verpassen. Dass ich nur nicht wieder eine nackte Frau zu sehen kriege, sagte Johann Ott zu sich und blieb einen Augenblick stehen. Dass da nur nicht wieder eine öffentliche Schmähung vor sich geht.

Hinter dem nächsten Haus hörte er lautes Reden. Als er um die Ecke kam, rannte er fast in einen eng zusammengedrängten Haufen Menschen, alles wahre Hinterwäldler mit feierlichem Gesichtsausdruck. Alle sahen irgendwohin nach vorn, dort stand ein Mann mit kantigen Gesichtszügen und predigte unter dem feurigen Gefuchtel seiner Hände, die seinen Eifer auch dann offenbart hätten, wenn er den Mund gar nicht aufgetan hätte, mit lauter Stimme zum versammelten Volk.

Dass man ihre Prozession gesprengt habe. Dass die Stadtwächter mit Gewalt gegen die Gläubigen vorgegangen seien, die sich doch ehrlich und in guter Absicht auf einer Wallfahrt befunden hätten. Dass der Bischof diesen schrecklichen Befehl erlassen habe mit der Behauptung, für diesen Tag sei nirgends eine Prozession eingetragen noch angesetzt, noch weniger dürften dabei Geißeln verwendet werden, mittels deren sich die Wallfahrer von den Sünden reinigen und dem Martyrium ihres Herrn folgen wollten.

Hinter seinem Kopf flatterte vor der schwarzen Kulisse der Bergflanke ein buntes Banner mit einem Heiligenbild. Die Leute hörten schweigend zu. Kein Ausruf, keinerlei Zeichen von Empörung, gar nichts. Sie hörten nur zu, aber dieses Schweigen zu den eifernden Worten war umso beredter.

Dass man den lutherischen ketzerischen Wiedertäufern trotz aller Beschlüsse auch weiterhin die Taufe mit gewöhnlichem Wasser erlaube, die Kommunion in beiderlei Gestalt und ein schamloses Leben. Dass man mit dem irrgläubigen Türken, der nicht aufhörte, die hiesigen Lande zu verheeren, Schandpakte und Verträge schließe. Dass die lutherische Lüge vom reinen Evangelium erlaubt sei. Dass selbst die Kinder der allein seligmachenden Kirche die wahren Gebote Gottes nicht hielten. Und bei alledem würden die eifrigsten Gläubigen verfolgt, verhört, gefoltert und ihre Prozessionen auseinandergesprengt. Dass dem ein Ende gemacht werden müsse und dass Herzog und Kaiser von einer solchen Behandlung gewiss nichts wüssten, schloss der Redner, und ein leises Murmeln pflichtete ihm bei.

Die Unseren, sagte Johann Ott zu sich. Kein Zweifel, es sind die Unseren. Es stimmt schon, was sie sagen: Das Neue Stift ist noch nicht tot. In so abgelegenen Weilern und Dörfern hält es sich noch. Und wagt es dieserart, sein Haupt zu heben! Er dachte, jetzt müsste er auf den Redner zugehen und ihm sagen, sie seien nicht allein, die Organisation wirke auch an anderen Orten. Das hätte er tun müssen, aber er wusste: Die hier waren zu weit gegangen. Die versuchten es auf eigene Faust.

In diesem Dorf würde es schon am folgenden Tag böse aussehen. Vielleicht noch früher. Je nachdem, wie lange der Spitzel bis zur richtigen Stelle brauchte, wie lange sie an der richtigen Stelle brauchten, um einen Untersuchungsbescheid auszustellen, und wie lange die Gendarmen bei diesem schlechten Wetter bis hierher brauchten. Kein Zweifel: Morgen wären sie hier.

Er drehte sich um und ging schnell zum Wirtshaus hinüber. Er ging nach oben und warf sich aufs Bett. Die Unseren? fragte er sich. Die Unseren? Der Zweifel, der ihm oben im Gebirge zum ersten Mal unter die Haut gekrochen war, packte ihn jetzt wieder und pochte in ihm. Waren diese ungeheuerlichen, fanatischen Gedanken, die so ernsthaft auf Leben und Tod abzielten, wirklich auch die seinen?

Tatsächlich hatte sich Johann Otts ein skeptischer Teufel bemächtigt. Wieder begann er in seinen Gehirnwindungen zu brüten und zu kneten. Wie oft schon hatte er für seine unerträgliche Schwachheit bezahlen müssen? Wie oft würde er es noch müssen?

Es nagte und pochte, sodass er anfing, sich den Bart zu raufen und mit nervösen Schritten im Zimmer auf und ab zu gehen. Plötzlich zuckte er zusammen: War jetzt die Zeit für solche Fragen? War jetzt der Augenblick zum Überlegen? Er musste sich entscheiden, etwas unternehmen. Weiterreisen durfte er nicht, die Wache konnte ihn abfangen, und sie konnten ihn als Spitzel umbringen. In aller Ruhe würden diese rohen Menschen das Messer in den Rücken eines Mannes stoßen, der Mitglied ihrer Bruderschaft war, bevor sie ihn überhaupt etwas fragten. Mit den Kaufleuten zusammenbleiben, hierbleiben bis zum nächsten Morgen, das war letzten Endes der sicherste Weg, aus diesem verrückten Dorf, in das ihn Gott weiß welcher Höllenteufel gerade an diesem aberwitzigen, an diesem wahnsinnigen Tag versetzt hatte, mit heiler Haut und heilen Knochen wegzukommen. Darum geht es doch, sagte er zu sich, nur darum geht es doch, nicht wahr, Johann Ott? Um sonst nichts, um nichts anderes auf dieser Welt.

Etwas aber wurde ihm an diesem Tag blitzartig klar. Und diesen Gedanken konnte er einfach nicht loswerden: Dieses Land war wirklich in Verwirrung, es war wirklich ein Tummelplatz des Unglücks. Aber auch das Stift hatte das Seine dazugetan, gute Absicht hin oder her.

Abends beim Umtrunk führte das Gespräch schnell in eine Richtung, die Johann Ott am wenigsten gelegen kam. Die Kaufleute hatten schon den ganzen Nachmittag gebechert, und so hatte sich ihnen die Zunge jetzt gründlich gelöst. Ihnen lag nichts mehr am fachlichen Gespräch, immer mehr kommentierten sie Ereignisse von früher und jetzt. Einer von ihnen, der mit dem ungewöhnlichen Namen Ivan Adam, machte seinem Zorn besonders laut und offensichtlich ohne Angst vor den Folgen Luft. Er schüttete den Wein nur so in sich hinein, dass es ihm über Bart und Kleider lief, und hämmerte seine Worte mit dem Krug in den Tisch. Der andere, allem Anschein nach der Anführer der Gesellschaft, war streng und finster. Mit Luchsaugen beobachtete er das Geschehen um sich herum und versuchte Adam und die lautstarken Trinker mit mäßigenden Worten zur Vernunft zu bringen. Aber Krobath, so hieß der Mann, hatte keinen besonderen Erfolg mit seinen Bemühungen. Die Gesellschaft war alles andere als konstruktiv eingestellt.

– Wer glaubt denn, hämmerte Adam mit dem Krug in den Tisch, dass dieses rotznäsige Kaiserlein mit seiner käuflichen Beamtenschaft, mit den eigenmächtigen Ständen, mit der gefräßigen Geistlichkeit, mit dem guten Willen eines Schwächlings Ordnung in dieses verfluchte, wirre Land bringen kann? Jeder, dem es gerade einfällt, gibt ihm einen Tritt in seinen gepuderten Arsch. Daheim und draußen im Ausland. Die Franzosen, die Türken, die Ungarn, die Venezianer, die Lutherischen, die Papisten, die Bürger, der Adel, wem es beliebt, macht mit ihm, was ihm beliebt.

Johann Ott lief ein Frösteln über den Rücken. Ein solches Geschimpfe hatte er schon lange nicht mehr gehört. Aber dies hier war betrunkenes Gefasel. Die anderen, die von der Versammlung desselben Tages, die waren ernster und gefährlicher gewesen.

– Und diese Idioten, schrie Adam, heute Nachmittag, wer hat diese aberwitzige Rede gesehen? Die würden sich in Stücke schneiden und abschlachten lassen für ihr verrücktes Geißeln, ihr Durchs-Feuer-Springen und ähnliche Idiotien.

– Die sind zu noch Schlimmerem fähig, setzte Krobath deutlich und bestimmt hinzu. Gar nicht weit von hier kennen sie einen sonderbaren Brauch. Eine Wallfahrt, die bei ihnen Vierbergelauf heißt. Jeden zweiten Freitag nach Ostern laufen sie auf vier Gipfel, rennen wie wahnsinnig über das allerschlimmste Gelände, über Gestein, Schotter, durch Gebüsch, mit wunden Füßen und von Geißeln zerpeitschten Körpern, rennen auf den Gipfel, rutschen auf den Knien um die Kirche herum und jagen weiter. Ich habe sie einmal gesehen, diese Menschen waren so zugerichtet, so blutig, so ausgelaugt und zerpeitscht, dass sich einem der Magen umdrehte.

– Das Neue Stift, sagte Johann Ott ruhig, um das Zittern zu verbergen, das wieder seinen Körper überlief.

– Neu oder alt, schrie Adam, niemand traut sich, ihnen auf die Zehen zu treten. Dieser Scheißer von Leopold schon gar nicht. Der Mann konnte nicht von seinem Lieblingsthema lassen. Ein Scheißdreck, was wir für einen Kaiser haben.

– Ja, meldete sich ein kleiner, kahlköpfiger Mann mit Fistelstimme. Ja, wenn man so laut über ihn reden kann, dann taugt er bestimmt nicht viel. Das kleine Männchen war mit seiner gescheiten Bemerkung zufrieden. Es beugte sich wieder vor und vertiefte sich in seinen Krug.

– Nein, sagte Krobath, diesen Wahnsinnigen kann man wirklich nicht auf die Zehen treten. Die Streckbank sagt ihnen wahrscheinlich sogar zu. Weiß Gott, bei Köln hat die Inquisition einen Bischof auf den Scheiterhaufen gestellt, weil er eine Nonne durchgevögelt hatte. Mit Erlaubnis Ihrer Majestät. Wer sagt, dass nicht wieder eine teuflische Verschwörerpranke ihre Klauen im Spiel hatte?

– Lass das, sagte Adam jetzt ruhiger, um das Gespräch wieder auf seinen gepuderten Kaiser zurückzubringen. Das ist schon lange her, und das war ein anderer Kaiser.

– Dieser oder ein anderer, sagte Johann Ott vorsichtig, er hat schon gewusst, was er tat, es wird schon ein Teufel in diesem Bischof gesteckt haben. Überall sind sie.

Überrascht verstummten sie und sahen ihn verwundert an.

– Ja, sagte Adam, es schadet bestimmt nichts, wenn die Machthaber auch unter ihresgleichen ein bisschen rösten.

– Wir haben ohnehin nicht viel Nutzen von ihnen, fügte Krobath hinzu. Sie behindern mit ihren theologischen und politischen Streitereien nur den Handel.

– Sollen sie sich gegenseitig rösten, sollen sie sich gegenseitig abschlachten, tobte Adam wieder los, dreißig Jahre lang haben sie einander abgeschlachtet wie das Vieh, ob nun „in einerlei oder beiderlei Gestalt", wegen irgendeines „reinen Evangeliums", Gott stehe ihnen bei. Jetzt zittert ihnen der Arsch vor den Franzosen, morgen vor den Spaniern und übermorgen vor denen da. Adam deutete mit dem Finger auf die Wand und durch sie hindurch.

– Und vor den aufrührerischen Bauern, sagte Krobath.

– Die sich in einem fort ihre blutigen Kürbisse völlig umsonst einschlagen, fügte das kleine Männchen hinzu.

– Na ja, sagte Adam, ein paar Nonnen und Schlossdamen haben sie schon flachgelegt. Wenigstens dazu war es gut.

– Aber nicht für den Handel, sagte Krobath.

– Ach, du verdammter Funktionalist, regte sich Adam richtiggehend auf. Die Golddinare hast du ihnen aber doch zugesteckt, als du dachtest, es könnte uns nützen.

– Mich interessiert nur der Handel, sagte Krobath.

– Und mich Leopolds gepuderter Arsch, sagte Adam.

– Darauf trinken wir, sagte Johann Ott, und wieder pilgerten Krüge mit Rotwein auf den Tisch.

Jetzt war es ihm gleich. Diese Männer wussten, was sie taten. Ihr Geld brauchte jeder. Von allen wurden sie geschmiert. Von allen auf Händen getragen. Sie reisten. Sie waren informiert. Der Informationsfluss ging durch ihre Hände. Sie waren das Gewissen ihrer Zeit. Alles andere war auf dieser oder jener oder einer dritten Seite. Alles andere war in irgendwelche Verschwörungen verstrickt. Sie taten sich mit allen zusammen oder gegen alle. Für sich selbst. Für die eigene Tasche. Für den Wein.

– Auf Dorothea, rief das kleine Männchen plötzlich. Ich trinke auf Dorothea, möge sie gesund sein und mit ihren weißen Brüsten auf mich warten.

– Ich auch, sagte Adam und zwinkerte mit einem Auge. Darauf, dass sie gesund ist und nicht gerade von einem nächtlichen Besucher durchgegeigt wird.

Johann Ott atmete auf. Vorüber waren die gefährlichen Gespräche. Vorüber die Anspielungen auf das irrsinnige und häretische Stift. Schluss mit dem kaiserlichen Arsch. Jetzt wurde getrunken. Jetzt ruckten die Köpfe zum Tisch, und warme Betäubung durchströmte das Blut.

Adam und Johann Ott wankten nicht. Sie fraßen, schluckten, rülpsten, spuckten, schrien, warfen mit Geld um sich und betatschten der dicken Wirtin die Schenkel. In Johann Ott ging etwas auf, in seinem Innern tat sich ein Vulkan auf. Der Damm war gebrochen, sodass er den Dolch in die hölzerne Tischplatte stieß und solche Flüche ausspuckte, solche Lästerungen und solche Schweinereien röchelte, dass dem Wirt die Haare zu Berge standen.

Draußen schimmerte bereits das erste Tageslicht, als die beiden allein lallend dahockten, inmitten der zerbrochenen Krüge, der über den ganzen Tisch verschmierten Fleischstücke, mitten in ihrem morgendlichen Irrsinn.

– Gut bist du, kicherte Adam in seinen Bart, gut hast du gesprochen, gut hast du dich ausgehustet. Hör zu, sagte er. Ich meine sehr ernst, was ich sage, ich habe diesen Wahnsinn satt. Diese Scheiterhaufen, die so hell brennen, wohin immer du kommst. Verstehst du? sagte er, verstehst du?

Johann Ott schwieg. Dieser Mensch hatte wirklich den Teufel im Leib. Er hörte und hörte nicht auf.

– Ich zeige dir etwas, sagte Adam und stand auf, warte, ich zeige dir etwas.

Er stützte sich vom Tisch ab und schwankte schlingernd die Treppe hinauf. Am oberen Ende rutschte er aus, sodass er auf den Holzboden krachte und lange brauchte, um sich wieder aufzurappeln.

Den anderen hatte es übermannt. Aus trüben Augen sah er auf den vollgeschütteten Tisch und das Lichtbündel, das auf ihn fiel. Im Magen spürte er ein Rumoren, und wie Übelkeit in ihm aufkam. Er legte seine Arme auf den Tisch und schlief ein.

Adam stieß ihm mit dem Dolch gegen die Rippen. Er hob den Kopf und sah sein grinsendes Gesicht oben unter der Decke.

– Bist du noch bei dir? fragte Adam. Hör zu.

Er entfaltete ein Papier und setzte sich neben Johann Ott.

– Hör zu, sagte er, ich lese dir jetzt etwas vor. Er schob das Papier zur Tischmitte, wohin das Licht aus einer Luke unter der Decke fiel. Langsam und mit Nachdruck begann er zu lesen. Jegliche Spur von Trunkenheit war aus seiner Stimme gewichen.

„Anna Jelenko sagt aus, dass Maria Drajnar dem Christusbild am Kreuz zu Gorje die Augen ausgestochen und sich dadurch unsichtbar gemacht habe. Anna Jelenko sagt ferner aus, dass Maria Drajnar ein besonderes Gericht aus sonderbaren Pflanzen zubereitet habe. Das könnten keine Heilpflanzen gewesen sein, denn sie hätten übel gerochen. Als sie von diesem Gericht gekostet habe, habe sie ein hässliches und verunstaltetes Gesicht bekommen, so als wäre jemand anderes in ihre Haut geschlüpft. Anna Jelenko sei auch Zeugin gewesen, wie Maria Drajnar ein Gericht aus Eidechsen, Blindschleichen, Vipern und Kröten zubereitet habe. Als sie, die Jelenko, von diesem Gericht gekostet habe, hätte sich ihre Haut zu schälen begonnen. Gemeinsam hätten sie bei Sankt Anna bewirkt, dass das Vieh an der Pest gestorben sei. Einmal habe die Maria zehn Steine genommen und sie behaucht, darauf habe es ein Gewitter gegeben. Anna Jelenko und Maria Drajnar sind nicht nur schuld an dem Schaden, den sie verursacht haben, und sie sind auch nicht nur schuldig der Verbindung zu bösen Mächten. Anna Jelenko sagt in der Untersuchung auf der *Stufe der Beweisführung* aus, dass andere Schwärmer – ihre Namen hat sie bis jetzt noch nicht preisgegeben – den Bauern Jakob ermordet haben. Auf einem Baumstumpf, den er selbst abgehackt habe, hätten sie Vipern und Kröten getrocknet. Vorläufig hat Anna Jelenko noch nicht ausgesagt, auf welche Weise es zu der angeführten Mordtat gekommen ist, sicher ist aber, dass eine Verbindung zwischen dem Trocknen der Vipern und Schlangen auf dem Baumstumpf, den Jakob selbst abgehackt hat, und der Mordtat, die kurz darauf geschehen ist, besteht. Die Druden Lužnik, Rosenkranz und Marjeta hätten zusammen in einem Bottich gebadet. Drei Unholden hätten sie befohlen, das Wasser über Berg und Tal auszugießen, darauf sei ein schrecklicher Hagel gekommen. Die erwähnten Druden, die Anna Jelenko anlässlich des hochnotpeinlichen Verhörs aufgezählt hat, müssen sofort in das Untersuchungsverfahren einbezogen werden. Anna Jelenko war von einem bösen Geist besessen, dessen Name Schwarzer war.

Alle Druden besaßen, nach Aussage der Anna Jelenko, ein Glöckchen und eine Rassel. Es ist klar, wozu sie diese Geräte brauchten – um ihre Teufel herbeizurufen. Die Bäuerin Neža, die im Zusammenhang mit der Angelegenheit Anna Jelenko verhört wurde, gesteht, gemeinsam mit einer gewissen Marjeta (es muss untersucht werden, ob es sich um die bereits verdächtigte Marjeta Luegendorfer handelt) Wein getrunken zu haben und dann mit ihr zum Kreuzweg gegangen zu sein, wo Marjeta (die Luegendorferin?) gerufen habe: ‚Küchlein, Küchlein!!', worauf der Teufel erschienen sei und ihr Geld gegeben habe. Hinsichtlich des Verhörs der Anna Jelenko muss auch die Bürgerin Krautner einbezogen und in Verbindung mit der Vergiftung von vier Personen unter Verdacht gestellt werden, die im September letzten Jahres gestorben sind. Es ist zu vermuten, dass die Krautnerin zusammen mit anderen Gleichgesinnten einen Kuchen angerührt und Gift daruntergemischt und auf diese Weise vier ehrbare Christenleben vernichtet hat. Die Drude Lužnik, die sich schon in Untersuchungshaft befindet, muss in Verbindung mit den Aussagen der Anna Jelenko befragt werden, ob sie zusammen mit der Bürgermeistersfrau von Resnik am Abend vor Allerheiligen in einer Zigeunergesellschaft die Zukunft geweissagt und das Schicksal vorhergesagt hat. Oder ist sie am selben Abend zum Kreuzweg bei Resnik gegangen und hat dort Menschenknochen zermahlen? Ihre Aussagen werden die Antwort auf die Frage geben, warum in der Nacht vor Allerheiligen ein Gewitter losgegangen ist. In der Dreikönigsnacht hat Anna Jelenko in Gesellschaft einer weiteren Person, deren Namen sie nicht weiß, unter dem Wegkreuz Menschenknochen in alle Winde geblasen. Anna Jelenko gesteht weiter, von einer gewissen Marjeta (der Luegendorferin?) gelernt zu haben, wie man Mütter dazu bringt, ihre Kinder umzubringen. Die Geister der einzelnen Druden hießen, nach dem Geständnis der Anna Jelenko, Pfefferl, Kuhschwein, Prokvas und Magerl. Die Geister waren schwarz wie Katzen und wurden aufbewahrt in verstöpselten Flaschen."

Die letzten beiden Wörter betonte er Silbe für Silbe und verstummte. Dann fügte er hinzu:

– Hier ist noch ein kurzer Zusatz von einer anderen Hand:

„Untersuchen, was für ein Bad in Gačnik angerichtet wurde aus Wein, Wasser, Milch und Salz. Vielleicht für ein Gewitter? Untersuchen, wer genau die Bäuerin Neõa verleitet und sie darin unterrichtet hat, den Kühen auf der Weide die Milch wegzusprechen. Im Einzelnen untersuchen, wie sie sich mit den ausgestochenen Augen Christi unsichtbar machen konnte. Genügte nur das Ausstechen, oder war noch ein Spruch nötig, oder hat ein Teufel mitgewirkt? Untersuchen, denn in der Aussage wird das mit keinem Wort erwähnt, welche Mütter unter dem Einfluss der Anna Jelenko ihre Kinder umgebracht haben. A. C., Sonderkommissar."

Sie sahen die Morgendämmerung, die jetzt schon in alle Winkel gekrochen war und ein paar Betrunkene aus ihrer Eskorte beschien. Sie schliefen so friedlich in ihren Ecken, so still und fast ohne Atem, als hätte sie das einförmige Lesen verwunschen. Nur hier und da stöhnte jemand im Schlaf. Aus dem Stall kam das schwermütige Soldatenlied, es wollte und wollte kein Ende nehmen. Dasselbe Lied mit seiner sich endlos wiederholenden Melodie zog durch das Fenster und durch den Raum und durch das Dorf und drang in den unruhigen, aufgestörten Schlaf der Dorfbewohner. Bis in den Morgen, bis in den Sonnenmorgen hinein hatten die ausgedienten Soldaten gezecht. Bis zum Morgen waren im Dorf Schatten an die Fenster getreten und hatten besorgt auf die Straße hinausgesehen. Die Morgendämmerung weckte sie alle zu einem neuen Tag, überall hatte sie sich ausgebreitet und schien jetzt auf alle hernieder.

– Hast du gehört, was ich dir vorgelesen habe? fragte Adam.

– Ja, sagte Ott.

– Und?

– Nichts.

– Nichts? Wieso nichts?

Johann Ott sah nachdenklich in das aufkommende Licht.

– Nichts Neues, Adam, sagte er. Von diesen Geschichten gibt es so viele. So viele Hexen und Hexenmeister. So viele Richter. So viele Henker. Ohne Ende fahren sie einander an die Gurgel.

– Mann Gottes, oder wessen auch immer du bist, denn du kannst wirklich schön fluchen, sagte Adam, weißt du eigentlich, dass dieses Papier sehr alt ist? Und weißt du, dass heute die Scheiterhaufen wieder brennen wegen dieses Wahns?

– Ja, sagte Johann Ott, jetzt schon konzentriert und mit nüchternem Kopf, ja, der Hexenwahn.

Adam fuhr aus der Haut. Wieder griff er zum Krug.

– Verdammt, bist du denn auch so ein gottverdammter Narr? Sag, kann man einen schwarzen Geist in einer verstöpselten Flasche aufbewahren? Sag, welche Mutter bringt ihre Kinder um? Was für ein „Küchlein" könnte dir Geld heranschaffen? Sag. Er sah ihm direkt in die Augen, und sein Blick drang tief ins Innere, in den Raum, wo in Johann Ott Zweifel und Gedanke aufeinanderprallten. Der gab keine Antwort.

– Ich sage nicht, dass es keine Hexerei gibt, sagte Adam. Versteh doch, ich behaupte ja gar nicht, dass böse Geister und Teufel nicht ihre Finger in allen möglichen Teufelsumtrieben hätten. Aber einen Geist in einem Fläschchen aufbewahren, einem Holzchristus die Augen ausstechen, die eigenen Kinder fressen – das hat mit diesen Sachen nichts gemein, das ist Wahnwitz oder aber widerliche Spekulation, verstehst du?

– Ich verstehe, antwortete Johann Ott überdrüssig, aber ich verstehe nicht, warum du so hinter diesen Dingen her bist. Hin und wieder sind sie eben zu weit gegangen. Bei einer solchen Menge von Hexen eine mehr oder weniger … Weißt du, dass sie im Fürstentum Neisse zuerst zweiundvierzig von ihnen verbrannt haben? Und als sie sahen, wie gut und nützlich es war, die Teufelsweiber zu rösten, haben sie in den Jahren danach über tausend im Ofen verheizt – im Ofen, nicht auf dem Scheiterhaufen.

– Du Kretin, du medizinischer Fall eines totalen Kretins, sagte Adam, und Johann Ott musste über seinen Geistesblitz lächeln: Eine mehr oder weniger. Bist du ein Kretin, oder haben sie dir so viel

Angst in den Arsch gejagt, dass du dich keinen Muckser mehr zu machen getraust? Eine mehr oder weniger …

Der Wirt und seine Frau rumorten im oberen Stockwerk, dass es hohl dröhnte und über die Treppe herunterschallte.

– Dieses Papier habe ich aufgestöbert und für ungeheuer viel Geld in die Hände gekriegt. Es liegt mir ganz besonders am Herzen, weißt du, sagte Adam.

Johann Ott wollte aufstehen. Sollte er einfach vom Tisch aufstehen, von diesem sinnlosen und leeren Gespräch, und sich völlig unausgeschlafen auf den langen Weg machen? Würde er keinen Augenblick des Ausruhens finden? Er dachte an sein Bett.

– Es liegt mir ganz besonders am Herzen, sagte Adam.

Johann Ott machte Anstalten zum Aufstehen. Ins Bett. Vergessen.

– Kommt dir mein Name nicht merkwürdig vor? Etwas künstlich, oder nicht? drang Adam mit zusammengebissenen Zähnen in ihn.

– Eigentlich nicht, sagte Ott, überhaupt nicht.

– Aber er ist künstlich. Eine einzige Konstruktion. Adam hielt ihn mit eisernem Griff am Arm fest. Meine Eltern hießen anders. So wie meine Großmutter. Meine Großmutter hieß Anna Jelenko. Sie war es, die zusammen mit der Luegendorferin den Müttern beigebracht hat, ihre Kinder umzubringen. Auch ihre eigenen hat sie wahrscheinlich umgebracht. Meine Eltern, verstehst du? Zusammen mit Kuhschwein. Gewitter hat sie gemacht. Auf dem Scheiterhaufen hat sie wahrscheinlich so schrecklich gebrüllt und geheult, dass bestimmt nicht nur Kuhschwein aus ihr herausgefahren ist, sondern mindestens noch zehn andere Bösewichter. Oder hundert?

Ein Taumel begann den Raum zu durchfluten, und eine Glut brannte Johann Ott in den Augen. Er sah, wie die Wände um dieses immer länger werdende Gesicht direkt vor ihm kreisten und sich drehten, dieses Gesicht mit den zusammengepressten Zähnen und den blutunterlaufenen Augen, alles das kreiste und drehte sich und brodelte da drinnen unter seiner Schädelwölbung, flog gegen die Decke und über die Wände, fiel in sich zusammen, und ein hässliches, schaumiges Röcheln trat auf seine Lippen.

Die Betrunkenen im Stall sangen noch immer ihre schwermütigen Kriegs- und Soldatenlieder.

# 8

*Klumpen und Purgativa. Koinzidenz und Untersuchung. Eine leere, finstere Mundhöhle, keine Zunge darin. Kampf mit der Natur. Adams gefährliche Ideen, gefährlicher Hass.*

Der Aufbruch verzögerte sich. Nicht nur wegen des scheußlichen Katers, von dem sich die Gesellschaft einträchtig mit irgendeinem Brei zu heilen suchte, einem heißen Mischmasch, in dem Stücke fetten Fleisches schwammen. Auch nicht deshalb, weil das kahlköpfige kleine Männchen, das am Abend zuvor das Bild seiner Dorothea mit den großen weißen Brüsten allzu lange im Krug betrachtet hatte und dem jetzt etwas schwer im Magen lag, nicht aus dem Stall zurückkam. Auf Krobaths Rat hin hatte er ein Purgativ genommen, allerdings wohl eine zu starke Dosis. Wie er später erzählte, wirklich erst nach geraumer Zeit, gegen Mittag, hatte er ununterbrochen einen solchen Dünnschiss, dass er ihn mit dem Löffel hätte schlürfen können. Und dabei sei ein weißer Klumpen abgegangen, so groß wie eine Birne. Aber wie gesagt, diese und andere Umstände waren nicht der wahre Grund für die Verspätung. Es war das eingetreten, was Johann Ott erwartet hatte.

Am Morgen waren Soldaten hereingestürmt und hatten im Nu die ganze benommene Gesellschaft entwaffnet und sie im unteren Raum des Wirtshauses zusammengetrieben. Der landesfürstliche Richter war bei seiner Ankunft im Dorf fest davon überzeugt, dass die Untersuchung dieses Mal außerordentliche Resultate erbringen würde. Eine Gruppe Kaufleute hatte sich an diesem Ort unerklärlicherweise lange aufgehalten, gleichzeitig hatte eine Protestversammlung wegen der Auflösung der Märtyrerprozession stattgefunden. Was für eine Verbindung bestand zwischen dem einen und dem anderen? Der innere Feind schloss sich zusammen und erhielt Hilfe von außen. Hier war ihr Treffpunkt. In diesem Dorf, das für seine häretischen Exzesse bekannt war. Wo es Flagellanten gab, die ihre Überzeugung nicht im geringsten zu verbergen suchten, sondern sogar öffentliche Versammlungen abhielten, entgegen allen amtlichen Anordnungen und Erlässen, dort herrschte nicht nur Häresie, dort herrschte auch Rebellion. Die Koinzidenz beider Ereignisse war gegeben. Das konnte unmöglich Zufall sein.

Den Kaufleuten und den blamierten Männern der Eskorte, die jetzt beschämt zu Boden sahen – wie idiotisch haben wir uns entwaffnen lassen! –, war anfangs nicht klar, was hier vorging. Waren wieder irgendwelche Kontrabanten hinter ihnen her? Wollten sie wieder eine verfluchte Abgabe abpressen? Doch wohl nicht für den Übergang übers Gebirge zwischen Wölfen und Schnee? Einer aber wusste gut, was hier vorging und was die Männer der Obrigkeit wollten. Einer drängte seine Angst in der Brust zurück und überlegte sich die rechte Ausrede. Johann Ott mit seinem schweren Kopf, randvoll mit schlimmen Gedanken und Erinnerungen, die Adam im trüben Schimmer der Morgendämmerung mit seinen zusammengepressten Zähnen und seinem skeptischen und unausgegorenen Ideenwust in ihm wachgerufen hatte.

Als sich herausstellte, worum es ging, wurden einige von Panik ergriffen. Das kahlköpfige kleine Männchen musste wieder mit seinem Dünnschiss rennen, zwei andere begannen in den rot anlaufenden landesfürstlichen Richter zu dringen, ihn zu beschwören und ihm wortreich darzulegen, wie unmöglich es sei, dass ehrbare kaiserliche Kaufleute mit der verfluchten Verschwörung in irgendeinem Zusammenhang stünden, Adam schließlich warf seinen Krug zu Boden und stieß zähneknirschend Flüche aus, unter denen sich erstaunlicherweise weder Leopolds erhabener Name befand noch sein gepuderter Arsch. Sie packten ihn, und einer der Soldaten zog ihm mit dem flachen Säbel eines über den Rücken, dass es klatschte und Adam vor Schmerz aufjaulte.

Nur Krobath bewahrte kühles Blut. Zuerst setzte er sich mit ruhigem Gesichtsausdruck vermittelnd beim Richter ein, damit dessen Hitzköpfe Adam losließen, dann beruhigte er seine aufgeregten Gefährten. Würdevoll bat er den Richter ins obere Zimmer auf eine Unterredung. Er biete sich freiwillig zum Verhör an. Der rot angelaufene Mann nahm einen Schluck aus dem Krug, sah einmal auf seine Soldaten, dann wieder auf die verstörte Gruppe, schließlich winkte er dem Schreiber, und alle drei gingen hinauf. Schon nach kurzer Zeit kehrte der Schreiber zurück. Als wäre auf der ganzen Welt nichts geschehen, setzte er sich mit sorgloser Miene zu den Seinen und bestellte Wein.

Es dauerte eine ganze Weile, bis sich die beiden da oben ausgeredet hatten, bis der landesfürstliche Richter den Kaufmann Krobath hinsichtlich der mutmaßlichen Zusammenarbeit seiner Gruppe mit den Häretikern und aufrührerischen Bauern vernommen hatte. Inzwischen herrschte in der Gaststube eine recht aufgelockerte Stimmung. Der Wein war schließlich weder den Soldaten der Obrigkeit noch den Kaufleuten und ihrer Eskorte verboten. So stärkten sich die einen die Seele und entfachten ihren Mut für Unternehmungen, die im Dorf noch auf sie warteten, vor allem solche, die den weiblichen Teil der untertänigen, jedoch irregeleiteten Bevölkerung betrafen. Und so beschwichtigten und stillten die anderen ihre unangenehmen Gefühle, die entweder von der langen Nacht herrührten, die eigentlich ausgiebiger Erholung zugedacht gewesen wäre, oder von der Angst und der Demütigung, die ihnen diese Grünschnäbel zugefügt hatten. Unter den Soldaten der Eskorte waren alte, erprobte Hasen, die sich schon auf allen Schlachtfeldern Europas herumgeschlagen hatten, unter allen möglichen Heerführern, in allen möglichen Uniformen, und jetzt zu nichts anderem mehr gut waren, als den ohnehin schon feigen Räubern auf einsamen Wegen Angst einzuflößen. Aber bald würde man ihrer wieder bedürfen. Der Franzose hatte schon zu wühlen begonnen, die Ungarn rebellierten, der Türke schickte wieder seine Horden, und auch bei den sonst guten und tapferen Kroaten war niemals klar, auf wessen Seite sie sich heute oder morgen schlagen würden. Nein, an Armeen würde nie Mangel sein. Deshalb gab es gar keinen Grund, dass die jetzt hier ihre Pusterohre und Schwerter in den Händen hielten und ihren Kampfgenossen damit drohten. Deshalb war es vernünftiger, zusammen zu trinken, in Erinnerungen zu schwelgen und sich auf neue Kriegsabenteuer einzustimmen.

Als der Richter aus dem oberen Zimmer herausgestürzt kam, bot sich ihm unten ein Anblick, der den vereidigten fürstlichen Soldaten nicht gerade zur Ehre gereichte. Säbel und Schießprügel lagen auf den Tischen, auf den Bänken, wo immer sie einer abgelegt hatte, entschlossen, den Eisengriff gegen die freundliche Rundung des Weinkrugs einzutauschen. Die Burschen waren aufgeknöpft, redselig, hatten glänzende Augen. Kreuz und quer verbrüderten sie sich mit den Helden von ärmlichem Äußeren und klopften sich gegenseitig auf die Schultern. Nur die Kaufleute saßen schweigend an ihrem Tisch und überschlugen im Geist ihre Golddinare, ihre Frachten, ihre Habe, die genauso gut bald das Eigentum eines anderen sein konnten. Der Wirt war verzweifelt. Die Frau hatten sie ihm schon fast in Fransen gerissen, und den Wein, das war es, den Wein würde ihm bestimmt keiner bezahlen.

– Was ist denn hier los, brüllte er schon vom Treppenabsatz herunter. Wo ist der Kommandant der Wache?

Es entstand eine solche Stille, dass das Husten eines Burschen, der sich bei dem unerwarteten Gebrüll von der Decke herunter verschluckt hatte, von den Wänden widerhallte.

Ein Mann mit einem schönen Bäuchlein, das ihm über den Gürtel hing, versuchte sich aus den Röcken der Wirtin zu schälen und in allerstrammster Haltung vor den Richter zu treten. Der durchbohrte ihn mit seinem Blick.

– Auf die Plätze, brüllte der Kommandant, um den schlechten Eindruck zu verwischen, und es erwies sich, dass alle, aber auch alle in diesem Raum diesen Befehl sehr gut verstanden. Auch die Männer von der Eskorte, die sich auf ihre Seite zurückzogen. So standen sie sich wieder gegenüber. Die einen mit der Waffe in der Hand und auf leicht schwankenden Beinen, die anderen an der Wand unter Grinsen und Schubsen. Zwischen ihnen aber, auf dem Kampfplatz, die halbleeren Weinkrüge und die Wirtin, die verschämt ihr Kleid über der üppigen Brust zurechtnestelte.

Die Autorität der Obrigkeit war wieder hergestellt, und der Richter war befriedigt. Er stieg die Treppe herab und stürmte mit seinem Eisen, das ihm um Brust und Hüfte baumelte und schepperte, aus der Tür.

Die einheimischen Soldaten zuckten nur kurz mit den Achseln, was soll's. Dienst ist Dienst. Und der Kommandant erlaubte sich keinen neuerlichen Ausrutscher. Er trat in die Mitte des Raumes, drehte sich zu seinen Männern um und maß sie mit dem scharfen Blick eines Truthahns. Augenblicklich herrschte Stille.

Johann Ott beugte sich zum niedrigen Fenster und sah hinaus. Bei jedem Haus standen Soldaten. Der Richter lief durchs Dorf und gab Anordnungen. Unter Gebrüll, das bis hier drinnen zu hören war, begannen sie, die Menschen aus den Häusern zu treiben. Die Männer wurden mit dem Gewehrkolben gestoßen, die Frauen an den Haaren gezogen, einer zog einen Alten am Bein über die Hausschwelle und stieß ihn in den Schlamm. Sie trieben sie ungefähr in die Richtung, wo am Vortag die Versammlung stattgefunden hatte.

Krobath war nirgends zu sehen. Adam stand auf und wandte sich zur Treppe, aber er wurde schnell wieder auf seinen Platz niedergedrückt.

Wildes Schreien und Fluchen war von draußen zu hören. Eine Frau kreischte so durchdringend und mit so kräftiger Stimme, dass Johann Ott gegen seinen Willen an ein Schwein erinnert wurde, das schon angestochen war und nun mit durchschnittener Kehle umherlief, dass das Blut spritzte.

Würde Blut fließen? Floss jetzt Blut?

Würden Feuer brennen?

Dann wurde es auch draußen ruhig.

Es muss geraume Zeit nach Mittag gewesen sein, als Johann Ott durchs Fenster zu seiner Rechten sah, wie die Menschen langsam und still in ihre Häuser zurückkehrten. Ein paar Soldaten gingen einfach zwischen ihnen. Sie zeigten keinerlei Neigung zu irgendwelcher Gewaltanwendung, zu irgendwelchem Plündern und Brandschatzen. Ob ihnen das verboten worden war? Hatte das Dorf doch eine Kollektivstrafe verdient, eine, die jeder einzelne am eigenen Leib spüren, die aber doch auch den bösen Geist herauspressen würde, der in der sektiererischen Flagellantengruppe insgesamt steckte. Man konnte sehen, dass dort hinten etwas vorgefallen war, sie kamen zurück wie von einem feierlichen Leichenbegängnis.

Die Menschen waren bald auseinandergegangen, und keine lebende Seele war mehr zu sehen, außer ein paar Soldaten, die sich jetzt irgendwie verloren an der Tür des Wirtshauses herumdrückten, um sich zu wärmen und sich für den Abmarsch bereitzuhalten. Offensichtlich gab es hier nichts mehr für sie zu tun.

Schließlich kam auch der Richter mit seinen wippenden Metallabzeichen die leere Straße heruntermarschiert. Er stürzte herein und hastete mit gerunzelten Brauen wortlos die Treppe hinauf. Gleich darauf kehrte er mit Krobath zurück. Er kann nichts anderes gesagt haben als: Es ist überstanden, oder so ähnlich.

Der Kommandant mit dem Truthahnblick hob auf einen Wink des Richters den Belagerungszustand in diesem Raum auf. Plötzlich war alles im Aufbruch. Alle hatten es eilig, irgendwohin zu kommen. Die Kaufmannsgesellschaft schleppte ihre Säcke zusammen und lud sie auf die Wagen. Die Soldaten schnallten ihre Waffen um, sattelten die Pferde. Der ganze Wirbel lief fast ohne Worte ab. Irgendwoher kam der kahlköpfige zwergwüchsige Kaufmann und knöpfte sich die Hose zu, als wollte er sagen, der Dünnschiss nimmt wirklich kein Ende. Dieses verfluchte Purgativ.

Die Kolonne setzte sich in Bewegung, Johann Ott und Adam leerten noch einen Krug Wein. Es lief ihnen in den Kragen.

– Pass auf, sagte Ott, jetzt gefriert uns gleich ein schöner Panzer vor der Brust.

Der Abschluss solcher Ereignisse muss mit Wein begossen werden, sagte Adam. Übrigens war ich nicht zum ersten Mal unter Quarantäne.

Dem Wirt warfen sie einen Haufen Geld hin, woraufhin der sie unter Kratzbuckeln bis an die Tür begleitete, sodass es Johann richtig unangenehm war. Sie bestiegen die bereitstehenden Pferde und jagten der Karawane nach. Die Straße war jetzt schon hart und fast gefroren, und das Dorf bot einen äußerst kargen und öden Anblick. Nicht einmal ein Schatten rührte sich hinter einem der Fenster. Auf dem offenen Platz in der Mitte der Ortschaft, dort, wo am Tag zuvor die Versammlung stattgefunden hatte, sahen die beiden Reiter schon von Weitem ihre Leute. Völlig still standen sie da und blickten erstarrt in eine Richtung.

Als die beiden näher kamen, sahen sie es. Der erste war an einen frisch geschälten Pfahl gebunden. Die Hände hatte er ganz oben festgeknüpft, sodass er mehr hing als stand. Andauernd versuchte er, auf die Füße zu kommen, sackte aber jedesmal wieder zusammen. Sein ganzer Rücken war zerfetzt. Es war eine blutige und zerrissene und von den Schlägen bis aufs Weiße abgeschälte Haut. Der andere stand genau an der Stelle, wo am Vortag der Redner getobt hatte. An der Stelle der Nase, die sie ihm überaus kunstvoll und genau abgeschnitten haben mussten, war eine blutige Masse, und aus dem schon einigermaßen getrockneten Gewebe gähnten dem Beschauer zwei winzige schwarze Löcher entgegen. In seinem Blick lag heller Wahn, mit geöffnetem Mund gurgelte er etwas. Die Augen verrieten ihn. Genau der war es gewesen. Der würde seine gefährlichen Ideen nicht mehr verbreiten, der würde nicht mehr über die Obrigkeit, ihre Entscheidungen und ihr Vorgehen schimpfen. Da war keine Zunge mehr drin. Eine finstere, leere Mundhöhle, aus der nie mehr etwas anderes kommen würde als dieses Aaaaa, mit dem er jetzt immer noch weiterzupredigen und weiterzuprotestieren suchte.

– Der wird sich keine Nase mehr schneuzen, sagte Adam, aber niemand lachte. Johann Ott spürte, dass er sich jetzt wirklich und endgültig würde übergeben müssen, dass er all diesen verfluchten Wahnsinn, der kein Ende nehmen wollte, aus sich herausspeien und herauswerfen müsse.

Schweigend zogen sie weiter, hinter ihnen blieb das Gestammel und Gegurgel zurück.

Gegen Abend begann die Luft allmählich wärmer zu werden, das schwarze Himmelsgewölbe drückte mit seinem ganzen Gewicht zu Boden. Die Landschaft war von allen Seiten von Bergen eingeschlossen, aber die Straße führte schön über die dazwischenliegenden Kahlflächen. Steigungen und Gefällestrecken waren sanft, sodass die Pferde, die hier die einzigen wirklich ausgeruhten Lebewesen waren, den Weg mit Leichtigkeit bewältigten. Nur war die Luft zäh und schwer, wie gerade angerührter Brotteig. In Brust und Blut krümmte und spannte es sich, sodass Mensch und Pferd stoßweise nach Luft schnappten. Es war nicht die Anstrengung, nur dieses dickliche Etwas, das verklumpt und körnig durch den Körper strömte. Eine schwarze Masse, die völlig homogen und kompakt in einem einzigen Stück zu Boden drückte, das war die richtige Beschreibung. Bald kam auch ein Wind auf, sodass es in allen Tonarten langgezogen durch die Baumstrünke und in den Fichtenkronen im Hintergrund pfiff. Der Herbst ging ganz gewiss genau in dieser Nacht in den Winter über. Den Weg, so beschlossen sie, würden sie auf jeden Fall fortsetzen. In der Früh mussten sie St. Veit hinter sich haben. Es gab kein Anhalten, Essen und andere Notwendigkeiten würden unterwegs erledigt werden. Krobath hatte einfach in Übereinstimmung mit den Interessen der vereinigten Kaufleute entschieden. So viel Zeit hatten sie in jenem unseligen Dörfchen vertan, das sie sich zur Rast ausgesucht hatten. Die Rechnung war vernünftig gewesen. Nach den Anstrengungen, die der Weg über das Gebirge gefordert hatte und die keineswegs gering gewesen waren, obwohl die Kaufleute einen ganz ordentlichen Weg gewählt hatten, sollte eine umfangreichere Rast in dem Dorf am Fuß des Gebirges eingelegt werden, einem guten Ausgangspunkt für den großen Sprung. Niemand konnte erwarten, dass sich alles zusammen ganz anders entwickeln würde, als geplant.

Nach einer Weile legte sich der Wind. Ganz deutlich konnte man sein Grollen hören, als er sich über den Berg auf die andere Seite verzog und dort durch das Tal pflügte. Der Weg stieg jetzt zu einem Übergang zwischen beiden Bergmassiven etwas an, und oben, wo es wieder steil nach unten abbrach, erwarteten sie schon die ersten Schneeflocken. Winzig und leicht, trieb sie der Windhauch, den die Luftwelle zurückgelassen hatte, über ihre Köpfe hinweg, sodass sie sich einzeln an die Brauen hefteten, kühl die Haut berührten und nasse Spuren hinterließen.

– Ohne Wein müsste der Mensch eingehen, sagte Adam und entkorkte die Reiseflasche. Er trank einen Schluck und bot sie dann Johann an. Wortlos gab der sie zurück, als er das Kribbeln spürte, das durch die Magenwände ging und die Spannung im Zellgewebe verdünnte und wegspülte.

Wortlos ertrugen die gleichmütigen Männer das kühle Flokckengewirbel die ganze schwarze Nacht hindurch, die über sie hereingefallen war. Jetzt konnte man keine paar Schritt weit mehr nach vorne sehen. Der Vortrab, zu dem sich die einzelnen Soldaten ablösten, verkündete regelmäßig und mit langgezogenen Rufen, welchen Verlauf der Weg nahm und wie die Verhältnisse vorne waren. Sie kamen nur langsam voran. Nun schneite es bereits dichter, und die Schneeplacken waren schon richtig nass, dass es rasch ungemütlich wurde. Bis über den Kopf hüllten sie sich in ihre Umhänge. Das kahlköpfige kleine Männchen, Balthasar Kazelj Locatelli, den es wohl wieder im Gedärm zu kneifen begonnen hatte, lag zwischen den Säcken auf dem Wagen. Trotz seiner bequemen und privilegierten Lage konnte er nicht mit seiner Meinung zurückhalten. Zuerst mümmelte er etwas vor sich hin, doch bald nörgelte er richtig laut.

– Wir haben vielleicht Einfälle! sagte er, ins Dunkel gewendet, dorthin, wo Krobath reiten musste. Den richtigen Tag haben wir uns für die Rast ausgesucht, und die richtige Nacht für die Reise.

Adam knurrte, er werde ihm eine richtig warme Ohrfeige in die nasse Visage kleben, oder so ähnlich.

– Halt die Klappe, raunzte im selben Moment ein anderer, und dann war lange Zeit nichts anderes zu hören als die singenden Ausrufe des Vortrabs und die langgezogenen Befehle an die Pferde.

Die Schneegarben fielen schon so dicht, dass auch die prasselnden und glimmenden Fackeln nicht mehr zu sehen waren. Das war wirklich schon ein Sichdurchschlagen durch das Schneetreiben und ein Kampf mit den Naturgewalten. Der Morgen war noch weit.

Einer der Kaufleute kippte plötzlich aus dem Sattel. Zwei Nächte hintereinander, die erste im Kampf mit dem Wein und der üppigen Wirtin, die zweite im Kampf mit dem Schnee – das war auch für einen Mann, der so viel aushielt, zuviel. Die Kaufleute waren keineswegs verweichlichte Männer, mit wenigen Ausnahmen. Jeder von ihnen hatte sich hart zu seinem Vermögen durchschlagen müssen, jeder kannte die nächtlichen Hinterhalte und die Karststürme und die

Karawanen mit den stämmigen Saumtieren. Jeder wusste von den Wirtshäusern, wo sie die Knochen hinter dem Haus im Wald so zu vergraben verstanden, dass nicht einmal die Füchse sie wieder ausscharrten, jeder war gewohnt, mit dem Schwert umzugehen und die Arkebuse mit dem Schießpulver zu stopfen. Jeder hatte schon trockenes Brot beißen und im Sturm ein Feuer anmachen müssen. Obwohl jene Zeiten, als man tagelang durch die Wildnis reisen musste, weit zurücklagen, war das Land doch gut durchzogen mit lebhaften und soliden Kommunikationssträngen, und obwohl nun die bevölkerten Gegenden schon dicht gestreut waren, wurde man doch häufig mit menschlichen und natürlichen Unbilden konfrontiert. Aber der da war aus dem Sattel gekippt. Der war fertig. Sie legten ihn zwischen die Säcke neben das kahlköpfige kleine Männchen, das jetzt plötzlich wieder zu jammern und zu flennen angefangen hatte.

– Hier kommen wir nie lebend heraus, klagte er, welcher Idiot hat angeordnet, dass wir ein so großes Stück Weg auf einmal zurücklegen? Bei Nacht.

Und weinerlich begann er Gebete zu leiern.

– Wenn Dorothea nicht wäre, sagte Adam zu Johann Ott, würde ich ihm endlich eine verpassen.

Johann durchfuhr die Erinnerung an die schmächtige Frau auf dem Stroh, deren Namen er nicht einmal wusste. So sehr ihn auch danach verlangte, in dieser unerträglichen Nacht mit seinen Gedanken in jene angenehm verrauchte, stinkige Stube einzutauchen, drängte er die Aufdringliche doch lieber von sich fort. Allzu sehr war sie mit dem Gedanken an Urban Posek verknüpft und an Jakob Demšar und den Bau der Kirche für den heiligen Fabian auf Gorca. An alle jene, mit denen er noch längst nicht abgeschlossen hatte und derentwegen er genau genommen hier war, ob ihm das nun gefiel oder nicht.

Das leiernde Gebet des kleinen Männchens war ansteckend. Ein paar andere fielen ein, und ihr Gemurmel drang zwischen den Ausrufen und Flüchen durch die finstere Nacht.

Dieser harmonische Zusammenklang von Gebeten und Flüchen in diesem Schneetreiben war eines der schönsten Lieder, die Johann Ott je gehört hatte.

Der Schnee wollte und wollte nicht nachlassen. Darum machten sie halt und errichteten kurzfristig unter dichtem Fichtengeäst ein Lager. Sie entzündeten zwei Lagerfeuer und kochten sich Wein auf. Eines war klar: Nur gemeinsam würden sie bis zum Morgen durchhalten. Adam hob den Kopf und trank Johann Ott zu.

– In so gemütlicher Umgebung hast du noch keinen Wein getrunken, sagte er.

– Doch, gab Johann zurück. Vor zwei Nächten. Im Gebirge.

– Etwas liegt mir schon die ganze Zeit auf der Zunge, sagte Adam. Während wir herumgesoffen haben, hockten jene in ihren Hütten. Die ganze Nacht haben sie in Erwartung des gestrigen Morgens durchwacht.

– Ich wusste, es würde eine Untersuchung geben, sagte Johann Ott.

– Wieso?

– Einfach so. Ich wusste es.

– Du bist ein seltsamer Patron, sagte Adam.

– Ja, sagte Johann Ott und ging seinem Pferd den Sattelgurt festzurren, der sich bei dem anstrengenden Ritt ziemlich gelockert hatte.

– Mir kommt vor, du hast schon viel durchgemacht, sagte Adam später, als sie wieder durch den Schnee schwankten, mit einer gewissen Anteilnahme in der Stimme.

– Wenn in diesem Moment alles zu Ende wäre, wäre es zu viel gewesen, sagte Johann Ott. Aber das ist es nicht, setzte er nach einer Weile hinzu.

Das war es wirklich nicht. Als der Morgen kam, zeigten sich durch den Schneevorhang die Dächer der Stadt plötzlich ganz nah.

Obwohl sie todmüde waren und die Ladung mithilfe der Hausknechte unter größten Mühen in einen Extraraum geschleppt hatten und obwohl die Söldner von der Eskorte während dieser Verrichtungen bereits die breiten Gürtel abgeknöpft hatten, sahen Krobath und das kleine Männchen die Ladung noch sorgfältig durch. Der Schafskäse für Bayern war ganz zergangen, ins Skorpionöl war Wasser gelaufen, auch das Nessel-und das Leinentuch waren durchgeweicht. Nur der Wein und das Eisenzeug waren noch zu gebrauchen. Der Schaden war nicht unerheblich, vor allem wegen des Skorpionöls, das sie von den Bauern in Krain teuer eingekauft und in das sie viel Geld gesteckt hatten. Aber es half nichts.

Johann Ott kümmerte sich nicht um sein Silber und das Ziegenleder. Er warf beide Packen in die Ecke und streckte sich aufs Bett.

Als er gegen Abend erwachte, versuchte er seine Stiefel anzuziehen, aber sie waren völlig durchnässt. Er riss ein Stück trockenen Stoffs vom Bettüberzug ab und umwickelte damit seine Füße. Mit solchen Bettelschuhen an den Füßen und in einem derart zerdrückten Gewand, an dem ihm nur der Ledergürtel noch einige Würde verlieh, trat er in die Gaststube. Adam saß schon dort mit einem Krug in der Hand, Krobath schlürfte eine Suppe. Sie brachen in Lachen aus, als sie ihn erblickten. Er setzte sich. Der Wirt beäugte ihn misstrauisch, bevor er ihm eine heiße Suppe und einen Krug Wein brachte.

Die Männer waren guter Laune, obwohl der Nachtmarsch nicht gerade billig gekommen war. Plötzlich sah Krobath Adam an und sagte:

– Ihm hast du es auch vorgelesen, scheint mir.

Adam zuckte mit den Achseln.

– Wo er doch so schön geflucht hat, sagte er.

– Wie denn? fragte Krobath.

– Los, Johann, ermunterte ihn Adam. Bring das noch einmal. Es hörte sich richtig schön an.

Johann Ott schlürfte seine Suppe.

– Irgendwo muss ich mir Stiefel kaufen, sagte er.

– Na gut, dann versuch' ich es eben, meinte Adam. Aber schade, ich kann es nicht so schön. Er hat gesagt, er scheißt auf die Papisten, auf die Lutherischen, auf die Stifter, auf die Hexenmeister, auf die gelehrten Doctores, und vor allem scheißt er auf alle diese verrückten theologischen Magister, die nächtelang herumhuren und saufen und dann ihre Glaubenszwiste vom Zaun brechen. Er hat gesagt, einem gewissen Lampretič müsse man ein Klistier in den Arsch jagen, damit er scheißt und scheißt und am Ende in seinem eigenen Dreck erstickt. Er hat gesagt, dass allein schon die Existenz eines Inquisitionsgerichts der Beweis für die Gottlosigkeit ist, für die Teufelsanbeterei, und dass die meiste Dummheit in der Kirche und bei der Obrigkeit zu finden ist, egal bei welcher. Er hat wirklich schön gesprochen. Ich kann mich nicht an alles erinnern. Schade, dass er über Leopold nichts gesagt hat. Johann, möchtest du nicht etwas über den allerdurchlauchtigsten Arsch von Leopold sagen?

– Ich war betrunken, sagte Johann Ott. Ich weiß nicht, was ich gesagt habe.

– Oho, du weißt es schon, lachte Adam. Du weißt es ganz gut. Er stand auf und ging auf sein Zimmer. Die beiden anderen blieben allein zurück. Krobath bohrte sich mit seinen Pupillen in Johann Otts Gesicht.

– Er ist besessen, sagte er. Siehst du denn nicht, dass er besessen ist? Jedem, der ihm nur ein bisschen Courage zu haben scheint, liest er dieses Papier vor. Das kann kein gutes Ende nehmen.

– Bestimmt nicht, sagte Johann Ott.

– Jetzt reicht ihm das Krakeelen über die Hexenprozesse nicht mehr. Jetzt hat er sich zu denen gesellt, die mit Wort und Schrift gegen Leopold hetzen. Das ist nicht so gefährlich wie das Erstere, aber es kann einfach kein gutes Ende nehmen, wenn er sich weiter in dieses Fahrwasser treiben lässt. Schade um ihn, er ist ein sehr fähiger Kaufmann.

Adam kam zurück. Er hielt etwas hinter seinem Rücken.

– Er ist wieder über mich hergezogen, nicht? sagte er zu Ott und fuhr im gleichen Atemzug fort: Dies hier, siehst du, ist mehr wert als all unser Geschwätz. Er warf ein Paar feste, blankgewichste Stiefel auf den Tisch.

– Nimm, sagte er.

Johann Ott behagte solch unverhoffter Freundschaftsbeweis nicht. Aber die Stiefel konnte er wirklich gebrauchen.

# 9

*Hat Johann Ott seinen Bund verlassen? Ist er in diesem heiteren und pittoresken Kaufmannsleben untergegangen? Kommt die Stunde, wo der Zweifel nagt und die Pupillen auf den Augäpfeln kreisen? So kann sich der Mensch nicht verstecken. Ein Mann kann seinem Schicksal nicht entgehen.*

Der Winter war nicht leicht für die Kaufmannsschar. Die Wege waren schwer passierbar, und immer wieder mussten die Pferde gewechselt werden. Dabei gingen natürlich immer einige Golddinare verlustig. Und auch das Geschäft wollte in solcher Zeit nicht richtig blühen. Leinen und Stahl aus den Hammerwerken brachten derzeit noch das meiste Geld. Krobath verfügte zwar über ein gut organisiertes Netz von Verkäufern und Aufkäufern, konnte sich aber dennoch keiner besonderen Gewinne rühmen. Obendrein vermehrten sich die Räuber in dieser Hungerszeit wie die Ratten und versuchten an zahlreichen einsamen Orten zuzuschlagen. Deshalb hatte Krobath nach längerer Beratung noch drei Kupferhändler aufgenommen. Er versuchte auch, mit einer Riemen- und Schuhmacherzunft Verbindung zu knüpfen, um den Verkauf aller ihrer Erzeugnisse zu übernehmen, aber diese stiegen bald wieder aus dem Vertrag aus. Sie gründeten eine eigene Gesellschaft, die ihre Waren transportierte und verkaufte. Für irgendeinen Krieg wurden wieder Truppen angeworben, und die alten Söldner setzten sich allmählich zu ihresgleichen ab. Sie lockte wieder das winterliche Auf-der-faulen-Haut-Liegen in den Städten, wo die Einheiten einquartiert waren, die Saufgelage, die Prügeleien mit den Bürgern und das Herumhuren mit übelbeleumdeten Weibern. Die Gesellschaft hatte sich jetzt vergrößert, trotzdem war man bei der Weiterreise überaus vorsichtig. Zwar wagten sich die Räuber nie richtig an eine so gut gesicherte Kolonne, dennoch hielt die Angst vor ihnen sie öfter an einem Ort zurück, als nötig gewesen wäre.

Johann Ott erschien dieses Leben durchaus kurzweilig. Mithilfe der vernünftigen Ratschläge Krobaths wurde er bald ein richtiger Wucherer und Halsabschneider. Sein Silber und sein Ziegenleder hatte er bald erfolgreich umgesetzt. Er schaffte sich noch zwei Pferde an und kaufte in Salzburg wertvolles Geschirr, Messer und Dolche ein. In Krain und in der Steiermark verkaufte er die Ware, kaufte Weißlinnen und Leder ein, und als er wieder hinauffuhr, hatte sich sein Vermögen ganz ansehnlich vermehrt.

Jetzt konnte man ihn in einem Judenladen sehen, wie seine kühlen und abschätzenden Blicke sich in die Stirn eines ächzenden und geizigen Mannes bohrten und dessen Gedanken lasen. Denen muss man hart kommen, hatte Krobath zu ihm gesagt, das ist ein außerordentlich fähiges Volk, habgierig, aber fähig. Zum Kotzen, hatte Adam hinzugesetzt, aus meiner Stadt an der Drau wurden sie per kaiserlichem Dekret bis auf den letzten Mann hinausgejagt, weil sie angeblich zu solchen Halsabschneidern geworden waren, dass sie nicht mehr zu ertragen waren. Einen sollen die Bauern sogar als Toten wieder ausgegraben und über die Mauer geworfen haben, damit sich ein wildes Tier über ihn hermachen würde. Johann Ott hatte verstanden: HART. Die schmächtige Gestalt wieselte hin und her in dem schummerigen Raum, doch er saß ruhig da und sprach knapp und klar. Er feilschte. Stand auf, ging zur Tür. Die schmächtige Gestalt wieselte hinterher. Geld, Geld wollte er, und seine nun schon etwas fetten, gut gepolsterten Hände stopften es zufrieden in Taschen und Beutel.

Jetzt konnte man ihn im Wirtshaus sehen. Fett und Wein tropften ihm vom Stoppelkinn, er schlang große Brocken hinunter und goss ordentlich hinterher. Er schrie mit vollem Mund. Sang schlüpfrige Lieder. Spuckte, fluchte, warf mit Geld um sich, betatschte einer dicken Hure die Schenkel. Er und Adam bohrten auch so manche an. Krobath schüttelte den Kopf. So ging es nicht, so nicht. Das war etwas für Söldner. Und doch versiegte das Kapital nicht. Dem Winter und den Spelunken und den Frauen zum Trotz.

Jetzt konnte man ihn als Pferdehändler sehen, dann versuchte er es in einer Hafenstadt mit Salz, dann wieder verhandelte er auf einem Kirchtag mit einem Bauern, dann zupfte er Leder aus den Ballen und prüfte es mit kräftigen Händen, dann wendete er Tuche gegen das Licht, traf Absprachen im Wirtshaus.

Diesen Winter war er häufig an verschiedenen Ecken und Enden der Berg- und Küstenlande zu finden, in Wirtshäusern, auf einsamen Wegen, bei Schneestürmen und an Sonnentagen. Überall mischte er sich ein, überall tat er mit, überall holte er einen Nutzen, einen Vorteil heraus. Er fragte nicht, welchen Zweck diese ganze Fuhrwerkerei hatte, dieser Frachthandel, dieses Kaufen und Verkaufen, Makeln und Betrügen. Es war gut so. In seinen Taschen klimperte es.

Eines Abends sagte er zu Adam:

– Vielleicht ist das jetzt überhaupt die beste Zeit in meinem Leben.

Der Johann Ott von früher, der einsame Fremde, der die Sterne betrachtete, war nicht so leicht wiederzuerkennen in ihm. Ein Bart hatte sein Gesicht überwachsen, das Haar trug er geölt und glatt gekämmt, ein ansehnliches Bäuchlein schnürte er in den breiten Ledergürtel. Wie er es auf einmal verstand, sich die Hände zu reiben, die Augen zu verdrehen, wie beflissen und klappernd sein Reden war! Er feilschte mit dem Stadtrichter und ließ es zu, dass ihm jener freundlich die Schulter tätschelte. Es war richtig beschämend anzusehen, wie ihm die schleimigen Worte aus dem Mund trieften und seine Hände fahrig am Körper herumfuhren, als suchte er etwas; wie er sich die Stirn wischte und sein Blick unstet war.

Aber der Winter war bald vorüber, und die Kaufmannskarawanen platschten in den ersten Frühlingsmatsch auf den Bergstraßen hinaus. Mit dem Frühling kamen aber auch schlimme Stunden für Johann Ott. Sie kamen nur selten, aber wenn sie kamen, dann waren sie wirklich da.

Eines Nachts raufte er sich Bart und Haare und schlug mit dem Kopf gegen die Wand. Er fluchte so, dass Adam die Haare zu Berge standen. Das waren jetzt nicht jene herrlichen Flüche aus den Tagen ihrer ersten Bekanntschaft, dieses Fluchen kam tief aus dem Innern, aus dem bösen Gewissen und dem Erinnern, aus Grauen und Wein.

Es kam die Stunde, wo er keinen Schlaf fand und sein Blick in der Landschaft umherirrte, die in ihm war. Seine Pupillen kreisten sonderbar auf den Augäpfeln, der Körper war in der Gewalt von inneren Mächten. Krämpfe warfen ihn auf dem Bett umher, sodass sich sein Gesicht vor Schmerz verzerrte und er sich in die Lippen biss. Die Zähne pressten sich zusammen, und dann war da Blut an den tastenden Fingern. Ganz nah besah er sich diese Finger.

Um Ostern erwachten die Flagellantenprozessionen. Hoch in den Himmel ragte das Banner mit dem Heiligenbild über den gebeugten Gestalten, die sich geißelten und wieder geißelten, eine um die andere, um Gnade, um Reinigung.

Die obrigkeitlichen Truppen trieben sie auseinander. Denn in diesen Schlägen waren tiefe und gefährliche geistige Impulse verborgen. Und Ideen. Das wussten sie. Das wusste auch Johann Ott.

Und immer häufiger wurden diese Nächte ohne Schlaf. Johann Ott wusste es. Sie hatten ihn nicht vergessen. Eines Tages würde ein Unbekannter mit finsterem Gesicht zu ihm treten.

Richtig, der Leiterwagen, in dem sie ihn einst wie ein böses, waidwundes Tier durch die Dörfer gefahren hatten, lag weit hinter ihm. Hier hatte das Vergessen das Seine getan. Aber sein Gelöbnis in der Hütte am Wald? Und seine Rolle als Abgesandter? Des Teufels Verlockungen hatten ihn in Versuchung geführt, unterzutauchen und sich für immer seinem geheimen Bund zu entziehen. Des Teufels? Der Fürst der Finsternis wird hier nicht zufällig erwähnt. Denn eines ist sicher: Wen der einmal befallen hat, wem der einmal seine Keime ins Blut gepflanzt hat – von dem lässt er nicht mehr ab. Entweder treibt man ihn demjenigen mit dem Feuer aus, oder er wird weiterhin in der Welt Böses tun. Wozu ist er da, wenn nicht dazu, den Frommen und Gerechten Schaden zuzufügen, ihnen die Gesundheit, das Vermögen und den Schlaf zu rauben?

Wäre er doch nur auf seinem Weg geblieben. Das erste Mal hatte ihn die neue Verwirrung auf der einsamen Gebirgshöhe befallen. Das zweite Mal hatte sein Gewissen in dem Dorf versagt, wo die Versammlung war und die Strafe.

Damals hatte er richtig gehandelt. Warum hätte er sich und diese braven Leute den Klauen des Richters ausliefern sollen?

Doch jetzt?

Warum hatte er jetzt die rechte Sache verlassen?

Nein, so kann sich ein Mensch nicht verstecken. Ein Mann kann seinem Schicksal nicht entgehen. Irgendwo wartet dieses oder ein anderes Recht auf ihn.

# 10

*Feuersglut am Himmel, Lichtbrechungen. Ein Flimmern im Wurzelgeflecht des Leibes. Öder Kaufmannsalltag. Adam hetzt und schimpft und rutscht immer tiefer in gefährliche Rebellion. Der stellt noch etwas Gefährliches an.*

Die Feuersglut stand mitten am Himmel. Die Sonnenkugel war an diesem Frühsommertag so hell aufgeflammt, dass ihre Ränder geschmolzen waren. Ein unerträgliches gelbes Licht verwandelte den blauen Himmel in weitem Umkreis in eine grelle, gleißende Fläche. Mitten an diesem schlimmen Tag waren die Blicke auf den Boden gerichtet, auf den schleppenden Schritt der Pferdehufe, unter denen sich bei jedem Tritt eine Staubwolke erhob. Als ob sie in einem Nebelschleier reisten. Straße, Straße ohne Anfang und Ende, und auf ihr der schwankende und weit gezogene Zug der Kaufmannskolonne. Das Leinen auf den gekrümmten Rücken war durchweicht und zugleich hartgetrocknet. Unter den Achseln rann der Schweiß, und an den Rändern hinten auf dem Rücken trocknete er gleichzeitig wieder an, sodass höckrige Salzspuren zurückblieben. Die bis zum Gürtel entblößten oder aufgeknöpften Söldner, die ohne jede Ordnung und jeder für sich zwischen der Karawane herumritten, fluchten und husteten dicke Speichelqualster aus, zäh von Staub, der in Tausenden unsichtbaren Teilchen in der Luft schwebte und fast glühte. Auch das Gras atmete keine grüne Frische mehr, und die spröden Staub- und Hitzepartikel schienen selbst durch das pflanzliche Aderngeflecht zu dringen.

Das war die Zeit des Reisens und des Handelns. Tatsächlich gab es keinen Pfad, den man hätte meiden müssen. Überall bot sich dem Fuß fester und zuverlässiger Boden. Krobaths Schar war jetzt stark geschrumpft. Nach gründlicher Überlegung hatten sich die Kaufleute getrennt, meinte man auf diese Weise doch auch die Kosten für den Unterhalt der Begleittruppe, die Treiber der Saumtiere und die bewaffneten Söldner, spürbar senken zu können. Adam und Ott, die den größten Teil ihres Vermögens diesen Winter in den Wirtshäusern durchgebracht hatten, konnten der umsichtigen Führung Krobaths freilich nicht entsagen. Das hätte für sie fraglos den sicheren Untergang bedeutet. Früher oder später hätten sie auch noch das Verbliebene in irgendeinem Wirtshaus durchgebracht, allerdings nur, wenn man die beiden, betrunken, nicht bestohlen oder gar ihre Überreste in einen tiefen Brunnen geworfen hätte, wo schon die Gebeine unzähliger anderer, ebenso leichtsinniger Kaufleute moderten. Krobath hatte recht, wenn er sie warnte – mit ihnen ging es in letzter Zeit wirklich bergab. Die Nächte Johann Otts wurden immer schwerer und länger, der Schlaf wurde immer kürzer und das leere Kreisen seiner unruhigen Pupillen immer stärker. Eines Tages fasste er einen Entschluss. Er suchte zwei zuverlässige Söldner aus und übergab ihnen ein Pferd, beladen mit Silber und Ziegenleder. Nach ein paar Tagen kehrten sie zurück. Sie hatten ihren Auftrag ausgeführt. Sie hatten die Saumlast Urban Prosek überbracht, zusammen mit einer Nachricht von Johann Ott: *Ich gebe die Anleihe zurück. Die Saumlast soll an Jakob Demšar weitergegeben werden.* Johann Ott war es wohler, als er das erledigt hatte. Aber er hatte sich schwer geirrt, wenn er glaubte, er könne so leicht und einfach mit seinem Bund Schluss machen. Die Nachricht, die die beiden Söldner von Urban Prosek zurückbrachten, lautete: *Du schuldest nicht nur das.*

Wieder begann er missmutig herumzulaufen. In dieser Sache war gar nichts erledigt. In dieser Sache hatte er sich aus gar nichts davongestohlen.

Adams Besäufnisse überschritten alle Grenzen der Vernunft. Es gab fast keinen Morgen mehr, den er im Bett erwartet hätte. Wohin er kam, überall fing er seine aufrührerischen Reden an, die er nur selten zu Ende führte. Es waren nicht alle Leute gegen ihren jungen, schönen und gutmütigen Kaiser, wie Adam in seinem Irrtum behauptete. Auch waren nicht alle nächtlichen Besucher der Wirtshäuser so fest davon überzeugt, dass sich schwarze Geister absolut nicht in kleine Fläschchen stecken ließen, was bei seinen Erhebungen, mit denen er nachts so gern die öffentliche Meinung erforschte, eine der häufigsten Fragen war. Überall fanden sich der weltlichen und kirchlichen Obrigkeit ergebene, fromme und ehrbare Leute. Deshalb flogen auch so manche Nacht die Krüge und Stühle durch den Raum, deshalb hieb oft ein scharfer Säbel den Tisch in zwei Teile. Nicht selten musste Krobath, der Adams Treiben schon satt hatte, beim Stadtrichter all seinen Einfluss, seine Gulden oder was immer geltend machen, dass es ihm doch noch einmal gelang, Adam aus dem Dreck zu ziehen. Handel und Politik auf die Art und Weise, wie sich Adam die Politik vorstellte, gingen natürlich nicht gut zusammen, und das ließ sich auch klar an seinem schwindenden Vermögen ablesen. Von neun Saumtieren waren ihm noch zwei geblieben, und auch diese kümmerliche Habe unterhielt er nur unter großer Anstrengung mit Hilfe jüdischer Kredite, die ihm längst nicht mehr so zuwider waren.

Der Einzige, der in dieser Gesellschaft wirklich ökonomische Fortschritte machte, war das kahlköpfige kleine Männchen Balthasar Kazelj Locatelli. Dessen Habe wuchs und mehrte sich, und er war allmählich schon ein richtig wohlhabender und respektabler Mann geworden. Vermutlich hätte ihm sogar seine Dorothea, auf die in dieser Geschichte noch eine überaus erhabene und bedeutende Sendung wartet, ihre Liebe und Achtung geschenkt, wenn er nur nicht so häufig seine Verdauungsbeschwerden gehabt hätte. Zuletzt hatte er wieder eine so große Dosis Purgativ genommen, als Adam es mit seinem hitzigen Gerede fertiggebracht hatte, dass die angemieteten Schweizer und Landsknechte mit den einheimischen Stadtwächtern bis aufs Blut aneinandergerieten. Die Bürgerschaft war ergrimmt und belagerte den ganzen Tag das Wirtshaus, in dem das Militär abgestiegen war und zufällig auch Krobaths Kaufmannsschar. Freilich litt Balthasar Kazelj Locatelli danach noch eine geraume Weile an den Verdauungsorganen und musste für einen Monat sogar in häusliche Pflege zu Dorothea flüchten. Durch Zufall verbrachte auch Adam einen Teil der Zeit bei ihm in dessen Haus, da er damals gerade keine Eile irgendwohin hatte.

So waren sie nun hier zusammen mitten an diesem heißen Tag, auf diesem Weg voller Staub, der in jede Pore des Körpers kroch. Die Pferde furzten laut vor Anstrengung, aber Rast, Wasser, Schatten gab es nicht. Wenn Krobath entschied, ein Wegstück müsse geschafft werden, dann geschah das auch. Jedes Mal, oder wenigstens fast jedes Mal, hatten sie recht daran getan, auf ihn zu hören. Wer nicht für die Straße tauge, wer zu keiner Anstrengung fähig sei, der solle den Kaufmannsberuf lassen, sagte Krobath, der solle sein Leben zu Hause bei seiner Frau vertun.

Die Feuersglut stand genau mitten am Himmel.

Das war der Augenblick, wo die Zeit stehenblieb, wo diese Kugel über dem Kopf einfach nicht vorrücken wollte, wo sie in ihrem Über-den-Himmel-Rollen zum Stillstand gekommen war. Johann Ott blickte durch dieses weißliche Fließen hindurch, das sich über das Land ergoss, die helle Gestalt des Reiters vor ihm taumelte in seinem Blick, er spürte die Haut, die sich unter dem Druck der Hitze zu runzeln und unter der Spannung zu schuppen begann, und er dachte daran, dass auch diese Reise eines Tages zu Ende sein würde.

Die Zeit bleibt stehen, sagte er beinahe laut, und plötzlich streckt es dich mitten auf dem Weg hin, und dann läuft sie vielleicht ohne dich weiter. Und dann bleibt sie auf einem anderen Weg für einen anderen stehen.

– Für mich ist sie stehengeblieben, sagte er nun laut. Auf all diesen Wegen, die alle zusammen in Wirklichkeit ein einziger sind. Und eine einzige verfluchte Kugel am Himmel, die brennt bis ans Ende des Lebens.

In der Brechung dieses reglosen Lichts sah er einen umrüsteten Leiterwagen, auf dem ein Verbrecher transportiert wurde, der den Menschen viel Schlimmes angetan hatte. Und im Wurzelgeflecht seines Körpers spürte er ein seltsames Flimmern.

Bin ich nicht, dachte er, bin ich nicht schon einmal mitten an einem so heißen Mittag stehengeblieben? War da nicht genauso eine glühende Kugel am Himmel gewesen und ringsum Bäume ohne Schatten? Hatte sich da unter der Haut nicht auch so ein Lolch geregt, war genauso wie dieser hier allmählich erwacht und hatte sich gerührt? Hatte da nicht auch eine Fliegenbrut unter der Haut gewimmelt? Aber damals hatten sich ein wenig Licht und ein wenig Dunkelheit in den Augen gebrochen. Damals war etwas hohl hinten auf den Schädel gekracht.

Weit oben, ganz dicht neben der Sonne hatte er inmitten des Gleißens ein fettes Gesicht gesehen, das ein wenig grinste und ein wenig den Mund zum Reden öffnete.

Vorn hörte er Rufen. Jemand hielt die Kolonne an und gab einen Befehl. Dann hörte er Pferdehufe, und jemand versuchte, ihm die Hände vom Kopf zu reißen. Die aber hielten mit solch stählerner Härte fest, damit das Ganze nach diesem Schlag nicht auseinanderfliegen und zerfließen sollte.

– Was stehst du hier, sagte jemand, warum bist du abgesessen? Mitten in dieser unendlichen, heißen Landschaft stand er da und hielt seinen Schädelkessel zwischen die Hände gepresst.

Dann ließ es nach, und er fühlte, dass er den eisernen Druck lockern konnte, dass es jetzt wirken und halten würde.

– Ist schon gut, sagte er und nahm einen Schluck von dem warmen, wässerigen Wein, den ihm Adam anbot.

– Sonnenstich, sagte Krobath später kühl. Zu viel Sonne und zu viel von eurem verfluchten Saufen und Fressen, sagte er zu Adam.

Aber es war kein Sonnenstich. Es waren die Erinnerung und ein Keim im Körper und im Denken, der einfach nicht von Johann Ott ablassen wollte.

Sie ritten über eine flache Erhebung, als sie von der Anhöhe weit draußen in der Ebene kleine schwarze Gestalten wahrnahmen, die sich langsam und gebückt vorwärts bewegten. Als sie näher kamen, sahen sie, dass sich die Menschen an der Straße zu schaffen machten.

– Die werden noch ärger geschunden als wir, sagte Adam. Das sind richtige Fronknechte.

Doch Krobath freute sich. Sie besserten die Straße aus. Konnte das sein?

Krobath und den anderen Kaufleuten war durchaus bewusst, dass die Straßen in den kaiserlichen Landen in hoffnungslosem Zustand waren. Es war unmöglich, ein Pferdegespann über einen auch nur geringfügig höheren Hügel zu bringen. In Deutschland war es zu jener Zeit schon bedeutend besser, und deshalb wurden die deutschen, aber auch die holländischen Kaufleute viel schneller reich. Mit einem Wagen konnte man einfach mehr Ware auf einmal transportieren als mit einer Schindmähre, die höchstens hundertfünfzig Kilogramm schaffte und zudem bei schlechtem Wetter darunter zusammenbrach. So war ihnen auch das Detail nicht unbekannt, dass die Landstände nur 326 Gulden pro Jahr für die Straßen bewilligten, damit konnte man gerade einmal eine kleine Brücke wieder zusammenflicken. Daher war die Freude des alten Handelsfuchses, der schon ganze Berge neuer Münzen in seinen Taschen sah, nicht unbegründet.

Tatsächlich, an diesem schrecklichen Sommertag waren die Menschen dabei, etwas aufzugraben und von den Wagen Gestein abzuladen. Aber der Vorarbeiter, der sich mit einem Stöckchen den Rücken kratzte und dünne Spucke durch die Zähne spritzte, war keineswegs redselig. Wieviel sie ausbessern würden? Wieviel verbreitern? Warum eigentlich diese nützliche Sache angefangen worden sei? Wer das bezahle? Krobath überschüttete ihn mit Fragen, doch der andere ließ nur den Speichel durch seine Zähne spritzen.

– Wird schon jemand sein, sagte er und versetzte einem armen Teufel neben sich, der seinen gekrümmten Körper aufgerichtet hatte, einen Fußtritt.

Sie trafen noch einige Gruppen, doch nirgends gab es eine genaue Auskunft.

Beim Kameralzollhaus wurde ihnen dann Aufklärung zuteil:

Noch in diesem Jahr würde seine kaiserliche Hoheit das Landesinnere bereisen.

Sofern die Straße breit genug wäre für eine Kutsche. Adam trat kalter Schweiß auf die Stirn.

– Der Puderarsch, sagte er. Jetzt haben wir ihn.

## 11

*Von einem Richter, der vom wirklichen Satan besessen ist. Von einer lächerlichen Schlägerei und einer Blamage im Hause Locatelli. Von unschuldigen Szenen, die hässliche Folgen haben. Von Leuten, denen Säure durch die Adern fließt.*

Obwohl Johann Ott in seinen wabernden Gehirnwindungen den Gedanken ausgebrütet hatte, dieser Tag auf der Straße währe ewig, ging er doch vorüber. Die gleißende, weißglühende Kugel rollte zu den Bergen hinüber und bekam schwarze Ränder. Jetzt veränderte sich auch ihre Farbe, und nun stand die Kugel schön rotglühend und kompakt über den Berggipfeln. Der Westen war rot. In diesem Licht näherten sie sich gegen Abend der Herzogstadt. Je näher sie kamen, desto größer wurde der arbeitsame menschliche Ameisenhaufen, der unermüdlich in der Erde wühlte und Steine heranschaffte. Bis in die tiefe Nacht würden sie sich schinden, und falls der Mond die Arbeitsstätte beleuchtete, noch länger. An dem festlichen Tag musste die Straße in Ordnung sein. Nur noch einige wenige Monate trennten die treuen Untertanen von dem großen Augenblick.

Aber auch die Stadt war lebendig und fast festlich gestimmt, als wäre sie schon jetzt von der Erwartung des großen Tages erfüllt, an dem deren herzoglicher und kaiserlicher Gnaden Licht über ihrem Tun und Treiben leuchten würde. Hinter den Fenstern brannten die Lampen, aus den Wirtshäusern drangen schon aufgekratzte Stimmen, sodass unsere Schar von dem recht fröhlichen Gedanken an ein Gelage gekitzelt wurde. Der Verkehr war dicht; zahlreiche Kutschen, Handwerksleute mit ihren Erzeugnissen, Bauern, die vom Verkauf oder Einkauf zurückkehrten, Rufe der Händler, die zum Betreten ihres Ladens aufforderten, Soldaten zu Fuß oder zu Pferd und natürlich zahlreiche angesehene Bürger, Zunftmeister, Beamte, Apotheker, Advokaten, Schreiber und andere mehr, diese ganze Menge strömte und wogte hin und her, sodass alles zusammen wie ein reißender und wirbelnder Fluss war. Johann Ott hörte auf die brodelnden Stimmen, die aus allen vier Himmelsrichtungen heranbrandeten. Der Kaiser konnte stolz sein auf die Hauptstadt seines Herzogtums. Eine wirklich europäische Stadt. Der kleinwüchsige, kahlköpfige, hier jedoch überaus angesehene Handelskompagnon, der Schwierigkeiten mit Darm und Purgativa hatte, dafür aber ein schönes Haus und die schöne Dorothea besaß, Balthasar Kazelj Locatelli, setzte Johann Ott später auseinander, dass hier Krainer, Steirer, Kärntner, Kroaten, Italiener, Tiroler, Bayern, Sachsen, Franken, Schwaben, Schlesier, Mährer, Tschechen und sogar Dänen, Pommern, Holländer und Franzosen lebten. Er wollte klar und deutlich sagen, dass er sich diese Stadt nicht zufällig zum Wohnsitz gewählt hatte und als den Ort, wo er, wenn sich einmal genug Gulden angesammelt haben würden, mit seiner Dorothea herrliche Tage mit Kahnfahrten, Vergnügungen und Konzerten italienischer Sänger verleben würde. Aber er hörte natürlich nicht, was Adam dazu anmerkte:

– Wenn sie ihrem Männchen bis dahin nicht mit irgendeinem italienischen Landstreicher durchgebrannt ist, dem der Pimmel weniger kümmerlich steht als dem Balthasar Kazelj Locatelli.

Aber das kleine Männchen zählte wirklich zur besseren Schicht der Stadtbewohner. Nicht umsonst hatte er die schlimmen Tage und Nächte auf den einsamen Wegen durchgestanden, nicht umsonst hatte er sich durch die Berge durchgeschlagen, in schmutzigen Wirtshäusern geschlafen und gegessen, nicht umsonst hatte er seinen Haufen Geld beharrlich und stetig vergrößert. In diesem Haus gab es wirklich Wohlstand, und den wollte er seinen Gefährten, mit denen er ja auch durch tödliche Gefahren gegangen war, wie er später gern sagte, in all seinem Glanz zeigen. Adam hatte ihn allerdings in Verdacht, er würde seine Gelder lieber in eine Truhe stopfen und etwas bescheidener leben, wenn nicht Dorothea nach einer solchen Umgebung verlangte, deren sich ihre Schönheit nicht zu schämen brauchte.

Er veranstaltete für sie ein prächtiges Abendessen. Außer den vier Kaufleuten – Treiber und Söldner begossen sich zu diesem Zeitpunkt fröhlich singend die Nase in den Spelunken der Stadt, sodass Johann und Adam mit einigem Neid an sie dachten – kamen auch ein Zunftmeister mit seiner Gattin, der Besitzer eines nahe gelegenen Gasthauses mit seiner Frau – sie wurden der Sitte entsprechend Herbergsvater und Herbergsmutter genannt – und kein Geringerer als einer der Stadtrichter mit Frau und Tochter. Als sich der in seinem glänzenden Gewand zeigte, fuhr es Johann Ott ins Gedärm. Nichts wollte ihm mehr recht schmecken, als er diesen rotgesichtigen Lebemann sah mit seiner eingedrückten Visage und den sich verdrehenden Augen und den idiotischen Geistreicheleien und seiner niedrigen Stirn, hinter der sein Knechtshirn zu einem Bündel von Paragraphen und Dekreten und Verordnungen verklebt war. Frau und Tochter ähnelten einander aufs Haar, bis zum Hals zugeknöpft und langweilig wie die Jurisprudenz selbst.

Gott sei Dank, meinte Adam später zu ihm, habe er zwei solche Frauen, die beide alle Tage und Nächte an ihm nagten.

Das Gelage nahm kein Ende: Graupenmus, Suppe, Milchbrei, Fleisch, Braten, Käse, Südfrüchte.

Johann Ott sah diesen Bürgern zu, wie sie schlangen und schlangen und sich mit Wein volllaufen ließen und wie ihnen ihre glänzende bürgerliche Zurückhaltung immer mehr abhanden kam. Im Kopf aber bohrte ihm ein Gedanke und drang mit jedem Bissen, den der Richter schmatzend in den Mund schob, mit jedem Schluck, den er laut hinuntergurgelte, mit jedem Aufstoßen und Rülpsen tiefer in ihn ein: Was für eine Schweinerei könnte er sich für diesen Hornochsen ausdenken?

Denn der Kerl war über alle Maßen selbstgefällig. Er habe einfach zu viel zu tun, es gebe einfach zu viele Untaten in dieser Ecke des lieben Vaterlandes, als dass er jemals der Ruhe pflegen könnte. Dieser zahle keine Steuern, jener verprügele einen Gastwirt (Herbergsvater und Herbergsmutter seufzten tief), der eine stehle, der andere morde (Balthasar Kazelj Locatelli rülpste zornig, als sei ihm richtig wohl dort unten in Magen und Darm), einmal vergewaltige der eine Verbrecher eine Jungfrau (Dorothea verdrehte verzweifelt die Augen), einmal entehrten Ketzer ein Heiligenbild (die Frauen des Richters bekreuzigten sich), ein andermal steinigten dieselben einen richterlichen Abgesandten, der die Sache untersuchen wolle (der Richter schlug auf den Tisch), eine wahnsinnig anstrengende und schwere und verantwortungsvolle Arbeit habe er da zu verrichten. Und es werde wieder Schwierigkeiten geben mit den Hexen. In der Stadt gebe es keine, aber in den umliegenden Weilern vermehrten sie sich wie das Ungeziefer, wie die Heuschrecken (mit entsetzten Gesichtern spülte die Gesellschaft die schlimme Nachricht mit Wein hinunter, Adam warf mit zittriger Hand einen Weinpokal um und trat ans Fenster). Verfluchte Gaunereien und Totschlag und Verbrechen! beendete der Richter seine Rede.

Und als hätten seine Worte möglicherweise keinen genügend tiefen Eindruck auf die Gesellschaft gemacht, fügte er hinzu:

– Meint ihr, es sei leicht zu entscheiden, ob einem Dieb die Hand abgehackt werden, ob ein Räuber im Kerker schmachten, ein aufrührerischer Bauer auf der Galeere rudern, der Rücken eines Sünders mit dem Stock bearbeitet werden soll, dass die Haut in Fetzen herunterhängt und sich das Fleisch einrollt, oder gar, ob die Verbrecherseele – auch ein solcher Fall ist mir vorgekommen –, eingenäht in einen Sack, unterm Wasser verschwinden soll?

Das saß. Jetzt begleiteten ihn schon ehrfürchtige und etwas erschrockene Blicke. Wahrscheinlich hätte er sein geschwätziges Geseire und Geprahle fortgesetzt bis zum Morgen, hätte ihm Adam nicht alles verdorben.

– Wirklich höchst verantwortungsvoll, rief er plötzlich schneidend und laut vom Fenster her. Und gefährlich.

Es entstand eine Stille, und fragende Blicke kreuzten sich im Raum: Was hatte er denn? Warum schrie er denn bei diesem gemütlichen Abendessen? Dorothea wollte ihn mit dem tadelnden Blick einer allerhöchsten Gastgeberin bändigen, aber es war schon zu spät. Adam war bereits in voller Fahrt.

– Ich kenne da einen Fall, sagte er. Auch Euch, Herr Richter, kann er nicht unbekannt sein. In der Untersteiermark gab es einen

Richter, der zahllose Druden auf den Scheiterhaufen schickte. Na ja, um genau zu sein: Einige ließ er nur ertränken, was, wie ich höre, Eure Lieblingsstrafe ist. Der Mann erwarb sich ein Verdienst ums andere. Alles deutete darauf hin, dass er eine glänzende Karriere machen würde. In der Landeshauptstadt hörte man von seinem Eifer, und es war ein offenes Geheimnis, dass er in kürzester Zeit befördert werden würde. Niemand zweifelte mehr, dass er bald landesfürstlicher Richter sein würde. Einer der ersten Männer des Landes sozusagen, in diesen schweren Zeiten fast sein Verweser, nicht wahr?

Dem Richter schmeichelte es, von solcher Anerkennung gegenüber seinem Standeskollegen zu hören, er nickte eifrig und hob den Krug. Aber noch ehe er ausgetrunken hatte, blieb ihm der Wein in der Kehle stecken.

– Aber wisst Ihr, was sich herausstellte? sagte Adam. Der wackere Richter selbst trug den schwarzen Bösewicht in sich. Der Teufel war in ihm, versteht Ihr? Der Mann war in seinem Eifer etwas zu weit gegangen, einen einzigen Schritt, würde ich sagen. Auch im Neffen des Bischofs hatte er böse Geister entdeckt. Er nahm ihn kräftig in die Mangel, Daumenschrauben und so weiter. Und um es noch schlimmer zu machen, wendete er den verbotenen spanischen Stiefel an. Aber der Neffe des Bischofs war kein Hexenmeister, er hatte keinen einzigen Höllenteufel in sich. Als der Richter erfuhr, dass er den Neffen des Bischofs in Händen hatte, und erkannte, dass dieser wirklich keine Ausgeburt des Teufels sein konnte, denn dann müsste sich die Untersuchung ja auf den Bischof selbst erstrecken, stellte er das Verfahren auf der *Stufe der Beweisführung* ein. Aber jetzt wurde eine Untersuchung gegen ihn eingeleitet. Rasch stellte sich heraus: Der Mann hatte wirklich selbst den Teufel in sich. Einen einzigen, aber einen verdammt fleißigen. Ganz gewiss hätte man ihn geröstet, hätte ihm nicht einer seiner früheren Mitarbeiter die Kerkertür geöffnet. Jetzt ist er auf der Flucht. Hat ihn nicht jemand gesehen? Er ist nicht schwer zu erkennen. An den Augen. Sie sind heiß und glänzen von der Brut, die er in sich trägt.

Einige Augenblicke herrschte im Raum schreckliches Schweigen. Balthasar Kazelj Locatelli sah verzweifelt zu Dorothea hinüber, Herbergsvater und Herbergsmutter blickten erstaunt, was geht hier vor, warum sind plötzlich alle so schweigsam? Zunftmeister und Zunftmeisterin legten sich in ihrer Verlegenheit vom Fleisch auf den Teller.

Dorothea versuchte die Spannung zu durchbrechen, die sich in dieser Stille zur Explosion zu steigern drohte. Sie warf Adam heimlich einen wütenden Blick zu; der stand direkt neben dem Stuhl des Richters, eine Hand auf der Lehne, die andere auf dem Tisch, sodass er ihm ganz aus der Nähe in das leichenblasse Gesicht sehen konnte, aus dem der letzte Tropfen Blut gewichen war, das seinem etwas aufgedunsenen und geröteten Gesicht gerade eben noch eine so fröhliche Farbe gegeben hatte. Johann Ott spürte Krobaths fragenden und besorgten Blick auf sich: Was kommt jetzt?

Dorothea fing sich wieder. Sie stand auf, hob das Glas und sagte:

– Auf die Gesundheit unseres fleißigen und gerechten Richters.

Aber diese Worte hatten eine ganz andere Wirkung, als sie erwartet hatte.

Dem Richter schoss eine Welle roten Blutes ins bleiche Gesicht. Er stand auf und stieß den Stuhl zurück.

– Fleißig? Wollt Ihr sagen, dass auch in mir ein solcher fleißiger Teufel steckt?

Dann drehte er sich zu Adam um, obwohl ihn die beiden Frauen auf den Stuhl zurückzuziehen versuchten, und erklärte feierlich, als spräche er im Justizpalast oder im Rathaus:

– Sehr geehrter Herr Sauerweinhändler – oder womit handelt Ihr doch gleich? Der Fall, den Ihr erzählt habt, blamiert in keiner Weise meinen Stand und unser Gerichtswesen insgesamt, wenn Ihr darauf hinauswollt. Auch wir sind Menschen und sind teuflischen Listen ausgesetzt, wenn wir uns nicht gegen sie zu schützen wissen, wenn wir uns nicht doch gegen sie zu schützen wüssten. Aber ich möchte Euch sehr ernst darauf hinweisen, dass Ihr mich der Beihilfe zur Hehlerei bezichtigt habt.

Die Frau Richter wollte dem unausweichlichen Skandal die Schärfe nehmen.

– Nein, sagte sie. Er hat es doch nicht so gemeint.

– Er hat es so gemeint, hob der Richter die Stimme. Ganz aus der Nähe hat er mich mit seinem Atem angehaucht, der – verzeiht –

nach seinem sauren Wein stinkt, und nur mich hat er in einem solchen Tonfall fragen können: Hat ihn nicht jemand gesehen? Das ist ja, das ist ja – der Richter suchte nach dem richtigen Wort – eine Denunziation, schloss er und setzte sich zufrieden. So hatte er allem Anschein nach seine Ehre gerettet, zumal Adam jetzt beiseite trat und sich schweigend Wein einschenkte. Die Angelegenheit wäre ganz sicher gut ausgegangen angesichts der Bemühungen aller Anwesenden, nach zusätzlichen Erklärungen und einem weiteren Glas Wein, wäre nicht etwas eingetreten, das wirklich niemand erwartet hatte. Balthasar Kazelj Locatelli, der diese Nacht aus Glück über das großartige Abendessen in seinem Heim nicht gerade wenig Wein getrunken hatte, sprang, ganz rot im Gesicht, auf. Er riss einiges an Geschirr mit, sodass es zu Boden schepperte.

– Ihr müsst schon entschuldigen, Herr Richter, rief er mit bebender Stimme aus. Aber unser Wein ist nicht sauer. Das lasse ich mir in meinem Hause nicht sagen.

Der Richter versuchte die Kränkung wieder gutzumachen:

– Ich habe nicht gesagt, dass Euer Wein sauer ist, sondern seiner.

– Aber wir, wir – das kleine Männchen war den Tränen nahe –, wir expedieren denselben Wein.

– Dann verkaufen wir auch sauren Wein, kreischte die Gastwirtin. Wir kaufen ihn schon seit zehn Jahren von Kazelj.

Jetzt konnte sich die Frau des Richters nicht mehr zurückhalten.

– Nicht nur sauren, zischte sie über den Tisch, sondern auch gepanschten.

Alle sprangen auf. Ein Höllenlärm entstand. Der Herbergsvater packte seine Frau von hinten um den Leib und zog sie zurück, damit sie nicht der Richtersgattin in die Haare fuhr. Der Richter erkannte, dass es eine schreckliche Blamage geben würde, wenn sich seine Frau mit der Herbergsmutter wie ein Marktweib stritt, mit Leuten genau genommen, die geradezu stolz darauf sein konnten, einen Abend mit ihm zusammen an einem Tisch gesessen zu haben. Balthasar Kazelj Locatelli sprang von Krobath zum Richter und wieder zurück und versuchte mit fuchtelnden Armen, beiden etwas zu erklären. Zunftmeister und Zunftmeisterin versuchten weiterzuessen, doch warf ihnen das kleine Männchen bei seinem Herumhüpfen die Teller zu

Boden. Beleidigt standen sie auf. Dorothea brach in Tränen aus und ließ den Kopf in den Schoß hängen, sie zitterte von ihrem Falsettgeheul, die sorgfältig geflochtenen Haare hatten sich gelöst, in ihrem Gesicht waren die zahlreichen Lagen aller möglichen Farben verschmiert, sodass sie wie ein Regenbogen aussah, als sie den Kopf zur Decke hob, also zum Himmel, um jetzt noch stärker zu weinen. Adam grölte vor Lachen und lief in die Küche, um das Personal zu holen. Die Dienerschaft drängte sich in der Tür und kicherte, bis Balthasar sie erblickte und für einen Augenblick hinsprang, um sie zu vertreiben, und schon im selben Moment auf den Kampfplatz zurücklief. Das Durcheinander wurde noch größer, als in diesem Moment ein italienischer Sänger von geschniegeltem Äußeren erschien, mit pomadigem Haar und einer Mandoline in Händen. Allem Anschein nach war sein Auftritt als Höhepunkt des Abends gedacht gewesen. Nachdem er eine Weile an der Tür gestanden und diesem Ringen und Rangeln verwundert zugesehen hatte, geriet plötzlich sein sonniges Blut in Wallung, und er trat mitten hinein in das Epizentrum der Schlacht. Er beugte sich zu der plärrenden Hausfrau Dorothea hinunter und fing an, ihr mit seinem Seidentuch die Farben vom Gesicht und von den weißen Brüsten zu wischen. Jetzt wurde Balthasar Kazelj Locatelli klar, dass über sein Haus gerade eine ganz unerhörte Schande hereinzubrechen im Begriffe war, die Gegenstand allen Klatsches für das kommende Jahrzehnt sein würde, oder wenigstens bis zur Ankunft des Kaisers. So wurde er, als er jetzt diesen Italiener sah, der sich über seine ehrbare Ehefrau beugte, wild bis zum Äußersten.

Er sprang auf ihn zu und trat ihn in den prallen Hintern, sodass jener mit aller Wucht gegen Dorotheas Brust prallte und sie fast mitsamt dem Stuhl umwarf. Auch der Hausknecht kam herbeigelaufen und versuchte den Poeten mit Tritten hinauszubefördern. Als hätte der Stoß gegen ihren Busen, der nur ein zartes Streicheln gewohnt war, die schöne Dorothea wachgerüttelt, sprang sie auf wie eine Löwin.

– Du elender Wurm, brüllte sie los, du willst mich schlagen? Mi einem Satz war sie bei Balthasar Kazelj Locatelli, der sich ganz plötzlich beruhigt hatte und unterwürfig war, und übersprühte ihn schreiend mit ihrer Spucke. Adam versuchte die beiden zu trennen, doch da ließ sie das kleine Männchen schon aus ihrer eisernen Umarmung fallen. Und du, zischte sie Adam an, du liegst verdammt falsch, wenn du glaubst, du könntest hier heute Nacht landen. Such dir was auf der Straße. Oder wichs dir einen in die hohle Hand. Sie heulte auf und brach wieder in hemmungsloses Weinen aus.

Der Schauplatz der grimmigen Schlacht wurde friedlicher. Die atemlosen Kämpfer, zerzaust, mit verrutschten und offenen Gewändern, mit Wein übergossen, setzten sich einer nach dem anderen und starrten mit scharfen Blicken zu ihren Gegnern hinüber. Mutter Gastwirtin schlug noch ein paarmal mit dem Krug auf den Tisch, Frau Richterin schluchzte und lehnte sich an ihren Mann, er möge sie schnellstens aus dieser Hölle fortbringen. Vater Gastwirt blickte schweigend vor sich hin und knirschte mit den Zähnen. Balthasar Kazelj Locatelli, Adam und der italienische Poet, der von der Behandlung durch den Knecht ganz blau unter den Augen war und dem die fettigen Strähnen seiner glattgeölten Haare über die Augen hingen – alle drei beugten sich vereint über Dorothea, die unter herzzerreißendem Heulen auf dem Kanapee beim Fenster lag.

Jetzt ertönte in dem stillen Stöhnen und Seufzen die sanfte Stimme der Zunftmeisterin:

– Wo habt Ihr denn Eure Mathilde, Frau Richterin?

Alle schauten sich um.

Mathilde war nirgends zu sehen. Sie war verschwunden.

– Die Ärmste, sagte mit veränderter, aber überaus besorgter Stimme die Frau Richterin. Die Ärmste, wahrscheinlich ist sie nach Hause geflüchtet, um diese Schande nicht mit ansehen zu müssen. Sie ist sehr empfindsam, wisst Ihr.

Doch ihre Worte klangen nicht allzu überzeugend, denn auch Johann Ott war nirgends zu sehen.

Am nächsten Morgen entdeckte Adam Johann Ott in einem Wirtshaus am Stadttor. Zwischen ihren Söldnern, die fröhlich mit den Krügen auf den Tisch hämmerten und abgehackt ihre Soldatenmärsche schmetterten, hatte er seinen Kopf in die Hände gestützt und blickte verloren in den Krug vor sich.

– Ich habe vielleicht gerackert! sagte er.

– Auf Dorothea? fragte Johann Ott.

– Unter ihr, hinter ihr und ein bisschen auch auf ihr, sagte Adam. Es ist schwer mit ihr. Sie gerät mächtig in Feuer. Besonders, wenn sie sich aufregt, weißt du.

Sie schwiegen und sahen in ihre Krüge und in die erhitzten Gesichter um sie herum, deren Besitzer wieder einmal kein Ende finden konnten.

– Und du? fragte dann Adam.

Johann Ott schüttelte sich jäh unter unfrohem Lachen.

– Ich weiß nicht, ob ich es schon jemals mit so einem heiteren Hass getrieben habe, sagte er. Den ganzen Abend habe ich überlegt, wie ich diesem Hornochsen eine Schweinerei antun könnte. Na ja, und dann kam es von ganz allein. Danke, dass du diese schreckliche Schlacht entfesselt hast.

Und auf einmal kam es aus ihm heraus, als hätte ihn eine vorübergehende Lähmung verlassen.

– Ich habe ihr vorgeschlagen, sie von dem Schauplatz der Rauferei wegzubringen. Sie war sofort einverstanden. Und schon auf der Treppe hob sie den Rock.

– Dann hast du diese Bohnenstange von Mathilde also doch gehobelt. Ich hätte es nicht fertiggebracht. Sie hat schon genauso eine Richtervisage wie ein verkrüppelter Paragraph.

– Ist mir auch nicht leichtgefallen. Aber trotzdem, ich habe recht getan. Heute Nacht wird beim Richter sicher nicht geschlafen. Sie war noch Jungfrau. Bei denen geht die Schlacht weiter. Nur eines ist sicher: Als ich ihn ihr reinschob, hat es richtig gezischt. Diesen Leuten fließt reine Säure durch die Adern.

## 12

*Pocht von der schlimmen Nacht das Blut im Kopf? Die Zeit vor den großen Ereignissen. Besudelt und glücklich. Wer nach Geschlecht und Samen riecht, wem das aus den Augen sticht.*

Ein so hohles Bumbum dröhnte durch den Kopf, und der Klang hallte wie eine Sturmbö durch den Raum. Durch das Gekröse drangen die Schläge schneidend in die Augen, die jetzt randvoll gefüllt waren mit greller, schmerzhaft beißender Helligkeit. Welch ein Glanz ist das, der mir in die Augen sticht, der mir im Kopf hämmert? sagte Johann Ott zu sich. Lange sah er zum Fenster, durch das sich jetzt im Hintergrund hoch am Himmel ein wahrhaft mächtiges Glänzen zeigte. Es ist schon hellichter Tag, sagte Johann, und von der schweren Nacht pocht das Blut im Kopf. Aber es war nicht das Blut. Denn in diesem Moment erdröhnte wieder dieses Bumbum mit seinen hohlen Tiefen, sodass Johann Ott wirklich nicht wusste, wo es schlug. In diesem trüben Erwachen nach der langen Nacht und dem Wein sah er um sich und suchte den Ursprung des Hämmerns. Auf dem anderen Bett lag Adam mit weit geöffnetem Mund. Wieder hämmerte es durch den trüben Nebel, und jetzt fuhr Johann Ott zusammen. Nicht im Kopf, sagte er, an der Tür hämmert es.

Er stand auf, nahm einen Krug Wein vom Boden und goss einen guten Schluck in Adams gähnenden Schlund. Dem blieb die Luft weg, er verschluckte sich und spritzte einen sprühenden Schwall Rotwein gegen die Decke. Im selben Moment war er auf den Füßen. Mit irrem Blick lief er im Raum umher und fuchtelte mit den Armen.

– Na, na, sagte Johann Ott, ich wollte dich nicht so erschrecken. Aber der Büttel schlägt schon an die Tür.

Adam war im Nu hellwach. Er zog die Hosen an, packte seinen Säbel und sprang zum Fenster.

– Es ist zu hoch, flüsterte Johann. Stell dich lieber hinter die Tür.

Adam drückte sich gegen die Wand und griff den Krug mit beiden Händen, um ihn dem Eintretenden auf den Kopf zu dreschen, oder wohin er sonst treffen würde.

Wieder klopfte es, und Johann Ott schob den Riegel zurück. Mit einem Ruck zog er die Tür zu sich heran, und ein Schwall Licht ergoss sich aus dem Zimmer in die Finsternis auf dem Gang. In der Tür stand mit erhobener Faust, die gerade noch einmal gegen das Holz schlagen wollte, Balthasar Kazelj Locatelli mit eingefallenen Augen und frisch polierter und geölter Glatze.

Am ganzen Körper zitternd, trat er ein und setzte sich aufs Bett. Er drehte sich nicht einmal nach Adam um, der noch immer mit erhobenem Krug an der Wand stand.

– Fast hätte ich dir eines auf die Glatze gedroschen, sagte Adam.

– Hättest du doch, jammerte Balthasar Kazelj Locatelli plötzlich los. Hättest du mich doch ein für allemal erledigt. Was für eine Blamage! Was für ein Skandal!

– So schlimm ist es nun auch wieder nicht, sagte Johann Ott.

– Das Schlimmste vom Schlimmen, greinte Balthasar Kazelj Locatelli. Die ganze Stadt spricht über die Prügelei beim Abendessen in meinem, in meinem Hause. Die Herbergsmutter soll zur Richtersfrau gesagt haben, ihr Mann sei der bestechlichste und verdorbenste Richter und ein Knecht, und ich weiß nicht, was noch alles. Ich soll den Speichellecker von einem italienischen Poeten aus Eifersucht angefallen haben. Richter und Herbergsvater sollen sich unterm Tisch gewälzt, gerauft und sich gegenseitig gebissen haben. Beim Richter sollen die Scheiben geklirrt haben, weil seine Mathilde bis zum Morgen in unserem Hause herumgeludert hat. Und so weiter, und so weiter, endlos so fort. Oh Gott, stöhnte das kleine Männchen, was hab' ich dir getan, dass du so an mir handelst? Dorothea sieht mich nicht mehr an. Sie sagt, ich sei an allem schuld. Das bin ich vielleicht wirklich. Bevor ich zu euch gekommen bin, hab' ich unten gehört, die Stunden des Richters seien gezählt. Er hätte sich nicht so tief einlassen sollen. Mit seinem Ansehen ist es vorbei. Er wird abgesetzt.

Er war wirklich erbarmungswert. Alles war ihm in Trümmer gefallen. So lange Jahre beharrlicher Arbeit, so viel Mühe, sich ein Vermögen und Würde und Ansehen in dieser Stadt aufzubauen, und jetzt hatte ein einziger Abend alles vernichtet.

– Vielleicht lässt sich doch noch etwas reparieren, sagte Adam mitfühlend.

– Nichts, jammerte das kleine Männchen, nichts lässt sich mehr tun. Alles ist aus. Alles.

Johann Ott überlegte. Balthasar Kazelj Locatelli war wirklich in einer schweren Lage. Für den Richter war die Karriere zum Teufel, aber er hatte noch immer genug Verbindungen und Macht, ihm auf die Zehen zu treten und sich für alles zu rächen.

– Am besten, wir beide verschwinden aus der Stadt, sagte er .

– Halt! rief das kleine Männchen und sprang auf die Füße. Auf keinen Fall. Ihr werdet euch auf keinen Fall vom Fleck rühren. Ihr werdet eure Sachen in diesem liederlichen Wirtshaus zusammensuchen und zu mir ziehen.

– Wie? sagte Johann Ott, das verstehe ich nicht. Wir beide waren doch beteiligt an der Blamage. Und Adam liegt dem Richter sicherlich besonders im Magen.

– Auf keinen Fall, sagte Balthasar Kazelj Locatelli ganz entschieden. Dorothea hat das so angeordnet. Wenn ihr in diesem liederlichen Wirtshaus bleibt oder euch wie die Hunde mit eingezogenem Schwanz fortmacht, wird alles nur noch schlimmer. Meine Saufkumpane, die ich auf der Straße aufgelesen habe, sind an allem schuld. Und ich bin sicher der einzige, der sich mit solchen Leuten abgibt und sie sogar mit dem Richter zusammen auf ein Abendessen einlädt, ich werde mein ganzes Leben lang den Schandfleck tragen. Genau das Gegenteil muss man tun, sagt Dorothea. Euch zu uns ins Haus einladen, auch Krobath natürlich, und euch mit Ehren und Annehmlichkeiten überhäufen wie die vornehmsten Gäste. Dann werden die Dinge eine andere Entwicklung nehmen.

– Sehr seltsam, wirklich, sagte Ott. Aber vielleicht hat er recht. Jetzt dürfen wir ihn nicht im Stich lassen.

– Auch Dorothea nicht, seufzte Adam.

Missmutig begannen sie ihre Sachen zu packen.

– Halt! rief wieder Balthasar Kazelj Locatelli. So geht ihr nirgends hin, sagte er geradezu im Befehlston. Nicht so ungewaschen und unrasiert. Waschen. Rasieren. Das beste Gewand.

Und so fand Johann Ott sich unerwartet in einem Bürgerhause wieder, in einem richtig hohen Haus mit beschlagenem Tor und geschnitzten Fensterläden und unzähligen Zimmern in seinem Innern. Nach all den Ställen und stinkigen Stifterstuben und liederlichen Wirtshäusern und schließlich auch nach manch anderer üblen Behausung, wo einem schwarze Tierchen zwischen den Füßen herumliefen, hatte er etwas Derartiges wirklich auch verdient. Ungern hatte er die Einladung angenommen, weil er in diesem von Dorothea inszenierten Schauspiel mit ausgedachten reichen, angesehenen und vielleicht auch dementsprechend geschliffenen Kaufleuten in den Hauptrollen nicht mittun wollte. In Wahrheit waren sie, mit Ausnahme von Balthasar Kazelj Locatelli, eine ziemlich jämmerliche Kaufmannsgesellschaft. Vielleicht noch Krobath, vielleicht hatte der noch etwas in der Hinterhand, aber Adam und Ott hatten den Gedanken an ein so prächtiges Haus, in dem eine bezaubernde Dorothea das Zepter führte, längst aufgegeben. Doch jetzt hatte er diese Rolle übernommen und musste sie auch zu Ende spielen, wie immer es ausgehen würde. Eines war ihm jetzt schon klar: Es konnte kein gutes Ende nehmen. Noch nie war das der Fall gewesen.

Dorothea aber kümmerte sich nicht um seine Zweifel und Ängste. Sie machte sich an die Arbeit, und es gelang ihr, aus den beiden Händlern und Straßenstaubschluckern zwei ganz passable und nach außen hin herrschaftliche Figuren zu machen. Mit Adam war das nicht schwer, der fühlte sich hier wie ein Fisch im Wasser. Doch Johann Ott, mit dem war es ein Kreuz. Alles störte ihn, all diese Seide und diese Deckchen, all diese feinen Gewebe und die Düfte, die ihm hinter den Kragen gegossen wurden, all das Öl, mit dem sein Kopf hergerichtet wurde, damit der Geruch nach Straße, Stall und Kaschemme verschwand, damit der Geruch des ranzigen Fetts überdeckt würde, das er vorher für die Haare gebraucht hatte; dieses Festzurren des Gürtels und der Schneidergriff unter die Hoden, um ihm die neu angefertigten Hosen oben und unten schön zurechtzuziehen, all dieses Treiben ertrug er nur schwer, und er konnte seine Nervosität nicht verbergen. Wer kann aus einem Wolf, einem verfolgten überdies, einen Pudel machen? dachte er. Nur der Bauch verlieh ihm etwas Würde, alles andere, die Gesichtszüge, der Gang, seine Bewegungen, einfach alles verriet, dass sich unter dem äußerlichen Glanz ein ganz anderes Wesen verbarg.

Die Nächte würde er mit dem faden Krobath verbringen. So hatte es Dorothea bestimmt. Denn Adam bekam, wer weiß für welche außerordentlichen Verdienste um dieses Haus, ein Extrazimmer. Es erwies sich, dass Dorothea die Situation richtig eingeschätzt hatte, als sie die Geschäftspartner ihres Mannes unter sein Dach holte. Jetzt konnte wirklich niemand mehr behaupten, den Skandal hätten irgendwelche Raufbolde von der Straße vom Zaun gebrochen. Im Hause brannten jeden Abend die Lichter, und zahlreiche angesehene Gäste kamen: Magister der Rechtskunde, Wundärzte, Zunftmeister, Kaufleute und andere, die eine Einladung von Dorothea Kazelj Locatelli nicht gut ausschlagen konnten. Ihr Mann blickte zwar ein bisschen schief auf diese Geldverschwendung, aber er blickte nur. Es war klar, dass Dorothea hoch hinauswollte. Sie würde das Ansehen der Firma und des Hauses Kazelj Locatelli noch weit in die Höhe bringen.

Das kleine Männchen war der Ansicht, dass das finanzielle Defizit, zu dem es jetzt ganz gewiss kommen würde, zumindest annähernd aufgefangen werden müsse. Nicht nur die Kaufleute, auch die gesamte Eskorte steckte nunmehr in der Stadt und vergnügte sich, anstatt über staubige Straßen zu ziehen. Und die Söldner wurden übermütig. Einer von ihnen hatte bereits einen Bader etwas zu sehr mit dem Messer zwischen den Rippen gekitzelt, und weitere Zwischenfälle waren zu befürchten. Aber dieses Skandälchen war freilich unbedeutend im Vergleich zu jenem, das sich an dem unglücklichen Abend in Kazeljs Haus abgespielt hatte. Alle diese Gründe, vor allem aber der Standpunkt Dorotheas, die nichts gegen eine neue Geschäftsreise ihres Mannes einzuwenden hatte, die im Gegenteil meinte, es sei sogar nützlich, wenn er sich wieder auf den Weg machte, nur ohne Adam, der wegen des Streits mit dem Richter hartnäckig sein und hierbleiben müsse – all das hatte zur Folge, dass Balthasar Kazelj Locatelli eines Morgens mit der gesamten Karawane aufbrach. Auch Krobath hatte der Versuchung nicht widerstehen können. Sie hatten Zinngeschirr geladen, das sie in den Küstenstädten zu Geld machen wollten, und große Ballen Nesseltuch, das nach Senigallia bei Ancona wandern sollte. Schon vorher hatte Dorothea ihren geliebten Gatten davon überzeugt, dass er Adam und Johann Ott eine Entschädigung für die Benutzung ihrer Saumpferde und ihrer Ausrüstung zahlen müsse. Zwar weigerten sie sich, das Geld anzunehmen, da sie doch umsonst auf ihrer beider Kosten lebten, aber Dorothea sagte: Klare Rechnung, gute Freunde. Balthasar zählte ihnen mit saurer Miene die Golddinare hin.

Hätte der arme Locatelli gewusst, was jetzt mit seinem Geld geschehen würde, während er in fernen Landen Handel treiben und einsam in armseligen Nachtquartieren liegen würde, wäre er sicher nicht so leicht abgereist. Vielleicht hätte er sogar etwas Unvorhersehbares getan, so etwas wie an jenem Abend, als plötzlich der Löwenmut über ihn gekommen war. Dorothea rechnete sicher auch mit einer solchen Möglichkeit. Deshalb handelte sie überaus vorsichtig und klug. Immer noch waren irgendwelche Gäste im Hause, und immer konnte man ganz deutlich sehen, in welch ehrfürchtiger Distanz sich ihre Gäste hielten. Auch Köchin und Knechte, alle konnten sich zu jeder Stunde vergewissern, dass mit ihrer Herrin alles in bester Ordnung war. So erhielt Balthasar bei seiner Rückkehr stete und zuverlässige Auskunft über die moralische Unbescholtenheit seiner Dorothea. Nur der italienische Poet durfte um sie herumscharwenzeln, aber das gereichte letzten Endes ihrer Schönheit nur zur Ehre. Und mit den letzten Gästen schloss sich die Haustür auch vor seiner Nase, sodass er fortan nur noch unter ihrem Fenster seufzte und stöhnte.

Johann Ott vertrug die Völlerei und die Gelage, die kein Ende nehmen wollten, recht gut. Mit gelehrten Männern, die regelmäßige Gäste waren, diskutierte er bis spät in die Nacht über seine einst so geliebten Themen: über die Heilkunde, die Physik, den Handel, nur über Theologie, Metaphysik und Staatsangelegenheiten wollte er nicht allzu viel reden. Keinerlei Zeichen mit tieferer geistiger Bedeutung, keinerlei Zeichen und Wörter, die er aufgeschrieben, aufgemalt oder ausgelegt hätte.

Deshalb nahm Adam immer weniger an den Gesprächen teil. Je mehr Tage vergingen, umso finsterer lief er umher. Etwas fraß an ihm, und irgendwohin zog es ihn. Seine Wangen fielen ein, und er war schwarz unter den Augen. Johann dachte zuerst, er gehe wegen der argen Nächte mit Dorothea so ausgezehrt umher, erkannte aber bald, dass etwas anderes der Grund war für seine absonderliche Stimmung. Mitte Juli kam ein kaiserlicher Minister in die Stadt. In aller Stille und ohne Pomp. Im Rathaus führte er lange Gespräche. In Dorotheas Gesellschaft wurde noch am selben Abend alles besprochen und aufgeklärt. Der Minister traf Vorbereitungen für die Ankunft Kaiser Leopolds, dem hier, wie auch in den anderen Ländern auf seinem Wege, die Landstände huldigen würden. Der Minister begutachtete die Vorbereitungen und setzte die Einzelheiten des Empfangs fest. Er war, kurz gesagt, eine Art Chef des kaiserlichen Protokolls. Adam suchte mit ungewöhnlich vorsichtigen Fragen das Datum der kaiserlichen Ankunft zu erfahren, aber darüber wusste wirklich niemand etwas. Auch Dorothea konnte ihm nicht helfen. Sofort nach diesem ersten, beunruhigenden Ereignis verschwand Adam ohne Erklärung für einige Tage. Er kehrte noch zugeknöpfter und nachdenklicher zurück.

Johann Ott versuchte mehrmals, ihm aus der Nase zu ziehen, was vorging, aber es gelang ihm nicht. Nur das eine wusste er: Adam schwamm in gefährlichen Wassern. Hier gab es Stromschnellen und Klippen. Tiefer wollte er auch nicht stochern, denn jetzt hatte er bereits alle Hände voll zu tun mit Mathilde. Das Mädchen begann ihm buchstäblich nachzustellen. Auf der Straße und in der Kirche machte sie ihm Zeichen, wann immer es möglich war, und nun fing sie sogar an, ihm Botschaften zu schicken. Trotz allerstrengster Aufsicht seitens ihrer Eltern, die ihren gesellschaftlichen Ausrutscher schon verschmerzt hatten – die nahenden Großereignisse hatten ihn kurzerhand weggeschwemmt –, trotz dieser Aufsicht gelang es ihr immer wieder, den Rock vor Johann Ott zu heben. Eines Nachts geschah es, dass er die Nachricht erhielt, sie würde ihn zur Morgenstunde in einer Seitenstraße erwarten. Der Mann war der Völlereien und Diskussionen, die schon ermüdend eintönig geworden waren, überdrüssig, und so entschloss er sich, ziemlich angetrunken, den Richter, den er eigentlich nicht einmal mehr hasste, noch einmal zu bestrafen. Der war letzten Endes auch nur ein gehorsames Werkzeug in diesen schweren Zeiten, wo jeder den Weg des geringsten Widerstandes ging.

Es geschah zwischen irgendwelchen Abfällen, zwischen irgendwelchen glitschigen Essensresten, zwischen quietschenden Katzen, sodass sich alles zusammen wirklich hastig und atemlos und schlüpfrig abspielte. Aber Mathilde war glücklich. Besudelt und glücklich.

Wer nach Geschlecht und Samen riecht, wem die Sache aus den Augen sticht, dem ist nicht zu helfen. Bis zum Äußersten hatte er sich in den Frauenröcken und Brüsten und Schenkeln und schwitzenden Händen verfangen, im heißen Hecheln und Röcheln in den kurzen Nächten. Deshalb vergaß sich Johann Ott in jenen Tagen vor den großen geschichtlichen Ereignissen, die sich so rasch näherten, vergaß sich bis zum Äußersten und vergaß all seine Vorsicht, die ihn immerhin schon eine ganze Weile sicher an den Gefahren vorübergeführt hatte, die dem Menschen in so schicksalhaften Augenblicken auf Schritt und Tritt auflauern. Und eines Morgens, als er von Mathilde zurückkehrte, stand auf den Stufen vor seinem Zimmer eine weiße Gestalt. Sie hielt eine Kerze in der Hand und hatte das Haar gelöst. Ein bekannter Anblick, kurz gesagt. Dorothea wich nicht und rührte sich nicht. So sahen sie einander in die Augen, und etwas Hässliches, Rohes, Gemeines, etwas pervers Riechendes muss von diesem Menschen ausgegangen sein, der weder so schön noch so jung war, dass sich ihm eine angesehene Frau, die neben Balthasar Kazelj Locatelli noch mindestens zwei Liebhaber hatte, so schamlos in den Weg stellte. Ohne Wort und Stimme, ohne Lächeln oder Wink folgte sie ihm, und im ersten Morgenschimmer sah er ihren milchweißen, glatten, runden, fülligen Körper, der sich über ihn beugte, von oben näher kam und zurückwich, diese großen Brüste, die zerflossen und sich selbsttätig auf seiner Haut bewegten, ihre Finger, die krabbelten und streichelten und nach jedem empfindsamen Fleckchen seines Körpers griffen, dieses Stück Gesicht, das da sehr weit oben zwischen den gelösten Haaren zu sehen war, diese Zähne, die in die fleischige Oberlippe bissen, er sah, wie all das den noch starren, allmählich erwachenden Männerkörper unter sich bereitmachte und zurichtete und in Stellung brachte und wie ihn dann endlich diese ganze seltsam betäubende Masse rittlings bestieg und sich gleichzeitig auf ihn legte, sodass sie sich bewegte und molk und saugte und am Ende zusammensank, einbrach, einstürzte, sich über ihn ergoss und ihn zudeckte mit ihrer fleischlichen Allgegenwärtigkeit.

# 13

*Die längste Nacht. Schenkelschenkelschenkel, im Sehen, im Tasten, im Hören, dieses Ersterben in der weiblichen Weiche. Große Versuchungen. Pamphlete, Arretierungen, Abrasur. Zwei Organismen. Zwei gefährliche Vorhaben rühren sich in der Brust. Der Kaiser schrickt im Schlaf hoch. Der Verdächtigte weiß nicht, ob er den Morgen noch erlebt.*

Es war wirklich über ihn hereingebrochen, es hatte ihn wahrhaftig zugedeckt. Aus seinem dunklen Blick waren die einsamen Feuer geschwunden, die verödeten Landstriche, das Gebirge im ersten Winterschnee, das einsame Hausen, die Mauern des Gerichtsturms, die Söldnervisagen aus den Wirtshäusern, die geröteten, versoffenen Gesichter, das Kreischen der wütenden Menge, die schmutzigen Räume der Alpenhäusler, der Rauch, die Sonne, der Schnee, die großen Pferdeärsche im gleichmäßig wogenden Rhythmus, all das emsige Wimmeln, das sonst jede Nacht, wenn er sich zur Ruhe legte, durch seinen Schädelkessel geströmt war, all das war ausgeseiht, ausgeronnen, verschwunden. Die bitteren Erinnerungen waren abgeflossen und eingetaucht in das Aufblitzen eines nackten Frauenkörpers, in das Knittern und Knattern weicher Gewebe, in das Sichregen weißer Glieder, in ein nächtliches Keuchen und Japsen ohne Anfang und Ende, in die Einstimmigkeit von Laut und Gefühl, in das gespannte Beben und Berühren und Sichnähern und Sichbewegen und Sichvereinen der Körper, in das schmatzende und schweißige Gleiten, ins Aufgehen und Aufbrechen des Blütenwerks, in ein einziges und unaufhörliches Aufschwellen des Organismus, in diese Wildheit und dieses Vergehen und Ersterben in der weiblichen Weiche. Schenkelschenkelschenkel im Sehen, im Tasten, im Hören, in Verstand und Bewusstsein, überall nackte, weiße, sich regende Frauenschenkel.

Er hatte sich wirklich verstiegen, er hatte sich wirklich gründlich zwischen Dorotheas und Mathildas Hüften verkeilt, und die nicht enden wollende Reise von einem dunklen Dreieck zum anderen und zurück, diese unglaubliche, begehrliche Irrfahrt verzehrte den einsamen Wanderer bis zum letzten. Keinen Gedanken mehr verwendete er auf seinen geheimen Bund, keinen mehr auf den Lärm der vergangenen und kommenden Ereignisse, kein Nadelwerk der Erinnerung und des Versprechens stach ihn mehr in den Morgenstunden, wenn Körper und Gewissen erwachten, sodass die Augen verloren an der Decke kreisten. Das Herumhuren und Herumludern ohne Anfang und Ende hatte ihm Verstand und Denken und Erinnerung ausgewrungen und ausgedünnt, sodass Johann Ott wirklich nicht wusste, wo sein Platz, wo sein Anfang und sein Ende waren. Denn die Welt der Schenkel und ihr helles Aufblitzen hatten zwar etwas Wahnhaftes an sich, waren aber zugleich stimmig und in sich geschlossen.

Deshalb interessierte ihn am allerwenigsten, was abends im Hause Balthasar Kazelj Locatellis über den nahenden großen Tag geredet wurde, wenn seine Hoheit die hiesige menschliche Armseligkeit und Finsternis mit seiner Gegenwart erleuchten würde, am allerwenigsten, was über die gefährlichen Hetzer geredet wurde, die mit ihren unkontrollierten Ausbrüchen in Wort und Schrift die menschlichen Seelen und damit den reinen Weg besudelten, den seine Hoheit nehmen sollte, am allerwenigsten das, was geredet wurde über all die gefährlichen politischen und häretischen Ausgeburten, die es vor seiner Ankunft, unbedingt vor *seiner* Ankunft, zu vernichten, zu versprengen, einzusperren, aufzuhängen, auszutreiben galt! Und die Tatsache, dass er sich ungestört in den Betten im Haus des Richters suhlen konnte, wohin ihn Nacht für Nacht dessen Tochter zwischen ihre Schenkel zog, schien ihm nicht beredt genug. Sie hätte es aber sein sollen. Denn nicht nur einmal hatte ihm Mathilde gesagt, dass zur großen Jagd auf die mannigfache Teufelsbrut geblasen würde. Der

Richter war Tag für Tag unterwegs. Müde, zerschlagen und aufgeschreckt von den zahllosen Übeltaten, die er bestrafen musste, kehrte er heim und röchelte und krächzte und trug verwirrt sein von der Arbeit gezeichnetes Gesicht herum. Er, Johann, war hier, zwischen all den Schenkeln, die sich allesamt miteinander gut verstanden und ihn wechselweise zufrieden verschlangen, hier drinnen hatte er sich verkeilt, und aus dieser Perspektive konnte er die gewaltigen und raschen Veränderungen eben nicht sehen, diese geschichtlichen Veränderungen, die überall um ihn herum vorgingen.

Die Stadt füllte sich mit Neuankömmlingen. Die einen, schön ausstaffiert und von würdevollem Äußeren, zogen in die Bürgerhäuser ein und verbrüderten sich mit den Einheimischen. Die anderen, mit schmalem Gesicht und geschulten Ohren und Augen, krochen in alle Poren des Tages- und Nachtlebens. In allen Wirtshäusern und Geschäften, auf Märkten und bei Gerichten, bei Zunftversammlungen und Söldnergelagen, überall waren sie zugegen, überall waren sie dabei, horchten, konstatierten, untersuchten, klärten, notierten, protokollierten.

Die Stadt war illuminiert. Tag für Tag reihten sich feierliche Hochämter und Festlichkeiten im Rathaus aneinander, und nachts waren oft Böllerschüsse zu hören. Die Generalprobe für das Großereignis war in vollem Gange. Jetzt war klar: Leopold kam, jeden Tag konnte man mit ihm rechnen. Das untertänige Volk erwartete seinen Herrscher. Nach altem Brauch konnte es ihm wieder seine Treue und Ergebenheit geloben. Dieses Glück war ihm schon lange nicht zuteil geworden, und dieser glänzende Aufmarsch würde sich auch so bald nicht wiederholen.

Johann Ott sah dieses Gedränge und Geprange, dieses Getummel und Gewimmel des menschlichen Ameisenhaufens, er hörte die Gerüchte über gefährliche Ketzerverschwörungen, die sich in der Runde um Dorotheas Tisch häuften, sah erstaunt Mathilde an, die ihm von der Plackerei und der großen Jagd ihres Vaters erzählte, aber all das geschah in einer anderen Welt. Er war dort, wo ihn kein Spitzel und kein Richter suchen würde: zwischen den Schenkeln. Nacht für Nacht in sicherer Hut. Gott segne die Frauenschenkel, letzte freundliche Zuflucht eines einsamen Flüchtlings.

Eines Nachts, als er sich im Bett Wein einschenkte und hinter seinem Rücken Dorothea müde atmete, kratzte es leicht an der Tür. Etwas bewegte sich dahinter, als träte jemand nervös und ungeduldig von einem Bein aufs andere. Als er aufstand, zitterte ihm ein wenig das Glas in der Hand. Eine würgende Birne rutschte seine Kehle hinunter, und die Knie knickten ihm leicht ein, als er das Ohr ans Holz legte. Dahinter war ein Trippeln und Kratzen und Flüstern zu hören: Mach auf! Adam, in der Tür stand Adam, lachend, aber mager, mit dunklen Ringen unter den Augen und mit dem Schatten einer gefährlichen Ahnung auf dem Gesicht.

Johann Ott winkte ihm mit fuchtelnden, ungeschickten Armen, die sich verhaspelten und nicht wussten, wohin mit sich.

Adam sah auf den entblößten Frauenkörper und lächelte wieder. Er setzte sich an den Tisch und schenkte sich Wein ein. Jetzt begann es sich auf dem Bett zu regen, und Dorothea schaute mit weit geöffneten Augen, mit ihrem wirren Haar und der gelösten Fülle der Brüste, mit ihren großen, vorgestülpten Pupillen verwundert auf die unverhoffte nächtliche Erscheinung. Sie wurde von einem Schluckauf geschüttelt, und Johann Ott zog sich abwesend die Hosen an.

Eine ganze Zeit lang herrschte Schweigen in dem Raum, nur unterbrochen von Dorotheas Schluckauf, eine überraschte Stille voller Stöhnen und Tränen. Doch Adam lächelte. Er sah Johann Ott, der verwirrt und verlegen im Raum hin und her lief und sich die Hosen zuband, er sah Dorotheas bußfertiges Stöhnen und lächelte und sagte:

– Schon gut, schon gut. Schon gut, sagte Adam. Nichts Beschämendes, keine Gotteslästerung steckt in so einem freundschaftlichen Bäumchen-wechsle-dich-Spiel. Und überhaupt, fügte er nach einer Weile hinzu, jemand muss doch dem armen Mädchen beistehen, wenn Balthasar in einem fort nur Gulden scheffelt und Purgativa nimmt.

Dorothea schluchzte noch, aber Adam war schon in Schwung, als wäre hier nichts geschehen, als säße man beim Abendessen oder so – im Nu hatte er das Gesprächsthema gewechselt. Es züngelte und sprudelte nur so aus ihm heraus.

Über die Ankunft des Puderarschs. Über den Belagerungszustand, der an diesem Ort herrschte. Über die Wirren im Kaiserreich, die keiner auszumerzen und einzudämmen vermochte. Über das Militär, das sicher kommen würde. Über die Nachrichtendienste, Wächter und Spitzel. Über die Gemeinschaft, die Gruppe, die etwas tun wollte. Über die Blutgerichtsbarkeit, die mit ihrem Arm bis in jedes Dorf reichte. Über die Panik vor der Ankunft. Über die Ordnung, die sie errichten wollten. Über Interessen und Ziele des französischen Königreichs, der Republik Venedig, über die Absichten des Sultans. Über die Verbindungen, die überall geknüpft wurden. Über das Netz. Über das gut geknüpfte Netz, das hochgestellte Personen und niederes Volk umfasste, das Stände und Kirchen und einfaches Volk vereinte. Über Verschwörer und Terroristen und illegale Vereinigungen.

– Vereinigungen? fragte Johann Ott. Was für Vereinigungen?

Einen einzigen Augenblick lag er nicht zwischen den Schenkeln, und schon wurde etwas in ihm wach. Eine Erinnerung, ein Nadelstich, traf ihn und flammte in seinem Innern auf, als er diese hitzigen Worte vernahm. So etwas hatte er doch schon einmal gehört. Es war anders formuliert gewesen, aber im Wesentlichen, ging es nicht im Wesentlichen um dieselbe Sache? Ein Widerhall ferner Worte regte sich in ihm, und plötzlich fing er an, gegen seinen Willen – in dieser Nacht, die sich hinter den Fenstern in den engen Gassen verlor, in diesem Zimmer, wo Dorothea ihr Haar aufsteckte und sich dabei Wein einschenkte, in diesem zerwühlten Sündenpfuhl, wo Adam seine hitzigen Ideen ausstreute –, auf einmal fing er an zu sprechen und hörte seine Stimme:

*Denn so spricht der HERR über jene, die meinen Sabbath heiligen und das tun, was mir wohlgefällt …*

Er verstummte, erstaunt, denn er hatte so unvermittelt zu sprechen begonnen und fühlte, wie ihn Adams scharfer Blick traf, wie er ihn durchbohrte und sich in ihn eingrub. Aber er blickte nur, er sah ihn nur an mit seinen schwarzen Pupillen.

– Wie? sagte Johann Ott. Wie? Weißt du nicht weiter?

– Wie weiter? sagte Adam, als verstünde er nichts, und er verstand wirklich nichts.

– Die Losung, sagte Johann Ott.

– Es gibt keine gottverdammte Losung, rief Adam aus.

– … *und festhalten an meinem Bund,* endete Johann Ott gebrochen, denn es war klar, dass Adam mit diesen Dingen nichts zu tun hatte. Das Neue Stift, flüsterte er nach einer Weile.

– Das Neue Stift, sprang Adam auf. Was für ein verfluchtes, idiotisches, wahnsinniges Neues Stift? Wahnsinn, sagte er, Wahnsinn. Stifter, Narren, lauter Verrückte, Blinde, ohne jeden Grund Unzufriedene, ungebildete Bauern, Betrüger, Räuber, Landstreicher, wahnsinnig gewordene Kröpfler, das ist das Neue Stift, kapierst du? Nur nichts zu tun haben mit diesem Masochismus, dieser Selbstzerfleischung, diesem Laufen über scharfes Gestein; das Gerede von Gleichheit, von Brüderlichkeit, das führt zu nichts, das ist verderblich und sinnlos.

Laut, erregt, wütend hatte er gesprochen, dass ihm der Speichel aus dem Mund sprühte.

– Ein ansteckender Wahnsinn hat sich in den katholischen und protestantischen Ländern breitgemacht, tobte er, Wahnsinn in allen Formen, Häresie in allen Gewändern, Gaunerei und Dummheit in allen Varianten – und an der Spitze dieser Wirrnis steht ein Mensch mit einem Hirn, so langsam wie das eines Rindviehs. Ist das nicht klar? Adam hatte sich erhoben und reckte die Hand mit dem ausgestreckten Zeigefinger hoch. Ist es nicht klar, dass man diesen Rotzkerl irgendwo hinter Schloss und Riegel bringen muss und dass dann Ruhe herrscht und Schluss ist mit dem Wahnsinn? Keine schwachsinnige, schwindlige Stifterbewegung, keine aufrührerischen Bauern, nein, eine Verschwörung mit einem klaren Ziel, eine einzige Verschwörung mit einem eindeutigen Ziel.

Johann Ott war jetzt bleich wie die Wand. Dorothea stürzte auf Adam zu und packte ihn am Mund.

– Bist du wahnsinnig geworden? flüsterte sie. Was für ein Wahnsinn ist das? In diesem Augenblick so zu schreien?

– Ja, sagte Johann Ott, er ist wirklich wahnsinnig geworden.

Adam riss sich aus Dorotheas Umklammerung los und trat mit ruhigem Schritt zum Fenster.

– Siehst du? sagte er mit veränderter, wieder ruhiger Stimme und deutete auf die Straße. Niemand, sagte er, in diesem Haus ist man sicher.

– Du bist ein Narr, sagte Dorothea mit tadelnder Stimme. Du wirst böse enden.

– Das sagt Krobath auch, sagte Johann Ott. Und noch etwas, Adam, noch etwas muss ich dir endlich sagen. Du hast deine Verschwörung und deine Vereinigung viel zu ernst genommen. Jeder ist heutzutage in irgendeiner Verschwörung und irgendeiner Vereinigung, die heutige Welt ist eine Welt der Wirrnis und des Terrors. Irgendwo muss einer eben dabei sein. Aber deshalb braucht man noch lange nicht selbst seinen Kopf so eifrig unter das Beil zu stecken.

Dorothea nickte heftig und presste die Handfläche auf Adams heiße Stirn.

– Ach, du Narr, du Lieber, du Stammler, sagte sie und suchte Adams Hand zu fassen, der die ihre wegschieben wollte. Bei uns sprechen sie jeden Abend über Ketzerei und Verschwörungen und Gefahren, jeden Abend über Verrückte und Unzufriedene, sagte sie, aber wegen all dieser Vereinigungen und Unzufriedenen hat sich doch überhaupt nichts geändert, nicht wahr, Johann? sagte sie und winkte ihn zur Tür, denn Adam musste wirklich geholfen werden, er brauchte wirklich ein Heilmittel, und was wäre für eine so eifrige Verschwörerseele heilsamer als zwei Schenkel? Johann Ott verstand nur zu gut. Deshalb trat er verständnisvoll und leise durch die Tür, und als er sie hinter sich schloss, hörte er schon, wie das Bett aufknarrte. Ach, ihre Schenkel, bestes Heilmittel gegen alle hitzköpfigen Verschwörer dieser Welt.

Morgendämmerung. Er ging durch die Morgendämmerung. Die Sonne färbte die Dächer der Häuser, er spürte, wie es dort oben bald aufglühen würde und wie es hier unten umso kühler war. Oben reckte sich die Flamme des hellen Tages, und hier bekamen die dunklen Gänge der Gassen mit ihren feuchten Wänden den ersten leichten Grauton. Er füllte seine Lunge mit dieser morgendlichen Kühle, sodass die Frische seinen ganzen Körper durchdrang. Die Sinne erwachten. Neugierig horchte er auf irgendwelche Schläge, Hämmer und Äxte. Eine Gruppe Arbeiter hämmerte eifrig irgendeinen provisorischen Bau zusammen. Der Baumeister sprang um sie herum und traf Anordnungen. Zu so früher Stunde solch eifriges Tun. Hier und da oben, in seinem Bett. Da keuchten und stöhnten die beiden. Adam würde all seine Vereinigungs- und Verschwörungswut zwischen

Dorotheas Schenkel oder über ihrem Bauch vergießen und damit bestimmt seinen Kopf retten, der ganz sicher schon an einem ziemlich dünnen Stengel gebaumelt hatte. Er blieb vor einer Kirchentür stehen. Sie war offen, und drinnen gähnte schwarze, kühle Leere. Da hinein? Zum Nachdenken? Er ging weiter und stieg hinab zum Fluss. Er betrachtete das faule und nahezu reglose Dahinströmen des Wassers, dieses visköse Dahinkriechen, und jetzt erwachte auch sein Denken. Es pochte in seinem Kopf wie zuvor jene Hammer- und Axtschläge, und alles zusammen vermischte sich noch mit dem stoßweisen Keuchen der beiden. Nein, es war keine Eifersucht oder dergleichen, es war eine sonderbare Unruhe, die da im Innern seines Körpers nagte und höhlte, eines überaus müden und ausgezehrten Körpers, eines durch die Endlosigkeit von Schenkeln und Wein ausgedünnten und zersetzten Organismus. Was sollte dieses Chaos? klopfte es im Kopf, was sollte diese Wirrnis von Anfang und Ende, angefangen mit Lampretič bis hin zu den Stiftern und den Wölfen und den einsamen Wegen und Bergdörfern, was sollten all diese Geschehnisse, dieses unablässige, sinnlose Herumziehen, was sollten all diese Richter und Söldner und Adeligen und Vikare und Bischöfe und Leopold und all diese Frauen, was wollte Johann Ott, wo kam er her, und wo ging er hin, und was trieb er eigentlich mitten in diesem endlosen, in immer ein und dasselbe mündenden Augenblick? Zwischen Gefahren und Genüssen, die ihn, der Wahrheit die Ehre, überhaupt nicht mehr berührten? Von welcher lichten Idee wurde Adam getragen, dass seine Pupillen so heiß waren und sein Denken in einem fort pochte und die Tat wollte? Und sein Bund, war er nicht einmal in solch einem Bund gewesen, der letzten Endes auch etwas in dieser Welt bewirken und zurechtrücken wollte? Gewesen? Ein kalter Schauer kroch ihm das Rückenmark hinauf. Gewesen? Und plötzlich durchfuhr ihn die überdeutliche Erkenntnis, die ihn schon so oft durch die Welt getrieben hatte: Weg! Hier braute sich etwas zusammen. Hier wurden Klingen gewetzt und Hanfseile geknüpft. Weg! Fort! Hier würde er wieder in irgendeinem Gerichtsturm faulen, hier würde ihm wieder irgendein Typ die Daumen zusammenschrauben, hier würde man ihn wieder wie ein exotisches Tier durch die Straßen fahren. Das ganze kosmische Chaos trug er an jenem Morgen am Fluss in sich, und in seinem Innern walkte und knetete und pochte es, bis es sich schließlich zu dem einzigen klaren Gedanken zugespitzt hatte: Weg!

Aber Johann Ott hörte nicht auf die innere Stimme. Er sollte es noch bereuen.

Als er vom Fluss zurückkehrte, lachte er wie ein sorgloser, närrischer Sonderling laut vor sich hin. Jetzt waren die beiden wahrscheinlich schon fertig, sagte er zu sich und bog zu einem Wirtshaus ein, aus dem bereits der erste fröhliche Lärm drang. Soldaten, Kroaten, verlängerten die Nacht. *Seinetwegen* waren sie hier, dachte er. Auch Adam war *seinetwegen* hier. Und Adams Gesinnungsgenossen. Und der Adel. Und die Richter. Und die Geistlichkeit. Die Wächter, das Kriegsvolk, die Kaufleute, die Musikanten, die Gaukler, die Sänger, die Zechbrüder, die Schmuggler, die Diebe, die Einbrecher, die Raufbolde, die Bauern, die Intelligenz, die Welschen, die Sachsen. Alles drängte sich, alles hatte zu tun, alles hatte Pläne, jeder hatte seinen Teil dabei. *Seinetwegen*. Auch der Richter auf seinen Blutwegen in der Umgebung.

Die Generalprobe ging dem Ende zu.

Der große Augenblick war gekommen.

Gegen Mittag stolperte er mit schlingerndem Gang die Treppe hinauf. Das morgendliche Weinquantum hatte ihm ganz schön die Farbe in die Wangen getrieben, und ein zufriedenes Grinsen kam aus dem haarigen Gestrüpp. Dorothea war wütend. Sie zog ihn in ihr Zimmer. Wo er gewesen sei. Was für ein Besäufnis dies sei mitten am hellichten Tag. Die Reputation des Hauses Balthasar Kazelj Locatelli stehe auf dem Spiel, letzten Endes auch seine eigene. Jetzt liege doch alles auf der Lauer. Jeder beobachte jeden. Jetzt sei doch alles zu sehen. Etwas Schönes habe sie sich da aufgeladen. Einen Narren, der selbst unters Beil drängte, der sie jetzt alle zusammen ins Unglück stürzen würde. Einen Trunkenbold, der Nacht für Nacht zu dieser Bohnenstange von Richterstochter krieche. Der keine Ahnung habe, was um ihn herum geschehe. Der in ihrer angesehenen Gesellschaft vor sich hin glotze und sich am Bauch kratze. Einen Narren und einen versoffenen Hurenbock beherberge sie unter ihrem Dach!

Dorothea war wirklich wütend. Und nicht ohne Grund. Johann Ott hatte erst in letzter Zeit mitbekommen, welch unglaubliches

Ausmaß ihre gesellschaftlichen Aktivitäten hatten. Die wusste, was und wie sie es wollte. Tatsächlich konnten sie beide ihr alles zusammen verderben. Diese Frau, dachte er auf einmal, diese Frau war durch ihrer beider Anwesenheit im Grunde genommen am Rande des Untergangs. Nicht nur des gesellschaftlichen; des kompletten, totalen, auch des physischen Untergangs. Suchte und fände man eines Tages den Bösen in Johann Ott … und in Adam … dann natürlich auch in dieser ganzen Gesellschaft … Da halfen kein Ansehen, keine Verbindungen und guten Beziehungen mehr. Das Gerichtswesen hatte seine Gesetze und Rechtswege.

Und Adam, sagte Dorothea, den ganzen Vormittag habe er auf ihn gewartet. Er sei überhaupt nicht nüchtern geworden, er sei überhaupt nicht abgekühlt. Er habe mit ihm reden wollen. Er erwarte irgendeine Mitarbeit. Dieser verdammte Narr, Dorothea brach fast in Tränen aus, er habe Papiere hier gelassen. Unter dem Bett zog sie ein Bündel Blätter hervor und warf sie auf den Tisch. Johann Ott wurde es lichter und klarer hinter der Stirn. Er nahm ein Blatt und las. Die großen, deutlichen Buchstaben flimmerten ihm vor den Augen. Als er sie geordnet und im Hirnkessel aufgereiht hatte, sprang er auf und blickte erschrocken um sich.

– Pamphlete! rief er aus. Der Narr, Pamphlete!

– Er sagt, wir sollen das verteilen oder hinter die Türen und Fenster der Häuser stecken, sagte Dorothea.

– Der Narr, Pamphlete gegen Leopold! rief Johann Ott. Das ist der Strick. Ins Feuer, sofort ins Feuer mit diesen Papieren.

Dorothea packte ein Bündel Papiere und lief aus der Tür.

Johann Ott griff sich mit beiden Händen an den Kopf, da drinnen klappte es wie eine Zange zu und auf. Zum Zerspringen. Was geht hier vor? sagte er zu sich. Wieder geht eine Schweinerei vor.

Schlafen, sagte er, schlafen.

Aber Johann Ott irrte sich, wenn er dachte, der Schlaf würde die unverhofften Verwicklungen und Gedanken vertreiben, die ihn jetzt aus der sicheren und angenehmen Obhut der Schenkel reißen wollten. Lange genug hatte er in ihrer warmen Umarmung gehockt und vegetiert und sich gesuhlt. Jetzt hatte das Räderwerk angezogen, und noch an diesem Tag würde so manches geschehen, was in seinem Innern grummelte und ihm ganz andere Tage, eine ganz andere Zukunft versprechen würde.

Es war finster, als er erwachte, und sein Kopf war jetzt wirklich in zwei, drei Stücke zersprungen. Lange presste er ihn unter Wasser, um diese Stücke irgendwie wieder zusammenzubringen. Dann begann er, sein zerknautschtes Gewand wieder herzurichten. Ohne Notwendigkeit, denn der Hausknecht kam mit der Botschaft: Dorothea wünsche ihn heute Abend beim Nachtmahl nicht zu sehen. Bei der Abendgesellschaft sei seine Gegenwart, mit einem Wort, überflüssig. So? Mit dem einen Schenkelpaar war wahrscheinlich Schluss. Und mit dem anderen?

Er ging zu Mathilde, denn an diesem Abend, am Abend vor den großen Festlichkeiten, war der Richter sicher nicht zu Haus. Zweifellos führte er in diesem Moment noch letzte Verhöre durch, denn das Terrain musste am nächsten Tag sauber sein. Und er würde bis zum letzten Blutstropfen – natürlich nicht seinem – arbeiten, damit es das auch wäre.

Ein wenig spazierte er noch durch die brodelnde Stadt und wartete, dass sich die Straßen etwas leerten. Aber diesen Abend war es nicht leicht, zu Mathilde zu kommen. Unzählige fremde Kerle drückten sich in allen Ecken herum, und nur unter Schwierigkeiten konnte er sich durch bekannte Höfe bis zu ihrem Fenster durchschlagen. Lange musste er klopfen. Dann zeichnete sich im Mondlicht die dürre und leicht gebeugte Gestalt ab.

– Heute Abend? hauchte sie. Heute Abend lieber nicht. Johann Ott blieb einen Augenblick stehen. Hatte sich alle Frauenschenkelweiche gegen ihn verschworen? Er gab sich einen Ruck und wollte wieder gehen, aber inzwischen hatte es sich die Tochter des Gerechten überlegt. Komm, zischte sie. Aber mach schnell, sagte sie oben. Ich habe noch eine Arbeit zu erledigen.

Johann Ott machte große Augen. Seit wann hatte des Richters Tochter eine Arbeit zu erledigen? Was für eine Arbeit denn? Wie oft hatte er in diesem Hause herumgestöbert, aber nie Spuren irgendwelcher Arbeit gesehen. Weder physischer noch geistiger. Allerdings hatten ihn des Richters Geschäfte und die Geschäfte seiner Tochter auch nicht besonders interessiert. Ja, das erste Mal war es schon etwas ungewöhnlich gewesen zwischen den Unterhosen des hiesigen Lampretič, zwischen den Duftwässerchen seiner Frau und zwischen den Röcken seiner Tochter. Aber dann winkte er ab. Die Geschäfte des Richters kannte er, er mochte dessen Papiere nicht, diese Arbeit kannte er schon von einem anderen Aspekt her, und an seiner Tochter interessierten ihn vor allem das leibliche Äußere und Innere. Ihre Arbeit und ihre Gedanken jedenfalls nicht.

Aber diesmal hatte die Rechtschaffene wirklich etwas zu tun. Auf dem Tisch hatte sie im Kerzenlicht irgendwelche Papiere ausgebreitet.

– Ich kann schreiben, weißt du, sagte sie stolz. Und heute helfe ich dem Vater.

Johann Ott hatte es eilig, ins Bett zu kommen, aber eine unselige Neugier juckte ihn in den Schläfen. Was für eine Arbeit, was für eine Schreiberei?

– Abzüge, sagte sie. Geschäftsunkosten, Reisekosten, Schreiberkosten, die Kosten dieser, na, dieser bösen … Viele Wege und viel Arbeit hat es in den letzten Tagen gegeben. Sie seufzte tief. Er hat sich überhaupt nicht ausruhen können.

Johann Ott griff nach dem ersten Blatt, das auf dem Tisch lag:

| | *fl* | *kr* |
|---|---|---|
| *für Haarschneiden am ganzen Körper (Abrasur)* | *1* | |
| *für Besichtigung des Teufelsmals* | *1* | |
| *für Abhacken von Kopf oder Hand* | | *15* |
| *für Annageln eines abgeschlagenen Kopfes oder einer Hand am Galgen* | | *15* |
| *für Erdrosseln* | | *15* |
| *für Zwicken mit glühenden Zangen (per Griff)* | | *30* |
| *für Abschneiden von Nase oder Ohren* | | *30* |
| *für Verbrennen bei lebendigem Leibe* | *5* | |
| *für Verbrennen bei lebendigem Leibe, wenn der Verurteilte verzweifelt ist, d. h., wenn man ihn gewaltsam auf den Scheiterhaufen bringen muß* | *10* | *30* |
| *für Vergraben der Asche* | *1* | |
| *für das Gerichtsmahl* | | *48* |

– Der Tarif, sagte sie. Ach, wie viele solcher Tarife gibt es. Sie ändern sich andauernd. Immer neue Vorschriften.

Er sah den Schein der Kerzen und die zuckenden Schatten auf ihrem Gesicht, sah diesen unbekümmerten und geschäftig zerstreuten Ausdruck in ihren wässerigen Augen und spürte, dass ihm nicht nur das Blatt Papier in den Händen zitterte, dass dieser Schauer seinen ganzen Körper durchlief, dass es in seinen Schläfen und hinten in den Augäpfeln pochte und presste. Noch nie zuvor hatte er bemerkt, wie hoffnungslos verwahrlost ihr dieser wirre Busch hochgesteckter verklebter und fettiger Haare oben auf dem Kopf saß, wie abstoßend ihre Backenknochen vorstanden, wie krumm diese Nase und wie dünn die zusammengepressten Lippen mitten im Gesicht waren. Inmitten des bläulichen und bleichen und ausgetrockneten Gesichts auf dem dünnen Hals, über dem hohen Spitzenkragen, über diesem dunklen Kleid, unter dem sich knochige Glieder und ein krummer Rücken und ein eingefallener Bauch und Gestank von Ungewaschenem verbargen; den er jetzt spürte, der ihm ins Gesicht schlug, als sie sich aufs Bett legte und den Rock hob. Und er sah in das Gesicht, in diese wässerigen Augen mit dem blöden Blick, der aus dem Nichts kam und ins Nichts gaffte und dem keine Erfahrung und kein Gedanke Glut verliehen. Seine Hände zitterten, und hinten in den Augäpfeln klopfte es, in seiner Brust sammelte sich dichter Absud und Auswurf, der ausgehustet und ausgespuckt gehörte, direkt in diese verwaschene Farblosigkeit ihres Blicks.

Bis hinein in den Kehlkopf reichte ihm der Schleim, als er auf diesen entblößten Körper, auf diese gespreizten Beine hinuntersah, die wie zwei weiße Schlangen reglos auf dem Bett lagen und über denen sich der Haufen Kleider bauschte, den ihre fest verschränkten Arme hoch- und zusammenhielten. Diese dünnen Waden und diese ausgebuchteten Knie, dieses dunkle Dreieck da oben, dieses Tier, das ohne Kopf und alles übrige sein selbständiges Leben lebte und auf wer weiß was wartete, vielleicht darauf, dass sich ein roter Knauf in dieses Röhren- und Knospenwerk hineinwühlte: auf eine mechanische Verrichtung, auf einen sich wiederholenden Vorgang, allen anderen gleichartigen administrativen Verrichtungen gleich. Dieses Tier ohne Körper, mit zwei Gliedern und dem schwarzen Dreieck darüber; dieses da unten und darüber ein Haufen Kleider und Tuch und Spitzen und dazwischen ein schmales, ausgedörrtes, blasses Gesicht mit wässerigen Augen, die an die Decke sahen, diese beiden Organismen, die jeder für sich auf diesem Bett lagen und jeder für sich warteten, dass oben und unten das Blut schneller strömte … Und er mit diesem Stück Papier in den Händen, die zitterten wie unter den Stößen einer Windbö, mit all diesen blutigen Henkersverrichtungen in den Händen, mit all der plötzlichen Ernüchterung in den Händen, mit all der Angst und den Erinnerungen und der plötzlichen Erkenntnis in den Händen.

Ein gefährlicher Bösewicht erzitterte in ihm, ein seltsames, verbrecherisches Vorhaben regte sich in seiner Brust und in seinem Schädelkessel. Stärker pochte und trommelte es hinter seinen Augen, sodass die beiden Tiere auf dem Bett plötzlich unruhig wurden. Es begann zu wimmeln, Glieder verwickelten sich, Hände ordneten etwas, und dann flossen beide Organismen wieder zusammen zu einem richtigen, einheitlichen Bild. Über den mageren Backenknochen blickten die wässerigen Augen jetzt ganz nah, und darunter öffnete sich der dünne Strich der Lippen zu einem Flüstern:

– Was hast du denn?

Ein aufgescheuchter, hochgeschreckter Satan wütete im Innern Johann Otts, ein Teufel trieb Bilder von Abrasur und abgeschnittenen Nasen und Scheiterhaufen vor seine Augen und das Bild eines Menschen, der hinter einer Mauer gottlose Asche in ungeweihter Erde vergrub, und das Bild eines Gerichtsmahls, ein Teufel trieb ihm Fratzen und Fangarme in Hirn und Blut und pochte in seinen Schläfen.

Der Augenblick für ein Verbrechen, die klassische Situation für eine schreckliche Untat im richterlichen Hause zeigten sich in diesem Raum, in den blutunterlaufenen Augen Johann Otts, in den zittrigen Händen, die das Papier losließen und hinaufgriffen nach ihr, nach ihrem Hals, nach dieser knorpeligen Schlange, die unter dem Druck der eisernen Finger zerplatzen musste.

Die dünnen Lippen gingen auseinander, und dahinter war eine Reihe schwarzer Zähne und dahinter eine dunkle Mundhöhle und dahinter die Gurgel, die würgte und würgte und schreien wollte.

Etwas wurde stiller und beruhigter und kühlte ab angesichts dieses Würgens, dieses Ächzens, das sich in keinen Schrei verwandeln konnte, dieser wässerigen Augen, die jetzt immerhin eine Art Farbe und Ausdruck angenommen hatten. Etwas war einfach abgeflaut in ihm, zumindest die allerstärkste Lust auf ein Verbrechen, wenigstens das allerschlimmste Wühlen des Bösen in seinem Innern. Wenigstens so weit, dass seine Hände erschlafften und er sich umdrehte und hinausstürzte. Wenigstens so weit, dass er jetzt hinter sich und in sich das gleichförmige Wiederholen ihrer brechenden Stimme hörte: Wie hast du mich erschreckt wohin gehst du, wie hast du mich erschreckt wohin gehst du, erschreckt gehst, erschrecktgehst.

Draußen war Nacht, und ein Streifen warmen Mondlichts war oben zwischen den rußigen Dächern der Häuser. Draußen war es friedlich, und das schwarze Wesen in ihm hörte auf, in seinem Körper wieder und wieder anzustürmen. Nur eine Art Beklemmung und ein Druck in der Brust blieben von diesem Ansturm zurück. Mit dem Rücken lehnte er gegen eine Hauswand und sah in das bläuliche Mondlicht hinauf. Von der anderen Seite, von dem Stadttor an der Brücke, kam wirrer Lärm. Zahlreiche Stimmen und Ausrufe verschmolzen zu einem gleichförmigen Tosen, das sich in der Nacht wie das Rauschen eines Flusses unter den Brücken anhörte. Er ging diesen Stimmen nach, und bereits hinter der Ecke erblickte er Fackeln und größere Menschengruppen, Bürger, Fremde, Soldaten, Ochsengespanne, Pferde, ein Wogen und Wimmeln von Menschen-und Tiermassen in dieser Nacht. Lebhafte Gespräche und Rufe von da bis zur Stadtmauer und weiter. Das große Tor stand sperrangelweit offen, und auch da hindurch ergoss sich dieser lebendige Strom mit seinem Tosen, das mitten in der Nacht in dieser friedlichen Stadt so sonderbar klang. Niemand hielt ihn auf, und als er hinaustrat und über das Feld, schienen ihm zahlreiche Feuer in die Augen, und er sah Schatten, die zwischen ihnen hin und her gingen, Zelte und Pferde, die von Männern am Halfter geführt wurden, das Brodeln eines richtigen Heerlagers.

Soldaten, Offiziere in Rüstungen, lange Lanzen, Gewehre, Säbel im Widerschein der Feuer, Stroh überall am Boden, das Rasseln von Metallgegenständen, all diese Szenen, all diese Verrichtungen, dieser

Wirbel, diese Soldaten, dieses Durcheinander in der Stadt und ihrer Umgebung, all das lebte in der ungeduldigen und großen Erwartung des darauffolgenden Tages. Dies war die Nacht, wo Johann Ott umherirrte mit Angst in der Brust inmitten wimmelnder Bilder und Menschen und Dinge, dies war die Mondnacht, auf die die Menschen so lange gewartet hatten, und sie würde länger sein als alle Nächte bisher, denn dies war die Nacht der Erwartung.

Dies war die Nacht, wo der Kaiser irgendwo in der Nähe ruhig schlief oder mit seinen Begleitern und Beischläferinnen zechte und wo ihn der Gedanke anekelte, am kommenden Tag wieder durch unzählige Protokolle und Feierlichkeiten hindurch zu müssen, durch die schleimigen Verbeugungen und hündischen Blicke, hinter denen endlose Ränke und Eigeninteressen steckten, durch all dieses Gedränge und leere Wortgeklingel ohne Anfang und Ende.

Dies war die Nacht, wo Adam und die Seinen irgendwo schweigend dasaßen und von Beklemmung und Angst vor dem folgenden Tag gewürgt wurden. Wo sie im Wirtshaus an der Straße in ihre Krüge glotzten, die gestrichen voll waren mit Wein, und wo sie sich zum letzten Mal die Treue schworen. Dies war die Nacht, wo ihre Leute in der Stadt Pamphlete hinter die Haustüren steckten.

Dies war die Nacht, wo die Messer gewetzt wurden für des Kaisers Hals.

Diese ruhige Mondnacht, wo der Kaiser sich vor plötzlicher, schrecklicher Ahnung im Schlaf auf die andere Seite drehte; diese Nacht, wo die Späher in den Wirtshäusern und auf den Gassen auf jedes gesprochene Wort lauerten, auf jeglichen verdächtigen Menschen, diese Nacht, wo die schon wieder beruhigte Mathilde im Schein der Kerze über das Papier kratzte und die Tarife für Henker, Richter, Beisitzer, Schreiber, Ankläger und Verteidiger abschrieb; diese Nacht, wo ihr Vater ausgelaugt und müde mit blutunterlaufenen Augen im Gerichtsturm einen Verurteilten verhörte; diese Nacht, wo im Hause von Balthasar Kazelj Locatelli die Lichter ausgingen und der italienische Poet keuchend zu Dorothea ins Bett kroch; diese Nacht, wo das kleine Männchen im Stall eines Gasthofs irgendwo im Karst mit unruhigem Traum zwischen seinen Silbermünzen schlief; diese Nacht, wo all die vielen Soldaten ein letztes

Mal ihre beschlagenen Flinten, Pulverhörner und Säbel prüften und mit Talg einfetteten und wichsten, wo sie ihre neuen Lederriemen blankscheuerten und vorsichtig die Paradeuniform zusammenlegten; diese Nacht, wo niemand gut schlief, wo der Verdächtigte seine Pupillen an der Decke kreisen ließ und nicht wusste, ob er den Morgen erleben würde.

Das war die Nacht ohne Schlaf, aber auch die musste einmal vergehen.

## 14

*Das leicht wogende und leicht tosende Menschenmeer. Der wimmelnde Tausendfüßler schwankt und zuckt und brodelt und atmet einträchtig wie ein einziges Wesen. Der Imperator und die Hure und der lebendige tote Homunkulus.*

Beharrlich rückte unten der wimmelnde Tausendfüßler vor, wirbelte mit unzähligen Gliedern und brauste mit unzähligen Stimmen und Ausrufen. Eine Menge, eine riesige Menge auf Gassen und Plätzen, Trauben von Leibern an Fenstern, auf Balkonen und Dächern. Eine einträchtige Menge in ihrem gespannten und leichten Wogen, in verzückter und einmütiger Erwartung. Welch unbekanntes und überwirkliches Band hielt diese aus so vielen einzelnen zusammengesetzte tausendfüßige Raupe zusammen, dass sie jetzt in einem Denken und in einem Atem pulsierte, welche Idee hatte jeden von ihnen so völlig in diese fiebrige, dampfende, ganz von der Größe des geschichtlichen Augenblicks erfüllte Menge eintauchen lassen? Der ganze Organismus mit seinem Zucken und Tosen in Erwartung Seiner, des Einzigen, des Absoluten. Die strahlende und verwirrende geschichtliche Weihe, die jeden in dem geballten, leicht wogenden und leicht tosenden Menschenmeer versinken ließ. Bürger und Adelige, Soldaten und Bauern, Landstreicher und Bettler, alle, alle mittendrin, alle geeint, alle mit roten, blutunterlaufenen Augen von der schlaflosen Nacht, schwankend und verloren in diesem einzigen Strömen und Wogen. Eine ungewisse Nacht, die letzte Nacht voller Unruhe und Ungewissheit war vorüber, jeder hatte das Seine getan, jeder das Seine gedacht, jetzt war der lang erwartete Tag da, jetzt musste es sich erfüllen.

Selbst Johann Ott mit seiner verwirrten Seele hatte voller Unruhe diesen wichtigsten Tag des Jahrzehnts, vielleicht des ganzen Jahrhunderts erwartet, diesen Spätsommertag, diesen Septembernachmittag, den die Chronisten noch lange mit den ausgesuchtesten und glanzvollsten Worten beschreiben würden. Er hing aus dem Fenster des Locatellischen Hauses und schaute hinunter auf das Wirbeln und Strömen der menschlichen Leiber, auf diesen Tausendfüßler, der in so seltsamer Eintracht schwankte und pulsierte und brodelte und atmete. Unruhe überkam ihn, auch ihn, der die großen geschichtlichen Augenblicke des Erwartens so unrühmlich verbracht hatte, in einem fort zwischen Frauenschenkeln, sogar noch in der letzten Nacht, wo ihn endlich doch die Erkenntnis durchfahren hatte, dass sich hier letzten Endes etwas so Bedeutendes abspielte, wie er es noch nie zuvor erlebt hatte und auch später nie mehr erleben würde.

Selbst ihn zog es hinein in den wimmelnden Tausendfüßler, selbst ihn fesselte eine unbekannte Macht an diesen Organismus, von dem jedes einzelne Element von der Spannung erfasst war, die schon so viele Nächte in der Luft, auf den Gassen, auf den Feldern, am Fluss und in den Stuben gebebt und gezittert hatte. Pamphlete, hinter die Haustüren gesteckt, nächtliche Festnahmen, Anzeigen, Verhöre und Befragungen, die zahllosen Unbekannten, die in der Stadt herumliefen, das Militär, das sich in den letzten Tagen unter den Stadtmauern breitgemacht hatte, die vielen Adeligen, die sich in den Bürgerhäusern einquartiert hatten; all diese schönen und abstoßenden und schrecklichen Ereignisse zogen die Festlichkeiten keineswegs herab auf die prosaische Ebene etwa eines irdischen und beherrschbaren Ereignisses, im Gegenteil, aus alledem wehten jene sonderbare geschichtliche Ungewissheit, jener Zauber des großen Augenblicks, in dem die Menschen eine Art Massenwahn befällt, wo sie den Boden unter den Füßen verlieren und sich der kosmische Raum spaltet und sich dem nüchtern urteilenden Verstand entzieht.

Seit Jahrhunderten war ihr Herrscher nicht mehr bei ihnen gewesen, dieses überwirkliche Wesen, mit dem sie doch die ganze Zeit ihres Seins und Vergehens gelebt hatten, und vermutlich würde er wieder jahrhundertelang nicht kommen. Wer könnte die Größe dieses Augenblicks ermessen? War ein so einzigartiger Augenblick es nicht wert, dass man dafür zehnmal, nein, hundertmal so viele Menschen wie bisher in den Kerker warf, war er nicht die größtmögliche Pracht wert, die höchste Erregung, die tiefste Verzückung, das mächtigste VIVAT?

Das waren Sein Kommen, Seine Herrlichkeit, diese Pracht, die Glocken, die Kanonen, das Te Deum, ein Wunder auf Erden.

Um vier Uhr nachmittags erdröhnten auf der Burg die Kanonen. Für einen Moment ward reglose Stille, doch dann begann der Tausendfüßler aufgeregt zu wimmeln. Da unten begann es zu röcheln und zu wirbeln, dass es sich von alledem vor Johann Otts Augen drehte. Die Kanonen waren das Zeichen. Er kam. Und wirklich flatterten kurz darauf am unteren Teil der Gasse über den Köpfen der Menge die ersten bunten Fahnen. Dort toste es von Ausrufen, hier aber röchelte der Tausendfüßler bereits in den letzten Zuckungen der Erregung. Johann Ott stürzte die Treppe hinunter und schob sich ins Gedränge. Das Tosen rückte immer näher, und rings um ihn glotzten die geröteten Gesichter irgendwohin ins Leere, irgendwohin in diesen leeren Raum, wo sich nun jeden Augenblick etwas Unerhörtes zeigen würde, etwas, was menschliche Augen nie zuvor erblickt hatten. An der Spitze des Zuges ritt ein Trupp Kroaten, die hatten lange Lanzen und trugen Tigerfelle um die Schultern. Ihnen folgte eine geordnete, große Schar anderer Reiter. Dann kam eine riesige Anzahl einheimischer Adeliger, die mit den Pferden gegen den Leib des Tausendfüßlers drückten und ihn bis an die Hausmauern zurückdrängten, denn hinter ihnen kam endlich, endlich Er geritten. Leopoldus Dei Gratia Romanorum Imperator Semper Augustus Germaniae Hungeriae Bohemiae etc. Rex Archidux Austriae Dux Burgundiae etc. Allein. Allein inmitten des leeren, von den Würdenträgern ausgesparten Raumes, allein in seiner Rüstung, mit seiner Halskrause und der riesigen Perücke auf dem Kopf. Mit seiner Hakennase und den vorgestülpten Augen, mit dem schütteren Bärtchen unter der Nase, mit seinem Knabengesicht und der achtlos herabhängenden fleischigen Unterlippe.

Nur für einen Augenblick hatte Er sich gezeigt, und schon war er wieder verschwunden, schon verbarg ihn der Tausendfüßler den

Augen Johann Otts und schlug über ihm zusammen, sodass nur noch das Keuchen und Schieben blieb, sodass Ott sich mit allerletzter Kraft am Türknauf festhielt und in den dunklen und kühlen Hauseingang schob.

Hier stand er und befühlte seine Knochen, die ihm der Tausendfüßler mit seiner eisernen Umklammerung zu brechen gedroht hatte.

Und das ist alles, sagte er, als er wieder zu Atem gekommen war. Weiter nichts, sagte er und ging durch das Esszimmer, wo gerade ein Mahl für irgendeinen letztrangigen Beamten aus dem kaiserlichen Gefolge aufgetragen wurde, der im Hause Locatelli untergebracht war. Er ging auf sein Zimmer und zog seine Stiefel aus und dachte an Dorotheas Schenkel, die von allen Schenkeln der Welt doch die schönsten waren, und schlief ein.

So verbrachte Johann Ott diesen historischen Tag. Er schlief, ermüdet von dem großen Augenblick, und so vertat er gleichgültig die Fortsetzung der prächtigen Festlichkeiten, die draußen bis spät in die Nacht brausten. Der Tausendfüßler löste sich allmählich auf und ließ jetzt seiner Fröhlichkeit freien Lauf, die die Stadt samt Umgebung erfasste und überschwemmte und die in jeden Winkel der verstecktesten Gasse und entlegensten Schenke drang. Aus einem seltsamen Traum, in dem plötzlich Adams Gesicht auftauchte, der von Abrasur sprach und vom Annageln einer abgehackten Hand am Galgen – dieses Gesicht, vom Wein gerötet, befand sich unterm Fenster, war Teil des Tausendfüßlers, inmitten des schrecklichsten Lärms öffnete es den Mund, und Johann Ott konnte deutlich jedes seiner frechen und gotteslästerlichen Worte hören –, aus diesem seltsamen Traum erwachte er völlig durchschwitzt und verstört zu einer Stunde, da es Nacht sein musste, doch stand da zitternd ein Licht in den Fenstern. Er trat zum Fenster und sah unter sich die erleuchtete Stadt, von einer Unzahl von Lichtern angestrahlt, und durch die Gassen drängte und wimmelte noch immer der Tausendfüßler, jetzt schon ziemlich schütter und in Auflösung begriffen. Er machte sich auf die Suche nach Dorothea und ihren weißen Schenkeln, mit einem freundlichen Wort wollte er sie zurückgewinnen, aber das Haus war leer. Im Speisezimmer lagen die Reste der hastigen Mahlzeit. Er schenkte sich Wein ein und ging zurück ins Bett. Er lauschte dem Tosen der grandiosen Darbietung, sah zu den hellen Fenstern hinauf, die Ihm zu Ehren erstrahlten, und dachte an Adam, der sich in seinen friedlichen Schlaf weggestohlen hatte.

Irgendwo rösten und spießen sie ihn und entstellen sein Verführergesicht, irgendwo haben sie ihn zusammen mit seinen Mitverschworenen und samt deren Plänen in die Fänge gekriegt. Was für Putschideen und Umsturzpläne schwirren diesen Leuten durch den Kopf, welch sinnlose Auflehnung gegen den lorbeerbekränzten Imperator, den Kaiserkönigherzogfürst? Woher stammt die Behauptung, das Hirn in seinem Kopf arbeite so langsam wie das eines Rindes, wozu der Hohn auf Kosten seines gepuderten Arsches? Über diese Protestierer und Nörgler wird die Geschichte hinwegschreiten, über diese Zecken und Wühlmäuse an Leib und Acker des Kaisertums. Überbleiben wird als Aufzeichnung, dass Verschwörungen geschmiedet und von Nörglern Pamphlete gegen Seine erhabene Person verbreitet wurden, nur das wird bleiben, während jene ihre Knochen in den Kerkern und Gerichtsverliesen lassen werden. Von Ihm, von Ihm aber wird es ganz anders heißen. Von einem weisen und guten Kaiser, der zwar wirklich nichts Besonderes für sein untertäniges Volk getan hat, dafür aber seinem Tausendfüßler ein weiser und guter Regent war. Auch und vor allem mit Hilfe seines beliebten und nützlichen Erziehungsmittels – mit Beil und Hackblock. Er wird ihn einmal in diesen, einmal in jenen Krieg schicken, der Tausendfüßler wird untertänigst hinter ihm herwimmeln und sein Blut für ihn vergießen, wo immer ihn danach verlangt.

So sank Johann Ott wieder zurück in den Schlaf, auf seinen roten Lidern zeichnete sich jener nachmittägliche Reiter ab, der das hiesige Leben so gewaltig verändert hatte, die riesige Perücke auf dem Kopf, die in schönen Locken über seinen Kragen fiel, seine Hakennase, die leicht hervortretenden Augen, in denen sich unter den Pupillen das Weiß der Augäpfel abzeichnete, jene Härchen unter der Nase, dieses Knabengesicht mit der dicken, fleischigen Unterlippe. So schlief er ein, und so wäre das Bild Seiner Majestät vor seinem Auge geblieben, in solcher Erinnerung der historische Tag mit dem Tosen und dem leicht gespannten Wogen des wimmelnden Menschenmeeres.

So wäre es geblieben, hätten die Dinge nicht eine völlig überraschende Wendung genommen. Wäre da nicht der letztrangige Beamte aus dem kaiserlichen Gefolge gewesen, dem im Hause Balthasar Kazelj Locatellis Quartier zugewiesen worden war. Wäre nicht Dorothea gewesen. Und für sie war schon von allem Anfang an klar gewesen, dass sie in dieser Geschichte noch eine überaus erhabene und bedeutende Sendung erwartete. So trat Leopoldus Dei Gratia Romanorum Semper Augustus Germaniae etc. nicht in seinem prächtigsten Bild, auf dem Pferd, umgeben von seinem halb wahnsinnigen Tausendfüßler, aus dem Leben Johann Otts, sondern ganz anders, ganz seltsam, ganz menschlich, ganz nah.

Es geschah aber, dass das Haus am nächsten Morgen, als Johann Ott aus seinem stärkenden Schlaf erwachte, der das letzte schwarze und skeptische Irrlicht aus seinen Gedanken vertrieben hatte, dass das große Haus des Kaufmanns am nächsten Tag völlig verwaist war. Der Hausknecht mistete hinten im Hof den Stall aus, wusste aber nichts zu sagen. Es war leer, und noch immer stanken auf dem Tisch die Reste des Gelages vom Vortag.

Sein Schritt hallte hohl treppauf, treppab, und Johann Ott ging ganz verstört durch die leeren Zimmer, setzte sich auf Dorotheas zerwühltes Bett und versank tief in Gedanken. Was war geschehen? War Balthasar Kazelj Locatelli zurückgekehrt und mit Dorothea und Begleitung irgendwohin abgereist? Hatten sie Adam gefasst, und nahmen sie nun alle Hausbewohner gemeinsam und jeden einzeln in die Mangel? Warum hatten sie dann nicht auch ihn ergriffen? Sein verwirrter Verstand kam diesem Geheimnis, das wie das Resultat einer Pestepidemie hohl und leer aus allen Ecken gähnte, nicht auf den Grund.

Er machte sich auf in die Stadt, die sich müde ausruhte und sich anschickte, sich um der Gegenwart des Imperators willen in neue Vergnügungen zu stürzen. Er suchte nach Bekannten aus Dorotheas Tafelrunde, aber er fand niemanden, denn die Raupe hatte ihre Glieder letzte Nacht gründlich durcheinandergewirbelt. Das Chaos war total. Dieser hatte bei jenem übernachtet, jener war nicht zu Hause, in seinem eigenen Domizil wohnten irgendwelche Zugereiste. Seine Suche war, mit einem Wort, vergeblich.

Er kehrte in das leere Haus zurück und wartete. Ihm blieb nichts anderes übrig.

Gegen Abend belebte sich die Stadt wieder. Die Gassen füllten sich, und Fackelschein beleuchtete das Bett, auf dem Johann Ott lag, nach so langer Zeit wieder allein und zu alledem noch unter so ungewöhnlichen Umständen. Jetzt hielt er es nicht mehr aus. Er ging hinaus in die Schenke und gesellte sich zu den Bauern, die in die Stadt gekommen waren, das große Ereignis zu feiern, zum Besäufnis bis zum hellen Morgen.

Zwei scharfe Pupillen blickten ihn an, als er erwachte. Dahinter war ein heißes Licht, vorn waren zwei grünliche Pupillen, die ihn unentwegt ansahen. Er bewegte sich, und die Pupillen sprangen jaulend weg. Unser Johann Ott war im Straßengraben von einem Hund beschnüffelt worden.

Er ging nicht zurück. Er suchte nicht nach dem warmen Bett und wollte keinen Unterschlupf. Er fürchtete sich vor dem leeren Haus, in dem nur der Hausknecht herumpolterte und aufräumte, er fürchtete sich vor verfluchten, unvorhergesehenen und schwerwiegenden Nachrichten. Deshalb trank er weiter. Und dafür waren die Möglichkeiten unerschöpflich. Denn am dritten Tag kam eine Nachricht, die rasch von Mund zu Mund ging. Seine Hoheit habe beschlossen, ihren Aufenthalt in der Stadt zu verlängern. Der Tausendfüßler war müde geworden, aber solche Tage kamen in hundert Jahren nur einmal, darum wimmelte und vergnügte er sich weiter. Am vierten Tag verkündete der kaiserliche Nachrichtendienst, der Imperator und Rex sei auf der Jagd. Den fünften Tag verbrachte er mit einer Bootsfahrt. Am sechsten Tage ruhte er. Erst am siebten Tag kam die Mitteilung, der König breche auf. Er verschwand fast ohne Abschied. Der Tausendfüßler war beunruhigt und geehrt zugleich. Was ging da vor, dass ihr Herrscher seinen Aufenthalt in der Landeshauptstadt verlängerte und immer wieder verlängerte? Was für eine Ehre war der hiesigen Bevölkerung zuteil geworden! Und warum verschwand er danach so plötzlich, ohne große Feierlichkeiten, fast privat? Nur vom allerhöchsten Landesadel hatte er sich verabschiedet.

Gerüchte liefen um und wucherten. Dringende Staatsgeschäfte hätten ihn hier zurückgehalten. Eine Adelsverschwörung hätte ihn zurückgehalten. Ein Attentäter hätte ihn zurückgehalten, der mit einem Messer zwischen den Zähnen durch sein Fenster gestiegen sei. Krankheit hätte ihn zurückgehalten. Es gab eine Unzahl von Gerüchten.

Die Chronisten und Historiker schweigen sich über den unerwartet langen Aufenthalt des Rex Archidux Austriae etc. in der Landeshauptstadt aus. Bei ihnen findet sich keinerlei Erklärung.

Er war still und leise verschwunden. Allerdings war der Tausendfüßler auch schon so müde, dass er ihm keine wer weiß wie würdige Verabschiedung mehr hätte bereiten können. Die Bauern kehrten nach einigen Tagen in ihre Dörfer zurück, die Kaufleute überschlugen ihren Gewinn, die Schankwirte räumten das zerbrochene Geschirr und die Einrichtung zusammen, die Richter ließen Verdächtigte und Arretierte frei … Der Festtag konnte ja nicht ewig und endlos dauern. Nur die Soldaten, die nichts Rechtes zu tun hatten, denn eine Parade war nicht mehr zu erwarten, nur sie ließen in den frühen Morgenstunden noch ihren Gefühlen freien Lauf. Die letzten auf dem Schauplatz der Geschichte. Die restlichen Glieder des erschöpften und ausgezehrten Tausendfüßlers schleppten sich an ihr Tagwerk oder auf die Lagerstatt.

Auch Johann Ott, verkatert, müde, zerschlagen, verunsichert, neugierig. Auch er, der sich jetzt durch die schwarze Gasse schleppte, über Körbe stolperte, sich mit den Füßen in einem Tuch auf dem Boden verfing, mit den Absätzen auf einem Speichelqualster ausrutschte und sich überhaupt durch diese ganze Schweinerei hindurchkämpfte, die die wimmelnde Raupe nach dem endlosen Fest, dessen sich die Geschichte noch erinnern würde, ausgeschieden und zurückgelassen hatte. Über ihm schwankte und wiegte sich zwischen den schwarzen Dächern ein Stück Morgenhimmel, doch in ihm hämmerten die Fragen. Er würde Antworten erhalten. Er würde Erklärungen erhalten, für die ihm die Historiker und Chronisten dankbar wären, aber was würde sein, wenn die Erklärungen mit ihm in neue Geschicke und neue Lande wanderten, ans Meer und danach in das unendliche Dunkel der Geschichte? Er würde es erfahren und im Gedächtnis bewahren.

Und er erfuhr es. Denn jetzt, bei seiner Rückkehr, war das Haus voller Menschen. Dorothea war zurückgekehrt, die Dienerschaft war zurückgekehrt, in eines der Zimmer hatte sich diese Nacht dem Vernehmen nach auch der Hausherr Balthasar Kazelj Locatelli heimgeschleppt und war im Nu eingeschlafen, erschöpft von der langen und anstrengenden Reise.

So war also doch der Augenblick gekommen, da Johann Ott erfahren sollte, was sich derart Geheimnisvolles zugetragen hatte, da sich alles miteinander aufklären, da die Wahrheit in ihrem objektiven und wahren und hellen Licht erstrahlen würde.

Es waren aber in der Zwischenzeit unerhörte Dinge geschehen.

In den nächsten Tagen fing Dorothea an zu erzählen.

Dorothea erzählte gern. Das war ihr großer Augenblick, eine Geschichte fürs ganze Leben. Solche Geheimnisse konnte sie nicht für sich behalten, obwohl ihr unzählige Male aufgetragen worden war zu schweigen, sonst ... Aber einer Frau vom Schlage Dorotheas so etwas abzuverlangen, das war, als würde man Öl ins Feuer gießen. Die Geschichte füllte sich Stück um Stück. Und sie passte. So sehr passte sie zu dem ganzen Geschehen, dass Johann Ott sie einfach glauben musste. Und so musste jenes glorreiche Bildnis Leopolds Dei Gratia Romanorum Imperator Germaniae etc., auf einem Schimmel reitend und vom Tausendfüßler liebevoll und untertänigst in die Arme geschlossen, einfach in der Versenkung verschwinden. Für immer.

## DIE UNGEWÖHNLICHEN ERLEBNISSE DER DOROTHEA KAZELJ LOCATELLI
## oder
## EIN MÄDCHEN VON UNSERM BLUT, DAS AM KAISERLICHEN HOF DIE FÄDEN ZIEHT UND GESCHICHTE MACHT

An jenem bedeutenden Tag, von dem es später hieß, zu so glänzenden Szenen wäre es in der herzoglichen Hauptstadt nie wieder gekommen, besuchte der Imperator, Rex, Archidux die Messe in der Domkirche und lauschte dem herrlichen Bariton des Bischofs, der sein Te Deum schöner erklingen ließ als auf allen Proben zuvor. Noch diese Formalität brachte er hinter sich, dann wurde er in der sehr strengen und sehr langweiligen Begleitung seines Onkels und zweier äußerst fader

Minister im Bischofspalast einquartiert. Der ganze übrige Haufen vergnügter Begleiter zerstob augenblicklich in die Stadthäuser, wo ihnen Unterkunft und ausgesprochen angenehme Unterhaltung bereitet wurden. Einer der kaiserlichen Beamten, Graf Rossini-Schlossenberg, fand seine Bleibe im Hause Balthasar Kazelj Locatellis, das heißt in Dorotheas Haus. Der wenig ambitionierte Mann, der in der Hofhierarchie ziemlich weit unten rangierte, war mit dem Empfang zufrieden, besonders natürlich mit Dorothea, die an diesem Abend schön war wie nie zuvor. Nach dem Abendessen verabredeten sie sich rasch auf einen Sprung ins Haus eines Stadtrats, wo sich eine noch größere Gesellschaft aus dem kaiserlichen Gefolge versammelt hatte. Dorothea hatte offenbar der Dienerschaft erlaubt, sich an einem so festlichen Abend zu zerstreuen und sich dem allgemeinen Frohsinn anzuschließen. Kein Wunder also, wenn Johann Ott schon am selben Abend, als er erwachte, das Haus leer vorfand. Im Hause des Stadtrats erregte Dorothea die allgemeine Aufmerksamkeit der Gäste. So kam es, dass sie gegen Morgen mit dem Grafen Christopher Starmburger, der allem Anschein nach um einiges bedeutender war als Rossini-Schlossenberg, im Garten saß. Christopher Starmburger lud Dorothea in sein Haus ein, wo sie sich ausruhen konnte, noch am selben Tag machte er sie mit Graf Johann Massheim bekannt, der aber war fast schon der Adjutant des Grafen Lorcia. Minister Graf Lorcia war begeistert von Dorotheas einnehmendem Wesen, besonders von der Fülle, der Grazie und der Intelligenz ihrer oberen Körperpartie, zumindest bis zum Hals. Und dieser Umstand war entscheidend für die spätere Entwicklung des Geschehens. Minister Graf Lorcia wohnte mit dem Kaiser im Bischofspalast, aus dem die Geistlichkeit zu diesem Anlass ausgezogen war. Am Nachmittag des nächsten Tages machte Graf Lorcia den gesalbten Imperator und Archidux des Landes mit seiner Entdeckung bekannt. Er warf es so im Vorübergehen ein, zwischen einem Gespräch über den habgierigen einheimischen Adel, über das Straßennetz und über die Machenschaften der Venezianer. Der Gesalbte war schließlich ein junger Mensch, dem kein Wasser in den Adern floss, wofür nicht zuletzt auch seine leicht vorquellenden Augen mit dem schlüpfrigen Blick sprachen und seine fleischige, ausgesprochen sinnliche Unterlippe, die später im Alter zu einem richtiggehend schweren Stück Fleisch werden sollte, das vom Kiefer herabhing. Trotz seiner Jugend war er aber ein vorsichtiger Herrscher. Lange maß sein Blick den faden Minister, der mit dieser Bemerkung doch etwas im Schilde führen musste. Zumindest wollte er doch wohl einen Vorteil für sich herausholen, wenn nichts anderes. Geschäft hin, Geschäft her, aber das Leben im Bischofssitz war ihm schon gründlich verleidet. Gespräche mit Ministern, die von Feierlichkeiten im Rathaus unterbrochen wurden, ein Gespräch mit den Landständen, Staatsgeschäfte, ansonsten aber die reinste Öde in diesem langweiligen Alpenland, wo das Volk dieser Tage und Nächte aufgrund seiner Anwesenheit völlig von Sinnen war. Er presste sich die Ohren zu, um nicht das schleppende Gejaule zu hören, das sie hier unter Singen verstanden und das von nah und fern ohne Ende aus den Schenken drang. So gewann die Seite seiner Natur, die sein Blick beredt genug preisgab, die Oberhand über die Vorsicht. Er fragte nach Einzelheiten, und in diesem Moment war er bereits in der Hand des Grafen Lorcia und seiner ministerialen Netze. Der Graf kam so schrecklich ins Reden, dass man seinen Wortschwall unterbrechen musste. Schließlich musste er sein Volk doch kennenlernen, auch das hiesige, so wie es wirklich war, aus der Nähe, sozusagen intim.

Von diesem Augenblick an war Dorothea Kazelj Locatelli Staatssache und Staatsgeheimnis Nummer eins. Der Protokoll- und Sicherheitsapparat lief reibungslos. Keine Informationen nach außen, die Öffentlichkeit blieb ausgeschlossen. Die Sache war zu gewagt. Eine Bürgerliche im Bett des Gesalbten, obendrein noch eine Bürgerliche, über die keinerlei Auskünfte mehr eingeholt werden konnten und durften, wollte man das konspirative Verfahren auch nicht im geringsten gefährden. Das Personal des Sicherheitsdienstes, das sich vor eine so unerwartete Aufgabe gestellt sah, murrte zwar – so plötzlich, in so kurzer Zeit, eine gefährliche Sache –, aber der Plan war geboren, der Befehl war da. Es hieß sich an die Arbeit machen. Denn der Kaiser wollte seine Forschungen, das heißt das Studium seiner hiesigen Untertanen, noch diese Nacht vornehmen. Dorothea ahnte nicht einmal, welch erhabene Sendung ihrer harrte und wie viele Menschen in diesem Moment ihretwegen ihrer dienstlichen Pflicht nachkamen. Unsicher trug sie ihren riesigen Haarturm und ihre Federn in der Gesellschaft des gestriegelten und parfümierten Johannes Massheim. Herrlich, jedoch auch bis zum äußersten verunsichert fühlte sie sich auf diesem glatten Parkett, in diesem gleißenden Kerzenlicht, unter den seidenbestrumpften Schienbeinen, zwischen Seide, Schmuck, geschnürten Taillen, und immerzu schien ihr, dass sie trotz ihres bemalten Gesichts, trotz ihres weiten Rocks und ihres üppigen Busens, der, um der Wahrheit die Ehre zu geben, das einzig wirklich Würdevolle an ihr war, dass sie trotz alledem den Schweißgeruch und die schlüpfrigen Reden nicht verbergen konnte, die die reisenden Kaufleute in ihr Haus mitgebracht hatten. Sie spürte, dass ihr in Gesellschaft dieser hohen Kavaliere, von denen sie zu diesem privaten Vergnügen eingeladen worden war, bei dem auch andere Bürger zugegen waren, vornehmlich Bürgerinnen, dass ihr in dieser Gesellschaft, obwohl die Unterschiede zwischen den sozialen Schichten um des gemeinsamen Zieles willen am Ende des Vergnügens ziemlich verwischt waren, der Schweiß auf die Stirn trat. Am liebsten wäre sie fortgelaufen und hätte all diese gepuderten, mit Bändern festgebundenen Perücken, all die Verbeugungen und glatten Konversationen, die nicht imstande waren, geradeheraus oder doch wenigstens ein wenig klarer und einfacher vom Bett zu reden, all das hätte sie am liebsten stehenlassen und wäre zu ihrem Balthasar, das heißt Adam, das heißt Johann Ott gelaufen, meinetwegen auch zu dem welschen Poeten.

Deshalb war sie richtig froh, als man sie plötzlich überaus diskret, unaufdringlich und unbemerkt in ein leeres Zimmer führte. Dort erwartete sie ihr Nachmittagsbekannter, Minister Graf Lorcia, und teilte ihr vertraulich, aber doch ausgesprochen protokollarisch mit, sie sei von diesem Augenblick an Staatseigentum, sie stehe im Dienste einer erhabenen Sendung und könne von nun an nicht mehr über sich selbst verfügen. Sie sei sozusagen beschlagnahmt. Konfisziert. Nein, so etwas hatte sie sich nicht einmal im Traum vorgestellt. Sie sank auf einen Stuhl. Die einen Qualen waren vorüber, doch was kam nun?

Die Dienerschaft habe doch in ihrem Auftrag frei bekommen, zu Balthasar Kazelj Locatelli sei ein Bote unterwegs mit der Nachricht, sie habe eine bedeutende staatspolitische Aufgabe übernommen; ihr Gast, der Kaufmann Johann Ott, über den Ermittlungen im Gange seien, stehe unter Polizeiobservation. Und sie? Sie werde in diesem Augenblick zu einer kurzen Vorbereitung aufbrechen, und dann ans Werk, denn es sei wenig Zeit, am Abend des folgenden Tages würden die Festlichkeiten mit der feierlichen Huldigung ihren Abschluss finden.

Sie hatte keine Zeit zu überlegen und keine Zeit, in Ohnmacht zu fallen. Sie folgte ihren Begleitern, die ihr erklärten, wie sie sich zu verhalten und was sie zu tun habe, allerdings mit einem so hochvornehmen Wortschatz, dass sie damit ganz und gar nichts anfangen konnte. Sie würde sich schon selbst helfen. Wenn es um solche Dinge ging, hatte sie schließlich auch einige Erfahrung. Einiges Wissen. Es ging im Grunde ja doch um nichts anderes, dachte sie, wann ging es denn schon mal um etwas anderes? Und ihr Selbstbewusstsein wuchs.

Als man sie endlich an den Schauplatz des Geschehens führte, stellte sie rasch fest, dass das Hauptmöbelstück hier das Bett war, ein großes, ausladendes Bett, aber eben doch nur ein Bett. Ein ihr durchaus bekannter Kampfplatz. Hier konnte nichts Schlimmes geschehen. Hier fühlte sie sich viel sicherer und weniger ungeschickt als auf dem glatten Parkett unter den parfümierten, geschniegelten und gestriegelten Kavalieren.

Sie schenkte sich vom Wein ein, der auf dem Tisch für das traute Liebespaar bereitstand, und das Zittern in den Händen legte sich. Sie setzte sich auf einen Stuhl und brachte sich in eine möglichst würdevolle Pose. Als sie die vorteilhafteste Stellung gefunden zu haben glaubte, fiel sie in Erstarrung. Aber vom Kaiser und Herrn von Gottes Gnaden war weit und breit keine Spur. Darum schenkte sie sich noch einmal ein und erstarrte wieder. Alles tat ihr schon weh von dieser unbequemen Sitzerei, als sich die Tür endlich doch auftat. Er trat ein, Er in einer Art Spitzengewand und enganliegenden Hosen, aber der Himmel tat sich überhaupt nicht auf, und Engelchen sangen erst recht keine. Leopoldus Dei Gratia Romanorum Imperator Semper Augustus Germaniae Hungeriae Bohemiae etc. Rex Archidux Austriae Dux Burgundiae etc. war leicht betrunken und fing schon beim Eintreten an, sich der Hosen zu entledigen. Sie sah seine blutunterlaufenen und vorquellenden Augen und diese Hosen, die er jetzt in Händen hielt, und in diesem Moment vergaß sie in die Knie zu sinken, wie man ihr aufgetragen hatte. Sie saß da und sah den Rex Archidux Austriae etc. verwundert an, wie er mitten im Raum dastand und die Hosen in Händen hielt und sie mit seinen kleinen Pupillen mitten in den großen, rot angelaufenen Augäpfeln anglotzte.

Der Dux Burgundiae etc. stand da und wartete, dass sie sich rühren würde, aber sie rührte sich keineswegs, wie eine Barockfigur saß sie auf dem Stuhl, und auf einmal lief seine Hoheit rot an. Er zog sich die Hosen wieder an. Schritt durch den Raum. Goss sich Wein ein. Trank. Schwieg. Dachte nach. Was sollte er tun? Sollte er den Minister rufen, damit der dieser Frau sage, sie müsse sich ausziehen, dass sie nur wegen dieser Sache und wegen nichts anderem hier sei?

– Nun, sagte er dann immerhin, was ist jetzt?

Dorothea gab keine Antwort. Etwas Eigenartiges stieg in ihr auf, und sie erkannte sich selbst nicht wieder. Ein schrecklicher Trotz bemächtigte sich ihrer, ein unheimlich gefährlicher, widersetzlicher Gedanke hämmerte in ihrem Hirn.

– Nun, fing der Imperator Augustus Hungeriae erneut an, ziehst du dich nun aus, oder was?

Ein Teufel trieb in Dorothea seinen Schabernack, sodass sie einfach halsstarrig vor sich hinsah und gar nichts sagte und gar nichts tat. Etwas stieg in ihr auf, ein Was-soll-denn-das-Heißen, sie würde sich schließlich nicht zum ersten Mal ausziehen, aber doch nicht so!

– Was gaffst du denn? brüllte der Imperator Bohemiae plötzlich los, so plötzlich, dass ihm ein Schluck Wein in die falsche Kehle geriet und er wild zu husten begann.

Als er wieder Luft kriegte, stürzte er zur Tür und riss sie mit einem Krachen auf.

– Graf Lorcia, brüllte er in seinem Imperatorenzorn, werft diese verfluchte Hure hinaus. Und bedenkt die Folgen, setzte er etwas ruhiger hinzu, als er das verschreckte Gesicht seines Ministers erblickte.

Dorothea sah, wie Wände und Boden vor dem schrecklichen Herrscherzorn ins Wanken gerieten, sie spürte den Zerfall des Kosmos in diesem Raum, schaudernd vor ihrem gotteslästerlichen Widerstand erhob sie sich und stützte sich auf den Tischrand. Graf Lorcia stand in der Tür und durchlöcherte sie mit seinen Blicken, einmal voller Flehen, dann wieder hinter dem Rücken des Kaisers dort am Fenster mit Grauen in den Augen. Er trat zu Dorothea und packte sie mit wütender Geste am Ellbogen. Er stieß sie zur Tür, doch in diesem Augenblick ging wieder ein Ruck durch das Haupt des Gesalbten.

– Halt, schrie er, wie behandelt Ihr die Frau?

Die berühmte fleischige Unterlippe erzitterte in gerechtem Zorn.

– Wo stoßt Ihr die Frau hin, stotterte er vor Aufregung, warum stoßt Ihr sie, wer hat gesagt, Ihr sollt die Frau stoßen?

Es ist kaum anzunehmen, dass der Herrscher über das unkorrekte Vorgehen des Ministers derart erbost war, ihm war wohl der schnelle Gedanke durch den Kopf geschossen – immerzu musste er schnell denken –, dass er diese Nacht am Ende noch allein würde verbringen müssen, mit Wein oder aber mit diesem gefährlich fähigen und gefährlich schleimigen Menschen, der Tag und Nacht seine politischen Pläne und Ränke schmiedete.

Und es ist ebenfalls kaum anzunehmen, dass Dorothea die plötzliche Geneigtheit des Herrschers anders verstand als eine Geneigtheit, die zugleich schon Schwäche bedeutete. Denn jetzt flog statt ihrer der Minister aus dem Zimmer, und diese Tatsache muss ihr doch Selbstvertrauen eingeflößt haben. Schließlich bedeutete es gewissermaßen eine Bestätigung ihres bisherigen Verhaltens. Wie man mit Männern richtig umging, hatte sie doch schon immer gewusst.

So glaubte sie.

Und somit blieb sie.

Aber die Dinge liefen auch jetzt nicht so glatt und einfach, wie sie sollten. Dorothea zog sich tatsächlich aus, nicht ganz, gerade so viel, dass des Imperators Unterlippe wieder mächtig zu zittern begann. Aber in dem Augenblick, als sie zum Bett trat und die Decke zurückschlug, schrie sie auf vor Grauen. Drinnen lag ein kleines Wesen, ein richtiger lebendiger toter Homunkulus mit einem Bart und mit Haaren zwischen den Beinen. Der Archidux, der jetzt schon wieder die abgeknüpften Hosen in Händen hielt, suchte sie zu beruhigen.

– Er ist ja nicht lebendig, sagte er. Einbalsamiert, aus Indien, verstehst du, mein Beschützer und Talisman, immer bei mir, stotterte er und versuchte mit der einen Hand die schluchzende Dorothea zu streicheln und zu beruhigen, während er mit der anderen die Hosen hielt.

Nein, das brachte Dorothea nicht fertig. Das war auch für sie zu viel. Sich ins Bett zu legen zu diesem seltsamen behaarten Zwerg, zu diesem lebendigen toten Homunkulus, der durch etwas Merkwürdiges, eine Chemikalie oder so, zusammengeschrumpft war, sodass er nun so winzig dalag und seine Augen leer vor sich hinstarrten.

– Nein, sagte Dorothea, Majestät mögen vergeben, aber in Gesellschaft dieses Leichnams kann ich nicht, wie soll ich sagen, verkehren.

Der Archidux Austriae zog sich nun schon zum zweiten Mal die Hosen wieder an.

– Hör zu, sagte er mit einer Stimme, in der nun schon etwas mitklang, hör zu, immer werde ich dir aber nicht nachgeben. Wer bist du denn, dass du dich nicht mit mir hinlegen willst? Und seine Worte, die wirklich überzeugend und machtvoll klangen, wurden noch verstärkt durch den Lärm der Manifestationen und Lustbarkeiten, die draußen den Tausendfüßler in Bewegung hielten. Durchs Fenster drangen Singen und Rufen, das Bersten von Krügen und der Widerhall ferner Schüsse.

– Ich will ja, sagte Dorothea, ich will mich ja mit Euer Gnaden hinlegen, aber nicht, sagte sie, aber nicht mit diesem seltsamen Geschöpf.

– Mit beiden, brüllte da der Imperator in schrecklichem Zorn, mit beiden.

Doch in Dorothea war der weibliche Stolz erwacht.

Sie wollte nicht. Mit beiden würde sie nicht schlafen. Sie ließ ihn nicht.

Jetzt verlor der Herrscher und Kaiser von Gottes Gnaden völlig die Kontrolle über sein Tun. Vor seinen Augen leuchtete noch die Pracht dieses fülligen Barockbusens, den er kurz zuvor gesehen hatte, jetzt aber war das alles schon wieder verhüllt und unbotmäßig und widerspenstig. Mit beiden Händen packte er Dorothea bei den Schultern und versuchte sie aufs Bett zu drücken. Die Frau war allerdings viel kräftigere Griffe und ebensolche Angreifer gewöhnt, sie drückte ihm die offene Hand ins Gesicht und stieß ihn von sich. Der Imperator Dei Gratia Romanorum Imperator etc. schnaubte wie ein

Stier auf sie los und verfing sich mit Händen und Kopf in ihren Gewändern, sodass sie sich nicht von ihm befreien konnte. Sie rangelten hin und her durch den Raum, in ein wütendes Knäuel verwickelt, keuchten und schluchzten und traten und bissen sie, am Boden und an die Wand gedrückt. Der Kampf war grimmig und beharrlich. Der Kaiser war den Tränen nahe.

– Du lässt mich jetzt, schluchzte er ohnmächtig und versuchte den Kleiderberg, in den er sich verwickelt hatte, von ihr und von seinem Kopf herunterzuziehen, du lässt mich jetzt.

– Nein, zischte Dorothea durch die Zähne, ich lass dich nicht, und zog mit außergewöhnlicher Kraft seine wühlenden Hände fort.

An der Tür klopfte es vorsichtig. Jemand hatte das Klirren der Krüge gehört, die bei diesem hartnäckigen Ringen auf den Boden gescheppert waren. Man fürchtete um seinen Herrscher. Es könnte ein Attentat sein. So etwas war immer möglich.

Sie fuhren auseinander und brachten schwer atmend ihre Kleider in Ordnung.

– Kann ich mit etwas dienen? meldete sich draußen diskret Graf Lorcia.

– Nein, keuchte der Imperator, denn etwas Längeres und Deutlicheres konnte der Atemlose nicht artikulieren.

Eine solche Niederlage hatte der Archidux Austriae etc. noch nicht erlebt. Draußen lärmte sein ihm ergebenes Volk, in diesem Augenblick schlugen seine Soldaten irgendwo in Bosnien auf den Türken ein, in diesem Augenblick seufzten seine Gegner in den Kerkern und dachten an ihr ungewisses Morgen, in diesem Augenblick war er einer der größten Herrscher Europas. Er aber hockte hier und stopfte sich mit zittriger Hand das Hemd in die Hose und keuchte und wischte sich die Schweißtropfen von der Stirn. Und auf der anderen Seite diese nichtswürdige Krämersfrau, die ihm der verdammte Graf Lorcia – Gott steh' ihm bei – angeschleppt hatte, damit sie ihn demütigte und quälte und vielleicht sogar umbrachte. Mit Grauen erkannte er die Lage, in der er sich befand. Das war ein ganz schrecklicher Sturz, und dies hier war der abgrundtiefe Boden seines Sturzes.

Diese Nacht schlief Dorothea im Bischofspalast. Graf Lorcia zeigte ihr das Zimmer und drehte hinter ihr den Schlüssel herum. Vor

Angst und Verzweiflung liefen ihm Ameisen über den Rücken. Schließlich hatte er diese Suppe eingebrockt. Er würde zu leiden haben um des Kaisers willen, der jetzt das Mobiliar in seinem Zimmer zerschlug und in ohnmächtigem Zorn auf und ab lief. Als er die Sache aber so recht durchdachte, erkannte Graf Lorcia, dass sich seine Position nicht verschlechtert hatte, im Gegenteil, alles deutete darauf hin, dass sie sich sogar bald noch verbessern würde. Denn seine Diplomatie würde auch diesmal vonnöten sein. Jetzt kühlte der wütende Imperator seinen Zorn und linderte den Schmerz der ihm widerfahrenen Katastrophe, aber wenn er sich beruhigt haben würde, was dann? Dann würde der Kaiser Dorothea haben wollen, und er würde sie kriegen, koste es, was es wolle. Mit so einer Niederlage auf der Seele würde er diese Stadt nicht verlassen.

So kam es. Graf Lorcia musste bald in diplomatische Aktion treten. Es begannen lange und ermüdende Verhandlungen. Er ging vom Kaiser zu Dorothea und zurück. Er versuchte sie zu überreden. Die Verhandlungen waren nicht leicht. Dorothea war von schrecklichem Starrsinn gepackt. Sie wollte und wollte nicht nachgeben.

– Der Zwerg oder ich, sagte sie. Einer muss aus dem Bett.

Aber auch der Kaiser konnte nicht einfach so den Rückzug antreten.

– Mit beiden, sagte er, mit beiden. Allerdings war das leichter gefordert als durchgesetzt. Der Minister geriet ins Schwitzen. Mit allem Geschick und allen Versprechungen versuchte er Dorothea zu überzeugen. Er bettelte. Drohte. Versuchte sie zu erweichen.

Gegen Morgen ließen auch seine Nerven nach. Er trat zum Kaiser, der am Tisch saß. Sein Kopf hing ihm auf die Brust, der Wein floss ihm übers Kinn, leer und ohne Hoffnung auf den Sieg sah er vor sich hin.

– Vielleicht würdet Ihr, begann er zögernd, vielleicht würdet Ihr gestatten, sagte er, einen gewissen Jemand zu rufen.

Der Dux Burgundiae etc. hob den Kopf. Leicht benebelt, leicht abwesend sah er zu ihm auf.

– Ich meine, wir sollten sie, sagte der Minister, wir sollten sie ein wenig unter Druck setzen. Ein klein wenig Gewalt, sagte er, nicht zu sehr, gerade so viel, dass sie ein wenig weich wird.

Der Kaiser schüttelte ablehnend den Kopf.

– Nein, sagte er, das ist nichts. Sie wird uns von allein zu sich lassen, sagte er, sie wird von allein in dieses Bett kriechen.

Er hörte seine eigenen Worte, wie sie irgendwo fern im Raum widerhallten, er sah, wie durchs Fenster ein neuer historischer Tag seiner Regierung heraufzog, er dachte daran, was für ein humaner Herrscher er doch war, und zufrieden mit seiner Entscheidung sank er in schweren, trunkenen Schlaf.

Die Fortsetzung verlief dramatisch. Die Ereignisse entwickelten sich, wie sie sich nicht hätten entwickeln dürfen. Das Rad der Geschichte war aus dem Geleise geraten.

Zuerst entstand Verwirrung in Verbindung mit dem Vormittagsempfang des heimischen Adels. Eine Reihe überaus ernsthafter Staatsgeschäfte hätte auf dieser Sitzung mit den örtlichen Mächtigen erledigt werden müssen. Besitzstreitigkeiten waren zu schlichten, die durchaus keine geringfügigen waren, ging es doch um riesige Ländereien mit Hunderten von Seelen; einige Privilegien waren aufzuheben, andere zu erteilen; in einem Rechtsstreit war zu entscheiden, den die Befehlshaber der Grenztruppen wegen nicht ausgezahltem Sold angestrengt hatten … All diese und andere Dinge hätten erledigt werden müssen.

Doch der Herrscher war nicht da. Obwohl seine Minister die Entscheide schon vorbereitet hatten, wäre seine autoritative Anwesenheit vor diesen selbstgefälligen und dickschädeligen, gefräßigen Grundbesitzern unbedingt erforderlich gewesen. Der Herrscher aber war nicht da, denn durch keine Macht der Erde war er zum Verlassen des Bettes zu bewegen gewesen. Als er endlich doch auf den Füßen stand, hatte er einen solchen Kater, dass er wirklich zu keiner wie immer gearteten weisen oder gerechten Handlung fähig war.

Der Empfang wurde, zwar unter dem Murren der Grundbesitzer, auf den Nachmittag verlegt, dadurch geriet jedoch das ganze protokollarische Gebäude für diesen Tag ins Wanken. Auf die Nachricht hin, der Kaiser fühle sich aufgrund der anstrengenden Reise nicht wohl, begannen seine Organisationsstäbe mit voller Kraft zu arbeiten. Die feierliche Huldigung, mit der der Besuch zu enden hatte, wurde auf den nächsten Vormittag verlegt, und damit auch die festliche Abreise.

Zugleich leitete Minister Graf Lorcia mit seinen engsten Mitarbeitern die diplomatische Schlacht auf dem entscheidenden Gebiet ein. Der sich um Dorothea schlingende Knoten musste durchschlagen werden, vorher würden die Dinge nicht weitergehen. Er ordnete sofortige Ermittlungen an, in der Hoffnung, er werde mithilfe einer geschickt genützten Information aus Dorotheas reichhaltiger Biographie ihre Halsstarrigkeit erschüttern. Daneben versuchte er sie mit kostbaren Geschenken nachgiebig zu stimmen. Das eine wie das andere war vergeblich. Als er die angeforderte Auskunft in Händen hielt, kam ihm das Grausen. Wenn der Imperator erführe, mit was für einer Person er ihn verkuppelt und in welche anhaltende Gefahr er seine Reputation gebracht hatte, würde es mit seiner Karriere vorbei sein. Darum schwieg er. Angesichts der Geschenke fragte Dorothea nur:

– Sie wollen mich wohl bestechen? Daraus wird nichts. Den Zwerg hinaus, dann können wir darüber reden.

Inzwischen hatte man den Kaiser so weit zu sich gebracht, dass er der wichtigen Zusammenkunft beiwohnen, den Berichten zuhören und einige Anordnungen erlassen konnte. Am Abend stand eine Bootsfahrt mit Musik auf dem Programm. Bevor er ging, befahl er Graf Lorcia:

– Diese Nacht muss es sein. Und zwar freiwillig, betonte er.

Diesmal war dem Minister das Glück hold. Bei Dorothea hatte er zwar nichts ausgerichtet – sie begann zu weinen und verlangte, nach Haus entlassen zu werden –, doch dafür kehrte der Kaiser durch Gottes Gnade so betrunken zurück, dass er diese Nacht glatt durchschlief.

Aber am nächsten Morgen, wieder mit schmerzendem Kopf, rief er ihn gleich. Ob alles vorbereitet sei.

Der Minister konnte leider nicht bejahen. Der Kaiser hatte einen viel zu argen Kater, um ihn auf der Stelle hinauswerfen oder den erstbesten Gegenstand, der ihm in die Finger käme, zertrümmern zu können.

Wieder wurden feierliche Huldigung und Abreise verschoben. Es erschien der Chef des Nachrichtendienstes und fragte mit devoter Stimme, in der aber auch leichter Unwille mitklang:

– Was sollen wir der Öffentlichkeit mitteilen? Das Volk ist beunruhigt.

– Was kümmert mich das? knurrte der Rex Austriae etc. Meldet, ich sei auf der Jagd.

– Aber, beharrte der Chef des Nachrichtendienstes weiter, wenn Ihr mir diese Bemerkung nicht verargt: Wenn Majestät nicht auf der Jagd sein werden, so wird man das erfahren.

Er flog zur Tür hinaus. Und Majestät mussten auf die Jagd. Es gab keine andere Wahl. Der ganze Hof schüttelte den Kopf. Eine Jagd mitten am Vormittag, so plötzlich. Mitten in dieser Stadt steckte man fest, unter diesen rotgesichtigen Bürgern, diesen Hinterwäldlern, die ihre schleppenden Lieder jaulten. Die Abreise wollte und wollte einfach nicht stattfinden.

Minister Graf Lorcia saß in der Tinte. Pausenlos konferierte er mit seinen Mitarbeitern und brütete, wie man Dorothea unter den Kaiser bringen könne oder auf ihn oder wie auch immer, jedenfalls aber in sein Bett unter Assistenz des behaarten Zwerges. Der Sicherheitsdienst hatte ihm unangenehme Informationen geliefert. Die Stände und Stadträte murrten. Die Kosten des kaiserlichen Aufenthalts wuchsen zu riesigen Summen an, aber die feierliche Huldigung wurde von einem Tag auf den anderen verschoben. Das Gefolge flüsterte von einer schlimmen Krankheit, wenn nicht gar von einem Anflug von Gemütsverwirrung des Herrschers. Die Staatsgeschäfte ruhten. In den Küstenlanden wartete man auf die Meldung der Ankunft. Überall war der Empfang vorbereitet. Die Geheimgesandten der Republik Venedig, die sich mit dem Kaiser in einem kleineren Ort am Weg treffen sollten, erklärten, sie würden nicht länger warten. Noch vergnügte sich die Menge, aber die Fröhlichkeit ebbte allmählich ab. Im Tausendfüßler gab es Massenbesäufnisse. In den Gasthäusern liefen die ungewöhnlichsten Gerüchte um. Eines besagte: Ein Attentäter hat den Kaiser verwundet, die Verschwörer sind verhaftet.

Minister Graf Lorcia entschloss sich, rasch zu handeln. Informationen unters Volk streuen von wichtigen Staatsgeschäften, die den Kaiser zurückhielten. Schrecklicher Streit mit dem Sultan. Das würde zünden. Das Volk hasste den Türken. Die Konspiration um Dorothea war mit aller Gewalt aufrechtzuerhalten, allerdings mit einer

Ausnahme: Einige der angesehensten Stadträte waren unter dem Eid der Verschwiegenheit zu einer Beratung einzuberufen. Es gab keine andere Wahl. Ihm gingen die Ideen aus. Vielleicht wussten sie, wie man Dorothea herumkriegen konnte. Die Sitzung verlief stürmisch. An ihrem Ende lag ein Beschluss vor. Sofort einen Eilkurier nach Balthasar Kazelj Locatelli schicken. Der musste sie überreden.

Aber bis zu seinem Eintreffen konnte man nicht die Hände in den Schoß legen. Noch einmal ging er zu Dorothea. Spielte sie, oder war sie in ihrem schrecklich verwirrten Starrsinn jetzt wirklich schon leicht übergeschnappt? Sie faselte etwas von Frauenehre, die unantastbar sei. Drohte mit Skandal.

Er dachte, er würde sie ohne Wissen des Kaisers ein wenig seinen Männern überantworten. Oh, wie würde sie dann in das Bett hüpfen, zu diesem verdammten Zwerg, den sich Seine Majestät erkoren und in den Kopf gesetzt hatte, genau wie sie ihre sogenannte Frauenehre. Diese Hure würde noch ein böses Ende nehmen. Das schwor er sich. Dafür würde sie bezahlen. Nur sollte erst mit diesem Tollhaus Schluss sein.

Der fünfte Tag des Belagerungszustands brach an. Von Balthasar Kazelj Locatelli gab es weit und breit keine Spur, doch dafür schritten die Verhandlungen unerwartet rasch voran.

Der Zwerg dürfe nicht im Bett sein, er sollte auf einem Stuhl am Fenster sitzen. Das Gesicht vom Bett abgekehrt, hatte Dorothea gefordert. Der Imperator sollte nicht betrunken sein und nicht mit aufgebundenen Hosen herumlaufen, stellte Dorothea eine neue Bedingung.

– Akzeptiert, meldete Minister Lorcia, obwohl er sich mit einer solchen Forderung selbst einem stockbetrunkenen Kaiser nicht unter die Augen gewagt hätte.

Niemand dürfe angesichts der unglücklichen Ereignisse der letzten Tage irgendwelche Folgen zu tragen haben, verlangte Dorothea vom Vermittler, weder ihr noch Balthasar noch jemand anderem dürfe etwas geschehen, das Ansehen des Hauses dürfe keinen Schaden nehmen, es müsse Schadenersatz geleistet werden. Auch diesmal bediente sich Graf Lorcia einer diplomatischen List. Er versprach auf eigene Faust Wiedergutmachung. Zähneknirschend.

Dorothea nahm sich noch etwas Zeit zum Überlegen. So schnell konnte sie nicht nachgeben. Aus dieser Schlacht würde sie mit erhobenem Haupt hervorgehen. Der Minister aber raufte sich die Haare. Das Chaos war perfekt, und die Verwirrung wuchs. Vielleicht würde wegen dieser Besessenheit des Kaisers oder aber wegen seiner, Lorcias, Voreiligkeit und Unüberlegtheit oder wegen dieses verrückten Frauenzimmers noch irgendwo ein Aufstand auflodern oder ein lokaler Bürgerkrieg ausbrechen.

Erst am Abend des fünften Tages wehte über Dorotheas Festung die weiße Fahne. So unbedingt, wie sie sich aufgelehnt hatte, so selbstverständlich fand sie sich jetzt zur Zusammenarbeit bereit. Mit ruhiger Hand ordnete sie ihr Haar, als der Minister, ganz erbarmenswert, ganz unausgeschlafen, mit geschwollenen Lidern und ausgelaugt, sie holen kam.

Auch Leopoldus Dei Gratia Romanorum Imperator Semper Augustus Germaniae Bohemiae etc. war auf den Hund gekommen. Er saß auf dem Stuhl und sah gebrochen vor sich hin. Wie viele Nächte, wie viele Monde waren vergangen, seit er jenen barocken Busen, dieses verführerische Lachen, dieses graziöse erste Auskleiden, diesen Widerstand, der ein echtes Weib mit echter weiblicher Würde und Stolz verriet, zum ersten Mal erblickt hatte, wie viele Nächte, seit ihn Dorothea mit einem Blick oder Trank oder sonst was bestrickt hatte! Er saß dort auf dem Stuhl und wartete, wann es nun doch endlich klopfen würde. Den ganzen Nachmittag wartete er. Dann kam sie. Er war betrunken und hatte seine Hosen aufgebunden.

Dann legten sie sich hin, so einfach, als kämen zwei alte Liebende zusammen.

Morgens hielt Dorothea den Zwerg im Schoß. Sie lachte und sagte, er sei ja gar nicht so grauslich. Ein richtig süßes Püppchen sei er.

Am sechsten Tag brachte der Kaiser die feierliche Huldigung im Rathaus hinter sich. Alle atmeten auf. Es folgte ein prächtiges Abendessen. Der Archidux Austriae etc. verließ es bald. Er müsse sich vor der Reise ausruhen. Aber er ruhte nicht. Er wurde von Dorothea erwartet, die sich die Zeit damit verkürzte, den Zwerg umzukleiden.

Am siebten Tag reiste er in aller Stille und ohne große Feierlichkeit ab. Die Staatsangelegenheiten liefen wieder an. Das Räderwerk der Geschichte schnurrte wieder im alten Geleise. Aufhetzer, die Lügenmeldungen über des Kaisers Verweilen in der Stadt verbreiteten, wurden eingesperrt. Einige Verschwörer älteren Datums wurden begnadigt. Die venezianischen Gesandten waren nicht abgereist. Weder Aufstand noch Krieg waren ausgebrochen. Minister Graf Lorcia schlief 24 Stunden.

# 15

*Wer steht da unterm Fenster? Wer spuckt mit Samenkörnern? Panik in dumpfer Nacht. Flucht. Stechapfel. Im Innern dröhnt es, und bis an den Horizont hallt das Land wider von einem mächtigen Tosen, das von der Erde bis zum Himmel reicht.*

Einige Tage nach diesen Ereignissen tauchte auch Adam wieder auf. Er war zerknautscht und zerdrückt, aber lebendig und heil. Johann Ott freute sich über die bleiche Erscheinung. Sie hatten ihn nicht in die Zange genommen. Etwas Endgültiges und Bedeutendes hatte seine geheime Gruppe allem Anschein nach aber auch nicht zustande gebracht. So viele Sorgen, sagte Johann Ott, und so viel Angst wegen ein paar unfähiger Debattierer. Pamphlete verbreiteten sie und klopften bis spät in die Nacht ihre leeren Sprüche. Keine einzige Tat. Adam war schlechter Laune. Am liebsten hätte er auf alles in seiner Nähe eingebissen. Auf die sarkastischen Bemerkungen seines Freundes antwortete er nicht. Nur als er von der ungewöhnlichen Geschichte Dorotheas erfuhr, wurde er wild.

– Wie konntest du, schrie er, wie konntest du zulassen, dass sich *unser* beider Frau zum Puderarsch legt? Auch Balthasar griff er an. Er hielt ihn am Kragen und hauchte ihn mit seinem weinschwangeren Verschwöreratem an: Du Streber von einer Krämerseele, keuchte er, schämst du dich nicht, dass deine Frau so schamlos herumludert?

Balthasar Kazelj Locatelli schüttelte seinen Griff ab und ordnete seine Kleider.

– Ich bin stolz darauf, erklärte er feierlich, sie haben sogar einen Extrakurier nach mir geschickt.

So lief das Leben im angesehenen Hause Balthasar Kazelj Locatelli in seinen alten Bahnen weiter, wie alle anderen Dinge in der Provinz und im Reich auch. Nur Kaufmann Krobath fehlte noch, und die Handelstruppe hätte ihre Reisen auf den weiten Landstraßen wieder aufnehmen können. Johann Ott zog es wieder hinaus. Aber seine Eile war ganz überflüssig. Gar zu bald schon sollte er, auch gegen seinen Willen, wieder hinaus müssen auf die Straße.

Er hatte sich kräftig verrechnet, wenn er glaubte, seine indirekte Begegnung mit dem großen Herrscher würde ohne Folgen bleiben, jene merkwürdige Nacht würde ohne Folgen bleiben, als er bei Mathilde die Schriftstücke gesehen und sie gewürgt und dann so rasch verlassen hatte. Am meisten aber täuschte er sich, wenn er glaubte, es sei Schluss mit seinen Verbindungen zu der häretischen Bruderschaft, die er zwischen den Frauenschenkeln so unverantwortlich vergessen und verraten hatte. Zwar war ihm hin und wieder in später Nacht- oder früher Morgenstunde der Gedanke an seinen Bund gekommen, ein Gedanke, der in seinem Innern kurz aufgebleckt war und zugeschnappt hatte, der aber von den wohltuenden Umarmungen weißer Laken und weiblicher Körper rasch fortgespült und erstickt worden war.

Wer eine solche Vergangenheit hatte und solche Bindungen wie Johann Ott, der konnte nicht so einfach in bürgerlicher Bequemlichkeit und Sorglosigkeit untertauchen. Der musste seine Flucht und seinen hoffnungslosen Kampf fortsetzen bis zum letzten Atemzug. Bis an des schwarzen Grabes Gruft.

Das Netz um Haus und Gesellschaft Balthasar Kazelj Locatellis war schon längst geknüpft. Der gute, ehrbare und angesehene Mann konnte nicht wissen, was für eine Otternbrut er an seinem Busen nährte. Der Richter und einige Stadträte hatten längst schon mehr über die beiden Patrone wissen wollen, die in dem Haus des Kaufmanns müßig herumsaßen, nachts umherschlichen und das örtliche beschauliche Leben störten. Die Ereignisse vor und während der Ankunft Seiner Majestät hatten dieses Interesse zurückgedrängt, doch zur selben Zeit begannen sich die Dinge auch schon wieder zu entflechten, und die Schlinge zog sich allmählich zu. Es kam von mehreren Seiten. Der Organisationsapparat, der auf verschiedenen Ebenen gegen jegliche illegale, terroristische und häretische Betätigung kämpfte, arbeitete zugegebenermaßen nicht gerade zügig, er ermittelte nur langsam, seine Schlüsse waren oft unbestimmt und vage, dafür aber funktionierte er mit seiner langsamen Stetigkeit zuverlässig. Dorotheas Angelegenheit hatte die Gesellschaft in den Brennpunkt der Aufmerksamkeit gerückt und den Grund für die Untersuchung gelegt.

Es kam, als er es am wenigsten erwartete.

Eines Nachts weckte ihn mitten im friedlichen Schlaf eine zittrige Hand auf seinem Gesicht. Sie tastete über Schläfen und Haare, kroch ihm über die Augen, als wollte sie ihm etwas Warmes und Freundliches tun, als wollte sie ihn friedlich wecken. Er spürte das Kriechen dieser Finger über den Augenlidern, und in plötzlichem Selbstverteidigungsdrang packte er die Hand am Gelenk. Mitten in der nächtlichen dumpfen Stille hörte er ein aufgeregtes Flüstern. Über ihm röchelte ein glühendes Gesicht. Durch das Dunkel der Nacht erahnte er den aufgeregten Kloß von Adams Gesicht vor sich. Im Nu war er wach. Adam zog ihn hinter sich her zum Fenster. Mit dem Finger zeigte er unruhig zum Ende des Nachbarhauses. Dort trat gelangweilt ein Schatten von einem Bein aufs andere. Ganz ruhig ging er dann auf und ab, blieb stehen, wartete, langte in die Tasche nach irgendwelchen Samenkörnern, spuckte, zeichnete mit dem Fuß irgendwelche Figuren in den Boden.

– Schon die zweite Nacht, flüsterte Adam, Beschattung.

Im Plexus regte sich etwas, und frostig sickerte es ihm die Wirbelsäule hinunter. Angst. Angst durchlief Körper und Geist. Sie setzten sich aufs Bett wie zwei müde und besorgte Liebende und schwiegen. Schwiegen inmitten der dumpfen Nacht, jeder mit seiner Hoffnung und jeder mit seiner bohrenden Sorge, die im Innern bebte und raste.

Lange hatte er es geahnt, lange hatten nachts gefährliche und zweifelnde Gedanken in ihm ihre Wege und Warnungen gefurcht und gekerbt. Jetzt war es soweit. Der Verstand drang zu keiner klaren Erkenntnis durch. Warum? Wer? Wen? Wen verfolgten sie, wen wollten sie in die Fänge kriegen? Wieder erstand in ihm die Erinnerung an die Begegnung kürzlich mit jenem toten und zitternden Stück Papier, die Begegnung mit dem seelenlosen Tarif. Stärker als jede eigene Erfahrung, stärker stürmte und wütete die innere Unruhe, stärker noch jagte und trieb in dieser Nacht jenes Stück Papier das schreckliche und dumpfe Hämmern des Herzens. Dieses Papier, das davon zeugte, dass auf jener Seite, ja, schon auf der anderen Straßenseite, wo diese Gestalt mit dem Fuß etwas in den Boden zeichnete und mit Samenkörnern spuckte, dass sich dort nun einmal nichts Vernunftbegabtes befand und kein Gedanke, der auf einen Gedanken antwortete, dass sich dort ein eiskalter und ungerührter und eingespielter Apparat befand, der seiner Aufgabe ohne jede Vernunft und ohne jedes Gefühl nachkam. Und sie zu Ende führte. Nur diese Aufgabe existierte, dieses längst in die Welt gesetzte administrative Verfahren, das vor diesen oder jenen Lampretič führen würde.

Die Nadelstiche der Angst stachen und stachen. Den ganzen Tag und ohne Schlaf bis tief in die Nacht.

In der folgenden Nacht wurde das Haus von Panik ergriffen. Sie standen an den Fenstern und hielten Ausschau, sie sahen nach diesem Schatten, der da einfach hin und her ging und nicht die geringste Absicht hatte, sich zu entfernen. Adam fluchte; Verrat, ein verfluchter Spitzel hatte die Pamphlete verraten, wenn nicht noch mehr. Locatelli jammerte:

– Was geht hier vor, wessen haben wir uns schuldig gemacht, wir unschuldig ehrbar gottkaiserregierungsuntertanen Menschen?

Dorothea sagte etwas über Minister Lorcia:

– Dieses Schwein, dieser verlogene Speichellecker.

Johann Ott schwieg.

Das schlechte Gewissen nagte an ihm.

Wozu und wegen wem stand dieser Schatten an der Ecke?

Wegen Adam? Vermutlich wegen Adam. Seine Prahlsucht und sein Krakeelen in den Gasthäusern mussten einmal zu einem jämmerlichen Ende führen. Sein nächtliches Treiben außer Haus. Seine Pamphlete. Überhaupt, seine Umstürzlergesellschaft, die wer weiß was für Greueltaten in finsterer Nacht plante. Überhaupt, seine ganzen Verbindungen, die wer weiß wohin und wie hoch hinaufreichten.

Wegen Dorothea? Vermutlich wegen Dorothea. Allzu weit war sie gegangen mit ihrer traurig-lächerlichen Geschichte, mit ihrer weiblichen Aufgeblasenheit, mit ihrem Dünkel. Warum hatte sie nicht nachgegeben, warum hatte sie ihn nicht einfach gelassen? Warum hatten ihretwegen Staatsgeschäfte auf den Kopf gestellt, warum hatte in aller Eile nach ihrem Mann geschickt werden müssen? Welcher Teufel war in sie gefahren, dass sie mit diesem schleimigen gefährlichen Minister verhandelt und sich mit ihm angelegt hatte?

Wegen Johann Ott? Ganz sicher wegen Johann Ott. Irgendwer hatte Details ausgegraben. Irgendwer hatte sein Leben durchgekämmt und überprüft. Irgendwer hatte alles durchschaut und herausgekriegt. Was band und klammerte ihn an dieses Haus, an diese Frauen, zu diesen Zeiten, zu diesen unruhigen Zeiten, wo sie jeden verfolgten und jeden auf ihren Geheimkonzilien überprüften? Über jeden wussten sie Bescheid. Dieser hatte menschliche, jener geistige Verbindungen. Dieser plante ein solches, jener ein solches Verbrechen.

Es war eine lange, schlaflose Nacht.

Der Schatten an der Ecke malte seine Zeichen in den Boden. Mit der Stiefelspitze. Was für Zeichen malte er? Galgen?

Diese Nacht wurde das Haus wirklich von Panik ergriffen. Balthasars Geplärre und Gejammer steigerte sich. In dieser Dumpfheit, als sie an den Fenstern standen, steigerte sich sein Jammern und schlug gegen die Zimmerwände, fraß an den Nerven, schlug gegen die Mauern. Immer lauter wurde es, wurde zum Ächzen und Wüten und Schreien, bis Adam mit zornigem Belfern dazwischenfuhr. Balthasar wurde augenblicklich ruhig und starrte ihn in dieser Stille mit weit aufgerissenen Augen an.

– Du, schrie er plötzlich, du bist an allem schuld. Raus aus meinem Haus. Rausrausraus, schrie er und verhedderte sich und riss ihn an den Kleidern.

Adam stieß ihn vor die Brust, und Balthasar wälzte sich unter Heulen, das kein Schmerz oder Zorn war, sondern Verzweiflung, reine Verzweiflung, er war auf dem Boden. Plötzlich beruhigte er sich, als würde er aufwachen und ernüchtern, beruhigte sich und trat in die Mitte des Raumes.

– Wer schuld ist, sagte er, soll hinausgehen und sich stellen.

Alle schwiegen.

– Er soll gehen und sich stellen, fuhr er drohend fort, sonst gehe ich und zeige ihn an.

Er trat auf Adam zu und sah ihm ganz nah in die Augen.

– Ich weiß, was du geredet hast, flüsterte er, ich war immer dabei, wenn du herumgequatscht und das Unglück über uns herbeigerufen hast. Krobath ist Zeuge. Und der da ist Zeuge, sagte er und zeigte auf Johann Ott. Eine gefährliche Spannung herrschte hier drinnen. Bedrohlich bleckte die Panik ihre Zähne. Etwas Schweres und Böses rührte sich in diesem Raum.

– Verbrecher, flüsterte Balthasar mit weit aufgerissenen Augen. Du bist ein Verbrecher. Dich suchen sie.

Adam sah mit unsicherem Blick um sich. Dorothea hatte sich mit den Ellbogen auf den Tisch gestützt und das Gesicht in den Händen vergraben. Johann Ott blickte aus dem Fenster. Die Gestalt bewegte sich nervös und sah herauf.

– Teufelsbrut, zischte Balthasar, er trat einen Schritt zurück und richtete den Zeigefinger auf Adam. Du wirst von Teufeln heimgesucht. Ich kenne dein Papier. Du bist nicht nur ein Querulant. Du willst uns ins Verderben stürzen. Deshalb bist du hier.

Frösteln und Verwirrung durchfuhren Johann Ott. Er sah, dass sich in Adam etwas Schweres, etwas Schwerfälliges regte. Ein Nagen durchlief seinen Körper, und ein unbekanntes, gefährliches Gift durchjagte seine Adern. Er sah, wie sich Dorothea regte und ihren erstarrten Blick zu den beiden hob, die sich gegenüberstanden, hob zu dieser Spannung, die der leere Raum zwischen den beiden verströmte. Er sah, wie sie sich an die Schläfen griff und kurz aufschrillte.

– Anzeigen, zitterte Balthasar, anzeigen werde ich dich. Meine Pflicht.

Sie durchquerte den Raum mit ruhigem Schritt und trat hinter den Rücken ihres Mannes. Ott sah ihre bebenden Lippen und ihre Hände, die sich oben am Kopf voneinander lösten. Sie sanken hinab und ruhten für einen Augenblick. Dann fuhren sie mit einem Ruck nach oben, hinauf in Balthasars schütteres Scheitelhaar und packten fest zu. Das Gesicht des kleinen Männchens fing an zu zittern, und seine Augen tanzten ganz seltsam, als die Haut die Augenlider zur

Stirn hoch- und dort zusammenzog. Dorothea kreischte merkwürdig irre und zerrte und zauste diese Haare und diesen Kopf, dass er ganz seltsam pendelte und schwankte.

– Was tust du? schrie Balthasar, was tust du?

In diesem Augenblick rührte sich auch Adam. Er sprang vor und stieß das kleine Männchen in den Bauch.

– Schweig, röchelte er, schweig, halt die Schnauze. Keiner will was, niemand, nichts, von dir nichts, keiner, sei endlich still, schweig, still.

Balthasar brüllte auf, fuhr wie eine Katze an Adams Arm hoch und biss zu.

– Umbringen, umbringen wollen sie mich.

Johann Ott sah, dass der Schatten an der Ecke unruhig wurde. Die Gestalt sah herauf und drehte sich mit einem Ruck um. Dann war sie verschwunden. Er stürzte sich in das Knäuel und versuchte es zu entwirren. Er hielt Adams Hand fest, die nach dem Messer gegriffen hatte, um es abzuschneiden, es abzustellen, dieses schreckliche Schreien und Beißen von Balthasar, das durch den Raum schallte und den Hirnklumpen zu einem seltsam verworrenen Gemenge zerweichte. Wie betäubt, versuchte er die Hand zu packen, die ihm immer wieder auswich, während die andere ihn irgendwo am Hals drückte. Fieberhaft stieß er Dorothea beiseite, die immer wieder aufkam und Balthasar in die Haare und in die Schädelhaut fuhr und deren geistesabwesendes Antlitz von schrecklichem Schluchzen geschüttelt wurde.

Auf der Treppe war Lärm zu hören. Er fuhr zusammen, ließ Adams Hand los, und ein kühler, nüchterner Gedanke ging ihm durch den Kopf, sodass er auf einmal außerhalb dieses wild gewordenen Kreises stand, außerhalb dieses furchterregenden Knäuels aus Schlagen, Stöhnen und Schreien. Plötzlich sah er, wie ein Verbrechen geboren wurde, ausgelöst und aufgeheizt von der elektrisierten Atmosphäre, aus dem Nichts gezeugt durch Panik und Angst und seltsame Krankheitskeime in der Seele dieser wahnsinnig gewordenen Menschen.

Er fuhr zusammen, horchte auf das Trampeln der Dienerschaft auf der Treppe und auf seinen klaren Gedanken, der ihn messerscharf durchfuhr: Nie wieder, nie wieder zu den Ratten im Turm, nie wieder Daumenschrauben, nie wieder ein Gerichtsverfahren. Wie von selbst drehte er sich um und trabte los. An der Tür flog er gegen den hünenhaften Hausknecht und warf ihn zu Boden. Er fühlte dessen Hände, die ihn von hinten zu packen suchten. Mit zwei Sprüngen war er in seinem Zimmer. Er ergriff seine Waffen, riss den Schrank auf und stopfte sich die Geldbörse hinter das Hemd. Stürzte zurück auf den Gang und verhielt in der plötzlichen Stille, die in jede Ecke des wahnsinnig gewordenen Hauses vorgestoßen war.

Unten schlug es hohl gegen die Haustür. Der Schall lief durch die Gänge und strömte ihm durch die Augen, die sich durch die Dunkelheit tasteten. Er lief hinunter und nahm aus den Augenwinkeln eine Gestalt wahr, die von innen aufschloss. Fackelschein, der hereinblitzte. Zur Hintertür, zum Hof, zum Stall. Mit dem Kopf prallte er gegen den Türpfosten. Er stöhnte. Sprang zur gegenüberliegenden Wand und versuchte ein Brett herunterzureißen. Es gab nicht nach. Im Hause Lärm, Rufe, Klirren. Hinter seinem Rücken kam ein heißes Keuchen näher.

– Ich bin es, sagte es, Adam.

– Los, aufbrechen, sagte er.

Dieselbe Idee. Flucht. Zusammen packten sie zu, sodass es hohl krachte. Hinten eine bekannte Stimme.

– In den Stall, schrie er, in den Stall.

Sie drängten sich durch die Öffnung. Jene Stimme stieß unablässig Befehle und Rufe aus.

– Krobath, keuchte Adam, das Schwein, der Spitzel. Das keuchte er, und dann huschte sein Schatten zwischen den Bäumen und durch den Garten davon.

– Krobath, wiederholte Johann Ott und sah ohnmächtig hinter Adam her, der in der Dunkelheit – so schnell, so wild, so erbärmlich – aus seinem Leben verschwunden war.

Automatisch. Der ganze Organismus arbeitete automatisch. Fliehen. Laufen. Wie wild. Es schlug ihm ins Gesicht. Er spürte warmes Blut. Es rann. Im Mundwinkel spürte er es. Blut. Fliehen. Er raste hinunter. Durch die Gärten. Zur Öffnung in der Mauer. Die Pforte. Die bekannte Pforte, der Durchlass. Unten der Fluss. Er lief zum Fluss. Blieb stehen, atemlos. Hinter ihm Rufe. Unablässig Rufe.

Krobaths Befehle, Rufe. Sein Gesicht vor Augen, dauernd das Gesicht dieses vernünftigen, ruhigen Mannes vor Augen. An dem murmelnden Wasser wandte er sich flussaufwärts. Immer dem langsamen, ochsenhaft langsamen Strömen entgegen.

Er verfing sich im Gestrüpp. Morastiger Boden unter den Füßen. Das Herz dengelte und brüllte in der Brusthöhle. Es wollte hinaus. Hämmer schlugen da drinnen. Und im Kopf. Eine solche Benommenheit und Wirrnis im Kopf. Ein so plötzlicher Wandel. Aus der Beschaulichkeit, aus der Bequemlichkeit, aus dem eintönigen, langweiligen, verweichlichten Leben in die Flucht. Ins Moor. Zwischen diese Rutenzweige, die kein Ende nehmen wollten. Die Füße gingen automatisch. Weiter, weiter. Die Hänae schoben das Gestrüpp beiseite, das ihm ins Gesicht peitschte. Nur weiter. Fliehen. Sich verstecken.

Der Verstand konnte nicht folgen.

Im Innern bröckelte es und jagte weiter und blieb wieder stehen. Verwirrt. Alles verwirrte sich und wurde wahnsinnig in diesem plötzlichen Chaos.

Bläuliches Mondlicht legte sich auf die Lider. Überflutete Erscheinungen, Stimmen, Bilder, Worte. Drang hinter die Augen. Krobath vor ihm. Plötzlich vor ihm sein Gesicht, groß, verständig, deutlich, von Horizont zu Horizont, von den mit bläulichem Licht übergossenen Bergen bis hierher, bis zu seinen Augen, ganz groß, deutlich, durchsichtig, Krobaths Gesicht.

– Adam, sagte er, auf üblen Wegen. Sein Krakeelen, sagte er, übel, sehr übel. Hat er es dir vorgelesen? fragte er, hat er es dir vorgelesen?

Winternacht. Laute, scharfe Befehle Krobaths. Krobath flüsternd mit dem landesfürstlichen Richter. Mathilde. Vor ihm stehend.

– Abrasur, sagte sie, für das Annageln der Hände am Galgen, wenn man den Verurteilten mit Gewalt auf den Scheiterhaufen bringen muss, sagte sie.

Gebrochenes Mondlicht. Hinunter, den Hügel hinunter.

– Fürs Ergreifen, rief Mathilde und wedelte mit einem Stück Papier, fürs Ergreifen. Gerichtsmahl, Vergraben der Asche. Brennende Richtstätte hinten auf dem Hügel. Wer durch Hexerei Schaden anrichtet oder Verderben.

Der schwarze Kerl da mit dem Brevier unterm Arm. Der Fürst der Finsternis herrscht in diesem Land. Wirrsal und Feuer überall. Flucht. Durch die Schlucht, nur noch durch diese Schlucht. Dann ins Gebirge. Gebirge im Winter. Wölfe hecheln, hecheln laut hinter der Wand. Neben ihm. Dicht neben ihm. Fragen. Noch mehr Fragen. Antworten. Noch mehr Antworten. Wir exkommunizieren und verfluchen. Das Marktweib grapscht mit fleischiger Hand herein, zwischen die Latten. Dorothea im Kerzenlicht, im weißen Hemd. Plötzlich dreht sie sich um und packt ihn an den Haaren. Abwesende Augen. Adam hält ein Messer in der Hand. Man muss ihn treten, sagt er, diese Rotznase mit dem gepuderten Arsch, irgendwo hintreten.

Flucht.

Automatisches Funktionieren des Körpers. Behendigkeit. Windbewegung. Baumschatten. Ein Feld. Es wogt, es dröhnt. Ein Meer. Ein Tausendfüßler, ein wimmelnder Tausendfüßler ringsum.

Flucht.

Sie steht vor ihm. Schlaffe Mädchenbrüste. Den Bauch gespannt. Hinten hängt ein riesiges gehäutetes Tier. Urban Posek schickt dir seinen Gruß, sagt sie. Meine Sabbaths, die meinen Bund getreu halten. Hältst du meinen Bund? sagt sie; vernagelte Krämerseele, hältst du meinen Bund?

Flucht.

Er ist ein Vogel. Er fliegt wie ein Vogel. Weit unten sieht er ein Dach. Ein kleines schwarzes Quadrat. Er lässt sich hinunter, auf den First. Da steht er. Unten sind sie versammelt. Er ruft ihnen etwas zu und lacht. Kommt doch herauf. Mit schamlosen Gesten. Er spuckt auf sie hinunter, verhöhnt sie, beleidigt sie. Diese ganze Gesellschaft mit den riesigen Gesichtern, die heraufstarren, wie richtig große Platten sind sie nach oben gewandt mit breit auseinandergezogenen Nasen und seltsam verzogenen Augen. Alle sind versammelt. Einer neben dem anderen. Sie kriechen herauf, legen Leitern an. Belagerung. Ich fliege weg, sagt er, ich fliege weg. In diesem Moment rutscht er aus. Hält sich am Dachfirst fest. Das Stroh ist glatt, glitschig. Er rutscht, hält sich an einem Strohbund fest. Es zieht ihn hinunter. Immer tiefer. Ich muss auffliegen, sagt er, auffliegen über diese Gesichter, über die Dächer, über den Gerichtsturm, über die Richtstätten, über die Brandstätten. Aber die Arme gehorchen nicht. Der Körper sackt zusammen. Kein Teilchen gehorcht mehr. Kein Saft mehr drinnen. Er sackt zusammen, zur Erde, hinunter, kühl, ins Gras, ins Gras.

Kühl, feucht klebte und haftete es an den Lidern. Ein Frösteln lief ihm über den Rücken, und das nasse Leinen klumpte faltig auf der Haut. Als er die Augen öffnete, waren überall Nebelschwaden. Die hafteten am Boden und kletterten die Hänge dieses düsteren Kessels hinauf. Er hob den Kopf und sah, dass er im Gras lag, in einer Schlucht, die an den Seiten steil anstieg. Unten hörte er das Rauschen eines Baches. Die Landschaft war mit Nässe getränkt, durch die Bäume drang schwaches Morgenlicht in die Dämmerung. Er stützte sich auf die Ellbogen und richtete sich mühsam auf, sodass er ins Sitzen kam. Im Rücken spürte er einen Schmerz, der sich vom starren Liegen eingepresst hatte und ihn jetzt, als er hier kauerte, messerscharf durchfuhr. Die Beine schmerzten ihn, in den Händen und im Gesicht fühlte er ein glühendes Brennen. Er zitterte in der morgendlichen Kälte. Er sah sich um und bemerkte unweit im Gras seinen Dolch. Er tastete unters Hemd. Die Geldbörse war nicht da. Was für ein Traum, sagte er, was für eine scheußliche Flucht, jetzt war er hier. Jetzt war er völlig auf den Hund gekommen. Ohne alles. Allein. In der Wildnis. Die Nässe war unangenehm. Er stand auf, aber überall, wohin er auch schaute, glänzte die Feuchtigkeit auf dem Laub. Es tropfte nicht. Also regnete es nicht. Morgenfeuchte in einer Schlucht. Er untersuchte seine Kleidung. Sie war durchnässt. Die Hosen waren ganz, aber das Hemd war ziemlich zerfetzt. In der Haut Risse, auch hier. Es hatte ihn gründlich hergenommen. Er stieg zum Bach hinunter und wusch sich den aufgeweichten Dreck von den Stiefeln. Auf der anderen Seite der Schlucht stieg er hinauf zum Licht, nach oben, zwischen die spärlichen Bäume, die am Rande wuchsen. Mit kräftigen Griffen packte er das Gestrüpp büschelweise. Trotzdem rutschte er ein paarmal ab. Die Erde war lehmig und glatt. Hier war er diese Nacht hinuntergestürzt. Hier war er vom First gerutscht.

Als er bis an den Rand hinaufgeklettert war, öffnete sich vor seinen Augen eine gewellte, grüne, unbekannte Landschaft. Wie lange war er gelaufen? Wie weit konnte man in einer Nacht im wilden Lauf kommen? Im Hintergrund dieser grünen Weite mit den wenigen Bäumen, mit einem ungepflügten braunen Ackerstreifen links und einem Wäldchen aus gabeligen und verwachsenen Bäumen rechts glühte es rot. Dort irgendwo würde die Sonne aufgehen. Er kroch ganz hinauf und setzte sich, um Atem zu schöpfen. Er verlor sich in den hohen Gräsern. Nicht der leichteste Lufthauch brachte sie in dieser Morgenstille zum Wogen. Den unendlichen Frieden unterstrich das Zwitschern der erwachten Vögel in den Baumkronen. Er horchte angestrengt, kein Hahnenschrei, kein Hundegebell waren zu hören. In diese von Nässe durchweichte Einsamkeit hatten ihn Angst und Flucht getrieben, die automatische Bewegung seines Körpers hatte dieses Versteck gefunden. Nur jener Acker am Rand der Landschaft verriet die Anwesenheit von Menschen.

Er stand auf und watete durchs Gras. Kalt und nass klebten sich ihm die hohen Halme an die Beine. Aufgescheuchtes grünes Ungeziefer flog unter den Stößen der Schritte auf. Nirgends ein trockener Platz, Feuchtigkeit ringsum, Feuchtigkeit, eingefressen in Kleidung und Körper. Noch kurze Zeit, und die Sonne würde scheinen und die Landschaft auftrocknen, so weit das Auge reichte. Nur in dem Kessel, an dessen Rand er sich auf das Wäldchen zur Rechten zubewegte, nur hier würde es finster und feucht bleiben. In diesem Versteck würde der Bach plätschern und würden Schnecken über die Wurzeln kriechen. Dorthin würde er zurückkehren.

Nicht gleich wagte er sich über die Ebene, die die Schlucht mit dem Bach von dem Wald mit seinem gabeligen, verwachsenen Geäst der Bäume trennte. Eine ganze Weile stand er unter einer Baumkrone und sah sich um. Nirgends eine lebende Seele. Dann rannte er wie ein verunsichertes, aufgescheuchtes Tier los. Auf der anderen Seite schöpfte er Atem. Jetzt hörte er in der Ferne einen Hahn. Aus der glühenden Himmelsrichtung kam kaum hörbar ein Schrei, der nach Menschen roch, nach Haus, nach Trockenem.

Er setzte sich auf einen dicken Ast, der von der Morgennässe leicht geschwärzt war, und wartete, dass die brennende Kugel in den blauen Himmelskreis vorrückte. Inmitten von Farn und Moos wuchs eine Pflanze mit kürbisartigen Kolben und orangefarbenen Blüten an den Seiten. Er kannte ihren Namen nicht. Er brach die gelblich grüne Frucht auseinander. Weiches Fleisch umgab den gelben Kern. Unter den Fingern verwandelte es sich in eine schmierige und übelriechende Masse. Der Kern schien genießbar zu sein. Er biss ihn auf, und ein bitterer, milchig weißer Seim tropfte ihm von den Lippen. Er spuckte aus. Nahrung würde er bei den Menschen suchen, nicht im Wald. Auch hier war er nicht sicher. Auch in der Natur stellten die dunklen Erdmächte ihre Trugbilder auf. Stechapfel. Wie viele Druden hatten schon davon genossen, sodass sie fortan wüteten und ihr Hexendasein lebten und träumten. Auf dem Blatt, das er noch in Händen hielt, wimmelte es. Er schüttete ganz winzige grünliche Punkte in seine Hand. Die Blattläuse hockten auf der Haut und krochen träge herum. So viel Gewimmel, so viel Nässe, so viel kribbelnde und schleimige Materie an diesem Morgen. In diesem Wald, in diesem Gras, in diesem Grün und in dieser Schlucht, wo er versuchen würde, sich für ein paar Tage zu verstecken. Um abzuwarten, dass die Treibjagd, die wahrscheinlich noch im Gange war, wieder abklang. Zwischen Ungeziefer und Kriechtieren, erschaffen von Gott, wer weiß wozu und zu wessen Nutzen und zu wessen Behinderung auf Erden. Oder von sonst wem. War denn nicht alles, was auf der Erde und was aus Erde war, die Schöpfung eines ganz anderen? Der Stechapfel. Diese schmierige und stinkende Masse. Diese grünen, wimmelnden Tierchen. Ungeziefer. Schnecken. Salamander. Schlangen. Frösche. Im Feuchten, im Tropfen der Bäume, in Nässe und Schleim. Zwischen Wasser und Luft. Was für eine abstoßende Metamorphose geht mit mir vor? sagte er zu sich. Was für Gedanken an diesem Morgen. Angst, es könnte sich wiederholen? Angst vor der Nacht, die hinter mir liegt? Angst, die Ereignisse könnten sich wiederholen, die mich hierhergeführt haben unter diese strömende und wimmelnde und reglos lebendige Materie?

Was war eigentlich geschehen? Durch die Astgabel sah er die rote Kugel hinten am Himmel, die nun ganz aufgestiegen war; er dachte nach, ordnete und sammelte seine Erinnerung in diesem Brennpunkt, damit sie durchglüht, durchleuchtet, durchklärt würde. Wer war der Jäger, wer das gejagte Wild? Galt die Jagd auch diesmal ihm? War der aufgescheuchte, alles Unglück und Schlimme gewohnte

Organismus von selbst wie wahnsinnig durch Hof und Gärten in diese Schlucht gerast, in diesen Wald?

Nein, Johann Ott würde niemals dieses Chaos verstehen, das ihn hierhergeführt hatte, zu neuerlicher Flucht, zu einer wilden, animalischen Flucht vor unbekannten Verfolgern. Krobath, was tat Krobath unter diesen Jägern und Verfolgern? Dieser nüchterne Mann, der Adam so oft aus unangenehmen Situationen gerettet hatte? Aufgrund seiner Beziehungen, natürlich aufgrund seiner guten Beziehungen. Er kannte Adams aufrührerische Ideen, seine genau genommen umstürzlerische Aktivität, aber warum hatte er ihn dann geschützt? Die ganze Zeit war er um ihn gewesen, die ganze Zeit mit wachsamem Auge. Er hatte beobachtet, im Gedächtnis festgehalten, wie sich die Ereignisse entwickelten. Jetzt war es ihm zu weit gegangen. Jetzt hatte er sich demaskiert. Hatte seine wahre verdammte Spitzelvisage gezeigt. Oder aber es war anders gewesen. Man hatte Ermittlungen angestellt über Dorothea und ihre Freunde. Man war auf ihn gestoßen. War durchgedreht. Ihn jagte man, und ihn wollte man erneut jener ungeheuer ernsthaften und kaltblütigen Gesellschaft zutreiben. Und der Stifterbund? Hatte der nicht vielleicht seine Finger und Klauen im Spiel? Er war abgetreten, er war still abgetreten und hatte seine Retter vergessen, seine Gelöbnisse, seine Schwüre, seine Sendung. Hatten die nachgeholfen? Undurchsichtig und unklar war alles zusammen. Verworren. Verworren die Wege der Obrigkeit, des Gerichts, verworren die Beziehungen zu den Geheimbünden, verworren das weltliche und das unbegreifliche geistliche Tun. Wo liefen die Ereignisse und Wege und Fäden zusammen? Wo war der Brennpunkt? Wo waren der Ort und der Zeitpunkt, wo es Wahrheit gab und Klarheit?

Immer weniger begriff er, immer mehr verwirrte es sich unter seinem Schädel. War es am Ende zu einem Verbrechen gekommen? Hatten Dorothea und Adam in ihrem panischen Wahn zugeschlagen, grundlos und sinnlos dieses unglückselige kleine Männchen erschlagen? Welche Angst, welch irre Angst hatte sie in dieses wilde, schreckliche, gnadenlose wirre Knäuel getrieben? Hatten die Büttel draußen gewartet? Auf was, auf wen hatten sie gewartet, wen wollten sie fangen? Hatte das Geschrei und das Zerschlagen und die ganze Prügelei im Hause Locatelli sie veranlasst, früher zu kommen?

Was war geschehen, was war nur geschehen? Welche finsteren Mächte hatten die Ereignisse wieder in diesen sinnlosen und verrückten Lauf gebracht, sodass es immer weniger klar war, warum einer mitten in diesem unglückseligen Land, inmitten dieser verrückten und blutigen Umtriebe ununterbrochen fliehen und immer wieder fliehen musste? Sodass am Ende nur eine einzige Wahrheit blieb: Er war ein wildes Tier, ein wildes Tier auf der Flucht, unablässig auf der Flucht, so weit er zurückdenken konnte, auf der Flucht.

Nein, Johann Ott würde es niemals verstehen, dieses Chaos, das ihn durch die Welt trieb. Er würde nie verstehen, dass der Keim des Bösen in ihm steckte. In sich und mit sich trug er ihn. Wie hätte er sich sonst immer wieder dort einfinden können, wo Finsternis und Chaos waren?

Waren anfangs die Dinge noch klar, konnte man sie noch mit Fakten, Ereignissen und Erscheinungen erklären und auf ihren richtigen, erkennbaren Platz rücken, so wurde diese unselige Gestalt vom kosmischen Chaos nunmehr völlig ins Epizentrum seines Strudels gerissen.

War er noch imstande zu begreifen, wer er war, was er wollte und wohin er ging?

Er sah in diesen Gluttopf mitten am Himmel und hörte die unsicheren Schläge seines Herzens. Es dengelte. Es pochte und pochte. Laut und unregelmäßig schlug es. Es trommelte. Im Innern trommelte es, und bis an den Horizont hallte das Land wider von dem mächtigen Tosen, das von der Erde bis zum Himmel reichte.

## 16

*Kälte, unerträglich peitschender Regen. Das Volk jagt eine flüchtige Räuberbestie. Der zahnlose rote Mund des struppigen Gesichts rechts.*

Als er erwachte, stand die Sonne hoch am Himmel. Mit ungeheurer Kraft brannte sie mitten aus einem schmalen Streifen blauen Himmels. Zu beiden Seiten lasteten dunkle Wolken, und hinten, am Rand der Landschaft, war es schwarz von dichtgeballten Wasser- und Luftmassen. Mit seinem Dolch schlug er Äste ab und schleppte sie über das offene Gelände in die Schlucht. Er verzog sich unter einen Felsüberhang und legte den schwarzen Dachsbau mit trokckenen Zweigen, Farn und Buschwerk aus.

Vom Horizont her kam dumpfes Grollen über die Ebene. Jetzt tobte und wütete es in der Ferne wirklich. Die Wipfel der spärlich wachsenden Bäume schwangen weit aus. Dann verstummte alles, auch die Vögel, auch das Sirren der Insekten. Das Donnern kam näher, und jetzt war es Johann Ott klar: Es hieß kämpfen. Überall, und so auch hier, in dieser ungeheuren Einsamkeit, hieß es kämpfen ums Überleben.

Er verzog sich in seinen Unterschlupf und in die Stille seiner Höhlengruft. Warten. Dann schlug es in allernächster Nähe ein. Weit oben hörte er das Platschen der ersten Tropfen, noch kurze Zeit raschelte es nur auf dem Laub und sickerte das Wasser mit seiner Kühle tiefer, doch dann begann es herunterzuschütten. Durchs Dunkel gurgelte das Wasser in seinen Trichtern und Rinnen. Er sah diese schlammige, zermahlene Materie, wie sie über den Felsüberhang schäumte und dicht neben ihm zerspritzte und abfloss.

Es floss und floss, und mit all seinen Sinnen begriff er die wundersame Schönheit eines ruhigen, trockenen Bauernhauses. Irgendwo in unbekannten Fernen. Er versuchte einzuschlafen, aber die Kälte schüttelte ihn am ganzen Körper. Das Unwetter hatte das letzte Tageslicht erstickt, und nur oben, zum Rand hin, konnte er noch die Umrisse der Bäume erkennen. Und auch dieser Rest versank schon in der Dunkelheit, und mit weit geöffneten Augen starrte er ins Leere. Die Feuchte hatte den Raum völlig aufgelöst, und ihm schien, dass sich draußen, in Reichweite seines Armes, Wasser und Luft völlig vermischt hatten, dass es unmöglich war, in diesem kalten, dichten Gemenge noch zu atmen, als gäbe es Luft nur noch hier, in diesem stickigen Dachsbau. Das Vom-Himmel-Schütten, diese Sintflut, wollte und wollte nicht nachlassen. Jetzt fühlte er, dass etwas Kaltes von unten durch die Zweige drang. Auch hinter seinem Rücken gurgelte es. Er tastete zur Wand hinüber und fühlte überall auf ihrer glatten Oberfläche das kalte Rinnen. Das Wasser trat aus der Erde und sammelte sich unter dem Astwerk zu einem kleinen See. Wegschwemmen würde es ihn. Hier war kein Durchhalten möglich. Steif vor Kälte und vom regungslosen Liegen, kam er mehr rutschend als kriechend aus seiner Höhle heraus. Er kletterte zum Rand der Schlucht hinauf, was jetzt noch schwieriger war. Regelrechte Bäche strömten zu Tal und unterspülten seinen Schritt. Als es ihm endlich gelang, sich zum Rand hinaufzuziehen, war er völlig durchnässt und durchgefroren.

Feuchte. Kälte. Unerträglich peitschender Regen.

Er wandte sich zur Ebene, in die Richtung, wo er an diesem Morgen die braune Erde gesehen hatte.

Wie in einem bleiernen Halbtraum schleppte er sich über das durchnässte Land, ohne Sinn und Ziel.

Sollte er bitten, sollte er beten, wen sollte er um Gnade anflehen? Wen? Die irdischen oder die himmlischen Mächte? Wer hatte in solch schrecklicher Nacht eher das Wort, die diabolischen oder die sakralen Mächte?

Durchhalten, sagte er zu sich, nur noch kurze Zeit durchhalten. Die Rettung kam. Sie musste kommen.

Vor Hunger, Erschöpfung, Nässe, Kälte taumelte er. Mit dumpfem und unbeugsamem Überlebenswillen hielt er durch und kroch weiter.

Plötzlich schien ihm, als berühre er mit der Hand etwas Aufrechtes, Festes. Es war ein Zaun. Ein Werk von Menschenhand. Er kam hoch und kroch durch das Holz. Dahinter war ein flacher hölzerner Bau und darin ein ständiges Sichbewegen, das Trappeln unzähliger Füße. Er wankte hin und tastete über die Wand. Vor der Tür hielt er inne und klopfte schwach. Von drinnen kam kein Echo, kein Wort. Nur das Trappeln wurde heftiger. Er lehnte sich gegen die Tür und drückte. Mit dem Ellbogen geriet er an einen Riegel und fiel in voller Größe durch die Öffnung, die sich vor ihm auftat. Er berührte etwas Weiches und Warmes und Lebendiges. Schafe, jemand hatte sich des Kleinviehs erbarmt und es aus dem Pferch in die Schutzhütte getrieben. Die kleine Herde drückte sich zusammen und wich in den engen Raum zurück.

Er erblickte den zweiten Morgen seiner vernunftlosen Flucht. Die Schafe bildeten einen freundlichen Raum um ihn. Sie drängten sich aneinander und sahen auf dieses kriechende Etwas am Boden hinunter. Es war hell und warm. Auf einem Holzbord stand eine Schale mit Sauermilch. In krampfartigen Schlucken schlang er die ganze Menge des weißen Geschlabbers hinunter. Bis oben hin füllte er seinen rundlichen Bauch, der die Tage zuvor an ganz andere und viel ausgiebigere Mahlzeiten gewöhnt gewesen war.

Draußen war blanker, sonniger Morgen. Hinter den breiten Streifen gelber Felder, die sich über den nahen kleinen Hügel zogen, waren schwarze, strohgedeckte Dächer zu sehen. Ganz in der Nähe stieg eine Lerche steil zum Himmel auf.

Und doch das Flattern eines fröhlichen Vogels. Und doch noch Leben nach dieser Nacht der Sintflut und des Weltuntergangs. Niemanden hatte es weggeschwemmt, niemandem war die Atemluft abhanden gekommen unter dem Ansturm dieser dichten, fließenden Massen. Aber wie wenig hatte gefehlt, und dieser weiße und müde Körper wäre liegengeblieben in dem Dachsbau, oder was immer jenes unter Wasser gesetzte Loch unter dem Felsüberhang darstellte.

Eines Tages hätte man den verwesten Leichnam gefunden, die Reste eines verwesten Leichnams, das Übrige hätten schon die wilden

Tiere weggeschleppt gehabt, eines Tages hätte jemand vor Grauen aufgeschrien. Ein Unbekannter, hätte man gesagt, Mord, Hexerei, Pest.

Noch im Tode hätte er ehrbaren und frommen Leuten die Angst in die Knochen gejagt.

Er ging weiter ins Innere, um sich in dem Raum genauer umzusehen, aber kaum hatte er die Schwelle übertreten, hörte er draußen schon Stimmen. Ihm schien, sie müssten irgendwo rechts sein, wo sich durch das hohe Gras ein schmaler Pfad heranwand. Er hatte sich verrechnet. Als er wieder in der Tür stand, waren die Stimmen schon hinter der Hausecke und vor ihm. Zwei jüngere Männer, allem Anschein nach Hirten, einer barfuß, der andere mit hölzernem Schuhwerk, beide in weiten, wehenden Leinenkitteln. Überrascht blieben sie stehen, und auch er selbst konnte bei der plötzlichen Begegnung nicht rasch und vernünftig reagieren. So standen sie einander gegenüber und sahen sich an, bis Johann Ott anfing: Unwetter, untergestellt, in eurem ... Und er deutete mit dem Finger nach hinten in den Raum. Wäre es einer allein gewesen, hätte er ihn vielleicht überzeugt. Vielleicht hätten sie sich friedlich verständigt. So aber braute sich in ihren ochsenhaft runden und ochsenhaft langsamen Köpfen Mut zusammen.

– Ein Landstreicher, sagte der mit den Schuhen, er stiehlt.

Johann Ott versuchte zu erklären, er stehle nicht, das Unwetter, untergestellt, er zeigte zum Himmel und ins Innere der Hütte, aber das war gar nicht nötig, die beiden hatten ihn schon richtig verstanden.

– Ein Dieb, sagte der in Schuhen, ein Stehler, ein Haderlump.

Der Barfüßige nickte heftig und zustimmend. Rücklings wichen sie nach hinten aus, als er auf sie zuging und es ihnen mit ungeduldigem Gestikulieren und unter einem Schwall von Worten zu erklären versuchte. Der Beschuhte stolperte und hob dabei einen Knüppel vom Boden auf. Der Barfüßige schnellte zum Zaun und versuchte eine Holzlatte abzureißen, um sie Johann Ott über den Kopf zu ziehen.

Es gab keine andere Lösung. Er zog seinen langen Dolch aus dem Gürtel und wiegte ihn in der Hand, sodass er hell in der Sonne aufblitzte.

– Ein Messerstecher, sagte der Beschuhte und senkte den Knüppel.

– Ein Mörder, sagte der Barfüßige und löste sich vom Zaun, gegen den er sich mit einem Ruck geworfen hatte.

Johann Ott fuhr mit einem kundigen Hieb, wie ihn die Söldner zeigten, mit dem Messer durch die Luft, schrie auf und sprang vor in eine Art Kampfgrätsche.

Der Barfüßige gab als erster Fersengeld, der Beschuhte stolperte und fiel andauernd über sein schweres Schuhwerk, bis er sich endlich bückte, es zusammenraffte und hinter dem anderen herrannte.

Johann Ott sah erschöpft und unsicher hinter ihnen her. Er war allein zurückgeblieben auf dem Kampfplatz, aber jetzt würden sie mit Schwertern und Heugabeln heranstürmen und ihn, Gott stehe ihm bei, wie einen Eber durch den Wald jagen.

Er sprang hinein, stieß die Milchschüssel um und ertastete hinten auf dem Bord ein paar Käselaibe. Einen nahm er und stopfte ihn sich hinters Hemd. Die Schafe stoben blökend auseinander und drängten sich hinter ihm durch die Tür ins Freie.

Er lief übers Stoppelfeld und dachte an seine Stiefel, die ihm vom Riedgras unbarmherzig zerkratzt und verdorben wurden. Er hörte sein eigenes Keuchen und wartete, wann oben bei der Hütte das Gebrüll losgehen würde. Er war schon ziemlich nah beim schütteren Wald, als er sich umsah und sie erblickte. In dichtem Haufen drängten sie sich dort bei der Hütte zusammen. Jemand rief etwas, und die Gruppe schwärmte aus. In weitem Bogen und unter lauten Rufen liefen sie breitgefächert auf den Wald zu.

Ihm fiel die Schlucht ein. Die Ebene, die Ebene musste er mit raschen Sprüngen durchqueren. Auf der Seite würden sie ihn nicht sehen. Das Wäldchen war dazwischen. Wenn mir das gelingt, sagte er sich, bin ich gerettet.

Er jagte durchs Gras. Das Geschrei kam näher. Jetzt waren sie nahe am Wäldchen. Jetzt drinnen. Dort verteilten sie sich, sie suchten. Er erreichte den Rand und warf sich mit dem ganzen Körper hinüber, sodass er glatt hinunterrutschte, bis zum Bach. Er blieb stehen. Wo war das rettende Loch mit dem Felsvorsprung? Vor oder zurück. Ohne zu denken, jagte er bachabwärts und erblickte nach wenigen Schritten den Felsen. Er kroch darunter und auf das nasse Geäst. Er atmete tief. Den Dolch presste er noch immer fest in der Hand.

Nur wenig Zeit verstrich, und oben erklangen Stimmen. Abgerissen, schneidend, scharf, bellend. Die Bauern waren richtiggehend zum Schlachten aufgelegt. Er hielt den Atem an, obgleich er überzeugt war, dass ihn in diesem Loch niemand entdecken würde. Wenn man von außen hineinsieht, ist drinnen nur Dunkel, dachte er. Meine Pupillen leuchten ja nicht.

Das Krakeelen und die Schlächterrufe, alles zusammen zog jetzt allmählich höher hinauf und verschwand.

Er wartete noch kurze Zeit, dann zog er sich hinaus. Erst jetzt besah er sich. Er war zerfetzt, verdreckt, durch die zerrissene Kleidung war auf dem Körper geronnenes Blut zu sehen. Ein Haderlump, wirklich ein Haderlump. Kein Wunder, dass sie solchen Lärm schlugen. Die Angst hatte sie zuhauf getrieben. Er erinnerte sich seiner Kaufmannsschar und der wachsamen Augen, die sie damals auf den einsamen Wegen haben mussten. Viele entflohene Verbrecher aus Venetien, viele Wegelagerer hielten die hiesige Bevölkerung unablässig in Aufregung. Das Land war voller gefährlicher Fremder, die Moral war verfallen, sogar die Richter mussten sich fürchten. Diebstähle und jede Art von Gewalt waren so häufig, dass friedliche Leute nicht einmal im eigenen Haus wirklich Schutz fanden.

Das war es. Die Angst trieb sie hinter ihm her. Jetzt war er ein richtiger Haderlump. Zu Kleidung, zu einem Pferd musste er kommen. Dann würde es anders sein. Dann würden sie nicht hinter ihm herstürmen mit ihrem aufgeschreckten Schlächtergeschrei. Es würde nicht leicht sein.

Er kroch hinauf und sah sich gründlich um. Die Dörfler hatten sich verzogen. Die Hirtenhütte war von dieser Seite aus nicht zu sehen. Er kletterte hinunter, sich an den Bäumen haltend, die am Rande der Schlucht wuchsen.

Er musste eine ganze Weile gehen, denn die Sonne neigte sich schon dem Abend zu. Der Bach kroch aus der Schlucht und erweiterte sich auf dem Feld zu einem mehrere Schritt breiten, ruhigen Flusslauf. Weiden wuchsen zu beiden Seiten. Unterhalb der Hügel an dem Ende, zu dem das Wasser abfloss, sah es schon einigermaßen bewohnt aus. Zuerst Felder, dahinter eine kleine Brücke und dann Häuser. So nahe war alles, dass Hundegebell und Kinderweinen zu hören waren.

Hier würde er den Abend abwarten. Er setzte sich ins Dickicht, sodass er die Ebene vor Augen hatte und damit jeden ungebetenen Gast, der wieder Alarm hätte schlagen können. Aus dem Hemd zog er den Käselaib hervor. Er kaute und kaute, bis es ihm widerstrebte.

Er hörte den Hall abendlicher Geräusche, der unter dem Rascheln des leichten Windhauchs in Wellen vom Dorf kam. Die Menschen kehrten von den Feldern zurück, werkelten um die Häuser herum, riefen Hunde und Kinder, machten sich ans Abendessen. Das einförmige, überall gleiche und immer wieder gleiche Leben in einem Bauernweiler. Sie hatten sich abgeplagt, sodass sie kaum noch auf den Beinen stehen konnten. Mit schweren Augenlidern ließen sie die Riegel hinter Stalltür und Haustor herunter. Sie würden sich mit Essen vollschlagen. Dann in ihren schwarzen Stuben mit den Deckenbalken noch ein paar Worte wechseln. Gespenstische Bilder nisteten wahrscheinlich zwischen dem schwarzen Holz unter dem Dach, auf dem Dach jagte wohl der Wind seltsame Fratzen vor sich her. Drinnen war es bestimmt warm und sicher. Dann würden sie sich in der Stube – sicher wimmelte es von alten, jungen und kleinen Menschenwesen, alle verschwitzt und erschöpft – fortpflanzen. Rund um den Ofen trocknete wohl an den Stangen Wäsche, im anderen Winkel atmete der Gekreuzigte mit ihnen. Alles schnaufte wohl in diesem sicheren und von Feuchte und geheiligtem Frieden erfüllten Raum.

– Warum lebe ich nicht so? sagte er laut, sodass er zusammenfuhr über dieser plötzlichen menschlichen Stimme, die er in diesem Weidengebüsch und in dieser Dunkelheit vernahm. Warum lebe ich nicht so, warum bin ich auf der Flucht und ziehe umher mit dieser Angst und diesem Chaos in der Brust? Welche Macht, welch unbekannte Gewalt treibt mich von Flucht zu Flucht?

Er versuchte die Gedanken zurückzulenken, zu den Ursachen und Gründen. Weit zurück zum eigenen Frieden und zum eigenen Heim, aber dort, in dieser fernen Vergangenheit, war es so unsicher und finster, so undeutlich und seltsam, dass es nicht die Wirklichkeit sein konnte. Vielleicht ist es nur ein Traum, dachte er, vielleicht träume ich diesen dunklen Haufen Häuser und dieses Hundegebell nur, diesen Bach, der mit seinem stillen Lauf ruhig dahinplätschert, die

Absicht, hinzugehen und wie ein Räuber in jenes Haus einzubrechen, das sich dort drüben in den Hang krallt und auf mich wartet.

Vorsichtig ging er am Bach entlang bis zur Brücke. Hier blieb er stehen und horchte. Kein Laut. Er konnte weiter. Langsam kroch er den Hügel hinauf und sah zu den schwarzen Luken hinüber, hinter denen sie in ihrem Schwerstarbeiterschlaf schnauften und schnarchten. Er schob ein Holzgatter beiseite und zwängte sich durch den Zaun. Im nächsten Augenblick heulte und wütete es schon los. Ein dunkler Schatten fuhr auf ihn zu, sodass er gerade noch wie eine Katze in einem Satz hinausspringen und das Gatter zuschlagen konnte. Auf der anderen Seite brüllte die wilde Bestie pausenlos und warf sich gegen den Zaun. Auch bei den anderen Häusern wurde es jetzt laut. Das ganze Hundedorf machte sich Mut mit wildem Bellen und Jaulen. Verfluchte Bestie, dachte er, mit solchem Getobe kann man sogar Tote wiedererwecken. Er duckte sich hinter dem Zaun und wartete. Wenn sie sie loslassen, sagte er sich, entgehe ich ihnen nicht. Er hörte, wie bei dem Haus oben am Hang eine Tür geöffnet wurde. Jemand trat heraus, ging umher und rief laut nach dem Hund. Der wurde still. Auch der hinter dem Zaun hörte auf zu toben. Aber er blieb unruhig. Er fühlte die reglose Anwesenheit des Mannes. Er lief hin und her und schnüffelte. Angst hat er, auch er hat Angst, dachte Ott.

Endlos lange hockte er still da. Dann bewegte er sich und wartete, ob das Tier wieder lostoben würde. Nichts. Stille. Er bewegte sich den Zaun entlang und kam zur Hausecke. Hier stieß der Zaun an das dunkle Holz. Er stellte sich auf die Zehen und horchte an der Fensterluke. Atemzüge. Hier schliefen sie. Weiter und hinten herum. Hinter dem Haus war Buschwerk, ganz unten am Boden eine Öffnung, durch die könnte er hinein. Der Bau krallte sich in den Hang. Nach oben hin stieg es steil an. Er tastete mit der Hand hinein. Leer. Es konnte nicht weit bis zum Boden sein. Mit Kopf und Schultern versuchte er sich hineinzuzwängen. Es ging nicht.

Er hockte sich hin und überlegte verzweifelt. Ein Hemd, nur ein Hemd, ihr guten Leute. Und etwas zu essen.

Wütend stand er auf. Er nahm Schwung und verkeilte sich mit dem Kopf in der Luke. Nur die Schultern müsste er hindurchzwängen, dann würde es gehen. Es ging nicht. Mit den Schultern schaffte er es, an den Hüften aber ging es nicht weiter. Er schnaufte und fluchte und drückte. Es half nichts. Jemand musste ihn gehört haben, denn im vorderen Raum waren Bewegung und laute Worte. Dann hörte er eine deutliche Stimme:

– Wer ist da?

Mit dem ganzen Körper fuhr er zurück. Er stöhnte auf, denn das Holz hatte sich scharf in die Haut geschnitten.

– Da drinnen ist einer, rief die Stimme, und plötzlich wurde alles lebendig. Er spürte die Gegenwart eines Mannes, der in den Raum getreten war und durch die Dunkelheit tastete. Er berührte seinen Kopf, packte seine Haare. Ich hab' ihn, brüllte er mit lauter Stimme. Ich halte ihn fest.

In letzter Verzweiflung stieß Johann Ott jemanden in den Bauch und zwischen die Beine, sodass der Griff am Kopf losließ.

– Hinten herum, heulte und schrie die Stimme, ums Haus herum. Vorn schlug die Tür. Stimmen. Gekreisch. Hundegebell. Später war ihm völlig unklar, wann und wie er wieder zum Berg gelangt war. Er war zwischen irgendwelchen Leibern, durch das Geschrei hindurchgestürmt, im Finstern, als in dieser Finsternis Dutzende von Fangarmen unaufhörlich nach ihm griffen und schnappten, kreuz und quer. Mit den Fäusten hatte er um sich gedroschen und geknurrt wie ein wildes Tier, denn jetzt war er wirklich ein wildes Tier.

Oben zwischen den Felsen und scharfen Dornbüschen schöpfte er Luft, und Tränen des Zorns und der Verzweiflung traten ihm in die Augen. Nirgendwohin, nirgendwohin würde es gehen. Endlos würde er von Haus zu Haus streichen, und überall würden sie ihn jagen und prügeln.

Rettung war nicht in Sicht.

Nirgends ein Ausweg.

Nur Flucht. Flucht vor niemandem und Flucht vor jedem. Flucht in ihrer wildesten und sinnlosesten Form. Flucht an und für sich. Seit jenem Chaos in Locatellis Haus diese verrückte Flucht unter diese Hinterwäldler, die vor Angst durchdrehten, zwischen die Nässe und Kälte, zwischen diese Felsen, wohin sich alles aufgescheuchte Wild der Schöpfung zurückzog. Und zuvor? Wie war es zuvor gewesen?

Hatte es für ihn denn irgendwo und irgendwann einmal ein dauerndes und friedliches Bleiben gegeben?

Er konnte sich nicht erinnern. Der Verstand hatte seinen Dienst aufgesagt. Er war zum Stillstand gekommen und raste sogleich wieder weiter in verzweifelter Anstrengung um Rettung, Rettung. Aber unten war die toll gewordene und aufgescheuchte Menge. Hier waren Felsen und Dornengestrüpp. Ohne Willen und ohne Hoffnung hatte er den einen Gedanken: Ich komme durch.

Die ganze Nacht irrte er zwischen den Felsen umher. Entkräftet und zerschunden, völlig abgerissen kam er schließlich unten an und warf sich ins Gras.

Im Schlaf hörte er fernes Glockenläuten, Schießen und Schreien. Ganz nah schlug dann noch eine große Glocke. Sie schlug anhaltend und gleichmäßig. Auch hier waren menschliche Stimmen mit ihrem schrecklichen Geschrei zu hören, sodass er schon aufstehen wollte und weglaufen, zurückflüchten ins Dornengestrüpp, aber der Körper gehorchte ihm nicht. Als er die Augen öffnete, sah er ganz oben zwischen den Bäumen im Morgenlicht ein bleiches, ganz bleiches und regloses Gesicht. Genau auf ihn blickte es herab mit seinen ausdruckslosen Augen. Ein blutiges Gesicht mit blutigroten Tropfen darin. Sie trieften ihm über Stirn und Augen. Aber auch dieses Triefen war regungslos. Eine Krone, oben war eine Krone, eine richtige Krone aus Dornen, der Erlöser blickte auf ihn herab in seiner Todesqual. Nichts geschah, völlig reglos war alles zusammen, die Glocken läuteten, und doch spürte er die Anwesenheit eines Menschen. Eine Bewegung, ja, zu seinen Füßen war eine Bewegung. Er stützte sich auf die Ellbogen, und in diesem Augenblick huschte ein Schatten ins Gebüsch unter dem Kreuz. Unter einem Kruzifix, was geht mit mir vor unter dem blutüberströmten gekreuzigten Erlöser? Und die Glocken läuten. Und die Meute jagt mich mit ihren blanken Schwertern und Mistgabeln und Dreschflegeln.

Er versuchte aufzustehen, aber er konnte nur stöhnen vor Schmerzen und Erschöpfung. Er sank zurück ins Gras. Dort im Gebüsch hatte sich wieder etwas bewegt. Sein Blick löste sich vom Gesicht des Erlösers, wanderte weit hinunter, den dicken, runden Holzschaft des

Kreuzes hinab, und dort stand, als die Augen unten haltmachten, eine seltsame menschliche Gestalt. Zerlumpt. Beladen mit Bälgen und einem Schnappsack. Leicht bucklig. Ein Mann, struppig. Nervöse, scheue, tänzelnde Bewegungen. Irre, flinke Augen in der Augenhöhle, so anders als die ruhigen und leeren dort oben.

Dieses Etwas rührte sich und kam scheu näher. Johann Ott sah nun hoch oben neben dem blutig-bleichen Gesicht des Erlösers diese überwucherte Masse mit den neugierigen Augen, die einmal ihn ansahen, einmal umherschauten. Diese beiden Gesichter erblickte er im Morgenlicht. Dann begann der Struppige zu sprechen, der Bleiche aber mit seinen blutigen Tropfen, mit den herabgezogenen Mundwinkeln, den zusammengepressten Lippen, verharrte in unaufhörlichem Schweigen.

– Verzeih mir, Mensch, sagte die zahnlose rote Höhlung des struppigen Gesichts rechts. Ich habe gedacht, du wärst schon hinüber.

Mit verlegener Gebärde, in der auch etwas Bedauern war, zog er einen gut erhaltenen Lederstiefel mit Stulpen unter der Achsel hervor.

– Meiner, flüsterte Johann Ott, mein Stiefel.

– Ja, sagte das struppige Gesicht, ja, ja, ich gebe ihn dir ja wieder. Einem Lebenden ziehe ich keinen Stiefel vom Fuß. Bestimmt nicht.

Johann Ott versuchte ein dankbares Lächeln.

– Mann Gottes, bist du fertig! sagte das struppige Gesicht jetzt und beugte sich über ihn. Er richtete ihn auf und flößte ihm Wasser ein, zwischendurch brabbelte er vor sich hin.

– Die haben dich ganz schön fertiggemacht, du bist noch übler dran als ich, was will man machen, was soll's, so geht es uns eben. Aber solche Stiefel, wie hast du das nur hingekriegt, wo hast du die mitgehen lassen? Wirklich schade, dass du aufgewacht bist, ich habe geglaubt, mit dir ist es zu Ende. Und an den rechten Platz zum Sterben wärst du auch gekommen, sagte er, direkt unter unsern Herrgott.

– Das Läuten, flüsterte Johann Ott und deutete mit dem Kopf zum Hügel hinüber, von dem der Lärm kam. Weshalb?

– Ach das? sagte der Brabbler. Jede Nacht, sagte er. Hexen jagen sie. Hexenweiber gehen über die Felder, in Tücher gehüllt, sie nehmen den Segen von den Äckern. *Aržék, aržék!,* schreien die Hexen, sodass der Mensch wahnsinnig wird vor Grauen, und verschwinden wieder und erscheinen dann irgendwo an einer Wegscheide unter einem Kreuz wie diesem hier. Darum bist du in Sicherheit, hier bist du immer sicher. Hierher traut sich keiner. Nur oben um die Kirche herum versammeln sie sich und läuten die Glocken und schießen, wenn sie was zum Schießen haben, sonst schreien sie nur stundenlang, ohne aufzuhören.

– Gefährlich? flüsterte Johann Ott.

– Gefährlich? schnarrte der Brabbler weiter. Natürlich gefährlich, aber nur um ihre Häuser herum und in der Nähe der Kirche. Anderswo nicht. Anderswo herrscht große Angst. An der Wegscheide, unterm Kreuz, wer hier zur Nacht- oder Morgenstunde herkommt, der wird wirr im Kopf. Das wissen sie, jedes Kind weiß das, deshalb kommt keiner hierher, deshalb kannst du dich hier ohne Sorge ausruhen. Und danke dem Herrgott – der Struppige bekreuzigte sich und verdrehte die Augen hinauf zum Kruzifix –, dass du noch die Stiefel an den Füßen hast. Zur rechten Zeit hat er dich voller Barmherzigkeit geweckt. Ich dachte, du wärst schon im Jenseits, dass die Hexen, an denen hier wirklich kein Mangel ist, du hörst es ja, dass die Hexen schon deine Seele herumzerren und zerfleddern.

Er nahm den Stiefel auf und versuchte ihn wieder über den Fuß zu streifen, von dem er ihn heruntergezogen hatte. Johann Ott setzte sich mühsam auf und half.

– Ich würde sie dir ja geben, sagte Johann Ott, aber ohne die Stiefel …

– Klar, unterbrach ihn der Struppige, völlig klar, ohne Schuhzeug ist es schlimm in unserm Beruf, was? Bist mir dankbar, was? Bin der Erste nach langer Zeit, der nicht den Hund auf dich losgelassen hat, was? Laut meckernd lachte er aus seinem zahnlosen Mund. Das kenne ich, das kenne ich.

Johann Ott biss in das trockene Brot, das ihm sein Erlöser gereicht hatte, sah in das fröhliche und feierliche Morgenlicht, das sich im Osten erhob, horchte auf das Gemecker des Struppigen in dieser friedlichen Stille, die sich auf einmal ausgebreitet hatte, denn die anderen hatten mit ihrer Jagd für diese Nacht aufgehört, er schaute und horchte und wunderte sich, wie rasch und wundersam ihm die Kräfte zurückkehrten.

– Wo sind wir eigentlich? fragte er so unvermittelt, als wäre er schon ganz auf den Beinen, als zöge es ihn bereits auf den Weg, weiter, einem unbekannten Ziel zu.

– Ganz nah, sagte der andere geheimnisvoll, ganz nah bei Sankt Anton, meinem Schutzpatron. Ein hübsches Dörfchen, flüsterte er vertraulich, viele Pilger, viele gute, unachtsame Menschen. Mein Anton hilft, den Fischlein die Predigt, uns die Hilfe.

Johann Ott kam auf die Beine. Als er an sich hinunterblickte, stellte er fest, dass er um nichts besser aussah als dieser heitere Struppige, dass er kein geringerer Haderlump war. Er musste lachen.

– Wo gibt es Wasser? fragte er. Ich muss mich waschen. Er stützte sich auf die bucklige Gestalt, und langsam schwankten sie den Waldweg entlang. Und jener sang fröhlich mit krächzender Stimme:

*Sankt Anton von Padua,*
*lass uns was zum Stehlen da.*

## 17

*Die Zeit zerfällt. Pläne lösen sich auf. Feuerräder. Urzeiten erstehen. Traurige Umtriebe. Wie fühltest du dich wohl in der Wüste, Anton?*

Dieses traurig-lächerliche Leben, dieses heitere und schwermütige und seltsame Leben eines Haderlumpen, Landstreichers, Bettlers. Mit Tritten oder mit Fleischbrocken für die Hunde, ein Brot unterm Hemd. Diebesgut im Beutel. Unter Schnappen und Knurren der Hüter der Herdfeuer, die Nächte im Heu und im Stall, mit Gelegenheitsarbeiten im Klostergarten. Zwischen Völlerei und Hunger. Bei Schmutz und Frost und Wind. In mondheller Nacht. In der Stille einer leeren Kirche. Bei philosophischen Erörterungen mit Vagabunden und Diebsgesellen. Auf der Flucht vor dem Schatten der Büttel und Richter. Im Schutz eines geweihten Gewandes. Auf Pilgerpfaden, auf weißen, hellen, erhabenen Wallfahrten. Bei mühseligen Prozessionen.

*Auf einer wilden Festbelustigung mitten im Dorf.*

Schrillende Bälge. Dudelsäcke in gleichförmigem Rhythmus. Männer- und Frauengestalten in rhythmischer Bewegung unter der Linde in der Dorfmitte. Feiertag. Feiertagsgewänder. Die Männer in breitkrempigen Hüten, unter denen unaufhörlich der Schweiß über die heißen und vor Anstrengung hochroten Gesichter läuft. In ihren dicken Hosen aus dunklem Haustuch, alle erhitzt und ernsthaft in ihren unruhigen Bewegungen. Die Frauen mit gefältelten Leinenstücken auf dem Kopf, in weiten Röcken, die im weichen Wiegen der Körper wogen und wehen, mit strahlenden Augen, lockenden Gebärden.

Säbel. Säbel in knorrigen Bauernhänden. Eisenstäbe, Eschenstäbe.

Schrillende Bälge. Rhythmus. Der sie trägt, der sie entführt, sie zurückwirbelt in Urzeiten.

Ein Kreis, der sein Gleichmaß und seine Ordnung verliert. Schläge auf Holz, im Takt. Schneller. Kreuz und quer. Welch seltsamer Bauerntanz. Wein aus dem Krug, übers Kinn, über die Brust. Im Hemd, jetzt sind sie im Hemd und dicht beieinander, drängen sich zuhauf. Halten sich an den Schultern, an den Händen, lassen sich los und stieben auseinander wie eine aufgescheuchte Schar, dann aufeinander zu, in das schützende Gedränge der Glieder, ins Pressen und Schnaufen, unter die verschwitzten Gesichter, die zuckenden Körper, immer heftiger das Ducken, zum Sprung, im Rhythmus, im Schrillen der Bälge.

Die beiden saßen hinterm Haus, zwei unbedeutende, unnötige, unsinnige Ausgeburten der Schöpfung. Anton stopfte winzige Brotstückchen in seinen zahnlosen Mund und mahlte und mahlte diese Krümel mit dem Kiefer. Johann Ott sah vor sich hin. Der Abend kam, und der verrückte Tanz da vorn wurde allmählich ruhiger. Er hörte das Kichern der Mädchen und das Geschwätz der betrunkenen Männer. Sie hatten kein Ziel. Sie kamen von nirgends her. Sie hatten vor niemandem Angst. Die Zeit zerfiel, die Pläne hatten sich aufgelöst. Kühler Wind drückte aufs Gras.

– Hattest du irgendwo einmal ein Zuhause? fragte Anton.

– Irgendwo ja, sagte Johann Ott. Er sah die Stoppelfelder. Geschnittenes Korn. Ein dunkelnder Hügel im scheidenden Tag. Ist das hier oder dort? Ist das einst oder jetzt?

– Hast du Heimweh? sagte Anton. Quält und drückt es dich in der Brust? Überflüssig! Überflüssig! Ich denke mir immer: Wie fühltest du dich wohl in der Wüste, Anton?

*Auf einer wilden Festbelustigung mitten im Dorf.*

*Eines Mittags in einem einsamen Haus.*

Die beiden Soldaten machten halt. Zwei Infanteristen aus wer weiß welchem Zug. Der erste mit Schwert und Spieß. Der andere das

Schwert an der Hüfte, die Muskete auf der Schulter, einen Stock als Stütze, das Pulverhorn am Gürtel. In weiten, schlotternden Hosen bis zum Knie. Wie zwei Röcke falteten und blähten sich die Hosenbeine, die unten von breiten roten Bändchen zusammengehalten wurden. Mit Hut und prahlerischer Feder hinterm Band. Staubig, müde, mit ausgezehrtem Gesicht, leeren Augen. Beim Nachbarhaus baten sie um Wasser. Die beiden Bettler hockten stumm am Fenster und schauten zu, wie sich das Dorf leerte. Ein Spähtrupp. Soldaten kamen.

Eine leiernde und hoffnungslos eintönige Weise kam näher. Eine schöne Stimme, schneidend, volltönend; eine andere tief, der einen Halt und Fundament gebend für die Höhen; die dritte schwächlich, abschweifend, suchend – aber immer wieder diese kurze Weise, leiernd und immer wieder leiernd. Hundegebell mischte sich darunter und schlug ein in diesen Singsang, diesen Klagegesang.

Dann erblickte er sie. Die drei Sänger saßen vorn auf ihren Pferden, neben ihnen ritt der Musikant. Seine Pfeifen und Bälge hatte er über den Pferdehintern gehängt, sodass sie locker herabbaumelten wie das Euter einer trockenen, gelten Kuh. Die drei sangen. Sie blickten ins Leere und jaulten ihr Lied ohne jeden Rhythmus und Takt, so langweilig wie die Straße selbst. Hinter ihnen ritten die Offiziere. Koppelzeug und goldene Bändchen hingen von ihren verblichenen Uniformen herab. Sorglos unterhielten sie sich und spuckten aus. Um das Wüten der Dorfhunde, die sie anknurrten und anbellten und nach ihnen schnappten, scherten sich weder sie noch ihre Pferde. Durch wie viele Dörfer waren sie so schon geritten, von wie vielen Hunden waren sie schon angebellt und angejault worden. Jetzt kam die Mannschaft im Staub herangeschlurft. Ohne jede Ordnung sahen sie müde zu Boden oder ließen ihre willenlosen, müden Augen über die Häuserfronten schweifen. Sie sahen zerschlagen aus und schienen voller Überdruss. Auch das sind Heimatlose, dachte Johann Ott, auch die sind unterwegs und auf der Flucht. Verfolgt oder auf der Flucht, ganz gleich. Kein Heldentum, kein Widerhall großer Schlachten, kein Echo von Kanonendonner und Blut, nichts von alledem in ihren Augen. Nur Überdruss. Aus welchem Küstenland kommen sie, und wohin treibt man sie? Nach Bosnien oder nach Ungarn oder nach Bayern? Ganz gleich. Überall Dörfer an der Straße, überall Hundegebell, dann eine kurze Schlacht und wieder Marschieren ohne Ende und Ziel. Auch sie sind abgestorben und abgestumpft, auch ihrem Gedächtnis ist das Heim in den Bergen, ist das Kirchlein, das zur Sonntagsmesse läutet, sind die Weihnachtsfreuden und das warme Festtagsbrot auf dem Tisch abhanden gekommen. Geblieben sind die Straße und dieses Leiern da vorn, dieser schleppende und kraftlose Singsang. Die Pfeifen des müden Musikanten, die von Zeit zu Zeit ertönen. Befehle. Rasten. Schlafen. Marschieren. Ewiges Einerlei. Ein Tausendfüßler von Kampf zu Kampf, von Dorf zu Dorf, unter den ängstlichen Blicken der Bauern: Dass sie nur nicht hier haltmachen. Der Tausendfüßler auf seinem endlosen Weg im Dienste des großen Herrschers.

Er sah, dass das Dorf stumm blieb. Einige Kinder rannten hinter ihnen her, und auch die wurden von ihren Müttern mit besorgtem Glucken erfolgreich wieder unter die schützenden Flügel zurückgerufen. Nur die Hunde, die liefen noch eine Weile hinter ihnen her. Zurück blieb eine Staubwolke, die sie mit ihrem Schlurfen aufgewirbelt hatten. Sonst nichts. Und dieses kraftlose, schleppende Leiern, das sich in der Ferne verlor und bewies, dass sie nicht mehr da waren, dass sie nie dagewesen waren, dass es sie überhaupt nie gegeben hatte.

– Die leiern und jaulen vielleicht, sagte Anton und lachte mekkernd durch sein rotes Zahnfleisch, die jaulen aus Verzweiflung.

– Voller Blut werden sie daliegen mit hohlen Augen, sagte Johann Ott.

– Wir haben es besser, lachte Anton weiter.

– Niemand hat es besser, sagte Johann Ott. Traurige Umtriebe. Überall diese blutigen und traurigen Umtriebe.

*Eines Mittags in einem einsamen Haus.*

*Nach getaner Arbeit, in einem Klostergarten, aus der Kirche tönender Gesang.*

Er blätterte in den Papieren, die der Kapuziner auf der Bank vergessen hatte. Anton fuhr mit seltsamen Gesten durch die Luft und philosophierte und redete mit sich selbst. Aus der Kirche drang mächtiger Gesang, der bis an den Himmel reichte. Die Augen glitten über dieses dunkle Buchstabengewimmel. Auf einmal verharrten sie.

Die Pupillen hakten sich in den Textabschnitt ein. Er zuckte zusammen. Las. Noch einmal. Laut.

„Die Vorliebe und das Bestreben, auf Bergen und in der Waldeinsamkeit Kirchen zu errichten, rührt nur von Landstreichern, Köhlern und völlig rohen Menschen her, die dem Müßiggang und einem ausschweifenden Leben frönen, die nichts besitzen und ihren Verdienst auf unehrlichem Wege suchen. Verbrecher, Träumer, Besessene, Betrüger und Nichtstuer, die reif sind für die Galeere, wählen auf den Bergen, in den Wäldern oder im Dickicht der Täler geeignete Orte, säubern sie vom Gestrüpp und locken das Volk damit an, es würden dort Wunder geschehen."

– So steht es da geschrieben? fragte Anton.

– Genau so, sagte Johann Ott.

– Über Wunder braucht man sich nicht zu wundern, sagte Anton. Der Stab hat sich in eine Schlange verwandelt.

– Träumer, Besessene und Betrüger, sagte Johann Ott und sah ein Haus an einem Waldrand, Männer, die in hitzigem Gespräch die Köpfe zusammensteckten. Urban Posek, dachte er. Irgendwo in der Welt gehen Urban Posek und Jakob Demšar hinter mir her, und irgendwo auf der Welt wetzt jemand die Klinge für meinen Hals.

*Nach der Arbeit, in einem Klostergarten, aus der Kirche tönender Gesang.*

*Auf der Straße, Rauhreif, Frost unter den Füßen.*

Von rechts kam ein Ausruf und danach helles Geschrei. Ganz automatisch suchten die Füße ein Versteck, aber es gab nirgends eines; überall Allmende, schütteres Baumwerk überall. Nach den Stimmen kamen Gestalten. Langsam, wie Gespenster erhoben sie sich aus der Schlucht und näherten sich in traumgleichem Lauf der Straße. Eine größere Gruppe von Männern und Frauen. Die Männer fuhren mit blanken Schwertern durch die Luft und schlugen Zweige von den Bäumen. Sie stießen Rufe aus, die Frauen schrille Schreie. Die Braut in Begleitung der Frauen auf der einen Seite und der Bräutigam mit seinen Gefährten auf der anderen strebten ihrem Heim zu, über Feld und Flur und ungewöhnliche Plätze.

Anton hatte einen Laib Roggenbrot erwischt.

– Sie vertreiben die bösen Geister, sagte er, dann wird die Ehe gut, und es gibt Glück im neuen Heim.

– Vergeblich, sagte Johann Ott, vergeblich. Nur, warum rennt in diesem verfluchten Land alles und ist irgendwohin auf der Flucht?

*Auf der Straße, Rauhreif, Frost unter den Füßen.*

*Im dämmrigen Stall, in der Wärme der Tierleiber.*

Hier hinein haben sie sich verkrochen, vor dem scharfen, nasskalten Wind, der draußen wehte. Es stank und war warm vom Dung, von den dicken, mächtigen Tierleibern. Die fraßen und glotzten ins Dunkel, diese Leiber, und schieden geräuschvoll ihren Kot aus, der ganze Dreck fiel ihnen mit lautem Klatschen vor die Füße. Mitten in der Nacht quietschte die Stalltür. Zwei Schatten schlüpften herein. Sie wisperten und flüsterten. Dann wurde es lauter und unruhig, sodass die Tiere erregt wurden. Etwas Weißes, Helles, Weibliches leuchtete auf in der Finsternis. Sie kletterte höher, und ein warmer Schatten umhüllte sie mit kraftvollen Armen. Er hielt den zerbrechlichen Frauenkörper in seinen Händen und presste ihn gegen die Wand. Er lehnte sie gegen die Wand, und die zarten Beine schlossen sich wie Schlingpflanzen hinter seinem Rücken. Die beiden röchelten und stöhnten und suchten einander. Die Tiere traten unruhig hin und her, als sie, kurz, undeutlich, aus der Kehle ihr dumpfes A, Aaa gurgelte und es dann unter unregelmäßigen Atemstößen in seltsam gedehnte, abgebrochene, abgerissene Schreie auszog, als würde es ihr den Atem nehmen. Er keuchte rhythmisch und vergaß sich, presste krampfhaft ihre Beine an seine Hüften und drückte mit aller Kraft gegen die Wand. Die gedehnten Schreie kamen schneller und wurden auf einmal zu einem einzigen Aufschrei, sodass seine Hände losließen und die weißen Schlingpflanzen nach einiger Zeit leise hinabglitten. Sie löste und entklammerte sich und sank zusammen in ein kraftloses, dunkles Häufchen am Boden. Darüber gebeugt stand dieser Schatten mit seinem breiten Rücken, seinem tiefen Atem der Erleichterung. Ohne Worte. Alles geschah ohne Worte. Auch dann, als sich die Schatten rührten und durch die Tür hinaustraten, sodass etwas von der beißenden Winterkälte hereinschlug.

Die beiden lagen im Halbschlaf im stinkigen Stroh. Bis zum Morgen machten sie kein Auge zu.

Als die erste bleiche Morgendämmerung auf ihr Bettlerlager schien, richtete sich Anton auf und beugte sich über die leeren und seltsam hohlen Augen Johann Otts, die ruhig an die Decke starrten. Als glotzten die Augen eines Leichnams.

– So lieben sie sich, sagte er. So liebt dieses Volk.

– So paaren sie sich, sagte Johann Ott.

– Schlecht steht es mit dir, sagte Anton und hauchte sein lautlos meckerndes Hehe durch den zahnlosen Mund. Es brennt dir in den Eingeweiden. Schlecht steht es mit dir. Diese Prüfung hast du nicht bestanden.

*Im dämmrigen Stall, in der Wärme der Tierleiber.*

*Eine beschwerliche Prozession.*

An der Spitze schritten barfüßige Mönche. An der Spitze schwankte hoch über ihren Köpfen ein großes schwarzes Kreuz. Dahinter drängte sich eine geballte, wogende Menge von Körpern. Unter stetem Vorrücken, Sichbewegen, unter unaufhörlicher gewaltiger Anstrengung. Fackeln und Kerzen in diesem Abendschein, den die Nacht verschluckte. Aufschreie und Geißeln. Auf den Knien, auf allen Vieren. Gebete gestöhnt, Gebete geflucht. Manche schlugen den Kopf gegen den Boden, hämmerten mit den Händen gegen die Brust, wie besessen und von Sinnen benahmen sie sich. Diese Nacht hatten die beiden an einem Waldrand haltgemacht. Sie sahen die Feuerräder, die die Wallfahrer in der dumpfen Nacht zu Tal schickten.

– Es lebt wieder auf, sagte Anton. Unter dem Schutz der Kapuziner, auf neue Art, anders, aber es lebt wieder auf.

In dieser Nacht wurde Johann Ott von einer Krankheit befallen.

– Ein verwirrtes Volk, sagte Anton, krankhafte Überreiztheit, Glaubenswirren, neue Propheten, Erscheinungen und Wunder.

In dieser Nacht wurde Johann Ott von einer Krankheit befallen.

– Falsche Propheten sind aufgestanden, sagte Anton, das Ende der Welt ist gekommen.

Ein Fieber schüttelte ihn, und kalte Schweißtropfen traten ihm auf die Stirn. Er sah Feuerräder und Menschen, die sich um die Kirche oben auf dem Berg scharten. Sie zitterten am ganzen Leib und wanden sich, als hätten sie die Fallsucht, wälzten sich, manche auf dem Bauch, manche auf dem Rücken, schlugen sich mit Geißeln und krümmten sich sonderbar.

– Diese Verbrecher, Träumer, Besessenen, Betrüger, sagte er, dieser Wahnsinn von einem Ende des Landes zum anderen. Einmal legt er sich, und dann erhebt er sich wieder. Jetzt sind es die Feuerräder, und wieder gibt es einen neuen Anfang. Feuer. Die Erde dröhnt. Urzeiten erstehen.

In dieser Nacht hatte Anton sonderbar klare und blaue Augen. Er sah das Fieber und die Krankheit, die sich in Johann Ott ausgebreitet hatten.

Diese Nacht sprach Anton mit ruhiger Stimme zu dem kranken Mann.

– Mit dir steht es schlimm, sagte er. Alles hast du gesehen, und nichts hast du verstanden. Jedermann wird durchgewalkt und durchgeknetet in diesen Zeiten. Aber die anderen wissen, warum. Du hast keine der Prüfungen bestanden.

*Eine beschwerliche Prozession.*

Ab dieser Nacht gab es für Johann Ott keinen ruhigen Augenblick mehr. Die Angst saß ihm im Nacken. Ohne Pause schleppten sie sich von Dorf zu Dorf, sodass Anton schließlich nicht mehr folgen konnte.

So würden sie sich trennen müssen. Mit Johann Ott ging es offenbar immer weiter bergab, und er konnte nicht verstehen, dass der Boden noch immer nicht erreicht war. Dass der Bettelstab nicht die letzte Station war, dass es bis zum Aufprall noch tiefer war. Der Wahnsinnsschlund hatte ihn völlig und endgültig in sein diesseitiges Inferno gezogen, rastlos trieb es ihn voran auf dem Weg seines dunklen Schicksals. Was zog und riss an ihm in jener Nacht? Und wohin zerrte es ihn? Warum sträubte er sich, warum wollte er an den Rand des Kreises flüchten, sodass ihn das Räderwerk immer wieder zur Mitte zog? Er wollte sich freimachen, er wollte sein Schicksal selbst bestimmen. Warum schloss er sich nicht irgendwo an, warum suchte er keinen gütlichen Ausgleich mit Gott oder dem Teufel, mit beider Gefolgschaft hier auf Erden? Warum hatte er seine Brüder im Bund verlassen, seine Freunde geflohen, warum schleppte er sich mit seinem verfluchten Eigensinn durch die Welt und flüchtete und irrte umher? Warum trug er alle Wirren und Seelenkrankheiten seiner Zeit in sich? Warum lehnte er sich nicht auf, warum kämpfte er nicht dagegen an, warum war er nirgends mit entschlossenem und entflammtem Herzen dabei? Hätte er sich doch in sein neues Bettlerdasein, in sein Lumpenleben geschickt. Hätte er doch gebettelt und gestohlen, in Ställen und Scheuern und Wäldern geschlafen, mit diesem Völkchen Freud und Leid geteilt, hätte er doch nur versucht, dessen Glück und Trauer zu verstehen. Hätte er sich doch mit diesem seinem Lumpenleben zufriedengegeben.

Er ertrage ihn nicht mehr, schrie er eines Tages an einer Wegscheide im Wald, er könne nicht mehr, könne sie nicht mehr ertragen, nicht mehr sehen, hören, spüren, diese seine unaufhörliche Gegenwart. Seine verfluchte zahnlose Mundhöhle, die andauernd irgend etwas philosophierte und kaute und mümmelte und mahlte, seine krächzende Stimme, seinen Buckel, seine mageren Diebs- und Bettelhände, die sie ihm eines Tages noch auf irgendeinem Hackblock abhacken würden, sodass dann nur noch die Stümpfe vor der Kirche bettelten. Dieses Ekel und diese wirren Ideen und Sprüche eines verdammt verrückten Haderlumpen und Räubers und Judas. Er selbst würde noch so werden, er selbst würde noch verrückt, wenn die Sache so weiterginge.

Anton sah verwundert auf dieses Toben und Schreien und Haareraufen. Dann senkte er den Blick. Er schwieg. Er schwieg lange. Dann hob er die merkwürdig klaren Augen, die plötzlich seltsam verständnisvollen Augen und sprach mit so deutlicher Stimme, dass Johann Ott ein Frösteln über den Rücken lief.

– Ich verstehe das, sagte Anton. Ich verstehe das gut. Aber eines sag mir, ehe wir uns trennen. Einen verborgenen Gedanken trägst du mit dir herum. Eine Idee treibt dich durch die Welt. Sag.

Johann Ott verstummte für einen Augenblick. Es war so, als spräche das bleiche und kalte Gesicht jenes blutigen Dulders, den er an jenem Morgen an der Wegscheide erblickt hatte.

– Was für eine Idee? stieß er zornig und schrill heraus. Ich habe keine eigene, nichtsnutzige Idee. Die hat Jakob Demšar. Und Urban Posek. Lampretič hat sie. Adam treibt sich mit ihr irgendwo herum in seinen Bettellumpen, so wie wir beide hier, und brütet irgendetwas aus und plant irgendetwas. Aber ich doch nicht. Ich sehe nur eines: diese Umtriebe und dieses Chaos. Diese Geisteskrankheit, die durchs Land geht und alles völlig durchtränkt hat, Erde und Luft und Menschen. Das habe ich schon einmal gesagt. Dafür haben sie mich schon einmal zermahlen und geschlachtet. Jetzt sage ich es noch einmal: *Eine Geisteskrankheit durchströmt die menschliche Materie. Darum muss all dies zerfallen, verwesen, vermodern.* Und ich mit.

– Du hast es ausgesprochen, sagte das bleiche Gesicht Antons mit verwunderten und sanften Augen. Du hast es ausgesprochen, dein MANE TEKEL FARES. Eine unsichtbare Hand hat es an die weiße Wand geschrieben, die du dort siehst.

Sein Gesicht war wieder struppig und fettverschmiert. Seine Stimme mümmelte wieder, und in seinem Blick hatte sich wieder jene heitere Unvernunft breitgemacht, die Johann Ott zum ersten Mal im Morgendämmern gesehen hatte.

– Aasgeier, sagte er. Einem Toten wolltest du die Stiefel ausziehen.

– Nichts verstehst du, lachte Anton wieder meckernd aus seiner roten Mundhöhle. Gar nichts.

Langsam wandte er sich um und schlurfte den Waldrand entlang davon. Johann Ott sah die gekrümmte Gestalt, die dahinzockelte und schwankte und immer kleiner wurde. Er winkte wegwerfend mit der Hand und drehte sich entschlossen um. Weiter, auf den Weg, hinunter, auf Saumpfaden zum Meer, alles von vorn und alles anders.

Ihm schien, er müsse schon weit vorangekommen sein, doch immer noch hörte er deutlich den gleichförmigen und schleppenden Singsang:

*Sankt Anton von Padua,*
*lass uns was zum Stehlen da.*

## 18

*Geheimgesellschaft Zauber-Jackl.*

Als er an diesem Abend oben auf dem Berg stand und hinabblickte, ergoss sich das letzte Licht des Tages in die unendliche Weite. Dort irgendwo, ganz am Rande, berührten sich Himmel und Meer. Diese ruhige und unendlich stille Fläche sah gefahrvoll aus. Gefahrvoll, aber verlockend. Denn dort unten, wo sich diese Fläche in den Berg krallte, war die Küste, war die Stadt, dort liefen alle Wege zusammen. Dort waren Hoffnung und Beginn für jeden. Seit je. Gestern und heute und morgen. Dort konnte man unter diesem oder jenem Vorwand, mit hellem Kopf und tätiger Hand, einschiffen, abstoßen, auf Fahrt gehen. Immer neu anfangen. Aufs Neue. Eine schlimme Zeit lag hinter ihm. Schmutzige Lager, einsame Wege, gefährliche Bergübergänge, Wald, Straße, Wind und Staub. Jetzt wollte er Lärmen, Menschen, Trubel, Gerede, Geschrei, warme, friedliche Menschengestalten. Zuerst wurde der Wald zu seinen Füßen allmählich dunkler, dann griff ein kühler Schatten nach dieser ruhigen Fläche und hinauf, in den Himmel. Unten sah er ein paar Lichter, und dort zog es ihn hin. Mit heiterem und entschlossenem Schritt stieg er hinab, immer tiefer, seinem Schicksal immer näher.

Doch nirgends ein Geräusch. Stille.

Kein Leben an diesem bekannten Berührungspunkt von Meer und Kontinent, keine Stimmen und Rufe, keine Schritte, nichts.

Das Stadttor gähnte wie ein weit geöffneter Rachen. Sein Herz schlug schneller, und seine Pupillen weiteten sich vor Verwunderung.

Keine diesbezügliche Kunde war in letzter Zeit durch die Binnenländer gegangen, auch in der Grafschaft Görz und unter den Fuhrleuten im Karst war nichts zu vernehmen gewesen. Keine Nachricht, dass hier unten etwas vorginge.

Aber hier unten ging etwas vor, ganz offenkundig stimmte etwas nicht.

Einen Moment blieb er stehen und sah in die schwarze Toröffnung hinein, dann strebte er raschen Schrittes hindurch, ins Dunkel. Seine aufgeweichten Stiefel schnalzten unter den Gewölben und in der engen Gasse zwischen den hohen Häusern. Auf einem kleinen Platz brannten einige Lichter. Fackeln waren an den Türen befestigt. Also doch Leben, doch Menschen. Aber still. Nur das Knistern des Feuers und ein dünner Luftzug, der es bewegte.

Die Stille nagte an ihm. Er blieb stehen, presste die Hände gegen die Ohren, darin dröhnte es vor Lautlosigkeit.

Es war so still, dass es an den Mauern fraß.

Er ging durch eine enge Straße, über die sich kleine Brücken mit Fenstern schwangen, und blieb wieder auf einem größeren leeren Platz stehen. Das gleiche Bild. Drei oder vier Fackeln mit Schatten, die in den Windböen flackerten und tanzten, sodass sie närrische Fratzen von unkenntlichen Formen an die Häuserfronten malten. Er trat zu einem Holzkarren, der an die Wand gelehnt war, und stürzte ihn krachend um. Der Lärm prallte in Stößen gegen die Mauern, lief über den Platz, kehrte mit seinem Echo zurück und floh dann ins Dunkel, in die schwarzen Gassen, die ihn verschluckten. Für einen Augenblick war über seinem Kopf ein Geräusch. Er sah hinauf und erblickte für einen Moment ein bärtiges Männergesicht, das mit einem Ruck wieder nach drinnen verschwand.

– He, rief er, he, ihr dort drinnen in eurem Loch!

Ein seltsamer und frecher Mutwille überkam ihn. Beim Näherkommen, beim Abstieg zur Küste hatte er gedacht, er werde irgendwo mit demütiger Stimme um Brot, um Arbeit, um ein Nachtlager bitten. Jetzt hatte er plötzlich sein zerlumptes Äußeres vergessen, in dieser verstörten leeren Stadt, in der man sich hinter den Fenstern zusammendrückte und sich versteckte, wo sie von Pestangst befallen waren, in dieser Stadt spürte er plötzlich wieder die einstige Kraft in sich.

Und wenn es auch die Krankheit ist, sagte er zu sich, und die Angst und die schweren Zeiten, umso besser, umso leichter. Und wenn hier auch Quarantäne ist. Gelichtete Reihen bedeuten, neue Leute werden gebraucht.

Er bekam keine Antwort. Er ging weiter, schlich durch die schwarzen Gassen und drückte auf die Klinken. Irgendwo würde es nachgeben. Irgendwo würde es leer sein. Er stolperte über einen Abfallhaufen. Katzen quietschten auf und sprangen hinter seinem Rücken weg.

Er war müde, zerschlagen, die Kehle voller Reisestaub, er war verwirrt von der ungewöhnlichen Stille in der Stadt. Eine tolle Kühnheit trieb ihn von Tür zu Tür. Irgendjemanden musste er doch finden.

Auf einmal schien ihm, dass da kein Weg mehr war, dass sich die engen Gassen seltsam kreuzten und mischten, dass alle Durchlässe gleich waren, die Fassaden immer ein und dieselben. Er ging schneller und stieß gegen die Türen und sah sich nach immer den gleichen Fenstern um, umgeben von einem Kranz von Figuren, von Heiligen und nackten Engelchen, an jedem Haus, um jedes Fenster der Reigen dieser stillen, winzigen Körper. Er ging schneller, obwohl ihn die Füße schon sehr schmerzten, plötzlich kam er ins Laufen, irgendwo musste doch der verfluchte Ausgang oder Eingang sein, er stieß mit dem Kopf an einen niedrigen Erker, sodass ihm das Blut über die Stirn rann, und dann wusste er nicht mehr, wohin noch mit dem Schritt. Er setzte sich auf eine abgewetzte Steinbank in der Dunkelheit an der Hauswand. Wo bin ich hingeraten? fragte er sich. Wo tappe und krieche ich herum? Er starrte vor sich hin. Ballte die Fäuste und murmelte.

Er stand auf, und hinter dem ersten Haus tat sich der Weg auf. Verwundert sah er sich um. Unbegreiflicherweise befand er sich wieder dort, wo er losgegangen war. Auf dem weitläufigen Platz, vor dem Haus, wo das bärtige Gesicht zurück in die Finsternis gehuscht war.

Der Wind zog stärker an, sodass die Fackeln fast erloschen, und hinter den Häusern war das Branden der ersten Wellen zu hören. Die Sprache des großen und gefahrvollen Meeres.

Diese ungeheure Wasserfläche herauszufordern, die bis an den Rand des Himmels reichte, dazu war er hergekommen. Jetzt bewegte sie sich sanft und brandete gleichmäßig gegen das Ufer hinter den Häusern. Jetzt antwortete sie ihm in ihrer dumpfen Sprache.

Er stand mitten auf dem Platz in einem Tanz von Schatten und Wind, der sich durch die schwarzen Löcher der Gassen schleppte. Allein.

Er hatte keine Wahl. Er schlug gegen die Tür.

Stille.

Keine Antwort.

Er ließ die Hände sinken und sah sich hilflos um. Hinter den Häusern brandete das Meer, und er spürte Angst und Wut, das Anwachsen des Zorns in seiner Brust.

Mit lautem Krachen zog er den umgeworfenen Karren hoch und knallte ihn gegen die Tür.

Augen glotzten ihn an.

Von allen Seiten starrten Augen, unzählige Augen tasteten über seinen Körper und schauten stumm auf sein wüstes Treiben.

Das da in seiner Brust jedoch stieg auf in die Kehle, und wieder packte er den Karren, zog ihn zurück und stieß ihn auf den Rädern gegen die Tür, wie einen Rammbock. Von dem Schlag knallte es schrecklich, es hieb die Stille entzwei, als würde ein großer Granitblock zerspringen, die Häuserfronten gerieten ins Schwanken und beugten sich über seinen Kopf.

Das half.

Er atmete tief, gegen die angebrochene Tür gelehnt. Dann spürte er unter der Hand eine Bewegung. Die Tür ging ein wenig auf. Er drückte sein Gesicht zum Spalt hin, um den Atem zu spüren und die Stimme des menschlichen Wesens auf der anderen Seite. Aber die Stimme kam tief aus dem Innern.

– Was treibst du, Narr? sprach es ganz leise und ganz menschlich auf der anderen Seite, doch im selben Augenblick schon hörte er rasche Schritte hinter seinem Rücken. Er wandte sich um und sah, wie drei männliche Gestalten mit Waffen in den Händen über den Platz gelaufen kamen und die tanzenden Schatten zerteilten. Ein wenig zögerte er noch in der Tür, ob er etwas sagen sollte, ob er den Männern, die so rasch näher kamen, etwas erklären sollte, ein wenig stand er noch dort, und im Nu waren sie da, und schon prasselte es auf ihn hernieder.

So war es gewesen. Alles ganz schnell und einfach.

Die schlimmsten Dinge geschehen immer ganz schnell und grundlos.

Wieder war er im Kerker.

*Erster Tag.*

Lump unter Lumpen. Zerlumpt und struppig unter Zerlumpten und Struppigen. Unter Verlausten und Räudigen, unter Räubern, Dieben, Strolchen, unter Aussätzigen und verdreckten Typen. Dem einen fehlte die Nase, dem anderen ein Ohr, dem Dritten zog sich eine tiefe Narbe übers Gesicht. Mit zufriedenem Gemurmel wurde er empfangen. Gleicher unter Gleichen. Es war ein kalter, steinerner Gang, zur Rechten dicke Eisengitter. In diesem Loch drängten sie sich. Vom Gang her kamen die Stimmen der Aufseher, und vom Gang kam morgens etwas Licht von wer weiß wo. Denn Fenster gab es keine und auch keinen blauen Himmel darin und keinen Stern am Himmel.

Den ersten Tag brachte der Wächter Essen und Wasser. Ausgezeichnetes Essen genaugenommen, schleimige Innereien mit Kukuruz. Es war kalt und abgestanden, aber er stürzte sich mit Wolfshunger auf die Mahlzeit. Er fraß und begriff nichts.

Der neben ihm betrachtete ihn mit ungewöhnlichem Interesse. Um die anderen kümmerte er sich nicht. Er glotzte auf sein Schlingen und auf seinen Adamsapfel, der an seinem mageren Hals auf- und niederging.

Dann beugte er sich zu ihm hinunter und zischte ihm ins Gesicht:

– Schwein, Giftmischerschwein.

*Zweiter Tag.*

Die Landstreicher führten ihre Gespräche. Unendlich langsam und konzentriert, als würde die Zeit kein Vorrücken kennen. Über das Gerichtswesen in der Republik Venedig. Über die Strafen. Über die Gefängnisse. Einer erzählte eine Geschichte von Fischen, die den Sträflingen das lebendige Fleisch vom Leibe rissen. Sie sahen vor sich hin und warteten, wann der Neuankömmling anfangen würde zu sprechen. Der aber schwieg. Er begriff überhaupt nicht, was vorging. Gegen Abend trat der narbengesichtige Hüne zu ihm und stieß ihn in die Rippen.

– Und du, sagte er, warum bist du hier? Raubdiebstahlmordvergewaltigung?

Er schüttelte den Kopf.

– Schlägerei?

Nein, schüttelte das gesenkte Gesicht den Kopf.

– Betrug?

– Nichts, rief er, nichts habe ich getan, ich weiß nicht, was ich hier soll, ich bin unschuldig.

– Hier, sagte der Riese, hier gibt es keinen Spitzel. Du kannst ruhig reden. Er schrie auf und stieß dem Narbengesicht mit aller Kraft vor die Brust.

– Das schert mich einen Dreck, heulte er, mich schert kein Spitzel, ich weiß nicht, warum man mich in dieses Loch gesteckt hat.

Der Hüne reckte sich gefährlich, doch dann überlegte er es sich plötzlich. Er wurde von Lachen geschüttelt.

– Der ist unschuldig, sagte er.

Und dann grölte die ganze Räubergesellschaft los, dass es sie zwischen diesen feuchten Mauern vor Prusten und Lachen fast umwarf.

An diesem Abend kam der Wächter und führte ihn fort. Er stieß ihn in ein kleines, finsteres Loch. Allein. Diesen Tag gab es kein Essen und kein Wasser. Er schlug gegen die Tür. Der andere sah vom Gang durchs Gitter und sagte:

– Fressen willst du, was? Fressen, du Giftmischerschwein?

*Dritter Tag.*

Am dritten Tag zog und zerrte ihn der Wächter in dem engen Raum herum. Er kreischte, dass ihm der Speichel aus dem Mund sprühte:

– Giftmischerschwein, alles Leben wolltest du hinmorden, alles umbringen, alles verpesten. Jetzt haben wir dich gekriegt, du Hund, du salzburgischer.

Jetzt brodelte es und verwirrte sich wirklich schon in seinem heißen Schädelbottich.

*Vierter Tag.*

Am vierten Tag aß er wieder Kukuruz und kaltes Gekröse. Hörte das Gekreisch des wahnsinnigen Wächters. Eines war ihm jetzt klar: Der Aufseher war wahnsinnig, nicht er, er bestimmt nicht, er redete kein so wirres Zeug.

Aber der Kerkermeister, der war wahnsinnig.

*Fünfter Tag.*

Sie kamen in aller Frühe. Zu dritt. Sie führten ihn den langen Gang entlang, durch eine Luke blendete grelles Tageslicht herein. Dieser Strahl fuhr ihm direkt in die Pupillen. Dann brannte es ihn in den Augäpfeln und im ganzen Kopf; und am Scheitel, unter den Haaren, schmerzte es seltsam beißend. Auch später noch, als man ihn in einen größeren Raum gebracht hatte. Als er sich die Augen rieb, sah er den hünenhaften narbengesichtigen Kerl vor sich, der ihn fröhlich anlachte. Hier saßen sie auf dem Boden und warteten auf irgendwen oder irgendwas. Die Männer brabbelten in allen Sprachen Babylons, das meiste war glucksendes Welsch. Das Narbengesicht verstand er.

– Keine Sorge, sagte der, wer hier ist, der ist schuldig. Gegen Mittag kamen sie wieder. Die Schlüssel rasselten unheilverkündend auf dem Gang. Jemand fuhr mit einer Schwertklinge über die Wand, sodass es metallisch scharf kratzte und in die Mauerritzen schlug.

Dann öffnete der mit dem Schwert in der Hand die Tür. Er sah ihm direkt in die Augen, als er rief:

– Hans Debelak!

Er sah sich um und wartete, wer sich melden würde, der andere aber glotzte ihn einfach weiter an. Lauter:

– Hans Debelak, habe ich gesagt!

Niemand meldete sich. Vielleicht müsste der Riese vortreten, warum meldete er sich dann nicht, warum sah denn dieser wahnsinnige Kerkermeister ihn an?

Der Kerkermeister drückte sein Schwert dem Nachbarn in die Hand und trat auf ihn zu. Er packte ihn an der Schulter, drückte ihn zuerst zu Boden und stieß ihn dann mit aller Kraft auf den Gang hinaus.

– Verfluchter Giftmischer, sagte er, willst du dich dumm stellen, oder was?

– Eine Verwechslung, rief er aus, eine Verwechslung! Er schlug und trat um sich, als sie ihn den Gang hinunterschleiften. Am Ende war eine schmale Treppe, die zu einer Eisentür hinaufführte. Hier hielten sie an.

– Jetzt schau genau her, sagte der wahnsinnige Kerkermeister und gürtete sich sein Schwert um. Er setzte eine stumpfe und amtliche Miene auf, diese Maske war über das ganze Gesicht gezogen und hinten fest zugebunden.

Als sie eintraten, glänzte und wogte ihm eine riesige Menge von Gestalten entgegen, voller Bewegung, Farben und Figuren, in einem schrecklichen Chaos der Natur. Von einer Wand zur anderen zog sich das Gemälde, vor dem sie stehengeblieben waren. Der Kerkermeister mit seiner Maske vor dem Gesicht trat vor und klopfte leicht gegen die Tür, die ins Innere führte. Er trat ein, und von drinnen war ein Gespräch zu hören. Fragen und Antworten. Sie standen derweil vor diesem riesigen Bild und seinem Gewimmel. Menschenleiber ohne Zahl im Chaos der Natur. Aufgewühlt das Meer und der Luftraum, und im Hintergrund das Wrack eines Schiffes. Darüber ein rotes Banner mit Kreuz, das herumwirbelte und sich drehte, sodass es von hoch oben hinunter in die Tiefe stürzte. Vorn eine Menge Leiber. Hände, ausgestreckt zu Gebet und Fluch, Bitte und Drohung. Gereckte Finger in letzter Lebenshoffnung, geballte Fäuste in letzter Anstrengung. Ganz vorn die weit geöffneten Augen eines Gesichts, das ihn ansah. Grauen stand in ihnen, und ganz erfüllt waren sie von Jenseitigkeit. Über das Gesicht ausgegossen, die rote Farbe eines grellen Blitzes. Ein Frauenkörper, weiß, entblößt, ohnmächtig, über diesem Körper ein ergebenes Gesicht. Zerrauftes Haar, den Blick abwärts gerichtet, auf die Füße. Schwarze Massen eines dickflüssigen Meeres überfluteten diese Leiber, und die Gischt stob hinauf zum Himmel. Zerfetzte Gewänder, die der Wind in das Chaos von Meer und Himmel zerblies. Verlorene Leiber, all diese gekrümmten und angespannten Gestalten unmittelbar vor der Vernichtung.

Ein muskulöser Mann mit weit geöffnetem Mund und der Faust zwischen den Zähnen. In sich selbst verbissen, in seinen Körper. Diese Fratzen und Farben und das Chaos und das Banner mit dem Kreuz, das in den Abgrund stürzte.

Hier war das Ende aller Wege. Hier prallten Wasser, Erde und Himmel aufeinander. Dieses Bild über die ganze Wand. Dieses Chaos. Dieses Tor zur Hölle.

An diesem Bild vorbei zu einer sich öffnenden Tür und in einen Raum mit hohen Bogenfenstern. Licht, das hindurchfiel, darin eine ruhige Gestalt. Am Tisch ein Mann mit Spitzen am Kragen. Mit Spitzen und mit Fragen.

Der Dialog war kurz.

Der Frager tastete seine Gestalt mit Blicken ab.

– Du siehst ziemlich zerlumpt aus, sagte er und verzog die Lippen nach jenem hin, der aus dem Fenster sah: Könnte der Richtige sein. Sag, fügte er nach einiger Zeit hinzu, warst du einmal in Salzburg?

– Ja, antwortete er, aus Geschäftsgründen.

– Aus Geschäftsgründen, wiederholte jener und lachte. Wenn du nur da warst.

– Aber jetzt bettelst du, sagte der bärtige Bescheidwisser, man hat dich auf einsamen Wegen ausgeraubt, und jetzt bist du auf der Suche nach den Deinen und siehst dich nach Arbeit um, ist es so?

– Genau so, bestätigte er, als ihm plötzlich schien, dass es eigentlich ganz gleich war, was er antwortete, dass hier nach der Logik eines geheimen Systems und Mechanismus bereits alles entschieden war.

– Und von den Landstreichergesellschaften und Geheimbünden, fragte der Mann mit den Spitzen, davon hast du doch schon gehört?

– Na ja, zögerte er, wie soll ich sagen, überall, jeder hat schon davon gehört, die Welt ist voll davon.

– Von einem bestimmten Namen, sagte der eine und stand auf. Zauber-Jackl, sagt dir das etwas?

– Nein, entgegnete der Haderlump ohne Zögern.

– Nicht? Er trommelte mit den Fingern auf den Tisch und lehnte sich mit der Hüfte dagegen. Komm schon, Zauber-Jackl.

Er schwieg.

– Zauber-Jackl, sang der andere nun fast mit monotoner Stimme, Zauberzauberjackl.

Er gab keine Antwort.

– Hör zu, Debelak, sagte der spitzenbehängte Untersuchungsrichter, du weißt genau, was Zauber-Jackl bedeutet.

– Ich weiß es nicht, fing er mit etwas erhöhter, aber müder und apathischer Stimme zu sprechen an. Ich bin kein Debelak, und ich weiß nicht, was Zauber-Jackl bedeutet.

– Na gut, der Mann nahm am anderen Ende des Tisches Aufstellung und lächelte ihm aufmunternd zu, nun, dann sag schon, was du bist und wer.

– Johann Ott, sagte er, und es klang nicht allzu glaubhaft, Johann Ott aus dem Fürstentum Neisse.

– Und vom Namen Zauber-Jackl hast du nicht gehört?

– Nein.

– Aber in Salzburg bist du gewesen?

– Ja.

Die Gestalt am Fenster rührte sich und drehte sich mit nervösem Ruck in den Raum hinein.

– Genug, sagte es vom Fenster her, und über dem Lichtkegel winkte eine weiße, glatte, mit Ringen besetzte Hand unwillig ab. Genug.

Als sie ihn zurückbrachten und er sich nach jenem Gemälde umdrehte, hörte er Musik. Irgendwo in diesem Haus, in einem der oberen Stockwerke, war jemand mit dem Saitenspiel beschäftigt. Jemand zupfte auf einer Viola, ganz deutlich und schön waren die Töne zu hören, die von fern über dieses Bild strömten.

Unten an der Treppe löste der Kerkermeister die Maske und entspannte sein Gesicht.

– Lügst du jetzt noch, du Schwein? sagte er. Lügst jetzt noch!

Die ganze Zeit, den ganzen Gang entlang stieß er ihn in den Rücken und zischte irgendwelche undeutlichen Anschuldigungen.

Im Warteraum erblickte Ott wieder den narbengesichtigen Hünen.

– Hast du gesehen, was für eine Angst sie haben? flüsterte der. Belagerungszustand ist draußen. Nur in diesem Haus ist Leben. Die Stadt ist leer. Belagerungszustand. Die Angst treibt sie, darum schikanieren sie uns.

Er hatte nicht das Gefühl, einer von denen hätte Angst gehabt. Ganz ruhig und gesammelt waren sie ihm vorgekommen. Fast gelangweilt. Als säßen sie seit jeher und für immer an diesem Ort und verhörten, als wüssten sie alles und verstünden alles. Sie hatten keine Angst. Er aber spürte sie unter der Haut, und er verstand nichts.

*Sechster Tag.*

Am sechsten Tag sagte er: Gott. Was treibst du Scheußliches mit mir?

*Sei's auch noch so fein gesponnen, es muss doch ans Licht der Sonnen,*

denn am siebten Tag, schon in aller Frühe, rasselten die Schlüssel. Jetzt führen sie mich aus dieser Nässe und diesem Eisen hinauf, zu jenen Menschen, die sich mit Gemälden und Musik beschäftigen, dachte er. Aber das taten sie nicht. Am siebenten Morgen führten sie ihn durch die leere Stadt. Er sah die schwarzen Straßen, die kleinen Brücken mit den Heiligen und Engelchen darüber, die hohlen Fenster. Der Wind zog durch alle Öffnungen der leeren Stadt. Es gab wirklich kein Leben. Hier herrschte tatsächlich eine Art Belagerungszustand. Er hielt ein wenig inne unter dem Fenster jenes Hauses, wo damals der Männerkopf weggehuscht war. Wann war das gewesen? In welchem Traum? Er sah die angeschlagene Tür. Hier hatte jemand einen Holzkarren dagegengeknallt.

Er wurde vor die Richter geführt. Hinter ihren Köpfen regte sich träge und gefährlich die große blaue Fläche des Meeres.

Jetzt ging den spitzenbehängten Männern die Arbeit rasch von der Hand.

Über ihn wussten sie alles.

*Zauber-Jackl.*

Er hieß Hans Debelak. Er stammte aus Krain. Er war verkleidet durch die Welt gezogen. Hier als Bettler, dort als Kaufmann. Mitglied einer geheimen Mörder- und Räuberbande war er gewesen und war es immer noch, einer Bande, die die Fundamente der gesunden Welt untergrub, die alles vernichten wollte, was gesund, gerecht und göttlich war auf dieser Welt. Beharrlich nagte sie an den Grundfesten der deutschen, österreichischen und venezianischen Lande. Schurke, Giftmischer, Alchimist. Die Gesellschaft Zauber-Jackl hatte sich nach den schlimmen Kriegen stark ausgebreitet. Eine Untergrundorganisation. Eine von den vielen, die in der Welt wühlten und metzelten. Illegale. Terror. Mit allen Mitteln zerstörten sie die weltlichen und geistlichen Gesetze. Jetzt hatten sie mit dem Vergiften von Brunnen angefangen und von Wein und Nahrungsmitteln. Irgendjemand unterstützte sie. Irgendjemand bezahlte sie und hetzte sie auf. Sie standen vor der Vernichtung, aber ihre Mitglieder streiften noch mit letzter Anstrengung durch die Welt, in einem letzten landschreckenden, giftstreuenden Aufbäumen. Die Menschen schlossen sich ein. Strenge Sicherheitsmaßnahmen waren getroffen worden. Niemand ging mehr auf die Straße. Es herrschte Belagerungszustand.

Er stritt alles ab und widersetzte sich verstockt der offenkundigen Wahrheit. Apathisch, aber beharrlich behauptete er:

– Das ist nicht wahr. Ich bin Johann Ott, im System und in den Ermittlungen liegt eine Verwechslung vor. In Salzburg bin ich gewesen und in den Binnenländern, aber mit einer geheimen Räuberbande habe ich keinen Kontakt gehabt.

*Zauber-Jackl.*

Unnötig. Sinnlos waren seine dürftigen Antworten. Hans Debelak, der Krainer Bettler, der bekannte Angehörige der bekannten Familie Debelak, die sich mit Herz und Seele der Geheimgesellschaft Zauber-Jackl verschrieben hatte, war durch seine Verbrechen an diesem Ort und anderswo wohlbekannt. Bei Sankt Lorenzen und auf Huje, wo er sich zahllose Straftaten hatte zuschulden kommen lassen – Angriff gegen einen Gerichtsdiener, versuchte Vergewaltigung, Entwendung von Devotionalien aus einer Kirche, Ketzerei, Verbrechen ohne Anfang und Ende. Die Geheimgesellschaft Zauber-Jackl hatte ihn geschickt, damit er auch in den Städten der venezianischen Republik Chaos, Wahnsinn und Tod säte.

*Wahnsinn brach aus seinen Augen,* Irrsinn überzog das Gesicht des struppigen Haderlumpen. Immer wieder öffnete er den Mund und versuchte zu sprechen, aber es kam nur ein seltsames Lallen heraus, die unverständliche Sprache eines Stummen. Es war, als gäbe es da drinnen nur die Wurzel einer abgeschnittenen Zunge, als wären in diesem Blick jedwedes Erkennen und jedwede Vernunft erloschen.

*Zauber-Jackl.*

Die Welt war zu diesem Zeitpunkt gut unterrichtet. Informationen kursierten solide und rechtzeitig. Die zuständigen Behörden arbeiteten zusammen. Er solle nicht glauben, er solle nur nicht glauben, er könne sie mit seinen Lügen und seinem Gelalle täuschen. Dem Terror und den Untergrundorganisationen rückten sie mit vereinten Kräften auf den Leib.

Rechtzeitig hatte man erfahren, dass in den Salzburger Prozessen die illegale Vereinigung von Landstreichern, Tagedieben, Bettlern, Erzgängern und sonstigen verdächtigen, gerichtsnotorischen Personen keineswegs – rechtzeitig hatte man erfahren, dass die Gesellschaft Zauber-Jackl noch längst nicht vollständig vernichtet und ausgerottet war. In Krain lebte die Gefahr weiter in den Debelaks, diesen Landstreichern und Bettlern. Das Geschmeiß rückte zum Meer vor wie die Pestilenz. Wie das Ungeziefer mit den Keimen des Irrsinns und Wahns, wie die Heuschrecken, wie die Zersetzung selbst. Mit Alchemie und Zaubertränken bewirkten sie ihre Zerstörung. Hans Debelak war hier, die anderen waren ihnen schon in die Hände gefallen oder würden es noch.

Sie hatten ihn.

Sie verhörten ihn.

Die Anklageschrift war kurz.

*Erstens:* Er ist aktives Mitglied der Geheimgesellschaft Zauber-Jackl.

*Zweitens:* Er hat als Glied der Gesellschaft gewirkt, verkleidet als Bettler und Kaufmann.

*Drittens:* Er ist in die Stadt gekommen mit giftmischerischen Absichten, um Chaos, Angst und Wahnsinn unter den Menschen zu säen.

*Viertens:* Alle Umstände und alle Angaben sprechen auch von seinen früheren Verbrechen und seinem – nach dem Gesetz aller Länder – strafbaren Tun.

In Hinblick auf den Ausnahmezustand, der an diesem Ort herrscht, möge das Urteil im Schnellverfahren ausgesprochen werden, unter Berücksichtigung der allgemeinen Strafprinzipien, die für solche Fälle Gültigkeit haben.

An Beweisen war kein Mangel.

Einsprüche erhob er keine.

*Urteil:* Galeere.

Lebenslänglich.

Sätze, die nicht gesagt werden konnten, all die Worte und Gedanken, die nicht mehr geformt und verständlich ausgesprochen herausgelassen, zufriedengestellt werden konnten, ein Herumirren ohne Sinn und Ordnung durchströmte das Gewebe und kroch überall durch den Raum, die Wände empor und durch sie hindurch. Es ging über die Grenzen des Verstandes, es überstieg die Grenzen des Verstandes, nichts war mehr klar, was sie mit ihm vorhatten, die ungesagten Worte würden ihn umklammert halten und in ihn zurückkriechen, jetzt war er ein Springer, jetzt Satans Verbündeter, jetzt Kaufmann, jetzt Verschwörer der häretischen Stifterbewegung, jetzt Mitglied der Geheimgesellschaft Zauber-Jackl, jetzt lebendiger Narr und jetzt lebender Leichnam. Das war ein Traum, so kroch und höhnte es unten zwischen den Steinen, das musste ein Traum sein.

Die wahren Traumdinge aber kamen erst jetzt. Bis zum letzten würde er sein Traumleben austräumen, denn jetzt ging der Mann auf die Galeere. Galeere, hatte der Richter gesagt. Galeere.

# 19

*Es ist still, es schimmert leicht, und seine Fläche regt sich tückisch in mächtigen Schichten. Da unten gibt es wilde Fleischfresser, einer verschlingt den anderen. Der Galeot zwischen seinem Himmel und seinem Meer.*

Auf der einen Seite war die Küste mit ihren hohen Klippen, ohne Grün, ohne Bäume und ohne menschliche Ansiedlungen, auf der anderen Seite berührten sich Wasser und Himmel. Dort, irgendwo hinter dieser Linie, begann das Westliche Meer.

Aber schon das Meer hier, der Wächter des Westlichen Meeres und Warner vor dessen Gefahren und Schrecken, war für den Menschen äußerst widrig. Schon sein Anblick: Es war still, es schimmerte leicht, und seine Fläche regte sich tückisch in mächtigen Schichten, als würde unten jemand mit Riesenkraft, die Beine in den Boden gestemmt, große Blöcke auf den Rücken wuchten. Das waren keine Wellen, hier gab es überhaupt keine Wellen, denn hier gab es auch keinen Wind. Nur ein stilles, schimmerndes, tückisches Sichregen. Man durchsegelte und durchruderte es kaum in vier Monaten. Kein Lüftchen trieb das Schiff, so tot war der untätige Wind dieses trägen Meeres. Auf den Wellen schwamm dichter Seetang. Das Wasser war schwer, und unablässig kreuzten darin Meeresungeheuer auf ihrer Bahn. All diese wilden Bestien schwammen zwischen den trägen und langsamen Schiffen umher.

So war die Einfahrt ins Westliche Meer.

Aber das Westliche Meer selbst, das war so groß und so schrecklich, dass ein Vogel es nicht in einem Mal überfliegen konnte. Hätte man es durchqueren wollen, wäre man in immer größere Finsternisse und immer undurchdringlichere Nebelbänke geraten und hätte sich schließlich in ein schreckliches und chaotisches Gemenge aus Wasser und Himmel verirrt, wo Strudel und gähnende Tiefen den Reisenden in eine finstere Welt hinabgezogen hätten, aus der es kein Zurück gab.

Endlos war es und schrecklich, und die ganze Welt umgab es mit seinem Nebel, seiner Finsternis, seinen gähnenden Schlünden.

Einstmals nannte man es auch Meer der Dämmerung.

Der Eigner, ein rotgesichtiger und dickwanstiger Venezianer, wanderte ganze Tage nervös in dem engen Raum der Galerie, die am Schiffsheck angebracht war, auf und ab und sah immer wieder nach der Linie zwischen Wasser und Himmel. Die Aufseher, die Komiten, trieben an und prügelten. Der Kapitän spuckte und fluchte. Er spürte und witterte, er witterte den Wind und die Luft, er spürte, dass es sie von einem Tag zum anderen näher zu jener Linie dort hinzog. Das geschah unmerklich, denn die Küste schrumpfte nur allmählich, gerade von einem Tag zum anderen, die Felsen wurden nur sehr langsam niedriger, sodass selbst ein geübtes Auge es kaum wahrnahm. Er aber spürte und witterte, dass es sie dort hineinzog. Deshalb spuckte und fluchte er und trieb zusammen mit den Komiten Mannschaft und Galeerensklaven an. Die Mannschaft steckte die Köpfe zusammen. Welcher Teufel hatte sie in dieses Windloch gezogen? Sie schufteten, schwitzten und warteten, wann sie herauskommen würden. Die Kaufleute ratschlagten beunruhigt oder gaben erregt unflätiges Zeug von sich. Die Soldaten gähnten und zeigten einander die Meeresungeheuer, die das Schiff umkreisten und ihre hungrigen Mäuler weit aufrissen. Zimmerleute und Kalfaterer machten sich vereint an die Arbeit. Jetzt riefen sie hier, dann dort wild nach Hilfe und Werkzeug. Sie hatten viel zu tun, denn die leichte Dünung des Meeres war eigenartigerweise gefährlicher als die Wellen. An allen Ecken und Enden brachen Planken, wenn das Schiff vom Wasser in weite, aber krampfhaft pressende Umarmung genommen wurde. Unaufhörlich knarrte und quietschte es. Tag und Nacht sangen die Äxte und hallten die Hammerschläge, nachts brannte mitten auf dem Deck ein Feuer, und im Kessel blubberte das Pech wie in einem Höllenkessel.

Nur die Galeerensträflinge, nur die nahmen nicht am Schiffsleben teil. Sie waren sein Bestandteil, seine Antriebskraft, die ohne eigene Vernunft und wie ein Automat gegen die Reglosigkeit von Luft und Wasser kämpfte. Sie arbeiteten nach der Dreierregel; Rudern über den Bänken. In drei Schichten. Ein Drittel der Männer ruderte, die übrigen ruhten. Ihre Ruder waren mit Griffen an der Bank befestigt und ragten wie geschälte Äste in die Luft. So ging es zwanzig Stunden lang ohne Pause. Dann war jegliche Antriebskraft ausgeschöpft und ausgenützt. Das Schiff stand still mitten im reglosen Meer, das es knarrend umschlungen hielt. Dann begann es wieder von vorn. Sie zogen an den schweren Stangen, die sich unten zwischen den Algen verfingen, ohne Rhythmus und ohne Willen. Auch die Pfeife des Komiten war schon längst verstummt. Jeder kämpfte verbissen und krampfhaft für sich mit seinem Stück Holz gegen die schleimige und klebrige Masse da unten. Schweigend. Bis sie abgelöst wurden. Sie gingen und warfen sich aufs Lager und schliefen.

Der Galeot aber ließ trotz der gewaltigen körperlichen Erschöpfung nicht von seiner Sternguckerei. Nachts schaute er hinauf und sprach irgendetwas, irgendwelche unverständlichen Formeln, sodass dem grauste, der in dieses irrsinnige Gesicht blickte, das Worte und Zunge im Mund wälzte. Bei Tag fragte er laut und mit unverhoffter Verstandesklarheit in der Stimme:

– Was ist da unten?

Das alles war kein Zufall. Er wusste genau, dass dieses hässliche, schleimige, klebrige Meer seinetwegen hier war. Dass es sich seinetwegen so sacht und tückisch regte. Die ganze Zeit, seitdem er zum ersten Mal oben vom Berg auf sein gefährliches Wühlen und Nagen am Ufer heruntergeblickt hatte. Vom ersten Tag an und unentwegt nur seinetwegen. Und jetzt besonders und garantiert seinetwegen. Warum sonst hatte das Schiff plötzlich seine Richtung verlassen, warum sonst hatte der Wind vor Tagen so unerwartet das Segel gebläht, warum sonst waren die Wellen gekommen, die sie hierher getrieben hatten? Deutlich genug hatten es die alten Seeleute gesagt: Die Dünung des Meeres macht ein Geist, der verborgen ist in der Tiefe. Im Galeoten bohrte und knetete ein undeutlicher Gedanke: War dies ein und dasselbe Wesen, das ihn durch die Welt trieb, das ihm einen Feuerschein über dem Haus entzündete, eine Ungezieferwolke über sein Dach trieb, ihn auf einer Waldlichtung unter brennenden Herzen einem geheimen Bund zuführte, ihm den wahnsinnigen Anton und den wahnsinnigen Kerkermeister sandte, ihn hinabschickte zum Meer und in die leere Stadt, wo die Stille in den Mauern hockte, wo nur in einem Haus noch Leben war und von wo der Weg nur in eine Richtung führte, nur hierher zu diesen Räudigen und Verbrechern. Wenn es ein und dasselbe Wesen war, musste es auch hier in der Tiefe sein. Es würde ein Zeichen geben. Darum fragte er:

– Was ist da unten?

Die Kriegsleute hörten sein Fragen. Eines Tages, als sie nicht mehr wussten, was weiter anfangen, als sie die Kanonen schon zum hundertsten Mal geschmiert und poliert hatten, als sie nicht mehr wussten, wohin mit den Händen, wohin mit dem Schritt, wohin mit Kopf, Mund und Gedanken, sagte einer:

– Vielleicht ahnt der Narr etwas. Sehen wir nach, was da unten ist.

Sie knoteten Reepschnüre zusammen, so viel sie hatten, und befestigten daran ein großes Stück Blei. Sie schlossen Wetten ab: Die einen sagten, das Meer sei seicht, der Boden sei höchstens von Algen und anderen Pflanzen bedeckt, die anderen glaubten, das Meer sei tief, der Algenbrei schwimme an der Oberfläche und klammere sich daran fest. Der Geist aus den Tiefen aber sei da unten, tückisch und sachte bewege er das Meer und lasse das Schiff in seiner festen Umarmung erknarren. Wer sonst sollte es bewegen? Sie ließen das Lot hinab. Es sank tiefer und tiefer. Es entstand eine Stille, nicht einmal mehr die Ruder waren zu hören. Alles war zum Stillstand gekommen. Es kamen die Zimmerleute und Kalfaterer, es kam der Kapitän mit den Komiten und Kaufleuten. Das Schiff lag stumm in einem seltsamen Grauen der Erwartung. Nur die Planken knarrten weiter. Das Reep sank tiefer und tiefer in die Dunkelheit, und niemand wagte, dem anderen in die Augen zu sehen, denn er wusste, dass in ihnen die volle, die randvolle Angst nistete. Das Reep ging zu Ende, aber das Blei hatte den Grund nicht erreicht. Der Kapitän war ruhig.

– Das ist wirklich ein merkwürdiges Meer, sagte er. Jetzt wusste niemand eine Antwort, was da unten sei. Der Galeot schwieg und sah vor sich hin. Da unten waren schreckliche fleischfressende Tiere. Eines verschlang das andere. Das wussten sie.

Aber was noch? Was sonst noch?

Trotz alledem nahmen die Dinge einen anderen Verlauf. Der Galeot sah erstaunt die jauchzenden Menschen um sich herum. Sie schrien und lachten und weinten. Auf einmal hatte sich alles gewendet. Die reglose Ruhe der Vorhut des Westlichen Meeres hatte sich gerührt. Wein wurde ausgegeben, für jeden, vom ersten bis zum letzten, vom Sträfling bis zum Freiwilligen. Ist es möglich, sagte der Galeot zu sich, ist es möglich, dass es uns nicht ins Westliche Meer hineingezogen hat? Dort wäre es aus gewesen, ein für allemal, am Meeresgrund zwischen den Tieren und dem, was sonst noch da unten ist. Wir haben noch einmal Glück gehabt. Diesmal noch, ja. Über das Antlitz, das schon so viel Widerwärtigem und Grauenhaftem ins Auge geblickt hatte, über das Antlitz, das tausenderlei Geheimnisse kannte, und über den Mund, der all die geheimen Formeln gesprochen hatte, über dieses dunkle, sonnenverbrannte Antlitz liefen glückliche und warme Tränen.

Noch einmal Glück gehabt. Sie kamen voran, und nach drei Tagen erblickten sie die spanische Küste.

Die Begegnung mit dem Westlichen Meer oder dem Meer der Dämmerung war nicht das Schlimmste, was der Galeot auf dem Schiff erlebte. Jetzt fürchteten sich alle, allen nistete die Angst in den Augen, dem Kapitän und den Komiten, den Kaufleuten und den Schiffsversorgern, den Seeleuten und den Galeoten. Jetzt waren sie zusammengeschweißt zu einer Gemeinschaft, jetzt hatte sie die bodenlose Tiefe zu einem erschrockenen Knäuel zusammengeknüpft. Es war ein böses und gemeinsames Grauen, zuvor waren sie einer des anderen Hölle gewesen. Wo war der Tag, als man sie wie Tiere für den Jahrmarkt in Ketten auf die Galeere geschleift hatte! Dort hatten sie ihre Gefährten, die *salariati,* die Freiwilligen, erwartet. Die würden bezahlt werden, die würden ohne Ketten sein, fast ein Teil der Besatzung. Der Galeot war unter den *schiavi* und *forzati,* unter den Sträflingen und Verbrechern, die letzte, dreckige, nichtswürdige Arbeitskraft. Mit Ketten an den Füßen. Zu fünft an einem Ruder. Tag für Tag. Übungen. Jeden Tag waren sie hinausgefahren, jeden Tag hatten sie die Kunst ihres neuen Berufs besser erlernt. Rudern mit Bankkontakt, wenn das Schiff aus dem Hafen aus- oder einlief, eine Art Paradeschritt sozusagen, mit rhythmischem, geschlungenem Kurven der Ruder in der Luft. Rudern im Harkengang, eine noch schwerere Paradeschinderei, die Ruder in ununterbrochenem Wasserkontakt, sodass es rund um die Galeere schäumte. Rudern zwischen den Bänken, für lange Strecken, mit halber Kraft. Rudern über den Bänken, die reguläre, alltägliche Antriebskraft. Auch später, als sie angelernt waren, lief die Arbeit ohne Anfang und Ende. Jetzt mussten die Muskeln gehärtet werden. Tagtäglich, auch wenn die übrige Mannschaft ruhte, tagtäglich hinaus aufs Meer. Der Körper durfte nicht abschlaffen, die Glieder mussten versteinern in unaufhörlichem Tätigsein. Er wusch und reinigte das Schiff, schleppte Wasser und Essen, wusch den Mitgefährten die Wäsche. Dabei hatte er eine einfache Methode. Die Leinenlappen wurden an ein langes Tau gebunden und ins Meer hinuntergelassen. Die nasse und vom Salz steife Kleidung trocknete dann am Körper. Er bereitete das Essen zu: Brot, eingeweicht in Wein.

Er hatte die Arbeit kennengelernt und die Verrichtungen und sein neues Leben. Den Komiten mit der Pfeife und den Argousin, den Schiffsoffizier, mit der Peitsche. Die Kaufleute und den Kapitän. Er hatte seinen schrecklichen neuen Anfang kennengelernt, und damals war es am schlimmsten gewesen. Nicht am Rande des Westlichen Meeres, sondern damals, als das zerfledderte Hirn einen Gedanken formte, der sich von da an wie eine Speerspitze hineinbohrte und grub: Durchhalten. Ich werde durchkommen. Durchhalten.

Der Galeot fuhr jahraus, jahrein. Seine Augen, voll von heimischem Grün, gewöhnten sich nicht an das unendliche flache Schimmern. Immer wieder zeigten sich in diesem Schimmern grüne Hügel, blaue Seen, hohe, graue Gebirge, kalter Schnee vor einer sonntäglichen Kirche.

Er sah das frühlingshafte Meer. Der Wind heulte und riss an den beiden Segeln und trieb die Galeere. Es gab kein Rudern und keine blutigen Handflächen. Er sah hinab aufs Meer und auf die Unmenge von Fischen darin. Sie strebten zur Küste. Jedes Frühjahr. Sie strebten heim, in die Flussmündungen, weiter, hinauf ins Gebirge, wo Hirten auf grünen Almen ihre Schafe sammelten, wo ihr Ruf im umgrenzten, beherrschbaren Raum widerhallte. Dorthin wanderten sie. In die Donau, die Save, in die grünen Bäche.

Er sah eine kleine Insel. Auf ihr sammelten sich die Vögel. Sie würden fortfliegen, wohin es ihnen gefiel und wohin es sie zog.

Er sah die Sommernacht. Das Meer leuchtete mit klarem, geheimnisvollem Schein. Punkte bewegten sich darin, und das Häufchen Hirn des Galeoten sammelte sich und legte sich in Falten und wogte im Schädel hin und her, um das Geheimnis dieses Lichts zu ergründen. Hier war nichts zu begreifen. Hier hatte alles seine geheimen Gesetze. Die allerursprünglichsten. Hier war alles an seinem Urbeginn.

Im Herbst brannten die Wellen. Auf den Kämmen des bewegten Meeres war ein feuriges rotes Licht aufgeflammt. Was für ein Zeichen, was für ein Leben dieses prahlerischen und eigensinnigen Meeres!

Im Winter wurde eine Plane über ihre Köpfe gezogen. Man gab ihnen dicke Kleidung aus Tuch, aber sie blieben barfuß. Scharf ging die Gischt übers Deck. Alles war grau und düster. Jetzt hatte das Meer ein greisenhaftes und mürrisches Gesicht. Wenn es stärker wehte, wurde die Plane abgenommen, und die Tropfen schlugen scharf in die harten Gesichter. Sie entkamen.

Der Galeot reiste durch einen Traum.

Er begann zu denken. Zu erkennen.

Er sah in die Gesichter, die es über die fremden Meere trieb. Freiwillige, gedankenlose Arbeitstiere und menschlicher Ausschuss, den wer weiß welche idiotische Not aufs Meer hinausgetrieben hatte. Sie bekamen ihre Heuer, waren nicht in Eisen, wurden nicht geschlagen, aber ihr Leben war Tag um Tag das Leben der Galeoten. Türken, die auf den ägäischen Inseln gefangen worden waren oder in den Kriegen irgendwo in Kroatien. Das waren die zähesten, die hielten sich abseits und waren ausdauernd. Kräftige Männer mit unerschöpflichem Willen. Eine seltsame innere Kraft erhielt sie aufrecht. Schwerstarbeiter, die sich durch Rudern von ihren Schulden loskauften.

Und schließlich seine Kameraden, Sträflinge, Verbrecher, Räudige, der soziale Bodensatz der Galeere. Auf denen wurde herumgeprügelt, die verrichteten die schwerste Arbeit und erfuhren die schlimmsten Demütigungen. Die schwiegen. Die brachen, ohne Glauben und Hoffnung, am häufigsten zusammen. Er sah in diese Verbrechergesichter. Diesen stillen Menschen floss doch Blut durch die Adern. Er konnte es sehen. Sie verdauten. Es stank. Manchmal fluchten sie und weinten. Sie waren keine Menschen, aber sie hatten doch menschliches Aussehen. Eines Tages wunderte er sich über seinen Gedanken: Man sah ihnen nicht an, dass sie Verbrecher waren, dass sie gemordet und geraubt hatten. Verbrechen prägten sich dem Gesicht nicht auf. Das Gesicht wurde durch sündhafte und gemeine Gewohnheiten geprägt. Solche Gesichter hatten die Komiten und die venezianischen Kaufleute. Solche Gesichter hatten Menschen, an denen es fraß und die Geister sahen und die den Keim des Bösen in sich spürten.

Er wunderte sich über seinen Gedanken: Vielleicht habe ich selbst so ein Gesicht?

Der Galeot fuhr jahraus, jahrein übers Meer. Er sah die Jahreszeiten, sah die wechselnden Farben des Meeres, sah die Verbrecher und das Leben auf dem Schiff. Nein, das konnte nicht die Wirklichkeit sein. All diese fremden Länder, all diese Fremden mit den schwarzen Gesichtern und den lebhaften Gewändern, diese Küsten, felsig und grün, freundlich und öde, Städte mit ungewöhnlichen Türmen, mit Menschen anderen Glaubens, mit Ketzern sozusagen. Die auf den Scheiterhaufen gehörten. Aber hier lebten sie und kamen und brachten ihre Waren aufs Schiff. Tibetanische und indische Düfte, dieses rote Pulver, das aus dem Beutel rann; Teppiche, Seide in Scharlach und anderen lebhaften Farben, durchwirkt mit Gold, Musselin, Spiegel, Salben für Augen und Ohren, Damast, Perlen; alle Reichtümer dieser Welt fluteten über ihr Schiff, all diese wundersamen Dinge wurden von ihnen transportiert. Und mit ihnen kamen, hinterhältig und nichtsnutzig, die muselmanischen Kaufleute, und alles war merkwürdig und unbekannt und neu und wie im Traum.

Für einen einzigen Augenblick zerriss das Traumband. Es war in einem spanischen Hafen. Da kamen Männer der Inquisition mit Papieren und Befehlen und einem Trupp Soldaten. Lange verhandelten sie auf dem Schiff, aus den hinteren Räumen drang lautes Streiten. Dann schleppten sie einen angeheuerten Seemann, einen Deutschen, fort. In der Stadt hatte er Prostituierten und Tagedieben und einem Gastwirt den Ketzerglauben erklärt. Letzterer war ein Spitzel gewesen. Der verrückte Deutsche hatte betrunken auf dem Tisch herumgehämmert und vom reinen Evangelium gepredigt, von der gefräßigen und sündigen Geistlichkeit. In Spanien, mitten in Spanien, der Narr. Der Galeot sah es und horchte auf das laute Schlagen des Herzens in seinem Innern und wartete, wann sie ihn holen kämen. Sein Geständnis konnte noch nicht vergessen sein. Gewiss wussten sie auch hier von ihm. Gewiss hatten sie auch hier endlose Verschwörungen und Bünde und Gesellschaften und Ketzerglauben und Sekten und Feuer und brennende Herzen. An diesem Tag dachte er, das Ende sei gekommen. Denn ein Ende musste es doch geben, irgendwo ganz nahe. Aber damit war nichts. Der Seemann wurde fortgeschleppt, das ist wahr. Er hatte wie wahnsinnig gebrüllt, das ist wahr. Die Mannschaft rebellierte: Jeden von uns können sie so wegschleppen! Und doch hatten sie ihn weggeschleppt. Und der Galeot war zurückgeblieben zwischen seinem Himmel und seinem Meer. In seinem Traum.

Nur um gerade so viel war der Traum vorüber, dann lief es weiter: Er schaute, und er sah Meeresungeheuer, Stürme, Mondschein, das Getümmel der Häfen, Märkte, Messen; Nüsse, so groß wie ein Mannskopf, Elfenbein und Seeschlangen.

Nein, das konnte nicht die Wirklichkeit sein.

# 20

*Vielleicht ist es ein Traum. Wo werden die Glocken Sturm läuten, wo wird eine Stadt im Wahnsinn brodeln? Eines Morgens, eines Nachts. Wie langsam die Küste näher kommt.*

Eines Nachts schnellten seltsame Tiere aus dem Wasser. Sie segelten über der Meeresfläche dahin und sahen richtig schön aus im Mondschimmer. Die Galeoten hörten auf zu rudern und taten erstaunte Ausrufe. Der Argousin versuchte sie mit der Peitsche im Rhythmus zu halten, denn eine Galeere, die aus dem Takt kam, war für geraume Zeit manövrierunfähig, doch vergebens. Auch seine Helfer versagten. Alles gaffte diesen Tieren nach, die über der schimmernden Wasserfläche dahinschossen. Steil stiegen sie auf, wie ein Pfeil oder eine Kugel flogen sie durch die Luft und platschten dann kraftlos zurück. Eines schoss in seiner Blindheit geradewegs auf das Schiff zu. Es schien so, als würde das Geschöpf übers Deck hinwegfliegen, aber dann fehlte es ihm an Geschwindigkeit, und es sank ab. Unter ihm war aber kein Wasser, da wogte nichts, und da wurde es nicht vom vertrauten, sicheren Element verschluckt – unter ihm war Haut und ein sich bewegender menschlicher Körper. Der Mann am Ruder schrie auf vor Grauen, als das Tier auf seinem Rücken landete und sich im selben Augenblick mit seinen tausendfachen Gliedern an ihm festkrallte. Schleimig wand es sich um seinen Körper und bohrte sich in die Haut und saugte sie zusammen und riss sie in Fetzen. Etwas wie eine Hand griff ihm ins Gesicht, sodass die Wange im Nu rot anlief und schrecklich aussah. Solche Abscheulichkeit und solchen Schrecken wie in dieser Hölle hatte der Galeot noch nie gesehen. Blut spritzte über das klebrige Tier, das ganz ohne Form war, aus nichts als Armen und Beinen bestand, unter denen die Haut wie Seide zerriss. Es fraß ihn bei lebendigem Leib.

Diese Nacht wachte Johann Ott bei dem Unglücklichen. Er wusch ihm das Blut vom Gesicht und steckte ihm einen Knebel in den Mund, wie er sonst beim Martern der Galeerensträflinge gebraucht wurde, damit sie nicht zu sehr schrien, wenn sie von den Mousses, den Schiffskadetten, gepeinigt wurden.

Auch jetzt kam der Knebel gut zustatten. Der arme Kerl störte jetzt niemandem den überaus notwendigen Schlaf. Gegen Morgen kam er zu sich. Verwundert sah er sich um. Mit der Hand zeigte er auf den Knebel in seinem Mund, und Johann Ott zog ihn heraus. Mit vorsichtiger Bewegung betastete der Mann sein Gesicht und zog die Hand ruckartig zurück, so sehr hatte es ihn siedend heiß durchfahren. Er besah seinen Körper, der zerrissen und zerfetzt war, und lachte fröhlich:

– Aber leben tu ich noch, nicht? Dankbar schaute er in das Gesicht über sich und sagte zufrieden: Aber den anderen fressen die Würmer.

– Wen fressen die Würmer? sagte Johann Ott. Krebse schon und Fische auch, die fressen hier so manchen, aber Würmer nicht.

– Die Würmer, die Würmer fressen ihn, sagte der Blutige fröhlich. Den Stadtrat und Fähnrich, den Dieb, den Halsabschneider, den Verführer. Eines Abends komme ich von der Reise zurück und sehe ihn, wie er gerade aus dem Zimmer meiner Frau kommt. Er bringt sich noch die Hosen in Ordnung, seine Stirn ist schweißbedeckt. Die folgende Nacht hat man ihn in seinem Garten gefunden, mit einem Loch im Bauch, und er war hinüber und mausetot. Neben ihm fand man eine Schusterahle. Wem gehört die Ahle? wurde gefragt. Dem Meister, dem Schuhmacher, sagte mein Lehrling. Der hat ihn erstochen, sagten sie. Aber die Ahle gehörte nicht mir. Das konnte ich beweisen. Sie gehörte einem anderen Meister. Und doch sagten sie, ich hätte ihm das wabernde Gedärm durchlöchert. Sie waren sich nicht ganz sicher, wieso und warum. Mir wurden für alle Fälle fünf Jahre Galeere aufgebrummt.

Ein Mörder, dachte Johann Ott, ein richtiger Mörder.

– Es gibt noch mehr Ahlen, sagte der Schuh- und Löchermacher durch die Blutbläschen hindurch mit glücklicher Stimme, mindestens zwei. Eine für meine Frau und eine für den Lehrling.

Ein Stelldichein der Hölle, dachte Johann Ott. Ein Stelldichein der Verbrecher ist diese Galeere.

Eines Nachts streichelten ihn feuchte Hände, warm und zärtlich. Im Halbschlaf überließ er sich dem wohltuenden Streicheln, sodass ihm ein gutes und warmes Kribbeln durch den Körper lief. Das Streicheln kam allmählich in Hitze, wurde fester, verkrampfte und wurde zur Umarmung. Es begann ihn zu pressen, dass es ihm den Atem nahm. Dann hörte er an seinem Ohr stoßweises Atmen und Gurgeln. Er schüttelte mit dem Kopf. Auf ihm drückte eine behaarte Brust, nackt, blutunterlaufene Augen, ein von Lust und Begierde entstelltes Gesicht. Er fuhr auf, dass es dumpf krachte und sich das haarige Gewicht wegwälzte. Dort neben ihm schluchzte es dann noch lange bis in die späte Nacht.

Der hatte einst im Zorn das Kameral- und Fiskalamt auseinandergenommen und die Männer zu Boden geschlagen. Der hatte sich einst der Obrigkeit und der Steuerbehörde widersetzt. Auch der hatte seine Galeere bekommen. Jetzt hatte er im Schlaf oder im Wachen die Nähe eines warmen Frauenkörpers gesucht, eines warmen menschlichen Körpers, Berührung, heißen Hauch ins Gesicht und Antwort. Deshalb schluchzte und stöhnte er jetzt unter dem schweren Atem der schlafenden Galeoten.

Nahe der maurischen Küste erblickten sie inmitten des hellen Sonnenglanzes auf dem Meer eine hohe Felsenwand. Der Kapitän lief auf und ab: Diese Felsen dürften nicht da sein. Er hatte seine Seeatlanten, schaute hinein, befragte die Matrosen, die in diesen Breiten schon gefahren waren. Diese Felsen dürften nicht da sein. Lange fuhren sie, doch die Felsen blieben die ganze Zeit gleich weit entfernt. Was konnte das sein?

Gegen Abend waren sie plötzlich verschwunden. Keiner traute seinen Augen. Die alten Seebären sagten: Der Teufel errichtet sein Blendwerk auf dem Meer.

Auf Zypern oder auf welcher Insel immer kam ein Haufe zum Schiff gezogen und mit ihm Geschrei und Gegröle. Die Komiten und Kaufleute schleppten ein seltsames Geschöpf durchs Stadttor und zur Mole. Es hatte ein Frauengesicht, war aber unter der Nase leicht behaart. Es trug einen Rock, und das Tuch schnürte zwei kleine Brüste ein. Es krächzte und gurgelte, als sie dieses Wesen aufs Schiff schleppten, mit aller Kraft schlug es um sich. Die betrunkenen Kaufleute und Komiten griffen der Erscheinung unter den Rock und wälzten sich vor Lachen. Die Mannschaft brüllte vor Begeisterung. Das Wesen knurrte nur und blickte wütend um sich. Sie schleppten das Geschöpf hinunter und zum Kapitän. Es klammerte sich mit seinen muskulösen Armen an die Reling und riss mit seinen langen Nägeln Riefen ins Holz. Die nächsten Tage war von unten ein Gurgeln zu hören, ein richtiggehend tierisches Röcheln, und das Lachen des Kapitäns. Einmal kam er heraus, zerkratzt und grinsend.

Da wieherten sie alle fröhlich und zwinkerten einander zu. Als sie ablegten, war das Geschöpf verschwunden.

Hier ist alles möglich und alles natürlich, dachte Johann Ott. In jenen Ländern, die er verlassen hatte, wäre das Wesen in einem Sack und unter Wasser geendet. Wahrscheinlich auch gleich der Kapitän.

Eines Nachts war er auf einem blauen See, umgeben von hohen Bergen. Er sah fröhliche Bäuerinnen und Händler, die auf der Insel mitten im See lauthals ihre Ware feilboten. Von der Kirche läutete eine überaus vertraute und liebliche Musik. Als er erwachte und das Heulen des Windes hörte, sammelte sich in seiner Kehle ein so dicker Klumpen, dass es ihn schmerzte, als er ihn ausspuckte.

In einem welschen Hafen schlichen Schatten ums Schiff. Die Mannschaft zog durch die Kneipen, die Ruderer schliefen. Der Galeot saß auf dem Heck und sah die Dächer und Mauern der Stadt und horchte auf ihr betäubendes Gewirr. Einer der Schatten kroch auf das Schiff und winkte den anderen mit den Händen: Kommt, es ist leer. Den packten die Wachen und bleuten ihn durch. Die Galeoten verstanden zu schlagen, schlimmer als die Argousins oder Mousses. Jetzt konnten einmal sie schlagen und mit den Füßen auf den am Boden stöhnenden Klumpen von Bösewicht eintreten.

Zwei der Kettensträflinge fingen mitten an einem sanften und stillen Morgen eine Schlägerei an. Die ganze Fünferreihe, die zusammen an die Bank geschmiedet war, wirkte wider Willen mit. Es zerrte sie zusammen, zu einem Knäuel von Leibern und Ketten und Eisen. Das Schiff fing an zu schwanken und blieb stehen. Alle waren auf den Beinen. Sie schrien und hetzten die beiden zu wilden Bestien gewordenen Galeoten auf, die sich wie zwei tollwütige Hunde ineinander verbissen hatten. Alles verknotete und verhedderte sich zwischen den Bänken und darunter, Schreien Würgen und Schlagen. Bis der Schwächere mit geschickter Bewegung die Kette über das Ruder und über den Hals des anderen zog. So eingezwängt hielt er ihn. So wäre es auch geblieben, und so hätte es geendet, hätten die drei anderen nicht versucht, sich zu befreien. Sie wanden sich und zogen die Ketten auseinander, da riss es den einen weg und presste ihn gegen das Holz. Der Komite kam gerannt und schlug wild auf das Knäuel ein. Zuerst mit der Peitsche und mit den Füßen in das Gedränge, zuerst auf die breiten Rücken, und dann auf die beiden. Er prügelte und prügelte, bis sie Zähne und Finger lösten und jener fast völlig erstickt war, sodass er jetzt nach Luft schnappte und mit dem Kopf zu den Knien sackte.

Der eine war ein türkischer Soldat, ein Beg oder so, der an jedem Finger fünf Frauen hatte. Der andere ein Betrüger und Dieb. Der Betrüger hatte den Türken fast fertiggemacht. Er hatte ihn ziemlich übel zugerichtet.

Eines galt fur alle gleich auf diesem Stelldichein der Hölle: Niemanden interessierte es, wo einer herkam und warum er hier war. Jeder denunzierte jeden und würgte und stach.

Auf diesem Stückchen Hölle, inmitten der Meeresweite, heilte der Galeot einen kranken Kaufmann. Er legte ihm kalte Umschläge auf die Stirn. Sein Blick war gläsern, wie der eines Wolfes. Er röchelte im Fieber und schied stinkenden Schweiß aus. Lange beatmete ihn der Galeot. Er schenkte ihm das Leben wieder.

Ihm selbst wurden die Ketten abgenommen.

In Spanien drängten in einem Hafen Morisken aufs Schiff. Sie flohen vor der Inquisition und hängten sich an die Bordwand der Galeere. Mit Rudern und Peitschen und Ketten schlugen sie auf die Hände und Köpfe ein, sodass sie ins Wasser hinunterstürzten. Einer von ihnen hielt durch. Er schwamm hinter dem Schiff her. Da zogen sie ihn herauf, und er erzählte, dass die Inquisition sie der Hexerei anklage. Man habe sie enteignet, geschlagen, durch die Straßen auf die Schiffe und ins Meer getrieben. In langen Märschen hätten sie sich durch die spanische Steinwüste geschleppt. Niemand habe ihnen Schutz gewährt. Auf den Straßen seien sie von bewaffneten Räubern angefallen worden. Wer geschickt war, wer Glück hatte, der sei übers Meer entkommen. Dort drüben aber lebe der wilde Stamm der Feueranbeter. Auch dort lauere der Tod. Er bot sich als Sklave an. Er reinigte das Deck und leerte die Kübel mit dem menschlichen Kot. Auch diesmal hatte die Mannschaft ihren Spaß. Sie lachten und traten nach ihm. Früher war er Großgrundbesitzer gewesen. Früher hatte er gelacht und getreten. Die Mannschaft hatte wirklich ihren Spaß.

Hinter Korsika jagte ihnen ein Schiff nach, bestimmt Piraten. Während des Kampfes schließt keiner den Galeerensträflingen die Ketten auf. Sie gehen mit der Galeere auf Grund. Zu den Fischen und Krebsen. Sie entkamen.

In Frankreich stießen sie in einem Hafen auf eine venezianische Galeere. Sie war ausgeräumt, ausgeraubt, abgetakelt. Denen hatten die Franzosen arg zugesetzt. Sie hatten ihre Flagge durchs Meer geschleift und die Marsiliana über Heck in den Hafen geschleppt. Diese Demütigung war schrecklich gewesen. Dann hatten sie ihnen alles abgenommen, die Masten umgelegt, die Galeoten weggeführt, das Schiff als Pfand behalten. Hier bleibe es, bis Schulden und Zoll bezahlt seien. Der Kapitän erzählte dies alles ohne Schamröte auf den welken Wangen. Statt sich ins Meer zu stürzen unter die Meeresungeheuer, damit ihn dort die winzigen Bestien einträchtig in Stücke zerlegten.

In Dalmatien schifften sich einige Kaufleute ein. Er hörte ihr Gespräch auf der Galerie. Die Ankömmlinge lachten über eine Geschichte vom Westlichen Meer. Sie sagten, sie hätten es auf Portugieserschiffen durchfahren. Das finstere Westliche Meer, wo Himmel und Meer sich zu einem Wahnsinnstanz vereinigten, gebe es überhaupt nicht. Es gebe überhaupt keine Inseln, die verschwänden, und keine Abgründe, die Schiff und verzweifelt schreiende Mannen verschlängen. Am Rande dieses Meeres lägen neue Länder.

Der Galeot glaubte ihnen nicht.

Die anderen auch nicht.

Eines Nachts waren Sterne da. Er stand am Heck und sah, wie hinten ein riesiges Untier lauerte. Es mahlte mit dem Kiefer und brüllte und rückte dem Schiff langsam nach. Er schrie nach hinten und rief, aber niemand wurde wach. Dann tauchte das Tier hinab in die Tiefe.

Vielleicht war es ein Traum gewesen. Vielleicht war alles nur ein Traum.

Auf dem Schiff fingen die Ratten an zu toben. Richtig verrückt wurden sie, krochen auf Deck, drehten sich wie wahnsinnig im Kreis und wälzten sich, bissen sich gegenseitig, bissen die Ruderer in die Beine. Sie erschlugen sie mit bloßen Händen, und die Matrosen liefen nach dem Degen und zerhackten sie. Eine schleppte sich unter die Bank, und aus der Schnauze triefte ihr eine weiße Flüssigkeit.

Ein paar Tage später begann einer der Matrosen sich im Schlaf auf dem Lager herumzuwerfen. Dann stand er auf und ging den ganzen Abend und die ganze Nacht auf Deck auf und ab. Der Galeot sah ihm zu und dachte: Den zieht es nach Haus. Am nächsten Morgen war der Matrose weg. Er war verschwunden. Sie durchsuchten das ganze Schiff und fanden ihn unter einem Haufen Tauwerk. Er war ganz schwarz im Gesicht. Das Schiff wurde wahnsinnig vor unsichtbarer Angst. Die Krankheit war da. Niemand gehorchte mehr den Befehlen, niemand berührte mehr den anderen, niemand wollte essen. Sie standen still auf dem Meer und warteten, wann es den nächsten holen würde. Der Kapitän war ruhig, er strömte eine gewisse Zuversicht aus. Zwei hüllten den Matrosen in nasses Leinen und stießen ihn ins Meer.

Jeder wollte etwas anderes. Die einen in den Hafen, die anderen aufs offene Meer, wo der Wind die Pestkeime von ihnen hinwegfegen würde.

Sie beteten.
Fluchten.
Zitterten.
Flehten die bösen Geister des Meeres an, sie zu verschonen.
Man weiß nicht, wer ihnen half, aber es starb keiner mehr.
Das war ein Wunder.
Aber die Angst blieb. Jetzt war ganz klar: Wenn das Schiff einen Hafen anlief, würde alles auseinanderstieben.

Auf einer griechischen Insel schiffte sich ein fanatischer Typ ein. Er fuhr mit ihnen bis zu einem spanischen Hafen. Er ging immer allein für sich, sprach wenig und hatte die ganze Zeit ein dickes schwarzes Buch unter den Arm geklemmt. Es war schnell heraus: Der war ein Jesuit. Der Komite, des Lesens kundig, durchstöberte rasch das Buch. Es war ein Buch über die Notwendigkeit des Fürstenmordes. Geschrieben hatten es die Jesuiten. Als er von Bord ging, verbreitete sich die Neuigkeit: Der wollte einen deutschen Protestantenfürsten abschlachten. Wo war er hergekommen, und wo wollte er hin? Wo hatten sie die Verschwörung ausgeheckt, und warum schickten sie ihn so weit umher? Sie wollten die Spuren verwischen. Wenn man ihn nach dem Attentat unter Druck setzte, würde niemand wissen, woher er kam und warum es geschehen war. Dort aber würde Verwirrung herrschen. Schwarzes Blut würde aus der Wunde spritzen. Die Glocken würden Sturm läuten. Eine Stadt würde brodeln im Wahnsinn.

Über das Hafenpflaster wurden neue Galeoten herangeschleppt. Die Sträflinge schlugen mit den Ketten und schlurften auf das Schiff ihres Endes. Etwas presste ihn in der Herzgegend, etwas schnürte ihm die Kehle ab, als er die Männer aus der Heimat sah. Er nahm sich vor, sie um Nachrichten zu fragen. Einer von ihnen hatte sich mit dem Schlossverweser wegen des Fischrechts im Bach geprügelt. Jetzt würde er rudern. Aber er war vernagelt und brutal. Mit dem war nichts anzufangen, keine Nachrichten, nichts.

Wie langsam die Küste nahte, wie monoton die Ruder ihren Rhythmus klatschten. Der Hafen mit den roten Dächern und dem grünen

Hügelhorizont blieb immer gleich weit entfernt. Tage und Nächte. Auf der Meeresweite und im Hafen. Wie langsam die Küste näher kam.

# 21

*Auf der stillen Meeresweite, im Silber des Mondes der Widerschein eines Umsturzbrandes in einem fernen Land. Möwen-Simon. Wenn der Tod nahe ist, beschnüffelt er alle gleich geschäftig.*

Auf dem Schiff ging eine seltsame Erscheinung um. Ein gedrungener Alter mit strähnigem grauem Haar im Gesicht, im steifen Leinenkittel der Galeoten. Mit der rechten Hand und dem linken Stumpf, der unter dem Ellbogen schön gerundet war, schleppte er auf dem Schiff Stofflappen mit sich herum, wischte den Kot unter den Männern auf, die sich vor Anstrengung oder Angst vor der Peitsche des Argousin vollgeschissen hatten, brachte Wasser und Essen, band die Galeotenkleidung an ein Tau und ließ sie ins Meer, damit es sie sauberwusch; im Winter legte er Feuer in dem Ofen an, der mitten auf Deck aufgestellt war; er legte Wundpflaster auf verletzte Hände und Füße; jeder Tag des Galeotendaseins war verknüpft mit Möwen-Simon. Als sich Ott den ersten Tag ans Ruder setzte, flüsterten sie ihm zu: Der hat viel mitgemacht.

Möwen-Simon kannte Heilmittel gegen die Darmkrankheiten, die auf dem Schiff kein Ende nahmen; er wusste, wie das Reep am kleinen und wie es am Hilfssegel gezogen wurde; mit einer Hand konnte er den Spachtel zum Teeren des Schiffes halten; mit einer Hand konnte er den Kreuzknoten und den Portugieser schlagen; er kannte die Gefahren des Meeres, das er von Ägypten bis Spanien unzählige Male durchkreuzt hatte, er kannte die marokkanische Küste, die auf einer Länge von fünfhundert Meilen übersät war mit

Schiffswracks. Ohne Möwen-Simon hätte es weder Schiff noch Galeoten darauf gegeben. Als Johann Ott sich den ersten Tag ans Ruder setzte, flüsterten sie ihm zu: Der will gar nicht runter von der Galeere.

Möwen-Simon war ein Teil des Schiffes, wie Tau oder Planke, wie Ruder oder Kajüte, er war dessen unentbehrlicher Reisegefährte, der alle Galeoten und Komiten und Argousins überlebt hatte. Er verkörperte seine Behendigkeit und Weisheit, seine Geschichte, und er war den Galeerensträflingen eine lebende Mahnung.

Denn schon am ersten Tag, als die neuen Sträflinge auf die Galeere kamen, lernten sie Möwen-Simon kennen.

– Möwen-Simon soll sagen, sagte der Kapitän in seiner ersten und letzten feierlichen Ansprache, ob es die Wahrheit ist, was ich spreche. Für die Sauereien, die ihr an Land begangen habt, werdet ihr rudern, sagte er, aber Gott hat euch das Glück geschenkt, dass ihr auf einer Galeere rudern werdet, wo es nicht so schlimm sein wird für euch, wo nur die Aufsässigen und Faulen die Peitsche und eine trockene Kehle und eine versengte Zunge im Mund erwarten. Möwen-Simon soll sagen, ob es nicht die Wahrheit ist, dass die Galeeren heutzutage etwas ganz anderes sind als früher. Früher hat man einem den Fuß abgehackt, anstatt ihn loszuschmieden, und ohne Fuß wurde er vor diese Bestien da unten geworfen, die auf ihren Fraß warten. Früher sah der Galeot nichts anderes als den Rücken eines Galeoten. Früher ruderte er, bis er verreckte. Heute ist das anders, und besonders auf unserer Galeere ist es anders. Ihr seid dazu hier, das Eure abzurudern, und zu nichts anderem.

Möwen-Simon aber sagte nicht viel. Schweigend zog er den nassen Lappen übers Deck, schweigend verteilte er die feuchte Kleidung. In der blauen Unendlichkeit des Ostens stand er am Bug und sah in die heranrollenden Wellen. Im Ankerspill beobachtete er mit leerem Blick die wirbelnden Massen unter sich. Zog es ihn hinunter? Zerriss ihm eine Sehnsucht die Brust?

In Ott bohrten Tag für Tag mehr Fragen. Möwen-Simon, was war das für eine Weisheit oder Not, die ihn an die Galeere schmiedete? Warum harrte er aus bei seinen endlos geschäftigen Verrichtungen? Warum wollte er hier enden, mitten auf glühendem Deck oder im seidigen Licht einer Mondnacht? Welch schlimme Tat folterte ihn und fraß an ihm ohne Ende?

Hatte er getötet? Gestohlen? Einer Frau Gewalt angetan? Nein, die sahen anders aus. Die warteten, bis man ans Festland kam, wo man flüchten konnte. Die warteten auf den Tag, wo sie wieder ihre Ahlen und Klingen in die Hände nehmen könnten. Möwen-Simon war keiner von denen. Kein Schrei in dumpfer Nacht hallte in der Stille dieser Meeresweite in seinen Ohren wider, kein verzerrtes Gesicht an einem einsamen Scheideweg zerfurchte seine Augen, kein Verbrechen hatte sein Gesicht gezeichnet.

Mit ihm stand es viel schlimmer.

Eines Morgens, als Möwen-Simon ihm einen Krug Wasser in die Hände drückte, zischelte Johann Ott:

– Willst du wirklich auf dieser Galeere krepieren?

Möwen-Simon zuckte zusammen und wandte sich mit einem Ruck ab. Er durchbohrte ihn geradezu mit den Augen. Dann fuhr er mit dem Stumpf zur Stirn, als wollte er sich den Schweiß abwischen, als wollte er sich an etwas erinnern.

Von nun an spürte Johann Ott Tag um Tag die leeren Pupillen Möwen-Simons auf sich. Abends, wenn sie für einen Augenblick das Ruder weglegten, morgens, wenn ein neuer Tag der Ewigkeit erstand, mittags, wenn die Zeit stehenblieb; unaufhörlich begleitete ihn dieser leere Blick, der über etwas nachsann und den etwas in Unruhe gestürzt hatte.

Der hat alles ausgehalten, sagte sich Johann Ott. Dem muss ich auf den Grund kommen. Ein andermal, als Ott sich zur Ruhe legen wollte, prallte er zwischen den Bänken gegen ihn. Er wich nicht vom Fleck.

– Verdammte Galeerenratte, drang er in ihn, willst du jetzt hier verrecken?

In Möwen-Simon zerbrach etwas, es zog ihn zusammen, und ein seltsamer Hass füllte seine leeren Augen. Ganz blutig blickte er, und dann klatschte er Ott plötzlich den nassen Lappen, der nach Menschenkot stank, ins Gesicht. Das hatte er nicht erwartet, in guter Galeotensprache hatte er ein Gespräch anknüpfen wollen, er hatte ein Wort hören wollen von diesem alten Gespenst, das jetzt auf einmal in Wut geraten war und ihn angriff, sodass er ihn jetzt an seinem Stumpf packte und hinunter zwischen die Bänke stieß. Noch ehe sich der andere aufrappeln konnte, schlang sich Ott ein brennender Schmerz um die Mitte, wie eine Schlange hatte ihn die Peitsche des Argousin um den Leib gepackt und dann über den Rücken, sodass er sich am Boden wälzte, und Stiefel stampften auf ihm herum, auf dem Bauch, dem Kopf, überall.

Diese Nacht kam Möwen-Simon zu ihm. Mit Wasser wusch er ihm die brennenden Striemen aus und kühlte mit feuchten Händen die Blutergüsse. Diese Nacht begann Möwen-Simon zu sprechen.

Diese Nacht waren auf der stillen Meeresweite, im Silber des Mondes, der Widerschein eines Umsturzbrandes in einem fernen Land, das Rasseln von Ketten in einer kalten Einzelzelle, das Kreischen verrückter Vögel an einem noch blaueren Himmel.

## DIE GALEERENGESCHICHTE DES MÖWEN-SIMON oder WIE EIN UNTERDRÜCKTER ZUM UNTERDRÜCKER WIRD

Auf die Galeere war er mit jener endlosen Legion Protestanten gekommen, die wieder und wieder auf den Galeerenbänken Platz nahmen, zwischen Verbrechern und blutigen Narren. In jener traurigen Legion von Aufrührern aller Stände und Berufe aus allen europäischen Ländern, wo die Gerichte für Gedanken und Tat des reinen Evangeliums ein rasches Ende bereithielten. So lang war das her, so verblasst war die Erinnerung an die endlosen Prozessionen, die zum Meer pilgerten, dass es einen wie die verwischte Inschrift auf einer alten Tafel anmutete.

Er war Wiedertäufer gewesen, Reformator, leidenschaftlicher Anhänger der neuen Idee, Menschheits- und Weltverbesserer, Aufrührer gegen Obrigkeit und Gott. Er war der Anführer eines leichtgläubigen Volkes gewesen, das sich scharenweise um ihn sammelte. Er hatte Zusammenkünfte organisiert und mit jenem Arm, der jetzt ein Stumpf war, auf die Zügellosigkeit der Geistlichkeit gezeigt, auf die Dummheit, das gotteslästerliche Prassen, auf Diebstahl, Betrug und Lüge. Die Sache ließ sich an, die Idee breitete sich aus, die flammenden Anhänger schworen unerschütterliche Treue. Man warf ihn in den Kerker. Er hielt durch, und als er herauskam, wirkte er noch entflammter als zuvor. Er war geschlagen worden und hatte sich nicht gebeugt. Die Anhänger ergriffen seine Hand. Dann kam der Tag, an dem eine Kommission mit einem Trupp Soldaten in die Stadt am fernen grünen Fluss kam. Jetzt nahmen die Dinge eine Wendung. Wer sich nicht innerhalb einer bestimmten Zeit zum wahren Glauben bekannte, zum Glauben der Obrigkeit, für den gab es kein Pardon. Auf den wartete im günstigsten Fall das Exil, im schlimmsten die Galeere. Je nach dem Grad der Verantwortung. Die Verantwortung wurde gemessen am Eifer. Der Eifer wurde festgestellt und bezeugt durch Spitzel.

Viele von ihnen fielen ab. Simon hielt durch. Dann ließ die Kommission ihre Kirche mit Pulver in die Luft sprengen. Die Explosion reichte mit ihrem Feuer bis an den Himmel. Die Nacht glühte. In derselben Nacht wurde der Galgen errichtet. In derselben Nacht legte jemand Feuer an dem Haus, wo die Soldaten einquartiert waren. Jetzt ging es um alles oder nichts. Einige Anhänger wurden ergriffen. Alle zeigten mit dem Finger auf ihn. Er und der Prediger standen allein. Alle fielen ab. Simon beugte sich nicht. Der Prediger und er versteckten sich in der Umgebung und sammelten die Wankelmütigen, damit sie durchhielten. Die beiden wurden denunziert. Sie wurden gefasst. In der Einzelzelle wollte man sie bekehren. Nächte und Tage im Finstern, ohne Nahrung. Simon hielt alles aus. Dann fand er sich eines Tages in jener Legion wieder, die in Ketten geschmiedet zum Meer pilgerte. Die Legion der Standhaften. Der Aufrührer. Der Starrsinnigen. Auf der Galeere warf man ihn unter die schlimmsten Verbrecher. In einen Raubtierkäfig. Und wirklich waren die Galeeren damals schlimmer. Eine Schlägerei, wie sie Johann Ott provoziert hatte, hätte den Abgrund des Meeres bedeutet. Aber Simon gab auch hier keine Ruhe. Er bekehrte Mörder und Gewalttäter. Sammelte sie um sich. Schürte den Unmut. Eines Tages baute er sich vor dem Komiten auf. Ich kann nicht mehr, sagte er, bei solchem Essen, ohne Pause. Sie schlugen ihn wie ein Tier. Er hielt durch. Kehrte zurück ans Ruder. Endete nicht auf dem Meeresgrund. Der Kapitän hatte sich in ihn verbissen. Zuerst würde er ihn brechen und zertreten, dann würde er ihn ganz langsam zu den Bestien hinunterlassen. Dann, wenn er zerbrochen wäre, wenn er darum betteln würde. Sie haben ihn nicht zerbrochen. Das Meer wusste, was es mit den Menschen tat. In einem Unwetter klemmte es ihm beim *scaloccio,* beim Ruderhaus, die Hand ein, Holz presste gegen Holz, und als die Welle das Ruder wegdrückte, dass es nicht mehr zu bändigen war, zerquetschte es ihm Haut und Knochen. Der Kapitän wollte immer noch Simons Weinen und Bitten und Flehen. Am heißen Mittag wurde er gut verschnürt am Mast hochgezogen. Das Blut roch, und die toll gewordenen Vögel tobten um ihn herum. Die großen, ausgehungerten Möwen der afrikanischen Küste landeten dicht bei seinem Kopf. Alles hatte er ausgehalten, doch dieses tolle Kreischen, diese entstellten Stimmen, diese wahnsinnige Möwensprache, die Gott wegen seiner Hoffart über ihn geschickt hatte, das konnte er nicht ertragen. Er fluchte. Rief. Zuletzt bettelte er. Zuletzt weinte er und flehte um den Tod. Sie sollten ihn ins Meer werfen, sie sollten auf Deck ein Ende mit ihm machen. Nur diese Vögel, diese wahnsinnige Sprache könne er nicht mehr ertragen. Sie zogen ihn herab, aber sie machten kein Ende mit ihm. Der Kapitän wollte ihn am Boden sehen. Im Menschenkot. Tagtäglich im Menschenkot, der unablässig dem kranken Gedärm der Sträflinge entfloss. Hier wollte er ihn haben, vor den Augen. Für sich, für alles, wogegen sich Simon aufgelehnt hatte, für alle Obrigkeiten und jede Ordnung, die er nicht anerkannt hatte. Zu Anfang war es schwer. Zu Anfang konnte er es nicht. Wieder wurde er hinaufgezogen. Zu den Möwen. Danach versuchte er es nicht mehr. Seitdem war er der Möwen-Simon. Der Kapitän wollte noch mehr. Arbeiten sollte er für ihn. Sträflinge und Mannschaften aushorchen. Aushorchen, denunzieren. Auch das tat er. Dann wollte er sich selbst ein Ende machen. Aber jetzt vermochte er es nicht mehr. Nichts vermochte er mehr. Jegliche Kraft war in diesem wahnsinnigen Tanz der Vögel aus ihm herausgewrungen worden, die letzte Spur des aufrührerischen Willens war mit dem Wind davongeflogen. Hier war er und am Boden. In einem maurischen Hafen erlaubte ihm der Kapitän, von Bord zu gehen. Die ganze Nacht irrte er umher, aber er hatte keine Kraft mehr zur Flucht. Er kehrte aufs Schiff zurück. Sie gaben ihm eine Peitsche. Er schlug auf die breiten Sträflingsrücken ein. Bis aufs Blut, bis zur Erschöpfung. Dann vermochte er auch das nicht mehr. Die Muskeln im Arm, der das Ruder gewohnt gewesen war, erschlafften. Zersetzten sich. Es blieb der Lappen. Den Lappen konnte er in der Hand halten. Es blieb die Galeere. Zu niemandem würde er heimkehren. Die Galeere war in ihm. Nichts würde er je wieder von vorn beginnen. Überall war die Galeere. Er blieb der Möwen-Simon. Der tägliche Quell der Macht und Herrschaft des Kapitäns. Eine lebendige Mahnung. Möwen-Simon solle es selbst sagen. Möwen-Simon solle sagen, ob es wahr sei oder nicht. Möwen-Simon hatte Brand, Sturm und Schiffbruch gesehen. Er hatte Schlachten gesehen und ein Schiff, das zusammen mit den angeschmiedeten Galeoten auf Grund sank. Das war ein totenstilles Begräbnis gewesen. Den Galeerensträflingen war vor der Schlacht ein Knebel in den Mund gesteckt worden, damit sie nicht vor Schmerzen schrien, wenn sie verwundet würden. Es hatte auch wirklich niemand geschrien, auch dann nicht, als das Schiff sank. Niemandem gelang es mehr, sie loszuschmieden, und mit verzerrten Gesichtern und mit über die blutunterlaufenen Augäpfel geweiteten Pupillen gingen sie langsam und sicher auf Grund. Einige versuchten sich vorher selbst umzubringen. Sie schlugen mit den Köpfen gegen die scharfen Kanten der Bänke. Sie zogen sich die Ketten um den Hals. Er hatte gesehen, wie einem Piratenschiff beim Zusammenstoß in einem einzigen Augenblick alle Ruder zerschmettert wurden. In ein und demselben Augenblick zermalmten die Rudergriffe achtzig Sträflingen Glieder und Wirbelsäule. Ausgehend vom Heck und dann das Schiff entlangprasselnd bis zum Bug.

Alles hatte er gesehen, alles erfahren. Mit dem Kapitän und seinen Offizieren wanderte er von Galeere zu Galeere. Aus einem Menschenkot in den anderen. Von einem Stöhnen zum anderen. Es war überall gleich. Alles stank gleich. Alles war gleich blutig.

Möwen-Simon hatte keinen Weg mehr vor sich. Kein Land und keinen Ankerplatz. Jeder Ruderschlag war ein neues Heranrücken an die Küste und führte zugleich davon weg.

Diese Nacht sagte Johann Ott zu sich: Niemals, niemals werde ich der Möwen-Johann.

Er sah die gekrümmte Gestalt, wie sie mit den Achseln zuckte und aufstand. Möwen-Simon stand da, und seine Augen waren vollkommen leer. Seine Lippen waren zu einem Lächeln verzogen. Warum, warum hatte er seine Geschichte erzählt? Erzählte er sie jedem? Wollte er damit in jedem die uralte Sehnsucht der Galeoten zermalmen und vernichten und erschlagen: Heimkehr in den Hafen? Oder: Auffliegen zu den freien Möwen? Oder: Hinauf zu den nächtlichen Sternen, dann, wenn es am schlimmsten ist, zu den Sternen und hinauf in den Himmel, dass es dich überhaupt nicht mehr gibt auf dieser Galeere, dass es dich nirgends mehr gibt?

Diese Nacht blitzte in Johann Ott eine Erkenntnis auf. An jenem Tag, an dem Möwen-Simon kein Galeot mehr sein würde, an dem Tag wäre seine Freiheit dahin. An dem Tag würde die Galeere für ihn zum Uferlosen und zum Festland in einem. Das hatte er erkannt: Tief in jedem Galeoten nistete und wurzelte seine Freiheit. Niemand konnte sie aus ihm vertreiben. Keine Peitsche, kein noch so grausames Meer.

Es zerbrach ihn nicht. Diese Geschichte brachte ihn nicht um. Diese Geschichte hielt ihn auf den Beinen. Durchhalten, jetzt noch durchhalten, dann werde ich alle Tode überwinden, dachte er. Er versuchte nicht mehr, sich mit Arbeit kaputtzumachen und mit Grübeleien über das Meer und über die Spur des Wahnsinns, die hinter ihrem Schiff einherschäumte. Vom Hafen hinaus aufs offene Meer, aus der Endlosigkeit zurück zum Ankerplatz. Er versenkte sich ganz in sein eigenes Festland, das irgendwo sein musste. Mit dem, der für seine Schusterahlen lebte, mit dem Irrgläubigen, den seine Frauen erwarteten, mit dem, der gemordet, und mit dem, der gestohlen hatte – mit ihnen zusammen atmete und lebte er für den Tag, an dem unter ihm nicht mehr dieses schwankende Stück Holz sein würde, das von den Wellen des eigensinnigen Meeres nach Gefallen hin- und hergeworfen wurde. An Flucht dachte er. Irgendwann in finsterer Nacht, irgendwo an einem finsteren Ankerplatz. Damals, als er den Kaufmann geheilt hatte, waren ihm die Ketten abgenommen worden. Er ruderte, wie die Freiwilligen ruderten. Doch die Männer, die wegen ihrer Schulden oder wer weiß welcher Dummheiten auf der Galeere angemustert hatten, waren um nichts weniger Galeoten als die Sträflinge. Einen Unterschied gab es aber eben doch. Die Kette kroch ihnen nicht wie eine Schlange um Leib und Füße, der Gedanke an Flucht lag näher und war realistischer.

Nach der Geschichte mit der Ratte, die eine weiße Flüssigkeit erbrochen hatte, nach der Sache mit dem erkrankten Matrosen war es klar, dass auch andere von dem Gedanken verzehrt wurden, wie sie dieses verfluchte Stück Holz abschütteln könnten. Denn jetzt lauerten nicht nur Stürme und die Argousins mit ihren Peitschen und Stöcken und nicht nur Piratenschiffe und gefährliche Klippen, jetzt, jetzt nagte und fraß auch die Angst von innen. Sie fraß langsam, aber stetig. Und alle wussten: Wenn die Krankheit ausbrechen würde, gäbe es keine Rettung. Dann gingen alle zum Teufel. Denn so ein Schiff wurde von keinem Ankerplatz angenommen. Von so einem Schiff gab es keine Flucht mehr und führte kein Weg je herunter. Da schlug sich keiner durch.

Die Sache wurde allmählich reif.

Eines Morgens, sie waren zwischen den griechischen Inseln, die von überall mit ihren grünen Bäumen und steinernen Häusernestern lockten, eines Morgens machte ihm ein welscher Freiwilliger ein Zeichen:

– Was würdest du geben, dort zu sein? Und er zeigte zur Insel, wo der Wind die Bäume bog, sodass ihre Wurzeln, die sich so fest in die Erde krallten, bis zu ihnen zu fühlen waren.

– Alles, sagte Ott, alles.

– Alles? fragte der schwarze Welsch.

– Alles, bis zum letzten, sagte Ott.

– Dann ist es gut, sagte der Welsch. Wir denken an dich.

Johann Ott lief ein Frösteln über den ganzen Körper vor plötzlicher Unruhe. Den ganzen Tag ruderte er in dieser törichten Vorstellung, er konnte den Blick nicht vom Ruderschlitz an der Bordwand losreißen. Bäume. Und Häuser. Und dazwischen Wege. Gehen auf diesem Gestein. Nur gehen. Sich setzen. Die unendliche Festigkeit des Erdbodens.

Die Sache kam in Gang. Etwas lag in der Luft.

An jenem Nachmittag, in seiner Ruhezeit, rief ihn der Oberkomite zu sich. Aufgerichtet reichte er bis an die Decke seiner schwarzen und stinkigen Kajüte.

– Du weißt, warum du auf der Galeere bist, sagte er freundlich. Du bist ein Giftmischer, für den es kein Pardon gibt. Du weißt, dass du hier leben wirst, so lange es uns gefällt, vielleicht bis an dein Ende.

Der Galeot hatte verstanden.

Einen Möwen-Simon brauchten sie. Noch einen. Davon gab es nie genug. Das war es.

– Wir haben dir die Ketten abgenommen, sagte der Komite. Du hast es besser. Du ruderst in der Schicht. Wir wissen, wie es ist, wenn das bis zum Lebensende auf einen wartet.

Der Galeot zog sich in sich zurück. Maul halten. Nichts antworten. Der Komite setzte sich auf das verdreckte Lager.

– Von uns hängt es ab, sagte er, nur von uns hängt es ab, wie du leben wirst. Du kannst gut leben. Du kannst aber auch manches andere haben. Lass dir das von Möwen-Simon erzählen. Der Komite schwieg und sah ihn an. Er durchbohrte ihn mit seinen Blicken und heftete ihn an die Wand der dämmrigen Kajüte.

– Schließlich haben wir völlige Machtbefugnis, sagte der Komite nach einiger Zeit. Wir könnten in irgendeinem Heimathafen ein Auge zudrücken. Wir könnten dich laufenlassen, verstehst du?

Der Vertrag liegt auf dem Tisch, dachte Ott. Ein Lügenvertrag. Noch nie haben sie jemanden laufenlassen.

– Du möchtest doch gern nach Hause, lächelte der Komite. Du möchtest doch nicht für immer hier sein. Wie Möwen-Simon. Siehst du, der will nicht runter von der Galeere.

Haben sie schon damals, dachte der Galeot, damals, als sie mich losschmiedeten, haben sie schon damals daran gedacht? Oder erst jetzt, wo wirklich etwas vorgeht? Oder erst jetzt, wo ihnen etwas zu Ohren gekommen ist?

– Etwas geht vor, sagte der Komite. Du weißt sicher, was.

Der Galeot preßte die Zähne zusammen.

– Nichts, sagte er, ich weiß von nichts.

– Du sollst nichts wissen? fragte der Komite freundlich. Dass sich keiner vor der Krankheit fürchtet? Dass keiner an Flucht denkt?

– Nichts, sagte er.

– Hör zu, Giftmischer, sagte der Komite und stand auf. Noch einmal frage ich dich, ob etwas vorgeht, ob dir jemand etwas angedeutet hat, oder hat dir niemand etwas angedeutet?

– Nichts, sagte er. Niemand, nichts. Der Komite bekam einen gläsernen Blick.

– Nichts? brüllte er und stieß ihn vor die Brust. Nichts? Er öffnete die Tür und trat zu. Draußen packte er ihn und drückte ihn gegen die Reling. Nichts? schrie er und schlug seinen Kopf gegen das Holz. Dann wurde er plötzlich ganz leise und beugte sich hinunter zu seinem Ohr, sodass Johann Ott seinen feuchten, weinschwangeren Atem spürte. Ganz leise und ganz deutlich flüsterte er. Ganz ruhig.

– Was würdest du darum geben, dort zu sein? flüsterte er, was würdest du geben, dort zu sein? Alles gibst du, schrie er, alles gibst du, aber auch alles, du räudiger Hund, du dreckiger Giftmischer. Alles gibst du, schrie er, dass ihm der Speichel aus dem Mund spritzte.

Der Welsch, dachte Johann Ott, der verfluchte Möwen-Welsch.

Sie schlugen ihn nicht. Sie zogen ihn nicht hinauf zu den Möwen. Nur ohne Wasser ließen sie ihn. Nur die Zunge, die einzige Nahrung, bewegte sich wie ein Stück trockenes Holz in seinem versengten Mund.

Aber er gab nicht klein bei.

Er wurde nicht Möwen-Johann.

Er bekam die Kette um Leib und Füße.

Wie ein Meer umschnürte unendliche Verzweiflung sein Herz.

Letzten Endes aber, dachte er, letzten Endes ist es hier für alle gleich. Alle Männer auf dem Schiff, in Ketten oder ohne, mit der Pfeife im Mund und der Peitsche in Händen oder mit dem Knebel zwischen den Zähnen und dem Ruder zwischen den blutigen Händen, alle zusammen sind wir hier, und alle zusammen sind wir auf demselben Stück Holz.

Das Meer mit seinen Winden und Wellen und Geistern kümmert sich nicht um solch geringfügigen Unterschied.

Wenn der Tod nahe ist, beschnüffelt er alle gleich geschäftig.

Die Küsten kamen und gingen. Die Ruder klatschten sinnlos ins Wasser und trieben die Galeere von Ort zu Ort. Die Sonne sengte weiter, und die Sterne leuchteten weiter. Er sah seine Verzweiflung und die verbrannten Galeotenrücken, er sah das Spiel der Muskeln unter der Haut, dieser Muskeln, die durchhielten und durchhielten im Tosen der Meeresweiten. Er sah fremde Länder, spanische, französische, portugiesische, muselmanische und andere unbekannte Häfen, ihre Mauern, ihre Türme und nachts das Licht in den Fenstern der Schenken. Er sah die Endlosigkeit der Meeresweiten, die die Pupille überfluteten und im Hirnknäuel rauschten, er hasste den Geruch des Meeres und der Salzgischt. Er sah seltsame Geschöpfe im Meer und in den Menschen, Sturm und gleißende Sonne; Trugbilder, die der Teufel errichtete, den Rand des Westlichen Meeres, Männer mit unendlicher Freiheit in Muskeln und Brust.

So sah der gedrungene Galeot mit der finsteren Maske von Meer und Wind auf dem Gesicht seine aufgesprungenen Hände und seinen zersprungenen Traum.

Seltsame Gedanken, deren Anfang er nicht ahnte und deren Ziel er nicht fand, verflochten sich in seinem Kopf, und doch fand er nicht sein Ende in dieser grenzenlosen Sinnlosigkeit, in diesem fruchtlosen Automatenleben.

Zwischen den Verbrechern, die einer des anderen Plage und einer des anderen Hoffnung waren, zwischen den Abgründen des wogenden Meeres wusste er immer wieder von Neuem: Sie werden mich nicht zerbrechen. Und wenn ich wahnsinnig werde, und wenn ich bei den Krebsen ende oder unter den Sternen oder bei den Möwen, sie werden mich nicht zerbrechen.

Irgendwo war die Angst mit einer Gischt weggeschwemmt worden. Er hatte keine Furcht mehr.

Denn es war das erste Mal, dass er nicht vor einem Messer zitterte und vor scharfen Gerätschaften, die an die Haut gingen. Zum ersten Mal waren sie ihm nicht auf der Spur mit der Entdeckung seiner gefährlichen Verbindungen und geheimen Bünde mit dem Diesseits und Jenseits.

Er dachte: Woraus sind die Gedanken? Wer macht sie? Wer flößt dem Menschen gutes, wer schlechtes Denken ein?

Er dachte: Wie ist das Westliche Meer? Wie ist der bodenlose Abgrund, der Schiff und Mensch verschlingt? Was für Ungeheuer verbergen sich in ihm? Was für Bäche und Ströme verschwinden dort im Wirbel?

Er dachte: Was verbirgt sich in der Tiefe? Wie bewegt der Geist das Meer? Wer schickt die Bestie, die aus dem Wasser schnellt und den Ruderer bei lebendigem Leibe frisst, sodass die Haut auseinanderplatzt wie Seide?

Er dachte: Woraus sind die Träume? Ist das ein Traum, dieses Ruder, dieses Schiff, diese verbrannten Rücken ringsum, diese Stille, diese Rufe, diese Sonne hoch am Himmel, diese maurischen Lande, diese schwarzen Menschen, Kirchtürme, Turmgemäuer, die Messehändler, die feilschenden Krämer, die schwarzen Arbeiter in den Häfen?

Ganz gewiss waren es kosmische Wirren, die den Galeoten hin und her warfen, sodass all dieses aufgehäufte Chaos aus Geistern und Wahrheit allmählich und beharrlich sein Hirngewebe zersetzte. In ihm gingen seltsame Dinge vor. Immer häufiger zeigten sich mitten auf dem Meer Pilgerpfade, die sanften Gesichter der Menschen daheim, allzu oft brach sich das Licht und schnitt grell ein ins Denken, in die Erinnerung, ins Tun.

Grenzen zwischen Ahnen und Verstehen.

Grenzen zwischen Traum und Wirklichkeit.

Grenzen zwischen Meer und Himmel, Grenzen des Horizonts. Alle Grenzen waren aufgebrochen.

# 22

*Tagundnachtgleiche. Wahnsinn höhlt den Kiefer. Das Meer weiß, was es will. In den Weichteilen des Körpers nisten Krebse, die Innereien sind angefüllt mit Fischlaich. Lautloses winziges Bestiarium. Ein Toter schreit, ein Lebender schweigt.*

Genau an dem Tag, als es hieß: Tagundnachtgleiche, tastete sich der Galeot über Stirn und Gesicht und fühlte kalten Schweiß unter den Fingern. Die Sonne neigte sich zum Westlichen Meer hin, bald würde sie hineintauchen müssen. Auf der anderen Seite erblickte er eine dunkle Wand. Sie erhob sich senkrecht aus dem Meer und reichte bis zum Himmel. Sie war scharfrandig und kompakt und schwarz. Das Meer war ruhig, doch er wusste – jetzt würde es schlimm. Er stand am Bug. Zuerst konnte er sich nicht rühren. Zuerst rief er, laut. Er hätte unter Deck gehen sollen, nach hinten, aber die näher kommende Luftwand hatte ihn festgeschmiedet. Sie wuchs und wurde breiter und kam immer näher. Sie kam sogar sehr schnell näher. Hinten hörte er Schimpfen, Rufen und Hasten – sie holten das vordere, das Treibsegel ein, zogen die Ruder ein und schlossen die Ketten der Ruderer auf. Sie drängten sich auf Deck und starrten ohnmächtig auf die heranziehende Wand, auf diese Masse, dieses Gemenge von Meer und Himmel.

Etwas hielt ihn vorne fest. Die Schwüle dampfte von allen Seiten, und kalter Schweiß trat ihm auf die Stirn. Das Meer war regungslos. Fische und Vögel und Segel am Horizont, alles war verschwunden.

Sie waren ganz allein, und sie warteten, wann die Wand gegen sie prallen würde.

Auf der anderen Seite gleißte noch immer die Sonne, aber der Raum war trotzdem düster.

Als es scharf zu wehen begann, kam er zu sich und kroch nach hinten in den sicheren Haufen der verschreckten Körper. Aus der Wand löste sich eine schwarze Wolke und raste direkt auf die Galeere zu. In ihr waren verzerrte Gestalten von Menschen und Meeresungeheuern zu erkennen; in vergrößerten Formen, in riesigen, sich bewegenden Schichten rückten sie vor durch die Raumlosigkeit, schoben sich ineinander und wechselten ihr Aussehen, ihre Bilder und Umrisse.

Vor ihrer Bewegung und Verwandlung schwand den Menschen auf der Galeere die federnde Kraft der Muskeln, Schlaffheit kroch ihnen in die Glieder, und das Mark der Wirbelsäule wurde weich. Sie waren gebannt von der großen Erscheinung, die über sie kam. Sie waren ohnmächtig.

Die einen beteten.

Andere starrten vor sich hin.

Einige fuchtelten mit den Händen durch die Luft und rauften sich die Haare.

Wieder andere banden sich mit Tauen an die Masten.

Dann verschwand die Sonne im Nu, eine satanische, schneidende Sturmbö brach über sie herein, sie waren mitten in der Finsternis.

Es gab einen Schlag, und der Galeot dachte, es müsse so sein im Westlichen Meer.

Denn Himmel und Wasser hatten sich vereint.

Irgendwo ächzte das Holz, doch dann verlor sich inmitten des gewaltigen Dröhnens jeder Laut. Die Ungeheuer verwüsteten Himmel und Wasser und Erde.

Sie waren mitten in einem wahnsinnigen Abgrund.

Scharfe Nadeln füllten ihm die Augen, und als er emporsah in diese Welt, als er aufblickte in dieses Leben aus dem Jenseits, sah er zuerst nur ein schreckliches Gleißen. Ganz weiß und grell und glühend. Aus dem finsteren wahnsinnigen Abgrund direkt in dieses Gleißen. Wie ein verendendes Stück Vieh lag er da auf Deck, wie ein krankes und leeres Tier, das nur aus Zufall noch atmete. Sie stiegen über ihn hinweg und an ihm vorbei.

Sein Mund war trocken und brannte, und als er sich bewegte, spürte er, dass ihn alle Glieder schmerzten.

Aber was machte das? Wichtig war, dass er am Leben war, dass er lebte, dass er aus jener wahnsinnigen Welt lebendig zurückgekehrt war.

Wie oft noch?

Aber die Sache war nicht so lustig und einfach, wie der Galeot im ersten Augenblick meinte, als er lachte und irgendetwas vor sich hinredete in seine Knie, dort auf der Weite des Meeres.

Der irrsinnige Abgrund hatte von dem Schiff zerschlagen, wieviel er bei solchem Wüten nur vermocht hatte. Nur der halbe Vordermast ragte noch wie eine Brandruine in die Luft, überall lagen Trümmer, Fetzen, alles war zerbrochen und fortgespült an alle Enden der Welt und des Himmels.

Einige Ruderer hatte es über Bord gespült, auch einen der Kaufleute und einen Komiten hatte es ins Wasser gezogen.

Aber das war nicht das Schlimmste. Das Schlimmste war, dass die Männer einfach nicht wussten, wo sie waren. Wo inmitten der unendlichen Meeresweiten ihr Stück Holz schwamm. Vielleicht hatte es sie hineingezogen und an einem ganz anderen Ende der Welt wieder ausgeworfen.

Das, ja das war das Schlimmste.

Jetzt wollte er trinken und essen. Sie zeigten nur auf das Meer und die Fische darin. Jetzt reichte es ihm, jetzt wollte er vom Schiff. Und erst jetzt wusste der Galeot, dass er verdammt wirklich hier war.

Jetzt war er unwiderruflich hier und spürte, wie sich die Pupillenränder von dem gewaltigen Gleißen mit Finsternis füllten. Eine glühende Masse, oben am Himmelsgewölbe befestigt. Eine unermessliche Fläche, bis an alle Enden der Welt. Eine Stille, wie er sie im Leben noch nicht gehört hatte. Es nahm ihm den Atem vor dem gewaltigen Schweigen und dem leeren Raum ringsum. Es gab keine Bewegung, die die glühende Kugel ins Westliche Meer treiben würde, wo sie hingehörte, wo es laut aufzischte, wenn sie eintauchte in die dunklen Tiefen; es gab keinen Vogel mit seinem lärmenden Nisten irgendwo in der Nähe, es gab keinen Hauch, es gab gar nichts.

Deshalb zweifelte der Galeot auch nicht: Wieder hatte der Teufel seine Finger im Spiel. Mit ruhigem Druck zog er die Klammer um sein Herz enger, das sich kaum noch hörbar in der jammerweichen Brust regte. Es war der wer weiß wievielte Tag seit dem Augenblick, als der allesverschlingende Abgrund vorübergezogen war. Die Sonne stand hoch am Himmel, und das Meer war ringsum zu seinen Füßen, da war die Hand, die den Mund bedeckte und den Schrei erstickte; die Hand, in die sich die Zähne verbissen, dass das Herzblut herausfloss; da war das trübe und stille und dichte, volle Wasser, überall. Die Luft brach sich, die Stille knisterte, die Augen traten aus dem Gesicht, die Zähne aus dem Zahnfleisch.

Die Luft brach sich.

Das Wasser brach sich in der Stille.

Es war Stille.

Nicht der leichteste Windhauch.

Die Sache war hoffnungslos.

Das Meer weiß, was es will.

Der Galeot rief nach dem Teufel. Mit glasigen Augen und heiß im Gesicht und kalt im Leib lief er über die Galeere und rief nach dem Teufel. Er stieg hinunter in den schwarzen Schiffsbauch, unter Deck, und griff in den Teer, schmierte ihn sich ins Gesicht und stopfte ihn sich in den Mund, dass ihm die Luft wegblieb.

Er bot auch den anderen an: Esst, guter Teer, esst, der ist gut. Einem sah er in die Augen und sagte: Gib dein Herz, dass ich es entzünde. Das rettet uns! Das brennende Herz ziehe ich am Mast auf! Gib mir das Herz aus deiner Brust!

Zu einem sagte er: Ich bin der Zauber-Jackl. Morgen kriege ich Verbindung. Unsere Verschwörung und unser Bund funktionieren. Wir kriegen Wasser, wir kriegen Essen, wir kriegen kühles Nachtlager.

Dann wieder sprang er herum und wollte sich das Herz aus der Brust reißen.

Sie sahen ihm zu, aber als er unter seltsamen Worten auf dem Deck Feuer machen wollte, war das Maß voll.

Sie verprügelten ihn.

Er ächzte und röchelte, dass es sogar dem grausamen Meer an die Seele griff. Er hatte Wunden auf der Haut und Feuer im Leib. Wässrige Augen starrten lange hinauf in das glühende Auge, die Kugel hoch über ihm. Nur die Pupillen begleiteten das beharrliche Vorrücken der Kugel zum Westlichen Meer. In dem Augenblick, als sie sich neigte und weit hinten ins Wasser einzutauchen begann, stand der Galeot auf.

Jetzt würde er ans andere Ende der Welt und des Himmels fliehen.

Mein Gott, sagte er leise, mit mir ist es aus. Ich weiß nicht, wie es wirklich war. Vielleicht habe ich wirklich in dumpfer Nacht, als auf den Gipfeln die Feuer brannten, die goldene Schale aus deinem Tempel entwendet. Vielleicht habe ich wirklich meine Familie verlassen, vielleicht habe ich mich in der Welt umhergetrieben, bin zu Geheimbünden geschlichen, ich weiß nicht, ob es wirklich so war, weil die Steirische Carolina ihren Reif um meinen Verstand zusammengezogen hat, weil sie mich am Herzen gepackt hielt und ich die Erinnerung verloren habe. Jetzt weiß ich wieder um mein Heim, und ich sehe das Grün. Und ich bringe dir die Schale zurück und die sündigen Nächte und Tage. Alles gebe ich dir, wenn du mir nur ein wenig Atem läßt, ein wenig Luft, ein wenig Wasser.

Er dachte, es werde irgendeine Antwort kommen, irgendein Zeichen, irgendein Hauch oder etwas in der Art.

Aber es kam nichts.

Nur die Sonne brannte ohne Unterlass. Sie lagen kreuz und quer, und niemand sah mehr nach dem verrückten Galeoten, der über die Körper stolperte und über die Galeere taumelte und wankte. Er sprach von einem Berg, wo der heilige Lorenz weile, von einem Flüsschen, wo Josef, von einem See, wo die Jungfrau Maria wohne, vom Westlichen Meer, wo bodenlose Abgründe und große Tiere auf ihn lauerten, vom Gift im Schnappsack und vom spanischen Stiefel und von einer leeren Stadt.

Einem von ihnen dämmerte es.

Der wusste, das war das Ende, jetzt konnte es nur noch schlimmer werden. Eine letzte Agonie brachte ihn auf die Beine, und dann kaute er den letzten Zwieback, ohne Speichel im aufgesprungenen Mund.

Er kam hoch, und mit einem gewaltigen Ausholen des Oberkörpers warf er seinen Kopf gegen die scharfe Kante der Bank.

Hohles Krachen und Ausfließen.

Das weiche Innere quoll durch einen Riss im zerschlagenen Schädel.

Dem Galeoten kam alles hoch, was er im Leibe hatte, hinauf zum Schlund und zum Kopf wollte es. Um sich selbst auszubrechen.

Dann wurde er von Krämpfen geschüttelt.

Es gab kein Wasser. Der Galeot schnappte nach Holz, biss hinein. Die Luft glühte, die Glut war im Mund. Es brannte, es sengte, Feuersglut waberte oben über den Himmel, ringsum übers Meer, durch die Glieder, in Magen, Brust, Kopf.

Wahnsinn höhlte den Kiefer.

Die Matrosen drückten sich zuhauf in den Ecken aneinander.

Einer aber ging frisch und munter herum. Und stand an der Reling und schaute: Wann kommt Land in Sicht?

Das ist der Böse, sagten sie, der kommt durch. Der hat eine straffe und geschmeidige Haut, der ist gesund. Dem hilft der Teufel selbst, dem geht es gut. Der hat eine Quelle, sagte einer. Der hat einen Vorrat.

Es stellte sich heraus: Einige hatten Wasser. Die, die Durst hatten, stürzten los, suchten, wühlten, wüteten wie die Tiere durchs Schiff, hinauf und hinunter, rissen Bretter los, zerschlugen die Einrichtung, rissen das Tauwerk auseinander, zerschlitzten das Sonnendach. Der Kapitän und die Kaufleute und die Komiten, niemand konnte dem Wüten der Galeoten mehr Einhalt gebieten. Sie lagen in ihren Kojen und horchten auf den Wahnsinn auf dem toll gewordenen Schiff. Sie warteten auf ihr Ende. Die Galeoten aber zerschlugen alles, bis sie das Fässchen gefunden hatten, kaum angebrochen, gefüllt mit einer schleimigen Masse. Vermengtes und Zermanschtes. Eine einzige Brühe war diese Flüssigkeit, aber es war Wasser. Der Galeot griff zu und stöhnte. Er wusste nicht, wann und wie, aber er hielt das muntere Jüngelchen, diesen vor Gesundheit strotzenden Seemann beim Hals, knurrte und röchelte und gurgelte, und weiße Wut bleckte aus seinen Augäpfeln, und blaue Wut färbte sein Gesicht, und dann biss er in ihn hinein, in die weiche, geschmeidige, straffe, saftige Haut, in die gesunde Haut, so durchströmt von Lebenssäften, Wasser, Nahrhaftem. Seine trockenen Fäuste schlugen zu, sodass die weichliche Angelegenheit unter ihm nachgab und zusammensackte, zerschmolz; was Fäuste und Zähne nicht schafften, das taten die Nägel, die scharfen Krallen zerfurchten die weiche Oberfläche, sodass darunter große Blasen warmen Blutes aufblühten. Der andere lag nun auf dem Deck und blabberte blutigen Speichel. Die gesamte wilde Galeotenhorde stand im Kreis und gurgelte ihn an. Die Augen hatte er nach innen gedreht, wahnsinnige Angst zog den Jungen zusammen.

Der setzte kein Schlag ein Ende.

Die beendete ein Ruf, messerscharf.

Land. Hinten erstreckte sich ein dunkler Streifen Land.

Hinten erstreckte sich ein dunkler Streifen Land, die Seele des Matrosenjüngelchens schlüpfte sachte aus dem Körper und ging übers Meer. Sie würde es gut haben, sie würde den Weg zu irgendeiner Küste finden – aber den Körper, den Körper würden die wilden Tiere fressen. Fangarme mit unzähligen Saugnäpfen würden die Haut vom Körper ziehen, in den Wunden würden die Fische das Fleisch vom Knochen reißen, in den Weichteilen würden Krebse nisten, die Innereien würden sich mit Fischlaich füllen, das ganze lautlose winzige Bestiarium würde sich über diesen armen Christenleib hermachen.

Darum schwieg der Galeot. Er blickte hinunter und sah und fühlte all das und wurde ganz leise wahnsinnig. Denn jetzt hörte er die Krainer Glocken, wie sie etwas verkündeten. Sie kamen von unten, aus der dunklen Tiefe, mit dem Geläute kamen aber auch die Schreie des Matrosenjüngelchens, gedämpft von der tiefen Finsternis auf ihrem Weg vom Meeresgrund nach oben.

So war es, der Tote schrie, und der Lebendige schwieg.

Es war zwar ein Schrei gewesen, der die Seele des Matrosenjüngelchens aus dem Körper in die Meeresweiten hinaus und an die fernen Küsten getrieben hatte, und der Galeot hatte zweifellos dazu beigetragen. Kein Wunder, Wahnsinn durchströmte seinen Körper, Stürme, die sein Inneres durchtobten, trieben ihr Spiel mit seiner

Seele. War er nicht wieder in der Gewalt finsterer Mächte? War da nicht wieder ein Teufel mit von der Partie?

Der Galeot trug den unendlichen Raum in seiner Brust. Die ganze verrückte und wirre Welt, all ihre rationalen und irrationalen Dimensionen durchjagten diesen narbenüberwucherten Körper. Doch siehe: Er hatte alle Tode überlebt.

Jetzt schwieg er.

Er fühlte die scharfen Zähne, die in diese aufgerissene Haut schlugen, fühlte die zuckenden Bewegungen der Fischmassen, die sich um die Stücke des Leichenfleisches drängelten, und sah diesen stummen Kampf. Jeder fraß jeden, alle fraßen von dem Fleisch, dabei aber war es ganz still, auch die Fangarme, die mit ihren Saugnäpfen das Blut absaugten, sodass es in sie hinüberfloss und sie füllte und spannte, verrichteten ihr Geschäft beharrlich und ruhig und still, ohne Schlucken und Gurgeln. Und ein Gedanke höhlte ihm die Hirnrinde: Sieh dir dieses Fressen an. Sieh es dir an und fühle: So wirst du selbst einst auf dem Meeresgrund liegen.

Jetzt sah er das Land.

Wer weiß was für eine Küste wieder, was für ein Grün und Felsgestein und was für ein Hafengetümmel. Aber da kam wirklich ein kühler Wind übers Meer. Der Galeot fühlte, wie sein frischer Hauch – woher kam der, aus den grünen Hainen der Heimat? – ihm den ausgehöhlten Kiefer, die zerfressene Hirnrinde kühlte; er ahnte, dass die Ringe des Wahnsinns um ihn herum immer weiter wurden, dass er sich in großen Kreisen zurückzog, dass seine Schneiden stumpfer wurden, dass er immer weniger fraß und schlang. Nur noch ein winziges Knirschen kam vom Meeresgrund. Das waren die Krebse, die die Knochen des Matrosenjüngelchens zerbissen.

Jetzt war die Erinnerung ausgelaugt.

Der Galeot war ausgelaugt. Nur wenig, nur ganz wenig Erinnerung war noch übrig, ein Teil davon kehrte zurück, ein Teil davon war für immer gegangen. Aber die Frage von Vergangenheit und Gegenwart wurde immer verwickelter. Strebte immer weiter auseinander und immer näher zusammen, das unaufhaltsame Mahlen der Natur knetete sein Fühlen und Denken, und es wurde ihm finster vor Augen von all dem Unklaren und Unbegreiflichen in seinem Leben. Nur eines ist merkwürdig, sagte er zu sich, merkwürdig ist nur, dass die Wirrnis immer größer wird und dass ich bei all dem Wahnsinn noch immer am Leben bin.

So ging die Sache ihrem Ende zu. Der Galeot legte ein Gelübde ab. Um das eine bat er Gott, um etwas anderes den Teufel. Etwas machte er selbst, etwas wurde mit ihm gemacht. Jedenfalls aber kam jetzt ein kühler Wind auf, und die Marsiliana wurde teils durch Ruderkraft, teils unter Segelhilfe der Küste zugetrieben.

Was wird dort sein?

Wird es zu neuer Wirrnis und neuem Wahnsinn kommen, oder werden wir endlich doch erfahren, welches die Wege sind dieser Irrfahrergestalt? Wird sie nun endlich ihr Blut verströmen und ihre Seele aushauchen auf den Weiten des Meeres?

Anstatt dass es Erklärungen gäbe, die wohl endlich wirklich fällig wären, treiben uns die Gewalten von Natur und Geist in immer tiefere Rätsel, in eine immer verwickeltere Welt und in die Verflechtung von Traum und Wirklichkeit.

Nun darf es keinen Aufschub mehr geben vor der Frage: Ist dies die Spur einer wirklichen Person und eines wirklichen Schicksals? Haben sich nicht vielleicht irgendwo die Fäden verwirrt, und führt alles miteinander zu einem ganz anderen Ende?

Wo ist der fromme Mann jetzt, der die Galeere ruderte und zu Gott flehte?

Wo ist der Irrende, der Kontakt und Verbindung zu Teufels- und Hexenmächten suchte?

Wo ist der geheimnisvolle Unbekannte, der auf der Waldlichtung dem Dröhnen und der Sprache der Erde lauschte und brennende Herzen schaute?

Wo ist der Flüchtige, der in der Schlucht hockte und vor den Wächtern floh?

Wo ist der Bettler und Haderlump, der verwundert auf das MANE TEKEL FARES des zahnlosen Anton starrte?

Wo ist jetzt das Mitglied der Verschwörergesellschaft Zauber-Jackl, das von der Weisheit und dem klaren Verstand der Stadtrichter entdeckt und entlarvt wurde?

Wo ist letztlich das Westliche Meer, und wo sind die Tiefen, wo sind die allnächtigen und alltäglichen Begebenheiten, das Glockenläuten inmitten aller Meeresweiten?

Wo ist Traum, und wo ist Wirklichkeit?

Es ist Zeit für die Küste, für festen Boden, für ein klares Wort.

# 23

*Missverständnisse. Was lag da auf dem Karren? Ist das der Anfang vom Ende, das anderswo aus dem Moor herankriecht? Ein Jüngling, ein blasiges Matrosenjüngelchen. Zum Leben, nach Haus. Sehnsüchtig schaut der Galeot nach anderen Küsten aus, wie einst die Schöne Vida.*

Als er wach wurde und sich ein wenig umschaute, sah er alles etwas dunkel und etwas rötlich. Das war der Sonnenaufgang. Er fühlte die Belebung der Sinne in seinem ausgelaugten Körper und bemerkte einen salzigen und kräftigen Gestank. Es roch nach Urin, nach Mann, nach Schweiß, nach Moor, nach Saurem, nach Muffigem, nach Erbrochenem, nach Resten von Speisen und Getränken, nach Fliegen, die auf einem Haufen Knochen mitten im Zimmer hockten. Deutlich war ihr zufriedenes Brummen zu hören, das Brummen großer Fliegen, die Essensreste fraßen und in dichtem Haufen übereinanderkrochen. Also hatte er gegessen und geschlafen und sich ausgeruht. Aber wo?

Aber wo?

Etwas rumpelte unten auf dem Pflaster, ein ohrenbetäubender Lärm drang herauf zwischen die Gebäude, und durch das Fenster sah er einen Mann in bodenlangem Kittel, mit seltsamer Kopfbedeckung, die Peitsche in der einen, die Deichsel in der anderen Hand, und dahinter einen riesigen Wagen, der bis hoch hinauf mit leeren Körben beladen war. Lag da nicht quer drüber, ganz oben, eine nackte Männerleiche? Je mehr sich seine Augen an all das Neue gewöhnten, um so weniger begriff der Verstand. Er stand mitten in diesem

Raum allein, wieder allein, und wusste nicht, wohin mit der Bewegung, wohin mit dem Schritt. Mit einem Ruck wandte er sich um und trat zur Tür. Er öffnete sie, und in dem dunklen Loch, das dort gähnte, sah er den Umriss einer Treppe, einer Steintreppe, glatt, aufgewischt, die irgendwohin nach unten führte. Von unten kamen Geräusche und Lärm. Vorsichtig und tastend stieg er hinunter und konnte es schon von oben sehen: Ein großer Wirtshaustisch, voller verstreuter Essensreste, umgeworfener Flaschen, vergossenen Weins, ein Durcheinander von Tellern und Knochen und Messern und Fleisch und Brot, ein schmutziger Fußboden und zahllose Köter, die faul herumlungerten; ein paar Männer, ein paar Frauen, die in den Ecken umherlagen, die über dem Tisch eingenickt waren, die in den heraufziehenden Tag blinzelten. In den Mauernischen waren die Kerzen heruntergebrannt, und dieser betrunkenen Gesellschaft war womöglich nicht so recht klar, dass der Tag da war, der Anfang, das Leben, ihnen dämmerte nicht, was der Galeot wusste: Die Nacht war zu Ende, der Tag begann, wo auch immer.

Dort war der Kapitän, und dort waren die rotgesichtigen venezianischen Kaufleute von seinem Schiff. Hier waren sie alle, müde und zur Ruhe gekommen und gesammelt, als spazierten sie hinten auf der Galerie der Galeere auf und ab.

Eine der Frauen hatte den schmutzigen Rock hochgeschlagen, und darunter waren weiße, weiße Schenkel. Müde sah sie ihn an mit dem Krug in der Hand, mit traurigen Augen.

Jetzt muss ich raus, sagte der Galeot zu sich, raus, raus und sehen, was, wo, wie.

Er stieg über die betrunkenen Leiber zum Eingang, was nicht ganz einfach war, denn andauernd bewegte sich jemand und knurrte, und unablässig liefen ihm die Köter zwischen die Beine. Die mit den weißen Schenkeln verfolgte träge seine Bewegung. Er blickte ihr in die Augen. Als er in der Nähe der Tür war, sah er, wie im Innern ihrer Pupillen etwas aufblitzte. Dieses Licht in den müden Augen, diese plötzliche Erkenntnis, vom Licht offenbart, die plötzliche Bewegung ihres fülligen Körpers, der sich auf die Ellbogen hob, die weißen Schenkel noch mehr entblößt, all das ließ ihn für einen Augenblick innehalten. Sie stieß den schlafenden Dickwanst neben sich an, sodass er zu knurren begann und unwillig im Raum umhersah. In einer seltsam glucksenden Sprache sagte sie etwas zu ihm und deutete auf Johann Ott, der zögernd dort bei der Tür stand, zwischen Tür und Saal, unentschlossen: Sollte er ihrem Glucksen folgen, oder sollte er alles zusammen sein lassen und hinausgehen?

Er entschied sich fürs Hinausgehen. Aber im selben Augenblick, als er nach dem Türring fasste, hielt ihn ein schneidender Ruf zurück. Nach dem Ruf kamen noch ein männliches Glucksen und ein weibliches Kreischen, jedenfalls galt beides genau ihm. Als er sich umdrehte, sah er, dass der Dicke auf schwankenden Füßen stand und ihn mit blutunterlaufenen Augen ansah. Er winkte mit der Hand und deutete mit dem Finger: Hierher. Der Galeot zögerte noch immer, doch da kam der andere auf ihn zu, und plötzlich stand neben der Tür noch jemand, schon mit dem Messer in der Hand. Das bedeutete nichts anderes, als dass er dem befehlenden Zeigefinger des Dicken zu folgen hatte. Er ging hin, und der andere beugte sich vor zu seinem Gesicht und gab ein langes Gegluckse von sich. Der Galeot verstand nichts. Er ging zu seinem Kapitän, aber der wandte sich ab. Auch der Kaufmann vom Schiff. Sie kannten ihn nicht. Hatten ihn nie gesehen. Immer weniger begriff er, was hier vorging.

Die Frau bot ihm jetzt Wein an und deutete auf einen Platz. Jetzt war klar, dass er hierzubleiben hatte. Warum, das wusste er nicht.

Er saß dort und schütteteden Wein in sich hinein. Der war schal und warm. Er sah, wie sie wach wurden im Raum und sich die Augen rieben und zusammenkrochen. Gähnend glotzten sie den Neuen an. Sie bauten sich um ihn herum auf. Der Dicke bearbeitete ein großes Stück Fleisch, das er von der Tischplatte genommen hatte, trank gierig Rotwein, dass es ihm übers Kinn lief, und betatschte die weißen Schenkel. Um Johann Ott kümmerte er sich nicht weiter. Der stand noch einmal auf und versuchte den Weg zur Tür zu finden. Sofort hielten sie ihn zurück mit ihren Leibern und schwarzen Blicken. Hier war nichts zu machen. So saß er da, und so vergingen die Stunden. Das Interesse an dem Neuen ließ allmählich nach. Sie hatten genug zu tun mit dem Wein und dem Fressen und dem Betatschen der Frauen. Draußen war es ungewöhnlich still. Nur, wann waren da Räder übers Pflaster gerumpelt? Und hatte da wirklich ein männlicher Körper auf dem Karren gelegen?

Der Galeot dachte: Ich muss aufs Schiff, es läuft aus.

Das versuchte er diesen Betrunkenen und zügellosen Menschen klarzumachen. Er zeigte und gestikulierte und schnitt Gesichter. Schiff, Meer, Segel, Ruder. Der Kapitän und der Kaufmann verschwanden in den oberen Zimmern, als sie seine Anstrengungen sahen. Er wollte ihnen nach, aber man hielt ihn wieder zurück. Er ging von einem zum anderen und redete auf diese sturen Gesichter ein. Zuerst hörten sie nicht einmal hin, sahen nicht einmal auf. Dann spürte er, dass seinen Bemühungen ein warmer Blick folgte. Die Frau hatte ihn verstanden. Aber sie sah ihn immer verwunderter an, und immer mehr weiteten sich ihre Pupillen. Eine unbestimmte Angst breitete sich da in der dunklen Augenhöhle aus. Dann kreischte sie auf und versuchte dem Dicken heftig zu erklären, was sie verstanden hatte, was sie seinen Gesten entnommen hatte. Der Dicke fing an zu knurren und wurde immer lauter.

Jetzt fühlte er, dass hier drinnen eine feindliche Stimmung aufkam. Sie rückten von ihm weg. Sie rissen ihm den Krug aus der Hand und warfen ihn krachend durch die Tür auf die Straße. Zwei von ihnen befahlen ihm: Da hinauf. Sie zerrten ihn über die Treppe und verriegelten die Tür hinter ihm.

Gegen Abend kamen die beiden wieder, mit ihnen ein junger Mann. Der stellte Fragen. Vor den Augen des Galeoten erschienen ein Bild und eine Erkenntnis: Er wurde verdächtigt. Sie vermuteten, dass die Krankheit mit einem Schiff gekommen war. Womöglich mit seinem. Die Besatzung war in Quarantäne. Kapitän und Kaufmann hatten sich in dieses Hehlerwirtshaus geflüchtet, und er sich durch seltsamen Zufall mit ihnen.

In seiner Erinnerung blitzte die Ratte auf dem Deck auf: Milchig weißer Seim war ihr aus der Schnauze getrieft. Einer war gestorben, die anderen hatten überlebt und segelten nun über die Meere und liefen Häfen an. Die Krankheit ruhte in ihrem Versteck. Jetzt würde sie die Zähne zeigen.

In seiner Erinnerung blitzte ein nächtlicher Vorfall auf: Ratten krochen von allen Seiten herbei, fielen sich gegenseitig an. Sie töteten sie mit bloßen Händen und zerhackten sie mit ihren Schwertern. Eine verreckte unter der Bank, und aus ihrer Schnauze triefte eine weiße Flüssigkeit. Eines Tages hatte einer der Seeleute angefangen sich im Schlaf herumzuwerfen. Dann war er aufgestanden und die ganze Nacht auf Deck umhergewandert. Der Galeot hatte gemeint: Den zieht es nach Haus. Am nächsten Morgen war der Matrose nicht mehr da. Verschwunden. Sie hatten das ganze Schiff durchsucht und ihn unter einem Haufen Tauwerk gefunden. Er war ganz schwarz im Gesicht gewesen, aus dem Mund war ihm weißer, milchiger Seim geflossen. Und er hatte gestunken, dass sie sich die Nase zuhalten mussten.

Das war einer der nächtlichen Vorfälle gewesen.

Er wusste: Jeder Vorfall hatte seine Folgen.

Er versuchte sich ihnen verständlich zu machen. Er war nicht krank. Er war in vielen Häfen gewesen, die Krankheit hatte ihn nicht befallen. Auf dem Schiff war einer der Matrosen gestorben, den hatten sie in nasse Lappen gewickelt und den Meeresungeheuern vorgeworfen. Die Krankheit hatte aufgehört. Er gehe zurück aufs Schiff nach Haus. Nichts verstanden sie. Er hatte sein Zuhause irgendwo. Er musste nicht sterben in diesem Gestank, mit dem weißem Geifer am Kinn, schwarz im Gesicht. Sie hörten ihm nicht zu. Die Stadt hatte ihr Gesetz: Ab in die Quarantäne. Dort würde er endgültig draufgehen. Dort kam keiner lebend heraus.

Die Quarantäne.

Die Quarantäne. Das war ein Bau mit dicken Mauern. Ein Lagerhaus im Hafen. Dahinein schleppte man ihn durch die Straßen, durch die ein schwerer Geruch nach Verbranntem zog, vielleicht von schwarzen Leichnamen? Von menschlichen Exkrementen? Er schlug um sich und biss und schmiss sich zu Boden. Sie warfen ihn hinein. In den Ecken drängten sich Seeleute und Reisende von allen Ecken und Enden der Welt. Männer, Greise, Kinder, Frauen. Jeder hatte sich mit einem Häufchen Stroh in seinen Winkel verkrochen. Gesunde und Kranke. Waren auch Kranke darunter? Gestank stieg auf.

Die hier würden alle draufgehen.

War er allen Toden entronnen, hatte er alle Meeresweiten durchkreuzt, um hier, in dieser schmutzigen Halle, in einem unbekannten Hafen an ferner Küste sein Leben zu lassen?

Er wurde in neue Stürme getrieben, in immer neue Sinnlosigkeiten, in immer neue Fallen des kosmischen Chaos, immer an den Rand, den Rand des Todes, den Rand des Lebens. Warum sollte der Räudige nicht auch die Krankheit erleben, warum sollte dem Galeoten, den seltsame Mächte allen Toden entzogen, nicht auch die dunkle Schicht der schwarzen Krankheit die Beine hinaufkriechen, warum sollten nicht auch in seinem Blut die Keime böser Geister freikommen und loswüten und es gemächlich und sicher in milchig weißen Seim verwandeln, den er dann zusammen mit allem, was er in sich trug, durch die Mundöffnung ausbrach? Warum sollte er sich nicht in den hintersten Winkel dieser Quarantänegruft verkriechen und seine Seele in einem fernen Land zurücklassen – allein und ohne jede Spur? Warum sollten die Teufel sie nicht durch alle Stürme und Meere und grenzenlosen Wüsten schleifen, damit sie dann umherirrte und ihre Bleibe suchte?

Doch siehe: Er ging durchaus nicht zugrunde.

Dies ist die kürzeste Nachricht von des Galeoten neuen Geschicken: Er krepierte keineswegs.

Von hier würde er endlich den Weg zum Anfang finden, in seine Heimat, den Weg zum Beginn und den Weg zum Ende seiner lehrreichen Geschichte.

Er ging umher und sah die Menschen an, die sich zu den Wänden schleppten, die Frau fort vom Mann, die Mutter vom Kind, der Sohn vom Vater, er ging umher und sprach und murmelte vor sich hin: Der Tod holt dich, wenn du dich vor ihm fürchtest. Wenn du dir ein Herz nimmst und Hilfe suchst im Walten der Natur – dann bleibst du übrig.

Darum würde er übrigbleiben. Alle Fragen waren überflüssig. Es würde keine Schwärze die Beine hinaufkriechen, es würde keinen milchigen Seim in seinem Blut geben.

Weder Meer noch Stürme, weder Richter noch Menschen noch Krankheiten konnten diesen zähen Körper zerbrechen, dieses Gesicht mit der dunklen Maske der Ozeane, diesen Geist ohne eigene Vorstellung und Idee.

Wie eine Katze bewegte er sich im Raum, berührte alles, aß und trank, schluckte die dichte, stinkende, verpestete Luft, horchte auf das Atemholen und fühlte den lebendigen Pulsschlag seines gesunden Körpers.

Alles war über ihn gesandt worden. Konnte es noch ein Unheil, noch eine Form des Leidens und der Qual geben, die auf ihn wartete? Was konnte ihm noch Schlimmes angetan werden? Was noch über ihn verhängt werden? Ihn den Meeresungeheuern vorwerfen? Er würde zur nächstbesten Küste schwimmen. Ihn in den Abgrund stoßen? Er würde sich an einem Ast festhalten, der aus dem Felsen spross. Ihn erwürgen, abstechen, ihm das Herz aus dem Leib reißen? Er würde atmen, und seine Wunden würden heilen.

Im Winkel keuchte und röchelte ein Jüngling. Sein schönes Antlitz war verunstaltet von blasigem Gewebe, das von allen Seiten zu den Augen kroch. Er zog das faule, säuerliche Stroh zu sich heran und begrub sich darunter. Alle Anzeichen waren da: Der Bursche würde draufgehen. Wie still der Räudige dalag, wie traurig, wie er im Angesicht des Todes keuchte! Ohne Erbarmen im Herzen sah der Galeot auf dieses Verröcheln, das einsam und unentschlossen aus dieser Welt gehen wollte.

Gab es einen Atem, der das Leben in dieser verkrümmten Erscheinung in Gang hielt?

So fragte er sich, aber es war ihm gleich.

Da klaffte der schöne blasige Jüngling die Zähne auseinander, und heraus kam ein leiser, jedoch klarer und scharfer Fluch. Dem Galeoten schwankte der Boden unter den Füßen. Seine grausame und harte Seele geriet ins Wanken und Stürmen, der Raum ging auf nach allen Seiten der Welt, ein einziger Gedanke durchjagte seine Brust und pulste das Blut durch den Körper. Draußen schlugen die Glocken von den nahen Kirchen, aus diesem heimatlichen Fluch stieg ein Geruch auf nach Erde und Ställen, nach niedrigen, verräucherten Stuben, nach Leder und Leinen und frischen Kleidern, durch den Raum ging ein frischer Hauch: Das war ein vertrauter Fluch, ein Wort voller bekannter Dinge, die ersehnte Heimat.

Er stürzte auf dieses Gesicht zu, berührte die Blasen, hauchte Sprache hinein, Leben, Gesundheit – nicht für ihn, nicht für ihn, nein, für sich selbst, für ein Wort, für eine Nachricht. Für ein Zeichen, für eine Botschaft aus einer Welt in der fernen Erinnerung, für eine Berührung, für einen Schrei. Inmitten dieser Blasen, inmitten des schwarzen Gesichts zuckten die Pupillen, voll Verwunderung, voll stummer Rede, doch durch den Geifer auf den Lippen kam nur ein Stammeln ohne jedes klare Zeichen. Jetzt entschied sich der Galeot für das Leben. Er würde dieses Ekelwesen retten, die Blasen vom Gesicht, die Krankheit aus dem Blut treiben.

Das würde er tun.

Die folgenden Tage und Nächte kochte er Wasser ab auf dem Feuer, das in der Mitte des Raumes brannte, goss es in die Öffnung inmitten der Blasen, drängte sich nach dem Essen, das gebracht wurde, und stopfte es dem Jüngling unberührt durch den Speichel und das Röcheln in den Mund.

Die folgenden Tage und Nächte knetete er den kranken Körper und reinigte ihn von der Krankheitsbrut. Er zog das ganze säuerliche und stinkende Stroh fort und ließ den Jungen auf dem trockenen Boden liegen.

– Wir werden heimgehen, hauchte er in ihn hinein, verstehst du? Heim. Die folgenden Tage und Nächte begann sich inmitten dieses schleimigen Röchelns das Leben aufzurichten. Die Blasen zogen sichtlich vom Gesicht ab, und die Glieder regten sich zum Zeichen, dass die gesunden Stoffe verdaut wurden.

Nach Haus.

Die folgenden Tage und Nächte bemerkte er in den Stunden des Kämpfens und Wachens mit glühenden Augen und gelindem Grauen in der Wirbelsäule unter den schwindenden Blasen auf dem Jünglingsantlitz seltsam bekannte Züge.

Ist das ein Traum? sagte er zu sich. Ist das ein Traum, oder ist das wieder so ein verfluchtes Spiel? Dieser Junge, diese bekannten Züge, dieses Gesicht, blühen da nicht Wunden auf Gesicht und Körper? War das nicht die bekannte Gestalt jenes Matrosenjüngelchens, das er mitten in den Meeresweiten niedergeschlagen hatte, dass es in dem trockenen Glühen unter der Faust weich nachgab? War nicht die Seele aus diesem Antlitz gewichen, als der Schrei geflogen kam und ihn erledigte? Nisteten nicht Krebse in diesen Wunden? Lag dieser Körper nicht am Meeresgrund, im stummen Gewimmel von Fischbrut und Meeresungeheuern? Legten sich nicht Algen und andere Pflanzen sanft und leicht auf das Antlitz des Matrosenjüngelchens?

– Ich werde uns beide ins Leben zurückrufen, sagte er, ich werde uns beide aus dem Tod, den wir erleben, herausheben, sagte er, genug der Räude und des Schindens, sagte er. Morgen, sagte er, morgen schon werden wir die jungen Wellen sehen mit ihren steilen, spitzen Formen, die werden mit ihren hellen Kämmen von weit her, vom Horizont auf das Schiff zulaufen.

Die folgenden Tage und Nächte begann der Jüngling zu sprechen. Weniger Blasen waren auf seinem Gesicht, weniger Krankheitskeime in seinem Blut, da waren mehr Plappern und mehr herzerwärmende Sprache.

Plappern und herzerwärmende Sprache. Wirklich, ein schwacher Dank für das wiedergeschenkte Leben. Der blasige Junge stammte wirklich aus den Gegenden, wo helle Bäche und Flüsse eilten, wo grüne Wälder rauschten, wo sich das Frühlingsgras im Wind wellte, wo Blumen sprossen, wo die Schneegipfel im Sonnenglanz leuchteten. Er war wirklich von dort, wo auch der Galeot eines seiner Leben gelebt hatte, wo die Linde vor dem Hause blühte, wo im heißen Sommer das Korn reifte, wo das Sonnenlicht hinterm Berg versiegte, wo der Tod heilig, freundlich und weiß daherkam.

– Dort werde ich sterben, sagte er. Dorthin müssen wir gelangen.

In der Mitte des steinernen Raumes loderte es auf. Die Wächter scharrten das Stroh zu einem Haufen zusammen, zerrten es unter den schmutzigen Leibern hervor und trieben die Räudigen mit der Peitsche auseinander. Die Verlorenen brauchten das Stroh. Um sich damit zu bedecken, wenn das Ende nahte. Jetzt brannte es. Im Winkel an der Mauer, im unbekannten Hafen in der Quarantäne, auf dem brennenden Richtplatz vernahm der Galeot schweigend die Geschichte des Jünglings. In der Tiefe, die vom Grunde des Meeres bis hinauf zu seinem Spiegel reichte, mitten in dieser Gruft, in der keiner sein Leben ausgehaucht hatte, wo es zwischen den Mauern, wo sie hier waren, leuchtete und prasselte. War dies das Gesicht des Matrosenjüngelchens? Führte der Weg nicht von hier direkt in den Schoß der Finsternis? Ihre beiden Gesichter lagen im Lichtschein, der Schein der brennenden Richtstätte reichte über sie hinweg. Dieser Junge, dieses Plappermaul. Er hatte einer Militäreinheit angehört und sich mit einem Krainer Regiment durch Bosnien geschlagen. Der heimatliche Hof war niedergebrannt, da hatte er die Arkebuse auf die Schultern genommen, den Staub der weiten Straßen geschluckt, sich in dumpfen Nächten am Lagerfeuer gewärmt. Auch er hatte dem Tod ins Angesicht geblickt. Auch er war seinen Kreuzweg gegangen. Die Türken hatten ihn gefangengenommen. Verkauften ihn an die Venezianer. Er war auf der Galeere gewesen und war jetzt hier, mit ihm, in der Quarantäne, im Angesicht des letzten Endes.

– Nicht das, sagte der Galeot, nichts davon, kein Wort. Von der Heimat, vom Hof, von Gegenden, die nicht vom unaufhörlichen Sonnenglanz versengt und zerfressen werden. Heim, Haus, Linde, Feld, Wiese, davon sprich, blasiger Räudiger, dafür habe ich dich wiedererweckt, für die Kunde, für eine deutliche Nachricht, für die Wahrheit, für ein klares Wort.

Der Jüngling verstummte. Es war hell und rot wie mitten am hellichten Tag. Der Rauch zog scharf durch die großen Öffnungen in den Wänden. Durch diese Löcher wurde der dichte, stinkende Krankheitsgeruch fortgetragen. Jetzt warfen sie noch die letzten Reste an Lumpen und Stroh auf den Haufen, ins Feuer. Das war ein Feuersbrand für die Lebenden. Ging die Quarantäne dem Ende zu? Wer nicht aufs Feuer ging, wer sich nicht mit Stroh zudeckte, wem kein milchig weißer Seim aus dem Munde triefte, wer keine schwarzen Beine und Arme hatte, wem die Blasen vom Gesicht verschwanden, der würde leben, der war gesund. Niemand starb. Die Krankheit hatte sich wieder versteckt. Irgendwo anders würde sie ausbrechen.

Deshalb leuchtete das Feuer fröhlich.

Der Geruch nach verbranntem, totem, krankfeuchtem Stroh wurde hoffnungslos stickig, beide husteten und bekamen Tränen in die Augen. Sie hörten die Wellen ans Ufer schlagen und vernahmen das leise Trommeln des leichten Regens, der sie beruhigte. Mit dem Regen kam auch neuer Gestank. Überall drückte es zu Boden und in den Raum hinein. Der Galeot sah die Gelegenheit: Jetzt passte niemand auf. Überall Wolken stinkigen Rauchs, durch den man nicht bis zur Lagerstatt des Nachbarn sehen konnte. Er packte den Jüngling und stellte ihn auf die Füße. Schwankend stand er auf schwachen Beinen, aber er bewegte sich. Sie schlichen geduckt die Mauer entlang zur seeseitigen Öffnung hin. Der Galeot kroch am Mauerrand vorwärts – unten war das Meer. Gefährlich schlug es gegen die Klippen und brauste und rief: Komm. Der Jüngling stand da und zögerte. Komm, winkte auch der Galeot.

Du willst mich hinabstoßen, sagte der Jüngling. Noch einmal willst du mich auf den Meeresgrund hinabstoßen.

Wer weiß, vielleicht hätte er ihn wirklich hinabgestoßen, vielleicht wäre er allein vorgeschnellt, vielleicht wären sie zusammen in den Abgrund gestürzt und unten auf dem Felsen zerschmettert. Sodass die Glieder in allen Ecken und Enden lägen und das Blut und die anderen Weichteile und sich schreiende Vögel, kreischende schwarze Tiere, hineinkrallten. Die ganze Zeit saßen sie in großen Schwärmen rings um die Quarantäne und warteten und warteten. Vergebens. Die schwarzen Vögel würden sich zuerst auf die Weichteile stürzen, dann würden sie sich mit scharfen Schnäbeln an die Körper machen.

Der Galeot stand am Rand der Mauer und sah hinab, der Jüngling presste sich die Hände auf Augen und Blasen. Nein, das war ganz gewiss keine Flucht. Er machte ganz gewiss keinen Versuch, aus der Quarantäne zu fliehen, denn unten war der Felsen, dahinter das Meer, links eine Mauer, rechts eine Mauer. Die nassen Vögel kamen ganz nahe. Ruhig standen sie um ihn herum und warteten. Der Galeot sah hinab, auf das Meer, er sah hindurch, weiter, und hinten sah er, wie die Erde hinunterging, dort, unter einen anderen Himmel, alles bewegte sich dort auf den Horizont zu, auf den Raum, wo all seine Schatten lebten.

Zu den Schatten? Zu ihnen?

Dorthin nach Haus?

Von drinnen, aus dem Raum, durch die Öffnung, zu der es noch immer in den Regen und in die Luft hinausquoll, in den dichten Rauch stiegen Rufe auf. Sie kamen mit dem Rauch und dem Gestank, jedoch mit klarem Klang, scharf, laut.

Der Jüngling lief hinein. Als er zurückkam, sah er zuerst nichts; als er ganz erregt mit der frohen Kunde zurückkam, sah er zuerst die leere Mauer, die leere Stelle, von der sich der Galeot auf den Felsen hinabgestürzt hatte, und sah die schwarzen Vögel, die in dem leeren Raum kreisten, in der Gischt der brandenden Wellen, die aufspritzten und sich wieder in sich zurückzogen, in die Tiefe. Das sah er zuerst, als er atemlos herbeilief, als er hüstelnd und schwarz im Gesicht mit blanken Augen das leere Gemäuer abtastete.

Doch dann hörte er dicht neben sich, dicht zu seinen Füßen ein scharfes Husten, und dort saß eine Gestalt, zusammengekrümmt, die Arme um die Knie geschlungen, den Kopf auf den Armen, mit gebeugtem Rücken. Dieser Rücken, der die Last aller Stürme, aller Schiffbrüche und Brände getragen hatte, dieser Rücken, den der Prügel des Büttels behämmert und das Messer des Blutrichters gekerbt hatte, dieser Rücken, der geschlagen, aber nicht gebrochen worden war, der war nun, als der Galeot hochkam und sich langsam aufrichtete, krumm.

Ja, jetzt war er wie ein Greis.

Lange sah er hinab aufs Meer, sah hinab wie einst die Schöne Vida, und dann sagte er ganz leise, aber doch klar und deutlich:

– Es ist zu Ende, nicht wahr? Die Quarantäne ist zu Ende.

Der Jüngling nickte aufmunternd. Sie gingen durch den Rauch, an den Feuern vorbei, vorüber an den Geschwächten auf dem Boden, sie gingen langsam zum Tor und hinaus auf die Straße.

Mit der Krankheit? Trugen sie es mit sich, dieses Faulen und Zerfallen, das hier keinen von ihnen hingerafft hatte, mit an einen anderen Ort?

# 24

*Die Luft mit Feuchtigkeit gesättigt. Verpestete Luft. Alles kriecht und drängt vom Meer ins Landesinnere. Ist das der Anfang vom Ende? Ratten. Kordon. Embryolage. In den Eingeweiden kneift und brennt es.*

Die Luft war so sehr mit Feuchtigkeit gesättigt, dass das Prasseln des Feuers am Straßenrand erstickte und sein Widerschein gebeugt und gebrochen durch die Nacht drang. Dunkle Gestalten saßen da oder schlenderten mit trägem Schritt durch das fahle Licht. Der trübe Schein reichte einige Spannen weit in den Himmel, oben aber drückte ihn die niedrige Kuppel wieder zurück. Die beiden waren jetzt so nah, dass sie einzelne Worte und das Waffenklirren der Nachtwache hörten, dass sie eine Gestalt in langem, schwarzem Kittel erkennen konnten, die zwischen den Männern hin und her ging. Dann drang ein polterndes Geräusch in ihr völlig von Buschwerk überwachsenes Loch neben der Straße. Von der oberen Seite her klapperte und quietschte es, auf der Straße trieb jemand mit seinem Hü! das Klockklock von Pferdehufen mit einem hölzernen Rumpelwagen dahinter an. Das Geräusch nahm zu, und als es schon ganz in der Nähe rumpelte, sahen sie oben drei Männer sitzen. Einer hielt die Zügel in den Händen, die beiden anderen waren bewaffnet, an ihren Schultern lehnten knorrige Schießprügel.

Als sich das Gerumpel dem Feuer auf gut zwanzig Meter genähert hatte, sprangen die Gestalten auf. Ein scharfer Anruf hatte das Quietschen und Poltern zum Stehen gebracht. Auf dem Wagen wurde etwas hin und her gerückt und umgestellt, dann sprangen alle drei ab. Der Fuhrmann trat näher und rief den Soldaten laut etwas zu. Darauf hielten sie ihm eine lange, dicke Stange hin. Die zog er sich auf die Schulter und schleppte sie zum Wagen hinüber. Hier band er mit Hilfe der beiden bewaffneten Männer ein Packstück daran. Alle drei ergriffen dann die Stange am unteren Ende, sodass sie oben mit dem Paket schwankte, als sträubte sie sich und als schaukelte an ihrer Spitze ein dicker Fisch. Unter lautem Rufen trugen sie die Stange vor sich her ans Feuer. Dort blieben sie in beträchtlichem Abstand stehen. Aus dem Licht schälte sich die Gestalt im langen Kittel heraus und streckte die Arme in die Luft. Sie ließen die Last langsam hinunter, und mit ihren in dicke Tuchfäustlinge verpackten Händen ergriff die Gestalt das Bündel. Sie trug es irgendwohin nach hinten, wo ein kleineres Feuer gloste und unter dem feuchten Brennmaterial qualmte. Eine große Wolke stieg von jenem Ende auf, der Geruch von Wacholder und Essigdämpfe drangen in die Nasenlöcher. So ging es fort mit dem zweiten Bündel und dem dritten, bis die ganze Fracht auf der anderen Seite war. Die Männer unterhielten sich die ganze Zeit lautstark über das Feuer hinweg. Dann kam es zum Stocken. Auf dem Wagen winselte und jaulte traurig ein kleiner Welpe. Einer der Männer wollte ihn allem Anschein nach auf die andere Seite schaffen, aber er wurde laut und barsch zurechtgewiesen, gleich mehrere Soldaten hatten in einem Atemzug geantwortet. Nicht möglich. Der Streit wollte kein Ende nehmen. Der eine ließ nicht ab von seinem Hündchen, und jene gaben nicht nach. Die drei vom Wagen zogen sich schließlich zurück und berieten kurz. Es gab keine Alternative. Ott und das Jüngelchen sahen, wie im Schein des Feuers im Hintergrund eine Hand mit dem Schwert ausholte, sie hörten, wie es unten dumpf klatschte von einem weichen und scharfen Hieb, wie es kurz aufjaulte, und die Verhandlungen über den Hund waren zu Ende. Dann banden sie einer nach dem anderen noch zahlreiche Gegenstände und Kleidungsstücke an die Stange, und schließlich beförderten sie sich auch selbst in großem Bogen hinüber und an das kleine Feuer im Hintergrund. Aus der stickigen Wolke trat die Gestalt im schwarzen Kittel heraus. In der einen Hand einen glimmenden Zweig, von dem eine große schwarze Rauchwolke aufstieg, in der anderen ein irdenes Gefäß, trat sie zu

Wagen und Pferden. Sie machte sich gründlich ans Werk. Alles zusammen war in eine mächtige Rauchwolke gehüllt, und jetzt schlug der starke und scharfe Geruch von Wacholder und Essig so gewaltig in das Versteck der beiden, dass sie es nicht mehr aushalten konnten.

Vorsichtig krochen sie heraus und ließen sich durch das dichte Buschwerk den Hang hinunter. Hinter ihnen blieben die Stimmen allmählich zurück, und als sie schon weit in der Schlucht waren, sahen sie oben am Himmel einen schmalen, trüben Lichtkegel.

Der Junge erahnte im Dunkeln kaum sein Gesicht und tastete es mit den Augen ab. Wie viele Stunden, wie viele Tage, wie viele Wochen waren sie unterwegs? Wie oft hatten sie es versucht? Wie oft hatten sie auf alle möglichen Arten die Sperre durchbrechen wollen, die das Land von allen Seiten mit Feuern umklammert hielt, diesen Militärkordon mit den bewaffneten Bauern und verrückt spielenden Bütteln, die schossen, bevor sie fragten; mit Pestkommissaren, mit dem Gestank von Wacholder und Essigdämpfen? Fahrende Kaufleute, Bettler, Haderlumpen aller Art, entsprungene Galeoten, vor allem entsprungene Galeoten und Seeleute aus den Häfen, wo die Pestkrankheit wütete – alles drängte ins Landesinnere, in den sicheren Schutz des bewachten und abgeriegelten Landes, allesamt mit den Keimen der schrecklichen Krankheit behaftet, die unverhofft losbrach. Unzählige Male war es bezeugt, dass ein einziger Reisender ein Dorf oder eine Stadt vernichtet hatte. Er hatte im Wirtshaus übernachtet, und wenn man ihn morgens besudelt und schwarz angelaufen auffand, war schon alles zu Ende. Darum riegelten sie das Land mit unzähligen strengen und grausamen Sicherheitsbestimmungen ab. Die beiden zogen von einem Feuer zum nächsten, flüchteten vor den Soldaten und Wächtern, versuchten es über eingerissene Gebirgssteige.

Wo war der Tag, wo war die Nacht, da sie in einem fernen Hafen in ein anderes Feuer geschaut hatten, in einen anderen, blaueren Himmel? Sie waren durch die vom Wahnsinn befallene Stadt gezogen, aus der alles floh, nachdem die Quarantäne aufgehoben worden war. Nach allen Enden der Welt waren ihre Bewohner und zufälligen Besucher geflohen, in alle Himmelsrichtungen hatten sie die Keime der Krankheit verschleppt, die sich verleugnet hatte. Verleugnet, beruhigt und in Blut und Adern verkrochen, um eines Tages irgendwo anders wieder auszubrechen und zu morden. In jener Nacht, als alles zusammenstürzte, als der Belagerungszustand in der Stadt aufgehoben wurde, waren die beiden in ein leerstehendes Haus eingedrungen und hatten sich mit Wein vollaufen lassen. Der Junge war nachts verschwunden, und als er zurückkehrte, war er abgekämpft gewesen, aber voller Lachen. Was für eine Schönheit, hatte er gerufen, eine richtige schwarze Perle; einen blasigen Mauren habe ich gezeugt. Aber es war keine Zeit zum Lachen gewesen, denn als sie aus dem Haus wollten, hieß es an der ersten Ecke stehenbleiben. Auf dem weiten Platz trieben bewaffnete Seeleute die Galeoten zusammen, die wie die Vögel in plötzlicher Verwirrung in alle Richtungen davongeschwirrt waren. Von allen Seiten stießen und trieben sie sie auf die Schiffe zurück. Die beiden rannten und duckten sich im leeren Haus. An diesem Nachmittag waren sie wie gelähmt gewesen vor Angst. Unten hatte es gegen die Tür geschlagen, und als sie zum Fenster traten, war da unten Möwen-Simon mit einer Gruppe Bewaffneter. Wie Jagdhunde rannten sie von Tür zu Tür. Möwen-Simon schnüffelte den entsprungenen Galeoten nach. Unten schlug und hämmerte es, und oben standen die beiden ganz steif vor Angst am Fenster und warteten, wann die Tür nachgeben würde. Sie gab nicht nach. Der große Holzriegel hielt stand. Möwen-Simon und die Seinen ließen ab. Sie gingen weiter, die Straße hinunter, und noch hier, auch hier noch, in dieser Schlucht, schimmerten vor ihrem Auge seine krumme Gestalt und sein Stumpf, der winkte und den Treibern die Tür zeigte, an die sie schlagen sollten. Sie hatten in dem leeren Haus gehockt und jeden Tag gewartet, wann Möwen-Simon erneut vorbeischnüffeln und an die Tür schlagen würde. Der witterte Galeotengestank, der würde sie ausschnüffeln. Unten aber war es stiller und stiller geworden. Nach einigen Tagen waren vom Platz am Ende der Straße nur noch vereinzelt Stimmen zu hören, dann war alles völlig stumm. Die Stadt war leer. Alles war geflohen. Unten aber, im Hafen, lagen noch immer mehrere Schiffe. In der Menge der Flüchtenden war es den beiden gelungen, sich auf einen dieser Holzböcke zu drängeln, wo ein völliges Chaos herrschte, wo niemand Befehlsgewalt hatte, wo ganz offensichtlich alles zum Erliegen gekommen war, sodass das Schiff niemals auslaufen würde. In dem aufgeschreckten Gedränge der Leiber fanden sich ein paar Seeleute und ein paar entsprungene

Galeoten. Sie taten sich zusammen, und es hatte ganz den Anschein, dass sich das Schiff schließlich doch aus dem unglücklichen Hafen hinausbewegen würde. Aber dieses Schiff hätte in alle Richtungen zugleich fahren müssen. Jeder wollte zu seiner Küste.

Endlich hatten sie abgelegt, aber die Reise war kurz. Nur bis zum Nachbarhafen. Hier stob wieder alles auseinander. Wieder Soldaten, die entsprungene Galeoten suchten. Im Hafen suchten die beiden ein Gefährt, das heimatliche Gefilde ansteuerte. Einmal waren sie sich schon einig geworden. Sie würden rudern, arbeiten, zum Lohn würde man sie absetzen, wo sie es wünschten. Aber daraus wurde nichts, denn der Kapitän lüpfte kurz Otts Leinenkittel. Um die Mitte liefen die Streifen der Ketten, die so lange Zeit um seinen Körper gekrochen waren. Es schien, als würden sie in fremdem Land ihr Ende finden. Schließlich hatten sie es doch geschafft. Venezianische Kaufleute von verdächtigem Äußeren, von verdächtiger Rede, mit verdächtiger Ladung lasen jegliches Gesindel auf, das bereit war zu arbeiten.

Sie hatten es geschafft. Sie waren heimgekehrt.

In dieser Schlucht steckten sie jetzt und sahen ohne alle Kraft hinauf zu dem trüben Schein des feurigen Kegels oben an der Straße.

Johann Ott spürte, wie die Augen des Jünglings verstört sein Gesicht abtasteten. Nirgends kommen wir durch, dachte er. Nach all dem, was wir überstanden haben, stecken wir jetzt in dieser Schlucht fest. Aber er schwor sich: Dieses Matrosenbürschlein bringe ich nach Hause. Ein Wunder hatte sein Antlitz vom Meeresboden aufgehoben und ihn aus dem Gewimmel und lautlosen Bestiarium vor ihn hingestellt. Er hatte ihn aufs Schiff gebracht und übers Meer. Er hatte ihn in diese Schlucht geführt und würde ihn aus ihr herausbringen.

Drüben tasteten sie sich durch den Wald auf den Gipfel des Berges. Sie spürten, dass sie auf dem Gipfel waren, aber Sicht hatten sie keine. Eine feuchte Luftmasse bedeckte die Erde über und über, und Sterne waren nicht zu sehen. Auch das Feuer auf der anderen Seite nicht.

Blind schoben sie sich auf dem Kamm vorwärts.

Als sie müde und atemlos stehenblieben, spürten sie, dass ein wenig Morgenlicht durch die dichte Luft drang, und zur Linken erahnten sie an der Bergflanke die dunklen Schatten glatter Flächen. Das waren Mauern. Häuser.

Sie setzten sich in das feuchte Gras und warteten.

Kein Hahnenschrei, kein Hundegekläff, keine Stimmen, kein Zeichen von Leben.

Der Tag brach an, aber auch jetzt gab es unten weder Regung noch Laut.

– Warte, sagte er und stieg hinab zu den Häusern. Der Junge blieb hinter ihm, und als er sich umdrehte, sah er seinen verzweifelten Blick. Er wird mich allein lassen, schlug ihm daraus die Angst entgegen. Ich werde ihn nicht verlassen, dachte er. Ich werde ihn retten. Für jenen Schlag, für jenen Schrei, der die Seele des Matrosenbürschleins über das Meer davongetragen hatte.

In dem Weiler war wirklich kein Leben. Auf dem Hof des ersten Hauses lagen ein großer Haufen verkohlter Lumpen und andere Dinge. Überall lagen Kleidungsstücke herum. Hier hatte sich etwas abgespielt. Hier hatte man Pestlumpen verbrannt. Die Tür ächzte auf, als er dagegenstieß. Drinnen der leere Jammer. Hier waren sie Hals über Kopf geflohen. Töpfe und Scherben lagen am Boden. Als hätte jemand den Raum eilig verlassen und nur das Notwendigste zusammengerafft. In einem kleinen, finsteren Raum fand er ein Stück geräuchertes Fleisch. Lange sah er diese rötliche und verrauchte Masse an, dann entschloss er sich plötzlich, packte sie und stopfte sie ins Hemd. Im nächsten Haus fand er einen Schlauch Wein und einen Zopf Knoblauch. Eine warme Bauernjacke, ein Messer, einen Ledergürtel. Alles zusammen wickelte er in eine dicke Decke und lud sich das Bündel auf die Schulter. Der Junge zitterte in der morgendlichen Feuchte, als er zurückkehrte.

Er legte ihm die Decke um die Schultern und reichte ihm den Wein. Er trank mit großen Schlucken. Bevor sie sich an das Fleisch machten, kauten sie eine große Zehe Knoblauch, einen Teil schluckten sie, den anderen schmierten sie sich auf Hände und Gesicht.

– Wir müssen Gewürzkräuter und Wein finden, sagte Johann Ott, aber zuerst müssen wir durch den Kordon. Bald wird es hier noch schlimmer.

Den ganzen Vormittag rasteten sie oberhalb des verlassenen Weilers. Ott stieg noch einmal hinab und nahm alles mit, was von Nutzen sein konnte und was zum Beißen war. Von Letzterem gab es wenig, warme Kleidung aber genug für beide. Sie entzündeten ein großes Feuer und räucherten die Bauerngewänder gründlich durch, die vom Schweiß ein wenig steif waren und nach Stall rochen. Noch einmal rieben sie sich mit Knoblauch ein, den sie zerquetscht und in Wein aufgelöst hatten. Als sie gegen Abend aufbrachen, war in der Luft noch immer ein feuchter Dunst, und Schwärme von Fliegen und Ungeziefer von unbekannter Gestalt jagten ihnen um den Kopf.

– Vor denen hüte dich, sagte Johann Ott. Fliegen, Ratten, Heuschrecken, Mücken, Flöhe, jegliches Ungeziefer. Sie kriechen durch den Pestunrat und schleppen den Pesthauch hinter sich her.

Unaufhörlich wedelten sie mit Zweigen und vertrieben die Aufdringlichen, die immer mehr wurden. Langsam dämmerte es. Auf schmalem und steilem Weg stiegen sie hinauf zu einem Felsüberhang, der über ihren Köpfen wie eine Art schwerer Schrank schwebte, der jeden Augenblick die Böschung hinunterstürzen und alles Lebende und Tote mit sich reißen würde. Der Wald war jetzt ganz licht, dafür aber gab es hier niedriges und schwer durchdringliches Gestrüpp, scharf und stachelig. Von allen Seiten drängte es mit seinen schlangenartigen Fangarmen auf den Pfad. Sie waren schon fast unmittelbar unter dem Schrank, als der Fuß ins Leere tastete. Da musste ein großes Loch sein. Sie sahen nur den Rand und das Dunkel tief unten. Und irgendwo unter dem Schrank ging der Weg weiter.

Johann Ott hob in ohnmächtigem Zorn die Hände über den Kopf. Der Junge tastete sich irgendwo nach rechts weiter. Plötzlich bröckelte ihm das Gestein unter den Füßen weg, und mit lautem Fluchen rutschte er über den Rand. Mit letzter Kraft hielt er sich fest. Er stützte sich auf die Ellbogen, die Füße scharrten hinten übers Geröll, das im Dunkel abbröckelte und sich in die Finsternis hinabwälzte. Ott sprang hin und packte ihn und zog ihn hoch. Sie kamen gefährlich ins Schwanken.

Dann griffen sie gleichzeitig nach hinten ins Leere und wälzten sich zusammen, umschlungen, am Rand ins Gebüsch.

– Schweine, fluchte Johann Ott, wieder haben sie den Weg eingerissen. Nirgends ein verfluchter Übergang.

Ihnen blieb nichts anderes übrig. Zurück.

Missmutig stiegen sie den Weg hinunter. Auch in dieser Nacht gab es keinen Mond am Himmel und keine Sterne. Es war finster, und sie atmeten auf, als sie die ersten Bäume ertasteten. Jetzt hangelten sie sich durch den schütteren Wald, von Stamm zu Stamm. Der Junge verlor jeden Willen.

– Ich schaffe es nicht, sagte er, ich kann nicht mehr. Es hat keinen Sinn, meine Blasen sind sowieso nicht weggegangen. Wohin will ich denn? Ob ich hier verrecke oder zu Hause …

Ott blieb stehen. Er packte ihn und stieß ihn ins Dunkel. Er drückte ihm den Schlauch an den Mund, sodass der warme und schale Wein dem Jungen durch die Kehle gluckerte. Er selbst trank auch, warf den Schlauch über die Schulter und griff nach der Hand des Jungen.

– Komm jetzt! befahl er barsch.

Gehorsam folgte er ihm.

– Nur nachts können wir uns durchschlagen, sagte er nach einer Weile. Nachts schlafen sie am Feuer.

Auf einmal endete die Weglosigkeit, und sie traten auf eine aufgeweichte Straße. Einige Schritt breit war sie und führte längs dem Bergrücken. Vorn erblickten sie wirklich ein Feuer, und einen Steinwurf zur Seite ein zweites. Dort in der Mitte durch. Dort irgendwo mussten sie einen Durchlass finden.

Eine Weile gingen sie noch auf der Straße, dann kletterten sie die Böschung hinunter ins Gebüsch, wie so oft schon. Das Feuer war wieder so nah, dass sie die Stimmen hörten. Hinter dem schütteren Buschwerk an der Straße lag eine breite Wiese. Am unteren Rand war Wald, und wenn sie da durchkämen, wären sie auf der anderen Seite.

– Jetzt rennen wir, sagte Ott. Hast du verstanden? Rennen wirst du, dass es dir die Brust zerreißt. Vorher bleibst du nicht stehen.

Das zweite Feuer war nicht zu sehen. Es wurde von der leichten Anhöhe rechts verdeckt.

Sie versteckten sich und lauschten angestrengt. Durch die Nacht kamen nur vereinzelte Stimmen. Dort beim Feuer deutete nichts darauf hin, dass die Wächter besonders aufmerksam wären.

– Jetzt, sagte Johann Ott, und sie jagten über die Wiese. Mit großen Sprüngen hastete er durch den leeren Raum, der sich abwärts hin verlor, stürzte und erstickte das schmerzliche Stöhnen in sich, stand auf und lief gebückt weiter. Er fühlte, dass er hinüberkommen würde, nichts auf der Welt konnte ihn jetzt mehr aufhalten. Noch einige Sprünge, und er rollte sich ins Gebüsch am Rand des dunklen Waldes. Der Junge war nicht zu hören. Noch einen Augenblick wartete er, dann entschloss er sich, unter die Bäume zu treten.

Aber in diesem Augenblick gab es in der Dunkelheit hinter seinem Rücken einen schrecklichen Knall. Eigentlich hatte zuerst jemand gerufen, und noch davor hatte jemand gewimmert, dann erst waren der Knall und der Lichtblitz gekommen, sodass Dunkelheit und Stille in tausend Teilchen zersprangen. Als ob die ganze Wiese hell erleuchtet würde und sie von allen Seiten zur Mitte gelaufen kämen. Nur für einen Augenblick zögerte er. Dann drehte er sich mit einem Ruck um und rannte zurück.

Er war fast bis zur Mitte gekommen, als er vor sich ein Keuchen hörte, und dann rief jemand laut. Mit ausgestreckten Händen tastete er sich in jene Richtung vor, und kurz darauf erblickte er dicht vor sich zwei dunkle Gestalten, genauer ein Knäuel aus zwei dunklen Gestalten, die sich zu einer vereinigt hatten und am Boden rangen und ächzten. Die obere packte er am Kragen und riss sie weg, mit solcher Kraft riss er sie hoch, dass es unten aufächzte, als sich der Kragen in die Gurgel einschnitt. Mit beiden Händen stieß er die Gestalt, die rittlings auf dem Jungen saß, den Abhang hinunter, sodass sie sich überschlug und verschwand.

Das Matrosenbürschlein starrte aus dunklen Augenhöhlen hoffnungslos in den Himmel und auf das Geschehen um sich her, seine Arme ruhten willenlos neben seinem Körper, und es sah so aus, als würde er sich nirgends mehr hinbewegen. Als würde er auf dem Deck der Galeere liegen, mitten am heißen Mittag, mit der Sonnenglut über sich und im Kopf. Johann Ott packte diesen ausgelaugten Körper und stellte ihn auf die Beine.

– Mir nach, sagte er, mir nach.

Der andere rührte sich nicht. Er packte ihn um den Gürtel und schleppte ihn bergauf. Der Wächter, der sich von der Überraschung unten bereits erholt hatte, begann aus vollem Hals zu schreien, und alle Stimmen drängten hinunter, zum Waldrand hin.

– Unten werden sie uns suchen, sagte Johann Ott, wir müssen hinauf.

Als sie die morastige Straße entlangstapften, schienen sich die Stimmen unten in der Dunkelheit zu verlieren. Von rechts, vom Feuer, war Pferdegewieher zu hören. Auch auf der Straße würden sie gejagt kommen. Er zog den ohnmächtigen und angststarrenden Körper, den aus reiner Angst totsteifen Körper hinter sich her durch den Wald. Er nahm den schmalen Pfad direkt hinauf durch die Dornbüsche. Hier begann der Junge ihm zu folgen, die Beine begannen sich wieder zu bewegen, als erwachte er aus einer Totenstarre. Erst oben, unter dem Schrank, hielten sie an.

Hinter ihnen waren keine Verfolger.

Am Morgen ging ihnen der Wein aus. Etwas Fleisch und etwas Knoblauch waren noch geblieben. Doch schlimmer war die nagende Frage: Wohin jetzt? Hier hatten sie schon an allen Seiten versucht ein Loch zu finden in der Barriere aus Wächtern, unpassierbar gemachten Steigen, Feuern und finsteren Wäldern. Der Junge schwieg. Er hatte den Kopf zwischen den Knien vergraben und hob den Blick nicht. In dieser Nacht wären sie gerettet gewesen. Ott war sozusagen schon drüben gewesen. In dem Jüngling war offenbar der letzte Tropfen Kraft versiegt. Er war gar nicht über die Wiese gelaufen, das hatte er später nachts zerknirscht gestanden. Die Beine seien ihm plötzlich wie abgestorben gewesen, und er sei zu Boden gestürzt. Er habe sich kaum bewegen können.

So sei er über den Boden gekrochen, und plötzlich sei eine Gestalt vor ihm aufgewachsen. Der andere sei gewaltig erschrocken vor der schlangenartigen Bewegung. Er sei gerade dabei gewesen, sich die Hose zuzumachen, und in der Nähe habe es ganz schlimm gestunken, ganz pestilenzialisch. Wenig habe gefehlt, und er hätte ihn auf der Stelle totgeschlagen. Als er sah, dass das Wesen im Gras ganz hilflos war, habe er sich gebückt und zugepackt. Er habe Hilfe herbeigerufen, geschossen, und damit seien Durchbruch und Flucht für diese Nacht vereitelt gewesen.

– Hör zu, sagte Johann Ott. Wer Angst hat, wer einfach nur dahockt, den befällt die Krankheit.

Wieder stellte er ihn auf die Beine.

– Du musst, sagte er, du musst auf den Weg.

Er steckte ihm ein Stückchen Knoblauch in den Mund, und der Junge mahlte willenlos mit dem Kiefer.

Wieder stellte er ihn auf die Füße, wieder gab er ihm einen Stoß, und wieder gingen sie denselben Weg hinunter.

Als sie sich zwischen den Bäumen der Straße näherten, hörten sie von der Stelle, wo am Abend zuvor das Feuer geflackert hatte und die Sperre sein musste, zahlreiche Stimmen. Dort ging etwas vor. Johann Ott lief hinunter und blieb im Gebüsch stehen. Nach wenigen Augenblicken kam er ganz atemlos zurück und zog den Jungen hinter sich her.

– Komm, keuchte er, die Gelegenheit ist günstig.

Sie stiegen direkt zur Straße hinunter und gingen rasch auf die Sperre zu. Je näher sie kamen, desto stärker wurde der Lärm.

Dort stand eine dunkle Menge ärmlich gekleideter Menschen, mit Bündeln und Ballen unter dem Arm, mit Packen auf den Schultern, dazwischen drängten sich Kühe und zahlreiche beladene Pferde. Etwa hundert gedrungene Bauernkerle, Frauen und ein paar Kinder, ein paar Hunde, die ihnen durch die Beine liefen. Schwelende Unruhe hielt den Haufen in Bewegung, einzelne Rufe drangen nach vorn in den freien Raum, Drohgebärden mit Fäusten, flehende Frauen, weinende Kinder. Sie schoben sich in das Gedränge und vor die Flinten. Gut zwanzig Schritt weiter vorn war quer über die Straße ein stummer Trupp Soldaten postiert. Aus dieser unbeweglichen, eisernen Wand gähnten die großen Öffnungen der Flintenläufe, die Schwerter hingen gelockert und bereit an den Hüften. Etwa fünfzehn von ihnen standen dicht aneinandergerückt in der ersten Reihe, dahinter strotzte es nur so von Soldaten und Waffen. In dieser Gruppe hinter der Eisenwand war Bewegung. Wagen wurden zusammengeschoben, und Barrikaden errichtet.

Die Leute wollten durch. Die Leute wollten um jeden Preis durch. Warum stand diese Bande da, wozu sperrten sie die Straße ab? Sollten sie mit ihren Flinten doch in Bosnien auf den Türken zielen! Wollten die sie verrecken lassen zwischen all den Räubern, Seeleuten, Galeoten und dem ganzen anderen Geschmeiß, das aus den Häfen ins Oberland drängte?

Dem Jungen traten eiskalte Schweißtropfen auf die Stirn. Auch Johann Ott stieg nervös von einem Bein aufs andere. Wenn man sie beide entdeckte, wenn man unter dem Bauerngewand den entsprungenen Galeoten entdeckte, dann würde ihnen kein Gott mehr helfen. Eine Volksmenge war gefährlich. Eine aufgebrachte Volksmenge war schlimmer. Am schlimmsten war eine in Panik geratene Volksmenge. Johann Ott hatte seine Erfahrungen mit Volksmengen. Diese hier war in Wut und in panischer Angst. Aber es galt, hartnäckig zu sein. Die hier würden durch die Sperre kommen.

Einige Bauern mit Schwertern in Händen drängten sich nach vorn durch. Mit ihrem Blut würden sie den Weg frei machen. Lieber hier blutig verrecken, als auf Gnade und Ungnade dem Pestunrat ausgeliefert sein, den schwarzen Beulen, dem Eiter, dem schrecklichen, einsamen Krepieren, wenn alle vor dir fliehen.

Von hinten wurde geschoben, und die vordere Reihe drückte mit den Rücken gegen das hitzige Gedränge der Leiber hinter sich. Alles miteinander geriet ins Wanken und rückte vor. Ott sah einem jungen Soldaten aus der eisernen Wand direkt in die Augen. Seine Pupillen tanzten unruhig über die Bauernschwerter hin, und sein Kiefer zitterte leicht. Auch die haben Angst, dachte er. Auch in der eisernen Wand hämmern die Herzen in starken Schlägen.

– Stehenbleiben, rief jemand aus dem Hintergrund. Ein junger Offizier mit dunklem Gesicht und hängendem Schnurrbart hob die Hände und trat vor. Stehenbleiben.

Das Gedränge brandete an, der Befehl fuhr durch die Menschen hindurch wie eine Klinge und ließ die zusammengeballten Leiber aufwogen und zum Stehen kommen.

– Nur einen Schritt noch, schrie er, und es fließt Blut.

Er trat ganz nach vorn, direkt vor die erste Reihe, vor die scharfen Klingen der bewaffneten Bauern. Es entstand eine Stille, sodass nun seine ruhige und leise Stimme ganz deutlich zu hören war.

– Wir sind hier, um euch aufzuhalten, sagte er. Wir haben schon ganz andere aufgehalten, die ganz andere Waffen in Händen hielten.

– Dieses Schießrohr, er zeigte mit dem Daumen nach hinten, dieses Schießrohr pustet dir ein Loch in den Bauch, so groß wie dein

Kürbis da, sagte er und tippte dem unmittelbar vor ihm stehenden Bauern mit dem Zeigefinger an die Stirn.

– Hört zu, sagte er. Wir haben Befehl. Von Erzherzog Leopold unterzeichnet. Wir haben genaue Anweisungen. Erstens: Durch kommt die Post, die wird besonders behandelt. Zweitens: Durch kommt, wer ein *fède* hat; das heißt, ein ärztliches Zeugnis, dass in den letzten sechs Wochen in seinem Ort niemand krepiert ist. Drittens: Durch kommt, wer dann freiwillig für sechs Wochen in die Kontumaz geht. Wir haben eine Baracke, in der ist Platz für zwanzig Leute, und diese Baracke ist voll. Viertens: In dem Dorf da unten, das weiß ich genau, krepieren seit einer Woche Legionen von Ratten. Also: Vorläufig kommt ihr nicht durch.

Hinten kam Unruhe auf, jemand schrie etwas, und die Erregung schob die erste Reihe wieder vorwärts. Es sah ganz so aus, als würde der junge, mutige Offizier nicht mehr lange vor ihnen stehen und große Reden schwingen. Bald würde es aus seinem schönen Schädel spritzen.

– Vorläufig, brüllte er noch einmal, und alles wurde wieder still. Vorläufig, sage ich. Wir werden eine neue Kontumaz errichten. Das Holz wird bereits geschlagen, und die Kapuziner, die die Betreuung übernehmen werden, sind bereits auf dem Weg hierher. Inzwischen organisiert ihr euer Lager. Lasst niemanden zu euch. Wir werden euch genaue medizinische Anweisungen geben. Dann werden wir einen nach dem anderen in die Kontumaz aufnehmen.

– Wird nicht nötig sein, rief jemand im Hintergrund, dann werden wir bereits schwarz daliegen.

Die Erkenntnis fuhr durch die Menge wie ein Blitz. In ihrem Bauch, dort irgendwo in der Mitte, brach die Raserei aus. Wut und Angst ergossen sich in einem plötzlichen Ausbruch. Im Bauch der dunklen Menge begann es zu toben und zu brüllen. Wie auf Befehl fingen alle auf einmal so wild an zu schreien, dass der Offizier unwillkürlich einen Schritt zurücktrat, und dieser Schritt löste eine Lawine aus. Aus dem Hintergrund flogen alle möglichen Gegenstände, Stöcke, Steine auf die vorderste Reihe der Soldaten. Einige Soldaten liefen herbei, um den Offizier aus dem Knäuel herauszuziehen, aber es war schon über ihn hereingeprasselt, sodass er im Nu blutüberströmt war. Die Arkebusen auf den Astgabeln krachten wie kleine Kanonen. Die erste Reihe geriet ins Wanken. Große rote Blumen blühten auf. Bevor die wahnsinnig gewordene Menge sich dessen bewusst wurde und bevor sie noch einmal nachdrücken konnte, knallte es von den Seiten. Jetzt kam es zu einem chaotischen, wahnsinnigen Tanz. Die vorderen drängten zurück, der Bauch war von Sinnen und drückte zum Rand hin, hinten stoben sie auseinander wie aufgescheuchte Vögel. Frauen kreischten, Hunde flohen panisch mit eingezogenem Schwanz in den Wald, die eiserne Wand aber rückte mit blanken Schwertern in Händen schrittweise vor. Die Bauern in der ersten Reihe, jedenfalls was von ihnen übriggeblieben war, begannen voller Entsetzen vor der auf sie losrückenden eisernen Wand und vor den blutigen Wunden und dem Gebrüll ringsum die Waffen gegen die eigenen Leute zu wenden. Gegen jene, die sie wie von Sinnen nach vorn geschoben und gestoßen hatten.

Johann Ott zog den Jüngling weg von dem höllischen Schauplatz menschlichen Endens. Durch das Gedränge der Leiber, durch die Arme, die in alle Richtungen stießen, durch diese knorrigen Bauernarme, die die Kontrolle über ihr Tun verloren hatten, durch das Gebrüll der Kühe und das Gewieher der Pferde, die sich aus dem toll gewordenen Knäuel zu befreien suchten, unter diesen vor Angst und Wut starrenden Kiefern und Augen, aus denen der blanke Irrsinn leuchtete, durch die engen Korridore des tanzenden Irrenhauses schleppte er ihn. Eisige Kälte überlief ihn, als er des Jünglings Antlitz sah. Auch den hatte eine Tollwut erfasst. Der trat und schlug in alle Richtungen, auch gegen ihn, und er sah, dass seine Augen ihn überhaupt nicht erkannten. Der Kiefer zitterte ihm, und weißer Speichel, nein, Schaum, quoll ihm aus den Mundwinkeln aufs Kinn. Hinter ihnen krachte es wieder furchtbar, aber sie waren schon draußen, am Rand, unter jenen, die die rettende Weite erblickt hatten und über die Wiese oder in den Wald davongerannt waren. Wer jetzt den Augenblick zu nützen versuchte, an der Sperre vorbeizukommen, hatte sich jedoch kräftig verrechnet. Vom benachbarten Wächterhaus kamen sie zu Hilfe und stellten sich in Schützenkette am Rand des Waldes auf, den die beiden vergangene Nacht zu durchqueren versucht hatten.

Sie schleppten sich hinauf, zurück zu ihrem Felsüberhang, dem Schrank. Als sie in den Wald kamen, hörten sie unten noch immer das unerträgliche Schreien, Fluchen, Schießen; der erbitterte Kampf tobte noch. Nein, das war kein normaler Kampf, das war ein aberwitziger Aufeinanderprall. Denn hinten drückte die Pest mit ihren Legionen rasender Ratten, vorn gähnten die schwarzen Flintenläufe und die blinkenden Schwertklingen.

Dort wo das stachelige Buschwerk begann und der Weg dazwischen zu ihrem Schrank hinaufführte, blieben sie stehen. So still war es, dass die Stille dieser mit Feuchtigkeit gesättigten Luft auf die Schläfen drückte.

– Wir gehen nicht hinauf, sagte Johann Ott. Da oben krepieren wir vor Hunger und Durst.

Sie stiegen durch den Lichtwald abwärts, dann gingen sie den Kamm entlang, und nach einiger Zeit erblickten sie unter sich die Häuser des verlassenen Weilers. Jetzt sah es hier anders aus. Schon von weitem leuchteten die großen weißen Kreuze, die jemand mit Kalk an Wände, Fenster und Türen gemalt hatte.

Die Pest.

Der Junge japste nach Luft und sackte zusammen.

Johann Ott stieg ohne zu überlegen den Hang hinunter.

– Ob du vor Hunger oder an der Krankheit krepierst, sagte er, alles derselbe Dreck. Unten vor dem weißen Kreuz stockte sein Schritt dennoch. Er schaute sich um, und eine unbestimmte Angst kroch ihm aus den Eingeweiden in die Kehle. Zwischen den Lumpen und verkohlten Überresten auf dem Hof erblickte er plötzlich eine riesige Ratte. Wie ein kleines Schwein lag sie da, kraftlos, mit kleinen schwarzen Äuglein, und streckte die Füßchen von sich. Er rieb sich unter der Nase mit Knoblauch ein und steckte den Rest in den Mund. Mit dem Fuß stieß er gegen die Tür und trat ein.

Auch hier gab es keine lebende und keine tote Seele. Auch hier war alles durcheinandergewühlt und in Eile zerschlagen worden. Erst im dritten Haus machte er im Keller Wein ausfindig und ein wenig Schnaps. In der Finsternis ertastete er auf einem kleinen Fass irgendein Büschel. Wacholder. Ein guter Fund.

Beladen und mit heller Miene kehrte er zum Jüngling zurück. Um den stand es nunmehr wirklich schlecht. Er weinte still vor sich hin.

– Wir kommen nicht durch, an den Sperren kommen wir nie vorbei. Hier werden wir uns vor Schmerzen wälzen und ohne Hilfe sein.

– Halt's Maul, schrie Johann Ott, und jetzt ging alles mit ihm durch. Er ließ die Last zu Boden fallen und trat mit dem Fuß in die jammernde Masse am Boden, sodass sich jener streckte und wälzte und vor Verzweiflung mit den Fäusten gegen die Erde schlug.

– Ich geh' nicht weiter, wimmerte der. Ich habe die Krankheit, ich bin nicht gesund. In der Quarantäne ist sie mir im Blut geronnen. Ich spüre sie, wie sie sich in mir rührt und bläht.

Wieder kam etwas in ihm herauf. Ein Schiffsdeck schwankte unter seinen Füßen, und heiße Sonnenglut hackte an seinen Schläfen. Er ballte die Fäuste und biss sich in die Lippe.

Er schlug ihn nicht mehr. Er ließ ihn. Sollte er sich ausweinen. Er machte sich an die Arbeit. Schleppte Reisig auf einen Haufen und entzündete ein Feuer. Er ließ es ausbrennen, bis es leicht gloste. Auf die Glut schüttete er den Wacholder und brach feuchte Fichtenzweige dazu. Dann goss er etwas Wein in die Glut, sodass es aufzischte und nach all dem säuerlichen Gemenge roch. Er packte den Jüngling am Nacken und drückte seinen Kopf in den Rauch.

– Atme, sagte er. Schluck den Rauch.

Der Jüngling hustete und rang nach Luft. Die Augen traten ihm vor Anstrengung aus den Höhlen. Dann ließ er ihn los und stellte sich selbst in den Rauch. Aus der Tasche nahm er Salz und rieb damit dem Jungen das Gesicht ab. In den Mund schob er ihm Knoblauch und hielt ihm den Wein hin.

– Nein, winkte der Jüngling kraftlos ab, keinen Wein aus dem verseuchten Dorf, wo die weißen Kreuze sind, stinkender Rattenwein, Ratten mit weißen Kreuzen auf dem Rücken kriechen herum, überall kriechen sie.

– Mein Gott, hauchte Johann Ott, der Mensch redet wirr. Vor Angst redet er wirr. Vor Angst tanzen seine Pupillen im Fieber, das Grauen treibt sie aus den Augäpfeln. Der krepiert mir wirklich wie eine Ratte, vor Angst krepiert er, wenn ich ihn nicht hinüberschleppe.

Er deckte ihn mit der Decke zu und schaffte ihn in die Nähe des Feuers. Der Jüngling war im Nu eingeschlafen. Er setzte sich neben ihn und fühlte, wie sich schwere Müdigkeit auf seine Lider senkte. Für einen Augenblick hatte er sich verloren, dann fuhr er aus dem plötzlichen Schlaf hoch und hob den Kopf. Das Feuer glomm noch immer, und oben beugte ein sanfter Wind die Wipfel der Bäume. Ich muss hinüber, dachte er, ich muss hinüber. Er stand auf und legte Holz nach. Dann ging er mit hastigen Schritten hinüber zum Wald. Bald fand er die morastige Straße, und ohne zu zögern, ging er auf das Feuer zu, das in der Ferne leuchtete wie ein kleines Lämpchen.

Als er näher kam, sah er Gestalten, die sich bückten und Körper zu einer großen Grube trugen, aus der Rauch aufstieg. So ist es nach einer Schlacht oder nach der Pest, dachte er.

Die Bauern begruben ihre Toten. Die Soldaten beobachteten sie aus sicherer Entfernung. Einige Frauen blieben am Rand der Grube zurück und sangen schleppend ihre Klage hinaus. Auch vom Wald jenseits der Straße war Weinen zu hören und das Gemurmel des Lagers. Der Durchbruch war fehlgeschlagen. Nun musste man den Rat des Offiziers befolgen. Nur, wo ist jetzt der mutige Soldat? überlegte er. Irgendwo in einem Zelt brodelt ihm jetzt wohl blutiger Schaum auf den Lippen.

Am Straßenrand traten ein paar Pferde von einem Fuß auf den anderen, genau so, wie er erwartet hatte. Leise näherte er sich und strich dem ersten über den Kopf. Die Tiere wurden überhaupt nicht unruhig. Ein Pferd blickte ihn mit seinen steingroßen, blöden Augäpfeln an. Es ließ sich losbinden. Die Trense hatte es im Maul und auf dem Rücken einen Holzsattel. Die Last hatten sie ihm abgenommen. Er zog das Tier ins Dunkel, und ruhig trabte es hinter ihm her. Niemand rief. Niemand schoss. Zu viel hatten sie zu weinen und zu viel zu tun mit ihren Toten.

Als er weit genug weg war, stieg er auf.

– So, sagte er laut, jetzt bin ich obendrein noch ein Pferdedieb. Am Ende werde ich hängen wie ein kleiner gemeiner Dieb.

Es dämmerte, als er zurückkehrte. Der Junge saß an der erloschenen Feuerstelle und zitterte. Er sah sich nicht einmal nach ihm um. Die

Pupillen tanzten ihm noch immer fiebrig. Alles, was sie besaßen, band er in die Decke und auf den Pferderücken. Der Jüngling folgte ihm willig, als er ihn in den ungefügen, aber bequemen Sattel hob. Er ergriff die Zügel und zog das Tier mit dem Fiebernden auf dem Rücken hinter sich her.

In großem Bogen umgingen sie das Gebirge mit den vielen Sperren und den unpassierbar gemachten Steigen. Mitten am helllichten Tag ritten sie auf dem morastigen Weg durch eine Schlucht. Sie überholten einen verdreckten Landstreicher. Er sah sie an und feixte.

– Der ist aber nicht gesund, sagte er. Ott gab keine Antwort. Als sie um die Kurve bogen, hörte er den Landstreicher hinter ihnen herlachen:

– Im Dorf ist schon alles zum Empfang bereit.

Johann Ott wäre am liebsten abgesessen, zurückgegangen und hätte ihm die Hand gedrückt. Das wollte er hören. Hier war der Kordon.

Beim ersten Weg zog er das Pferd am Zaum und sprang ab in den Schlamm. Er fasste die Zügel und zog das Tier hinter sich her in den Wald. Er hob den Jüngling aus dem Sattel und ließ ihn los, sodass der mit dem ganzen Körper auf seinen unsicheren Beinen schwankte.

– Setz dich, sagte er, ruh dich aus, heute Abend wirst du für einen Augenblick etwas Kraft brauchen.

Der Jüngling setzte sich folgsam. Ott stopfte ihm Knoblauch in den Mund.

– Beiß, sagte er, kau!

Gegen Abend sah er inmitten des blasigen Gesichts plötzlich die Pupillen aufleuchten und ruhig werden. Als würde eine bestimmte Erkenntnis ihrem fiebrigen Tanz Einhalt gebieten.

– Verflucht, sagte der Jüngling. Warum brennt es mir so verflucht im Bauch? Es brennt und brennt und brennt.

– Nur noch kurze Zeit, sagte Johann Ott. Du musst nur noch kurze Zeit durchhalten.

Er wartete, bis es richtig dunkel geworden war. Das ganze Gepäck hatte er weggeworfen, nur etwas Wein hatte er zurückbehalten, etwas Wacholderbeeren in die Taschen gefüllt und Knoblauch. Dann half er dem Jungen aufs Pferd. Er war wieder bei Kräften. Er würde mitmachen können. Auch selbst schwang er sich hinauf und setzte sich hinter seinen Rücken. Der Lastsattel bot genug Platz für beide. Das Pferd trabte die Straße entlang. Er trieb es an, und ihm schien, dass es zur Not auch ganz gut laufen konnte.

Am Rande des Dorfes prasselte ein Feuer. Dicke Äste knackten, als schlüge jemand mit Metall an eine hohle Wand.

Sie wurden erst bemerkt, als sie schon ganz nahe waren.

Zwei Schatten erhoben sich im Schein des Feuers, und Johann Ott sah, dass beide ihr Schwert an der Hüfte lösten. Das hat noch nichts zu sagen, dachte er, reine Routine.

– Wohin treibt es dich denn zum Teufel? knurrte der Näherstehende. Johann Ott trieb das Pferd noch ein paar Schritt voran, dann hielt er es an. Ganz deutlich sah er das Gesicht des Wächters. Es war von einem roten Bart überwuchert. Der Mann rieb sich die Augen, um im Dunkel unterscheiden zu können, denn er hatte die ganze Zeit in den Flammenschein geschaut. Das ist gut so, dachte Johann Ott, er sieht den Burschen nicht. Er hat Finsternis vor den Augen.

– Hast du ein Papier? belferte der Rotbart nach Wächterart verschlafen und mürrisch.

– Habe ich, sagte Ott.

– Zeig her, gurgelte er und spuckte aus.

– Ach, du liest also ein *fède* auf zehn Meter Entfernung? fragte Ott ruhig und von oben herab.

Der andere brummte etwas und trat näher. Noch immer rieb er sich die Augen. Der ist auf überhaupt nichts vorbereitet, durchschoss es Ott zufrieden, dem träumt nicht einmal, was für eine hinterhältige Falle ihn erwartet.

Der Rotbart trat zum Pferd. Als er neben dessen Kopf war, trat ihm Ott mit dem Fuß gegen die Brust, sodass jener keinen Muckser mehr von sich geben konnte. Er klappte nur in sich zusammen. Ott schlug dem Pferd mit aller Kraft in den Bauch. Das langsame Tier wieherte und kam ins Tänzeln und fiel dann vor Schmerz und Verzweiflung in einen plumpen Zockeltrab. Er sah den anderen Soldaten, wie er mit beiden Händen nach seinem Schwert griff, und hörte schon, wie Gevatter Tod diese metallene Schneide über seinem Kopfe pfeifen ließ. Hinter ihm war Geschrei, und er musste schon mitten im Dorf sein, als er die Schatten erahnte, die auf ihn zuliefen. Aber auf einmal waren sie draußen, auf einmal platschte das Pferd die morastige Straße entlang, sodass die Rufe nur noch drinnen im Kopf hämmerten, dieses: Hinterher, hinterher. Hinter der Biegung wurden die beiden vom Wald verschluckt. Er hielt das Pferd an und sprang in den Morast. Mit beiden Händen packte er den Jüngling und zog ihn wie einen Sack aus dem Sattel. Wie ein Lappen klatschte er in die breiige Masse. Er stellte ihn auf die Füße, fasste ihn mit einer Hand um den Leib und schlug mit der anderen auf den dicken Pferdehintern und trat das Tier zudem mit dem Fuß in den Bauch.

– Das wird nicht so schnell stehenbleiben, dachte er. Den Jüngling, der auf seinen schwachen Beinen wankte, schleppte er unter die Bäume, tief in den Wald. Ziemlich weit von der Straße mussten sie schon sein, als er den Lärm der Verfolger hörte, die die Straße heruntergejagt kamen.

Endlos schleppte er diesen Sack aus Fleisch und Knochen hinter sich her.

– Ich kann nicht mehr, keuchte der Junge einige Male. Er aber gab und gab nicht auf.

– Du bist gerettet, hauchte er, gerettet, verstehst du? Wir sind durch, hier ist keine Krankheit. Einmal hab' ich dich erschlagen, zweimal habe ich dir das Leben geschenkt. Zweimal, verstehst du? Jetzt habe ich dich zum zweiten Mal aus der Scheiße gezogen.

Jetzt phantasierte auch Johann Ott schon ein wenig.

Gegen Morgen prallte ihm die Stirnseite eines großen Stalls entgegen. Weiße Kreuze waren keine zu sehen, trotzdem war alles verlassen. Er schleppte den Jungen hinein und ließ ihn in der Mitte des großen, leeren Raumes hinunter auf das Stroh. Er warf sich daneben. Mitten in der Nacht weckte ihn im Halbschlaf ein Schnattern und Spucken. Der Jüngling lehnte an der Wand. Er kotzt, dachte Johann Ott, zuviel Wein, zuviel Aufregung für ihn. Dann hörte er, wie sein lautes Keuchen und Stöhnen von den Wänden der Halle zurückschlug.

Was stöhne ich denn, dachte er, was jammere ich denn? Er erwachte mitten am hellichten Tag, und das Licht stach ihm in die Pupillen. Seine Lider waren schwer wie Blei, und sein Körper kam ihm völlig zerprügelt und zerschlagen vor. Er hob sich auf die Ellbogen, mit Mühe stützte er sich ab und sah sich in dem großen, leeren Raum um. Hier drinnen war es so feucht, dass es dicht von den Wänden tropfte.

Der Junge lag unmittelbar neben ihm. Er berührte ihn mit dem Rücken, den Kopf hatte er an der anderen Seite zu den Knien hinuntergezogen. Ganz zusammengekauert lag er da, die Hände auf den Bauch gepresst. Ott rückte weg und trat ihm mit dem Fuß in den Hintern:

– Steh auf, es ist schon Tag.

Der zusammengekauerte Körper pendelte leicht unter dem Stoß und kehrte dann in die ursprüngliche Lage zurück. Er fasste ihn an der Schulter und zog ihn zu sich heran. Unter den Fingern fühlte er etwas Schleimiges und Klebriges, und der Körper des Jungen, erstarrt in regloser Embryolage, gab dem Druck der Hände nach wie ein Stück regloser Materie.

Er sprang auf, beugte sich über ihn hinweg und drehte ihn mit beiden Händen auf den Rücken. Die Augen waren über und über vereitert, anstelle des Mundes war da unten eine zersetzte, zerfressene, mit schleimiger Masse bedeckte Öffnung. Hinter den Ohren, am Hals, auf dem Bauch, überall waren längliche dunkle, weichselfarbene Beulen. Auch die berühmten Blasen auf seinem Antlitz waren geplatzt, und auch aus denen sickerte eitriger Schleim.

Der Galeot richtete sich auf und betrachtete seine Hände. Zwischen den Fingern lief ihm herunter, was er unter den pestigen Achseln des schweigenden Jünglings berührt hatte.

– Nicht möglich, flüsterte er. Nicht möglich. Habe ich dich deshalb herübergeschleppt, damit du mir jetzt auf diesem Stroh krepierst?

Der andere gab keine Antwort. Jetzt war er unwiderruflich tot. Die Pest hatte den Kordon durchbrochen.

# 25

*Die niedrige Kuppel des leeren Himmels.*

Zuerst meinte er, das Gras sei so hoch gewachsen, die nassen Grasbüschel reichten so hoch, fast bis zum Ziegeldach. Aber es war nicht das Gras, denn als er das Zeug auseinanderbog und zur schwarzen Wand trat, sah er, dass sie bis über die Hälfte in die Erde eingesunken war. Er ging herum und zur Tür. Das Eisengitter hing herunter, nur unten war es noch befestigt. Das verbogene Eisen schien jeden Augenblick ins Innere brechen und alles unter sich begraben zu wollen. Drinnen war es schwarz vor Nässe. Schimmel kroch über die Wände, und als er näher hinsah, als der Blick die Dämmerung durchbohrt hatte, sah er, dass an allen Wänden irgendwelche ganz kleinen Tierchen krochen und dass dieses Ungeziefer ununterbrochen wimmelte und zischte bei seiner unaufhörlichen Fortpflanzung, bei seinem unaufhaltsamen Eroberungsmarsch. Der heilige Sebastian lag am Boden. Er lag auf dem Bauch, sodass sein rot bemaltes Gesicht und seine durchschossenen Glieder nicht zu sehen waren. Neben dem Stück Holz, das einmal der Arm gewesen war, lagen ein paar Fetzen. Ja, das war einmal seine Fahne gewesen. Der andere Haderlump hielt sich noch auf den Beinen. Die Farbe war zwar bis zum letzten verblichen, alles war grau und zerfressen, aber seine Hand zeigte noch immer auf diese Ausbeulung auf dem Schenkel. Es war offensichtlich, dass er es nicht mehr lange machen würde. Denn die Figur des heiligen Rochus war zwischen Altar und Wand eingekeilt, das erhielt sie aufrecht. Wenn das Holz durchgefault sein würde, oder schon vorher, wenn das Eisengitter der Tür auf ihn stürzen würde, würde es ihm schlimmer ergehen als dem Bastian. Ein paar Splitter und etwas morsches Holz würden dann übrigbleiben.

Die Kapelle mit ihrem dunkelroten Ziegeldach, mit ihren völlig schwarzen und feuchten Mauern war bis zur Hälfte in der Erde versunken. Der morastige Boden und die Nässe und die Zeit. Sie würden sie verschlingen.

Er watete zurück in das nasse Gras und machte sich los von diesem versunkenen Stück Welt. Die Luft war jetzt nicht nur feucht, sie war gesättigt mit einer dichten Masse. In der Brust fühlte er Beklemmung, und ein paarmal schnappte er ins Leere, nach frischer Luft, von der der Mund nie genug kriegte. Er fühlte, dass er Wind brauchte, kühle, luftige Frische, die diese Pestflut anderswohin treiben würde, hinauf zum Himmel oder in die Erde oder sonst wohin, Frische, die den Schleim in den Adern, im Blut, im ganzen Körper verdünnen würde.

Noch einmal sah er zur Kapelle zurück. Mit den beiden ist es aus, sagte er sich. Und ich kenne das alles. Hier bin ich schon einmal gegangen. Hier münden alle meine Wege. Hier verknüpfen sich alle Fäden, hier vollenden sich alle Dinge.

Er wusste, dass er nun über den schmalen grasüberwucherten Knüppeldamm gehen würde. Zur Linken das Moor mit seinem warmen Dunst, unaufhörlich in Bewegung zwischen dem reglosen Lolch- und Schilfbewuchs, zur Rechten dichtes Unterholz, tote und stinkende Nesseln, oben die Sonne mit ihrem unablässigen Glühen durch das dichte Gemenge von Luft und wässerigem Gewebe, am Ende abgeknicktes Gestrüpp und ansteigendes Gelände. Alles das wusste er, und er war überhaupt nicht verwundert, als der Schlag einer Glocke durch das Luftgerinnsel klatschte und sich auf einmal die schwarzen Strohdachhüte zeigten. Er ging den schmalen Weg zwischen den Zäunen entlang und blieb vor einem Hof stehen, wo vor dem Holzschuppen ein Alter werkelte und sich laut mit jemandem im Haus unterhielt. Eine gedehnte Frauenstimme antwortete ihm regelmäßig aus dem Innern. Der Alte erblickte ihn und wich einen Schritt zurück.

– Komm ja nicht herein, sagte er, komm nicht näher.

Er blieb am Zaun stehen.

– Etwas Wein, sagte er, einen Schluck heißen Wein.

– Haben wir nicht, gab der Alte barsch zurück, nichts haben wir. Seine Augen glänzten in sonderbarer Angst.

– Ich habe keine Pest, sagte Ott.

Der Alte bekreuzigte sich und verdrehte die Augen zum Himmel.

– Niemand weiß, wann er sie hat, sagte er.

Ott lachte laut.

– Vor mir hat sie Angst, sagte er, und ich komme von weit her.

Er wusste, dass der Weg von da zum Wirtshaus führte, und sein Blick streifte ein Haus, einen sehnigen Mann, der die Schneide der Axt ins Holz trieb. Das Haus war leer, die Tür mit Brettern vernagelt. Sie fliehen, dachte er, sie fliehen vor ihrer Angst.

Abends schlug er an die Tür des Wirtshauses. Drinnen hallte es hohl, und niemand antwortete. Er stieß mit dem Fuß gegen das Holz, sodass die Fassade wankte und ächzte. Oben öffnete sich ein Fenster, und jemand schaute mit einer Kerze in der Hand heraus. Das bleiche Gesicht wurde vom Schein der Kerze überflutet.

– Nichts, rief es, heute Abend ist nichts.

– Und im Stall? fragte Ott.

– Scher dich fort, sagte die Stimme im Fenster ruhig. Wenn du nicht eines zwischen die Rippen kriegen willst, fügte sie noch hinzu.

Er ging ums Haus herum und kroch dann unter das Vordach. Er krümmte sich zusammen und schlief ohne jeden Gedanken ein.

Er fühlte, dass ihn jemand beobachtete, und als er die Augen öffnete, sah er in der trüben Morgendämmerung das bösartige Gesicht des Wirts. Er stand in sicherer Entfernung mit einem dicken Knüppel in den Händen.

– Du Strolch, sagte er, was habe ich dir gestern Abend gesagt, du Strolch? Johann Ott lächelte, dann stand er langsam auf und reckte sich. Der andere beäugte ihn verwundert. Ott wurde ernst und sagte mit ruhiger Stimme:

– Hör zu, Wirt, ich weiß, dass du mit diesem Knüppel schon viele unter den Rasen gebracht hast. Aber die haben alle geschlafen.

Er machte einen Schritt auf ihn zu.

– Komm ja nicht näher, schrie der Wirt auf und wich zurück. Komm ja nicht näher mit deiner Pesträude.

Ott musste wieder lachen.

– Wenn ich dir zeige, was ich unter den Achseln habe, sagte er, wirst du dann mit mir reden?

Der Wirt erbleichte.

– Ich schlage dich tot, rief er, ich schlage dich tot.

Johann Ott begann sich die Ärmel hochzukrempeln.

– Wie willst du mich totschlagen, sagte er, ohne mich zu berühren, ohne dass ich dich anspucke, ohne dass ich dich anhauche?

– Wenn du krank wärest, wurde der Wirt kleinlauter, hättest du Schwären und Ausschlag.

Ott kratzte sich am Kopf.

– Du sagst doch, ich hätte die Pest, sagte er, allerdings sieht man das nicht immer gleich. Wenn man es sieht, ist es schon zu spät.

Der Wirt trat von einem Bein aufs andere, als überlegte er angestrengt.

– Was willst du? fragte er nach einer Weile.

– Na also, sagte Ott, du siehst, es geht. Dort im Hof wirst du eine Feldflasche mit Wein hinstellen, etwas Brot, etwas Wacholder und etwas Knoblauch. Sonst nichts. Das kostet dich nicht viel.

Der Wirt drehte sich um und ging ins Haus. Dort stritt er mit jemandem laut, dann kam er mit allem zurück, was Ott verlangt hatte.

– So, sagte er. Und jetzt pack dich.

Er nahm die geschenkten Sachen und stopfte sie sich ins Hemd und in die Taschen. Der Wirt wurde jetzt, als er sah, dass der Fremde wirklich keine anderen und besonderen Absichten verfolgte, entkrampfter und gesprächiger.

– Ist dort die Pest, wo du herkommst?

Ott lachte laut.

– Ein bisschen schon, sagte er.

Auch der Wirt versuchte ein Lächeln.

– Ja, sagte er, so etwas kennt sie nicht – ein bisschen. Entweder alles oder nichts. Aber du bist ein komischer, gutartiger Strolch, sagte er. Als hättest du es geschafft, einer Galeere oder einem Tod zu entwischen.

– Damit wirst du nichts verdienen, sagte Ott, in diesen Zeiten ist selbst der schlimmste Galeot keinen Krug Wasser wert. Wenn es dir aber doch einfallen sollte, mich anzuzeigen, dann merke dir, was ich dir jetzt sage: Der Arm eines Galeoten reicht weit, weiter noch als der des Gesetzes.

– Nein, nein, schüttelte der Wirt heftig den Kopf, ich frage nichts, ich mische mich nicht ein, wer sich einmischt, hat immer den Schaden. Nur das eine, setzte er nach einer Weile hinzu, nur das eine würde ich sagen, dein schwarzes Gesicht habe ich schon irgendwo gesehen.

– Ich deines auch, sagte Johann Ott und drehte sich um. Er winkte kurz mit der Hand und ließ ihn stehen.

Vorn war ein großes Kruzifix mit dem Gekreuzigten und der Gottesgebärerin darunter, und weit hinten konnte man Dächer von Häusern erahnen. Die himmlische Frau hatte ein Dächlein über dem Kopf, mit dem blauen Mantel und dem sanften Gesicht stand sie ganz klein unter ihrem riesigen Leidenssohn, der die blutigen Handteller nach Osten und Westen streckte. Mit sanftem Gesicht sah sie auf die schlafende Gestalt unter sich und auf das Pferd, das er, der Gottlose, einfach am Kruzifix festgebunden hatte. Johann Ott stieß den Schlafenden gegen die Fußsohlen. Der fuhr zusammen und hielt unversehens einen Dolch in der Hand, war unversehens auf den Beinen.

– Verflucht, sagte er, darf mich jetzt schon jeder Bauernlümmel treten?

Johann Ott setzte sich zu seinen Füßen nieder, trank einen Schluck Wein und bot auch ihm davon an. Eigentlich war der hier vor ihm der erste, der keine Angst bekommen hatte, der erste, der nicht zurückwich. Den Wein nahm er aber trotzdem nicht.

– Danke, sagte er, ich trinke meinen eigenen. Er ging zum Pferd und ließ es sich gleich dort aus dem Schlauch hineinlaufen.

– Wirklich, sagte er, das beste Schutzmittel.

– Und Knoblauch, sagte Ott.

Der andere schüttelte den Kopf.

– Nein, sagte er, Wermut, Anis, Baldrian.

– Jeder auf seine Weise, sagte Ott.

– Jeder auf seine Weise, sagte der Mann mit dem Pferd.

Ott hatte den Eindruck, dieser Reisende, der gerade so einsam wie er durch das aufgeschreckte Land zog, wäre gut für ein Gespräch. Oder für einen guten Tipp. Dem sahen wenigstens Blödheit und Grauen nicht gleich aus den Augen.

– Hat es auf der anderen Seite schon angefangen? fragte er. Der Mann nahm noch einen Zug aus dem Schlauch.

– Noch nicht, sagte er, aber an deiner Stelle würde ich nicht unbedingt dorthin drängen. Dort sind die Leute vor Grauen schon ganz wirr im Kopf.

Er sagte ihm, die Menschen hier – in ruhigen Zeiten jeder eine Seele von Mensch – hätten einen merkwürdigen Brauch. Während der letzten Pest, vor dreißig Jahren, hätten sie die Idee gehabt und beschlossen, vor der Kirche eine große Grube, genau genommen ein Grab, auszuheben. Darin würden sie den ersten begraben, der während der Messe aus der Kirche käme. Da geschah es, dass ein kleines Mädchen eine kranke Mutter daheim hatte. Es lief hinaus und wurde erbarmungslos eingegraben. Lebendig. Anderswo haben sie einen jungen Mann eingescharrt, der nachts von seinem Mädchen heimkehrte. Jetzt hat sie erneut die Angst befallen, und es kann gut sein, dass in einem dieser Dörfer wieder jemand lebendig in die Erde beißen muss. Sie sind überzeugt, dass ihnen dieses Begraben schon einmal geholfen hat. Es zerreiße ihnen das Herz wegen der armen Kleinen, aber anders sei es eben nicht möglich gewesen.

– Wirklich, sagte der Mann, es ist nicht klug, einsam durch diese Lande zu ziehen.

Er wartete, was für einen Eindruck seine Worte machen würden. Johann Ott fuhr sich mit der Hand über die Stirn und wischte die großen Tropfen ab, die sich überall auf der Haut angesammelt hatten. Als er nichts entgegnete, stieg der Reisende aufs Pferd.

– Man muss aber zugeben, sagte er, dass es ihnen bis jetzt gelungen ist, sich vor der Mörderin zu schützen. Im Land herrscht Ordnung. Das bewirken strenge Gesetze und ein fester Glaube. Wenn es nun noch ohne dieses Begraben abginge … Johann Ott winkte mit der Hand ab und presste die Zähne zusammen.

– Mich werden sie schon nicht einscharren, sagte er, mich nicht. Weder brennen noch hängen noch Hungers sterben lassen, setzte er hinzu, als der andere mit seinem Geb's Gott auf dem Pferderücken aufs Wirtshaus zuschaukelte. Jetzt nicht, jetzt nicht mehr.

Von nun an stürzte alles an dieser ruhigen Heimkehr ganz plötzlich und ganz rasch auf ein Ende zu.

Den ganzen Nachmittag hockte er in dem Wäldchen über dem Dorf. Als es dunkelte, stieg er zum Haus hinunter. Verstörtes Schweigen herrschte überall ringsum. Kein Köter ließ sich vernehmen, keine menschliche Stimme war zu hören. Die Tür war vernagelt, und die Fenster ebenfalls. Er versuchte ein Brett herunterzureißen, aber das Holz knarrte und quietschte so hässlich an den verrosteten Nägeln, dass er es aufgab. Über einen Baum kletterte er aufs Dach, das ganz eingeschlagen war. Große, schwarze Löcher gähnten im Stroh. Er ließ sich hineingleiten, aber unter seinen Armen gab es nach, und er krachte hinunter, sodass er die große Staubwolke fühlen konnte, die ihm nachkroch und unten aufwirbelte. Das Innere war restlos verwüstet. Schlimm müssen sie hier drinnen gehaust haben, dachte er. Das Haus war ausgeraubt bis zum letzten Nagel. Nur die feuchten Wände waren noch geblieben und die schwarze Erde am Boden. Er zog den dicken Bauernrock aus, breitete ihn auf den Boden und setzte sich darauf. Mit dem Rücken lehnte er sich an die Wand.

Mitten in der Nacht hörte er draußen Bewegung. Jemand schlich um die Mauern herum. Dann wurde ganz nah, direkt hinter seinem Rücken, gesprochen.

– Ich habe es gesehen, behauptete die gedämpfte Stimme hartnäckig, da ist einer durchs Dach eingestiegen. Da ist einer in dem verwünschten Haus.

Im Nu war er auf den Füßen. Er drückte sich gegen die Wand und hielt den Atem an. Am Fenster knarrte ein Brett. Dann flog noch ein zweites weg, und jemand steckte den Kopf herein. Er drehte ihn in der Öffnung hin und her, und Johann Ott reizte es ungemein, dem sich drehenden, neugierigen Kürbis mit der Faust auf den Scheitel zu dreschen. Er verschwand wieder.

– Niemand da, sagte es draußen.

– Aber ich hab' es gesehen, ich habe es gesehen, behauptete der andere noch immer.

– Nichts, sagte jener, der zuvor den Kopf unter Klinge und Prügel gesteckt hatte, jetzt ist da nichts. Morgen melden wir es dem Richter.

Mit dem verwünschten Haus ist nicht zu spaßen. Da kann uns wieder ein gefährliches Geschmeiß hineinkriechen.

Sie gingen weg. Das Fenster hatten sie wieder zugenagelt. Eine kurze Weile ruhte er sich noch aus, doch beim ersten Dämmern entschloss er sich zum Aufbruch. Aber wo hinaus? Er sprang hoch, um ein Strohbund zu fassen zu kriegen und sich hinaufzuziehen. Tür und Fenster waren vernagelt. Verflucht, sagte er, bin ich denn im eigenen Haus in den eigenen Kerker gesprungen? Er stand mitten im Raum und zögerte. Durch die Löcher auf dem Dach flutete das Morgenlicht in weißen Kegeln. Ihm fiel ein, dass sie das Fenster wieder mit denselben Nägeln zugeschlagen haben mussten, denn Werkzeug hatten sie nicht bei sich gehabt. Mit einem Steinbrocken hatten sie sie wieder hineingehämmert. Er steckte die Messerklinge unter die Latte und drückte. Die Bretter knarrten. Er schlug mit der Faust dagegen, sodass die Haut rot aufblühte, und da gab das Holz nach. Rock und Feldflasche warf er durchs Fenster und verkeilte sich selbst in die Öffnung. Für einen Augenblick sah es so aus, als würde er hier nun so stecken bleiben. Ohnmächtig ruderte und strampelte er. Wenn sie mich so kriegen, dachte er, eingeklemmt in diese Öffnung, dahängend zwischen Himmel und Erde … Bei diesem Gedanken machte er einen so gewaltigen Ruck, dass er wie ein Fisch hindurchflutschte und sich im nassen Gras wälzte.

So war er heimgekehrt, und so stürzten die Dinge nun plötzlich und rasch ihrem Ende zu.

Denn als er in die Stadt kam, befand sich alles in Auflösung, und jedermann war von Sinnen. Bisher war die Krankheit hinter ihm und mit ihm gegangen, jetzt hatte sie ihn um einen Schritt überholt.

Weder Kordon noch Kontumaz, weder Pestkommissare noch inbrünstige Gebete noch das Begraben lebendiger kleiner Mädchen, nichts hatte sie aufhalten können. Auch Sebastian und Rochus nicht, die jetzt selbst in den letzten Zügen lagen und mit der giftigen Feuchtigkeit unten in der einsamen und finsteren Kapelle kämpften.

Beim Stadttor gab es keine Wache, keine Sicherheitsmaßnahmen mehr. In einem einzigen Augenblick war alles zusammengebrochen. Eine Art Prozession kroch aus der Stadt hinaus auf die Grastrift. Verzweifelt langsam schleppten sie sich dahin mit ihrem langgezogenen Gejammer, das zum Himmel dringen und dort irgendwen rühren wollte, sich aber in der durchweichten und schmierigen Atmosphäre voller Pestbazillen verlor. Zwischen den Jammernden fuhren Wagen, bis oben hin angefüllt mit allem möglichen Gerümpel. Die einen drängten hinein, die anderen hinaus. Die einen liefen auf die Gassen, die anderen versperrten ihre Häuser. Die Soldaten hatten alle Gewalt verloren, die Wächter ihre Waffen fortgeworfen.

Jetzt war jeder für sich allein.

Die Stadt war von Sinnen.

Panik erdrückte sie. Das Chaos würde sie endgültig zerschmettern.

Ein Haufen Lebenslustiger drang in ein Wirtshaus ein. Aus dem Keller wurden Fässer herbeigerollt und angeschlagen. Betrunken und fröhlich würden sie krepieren.

In dieser fröhlichsten und närrischsten aller Gesellschaften hatte Johann Ott Unterschlupf gefunden. Und hier erfuhr er es.

In dieser Nacht brach es aus.

Die Gerüchte widersprachen sich. Die einen behaupteten, es gäbe schon Dutzende Tote, andere erzählten, das Krepieren beginne erst. Die Krankheit sei im Lazarett ausgebrochen. Nein, eine Katze sei vor ein paar Tagen zu einer Nonne ins Bett gekrochen. Als man die Zelle geöffnet habe, sei sie schwarz gewesen. Nein, ein Krämer habe im Wirtshaus übernachtet und sei weitergereist. Im selben Bett sei danach ein Beamter aus der Landeshauptstadt verschieden. Die Pest habe sich in den Pelz eines kroatischen Soldaten verkrochen. Kaufleute hätten sie mitgebracht. Über Nacht sei sie gekommen.

Noch am Vortag habe niemand mit ihr gerechnet, noch am Vortag habe Ordnung in der Stadt geherrscht und gute Laune. Noch am Vortag sei es lebhaft zugegangen auf dem Markt, da habe das Gericht amtiert, seien Läden und Werkstätten geöffnet gewesen. In dieser Nacht sei ein Leichnam mit schwarzen Flecken gefunden worden. Im schmutzigen Wasser habe sich die Krankheit versteckt. Mit der Pestluft sei sie gekommen.

Am Morgen versuchten die Behörden die Hiobsbotschaft zu verheimlichen und die Ordnung wiederherzustellen. Es war nichts zu machen. Im Nu sprang die Erkenntnis vom einen zum nächsten. Eine unbeschreibliche Panik bemächtigte sich der Bevölkerung.

Die Geißel Gottes gönnte sich keinen Augenblick Ruhe. Keinen einzigen Moment ruhte sie, nachdem sie ihre Legitimation vorgezeigt hatte: Hier bin ich.

Einsiedler schlossen sich in ihren Stuben ein. Wenn alles vorbei wäre, würde man dort ihre stinkenden und verwesenden Überreste finden.

Lebenslustige drängten sich in die Wirtshäuser. Mit Wein und Frauen. Alle Schranken fielen. Jegliche Ungleichheit war geschwunden. Niemand vertrieb niemanden. Alle waren hier, und alle waren vor ihrem Angesicht.

Der Freund verließ den Freund, die Frau den Mann, die Tochter die Eltern. Innerhalb eines einzigen Tages waren die Wirtshäuser bis zum letzten Winkel gestopft voll. Niemand wusste, woher plötzlich die fremden Komödianten und Musikanten gekommen waren, und niemand, woher die Huren und Galeoten. Von allen Seiten zog es sie plötzlich in diesen wahnsinnigen Strudel.

Verlassene Kinder irrten durch die Gassen. Kapuziner vernagelten die Pesthäuser.

Es kamen wahnsinnige Menschen mit ihren Beschwörungen und Geißelprozessionen. Es kamen Räuber und Bettler. Hexen boten ihre Tränke feil, Giftmischer ihr Gift.

Wildes Kreischen, misstönender Gesang und schreckliche Gotteslästerungen.

Hier war in einem einzigen Augenblick alles in Auflösung geraten. Das Chaos wirbelte, und kosmische Wirrnis herrschte.

An diesen Ort war Johann Ott im richtigen Augenblick gekommen. Zu seinem Anfang und zu seinem Ende. Ganz plötzlich und ganz schnell stürzte alles auf sein sicheres Ende zu, in den letzten Abgrund.

Zwei Tage währten Chaos und Wahnsinn. Zu Mittag des dritten Tages strömten Haufen von Soldaten durchs Stadttor, mit ihnen Kapuziner, Pestkommissare, Beamte, Freiwillige und Sträflinge, die sich bei dieser Gelegenheit bewähren konnten. Große weiße Kreuze, die mit Kalk aufgemalt waren, leuchteten an Türen und Fenstern von so manchem Haus, und das war das erste Zeichen, dass jemand die Sache in die Hand genommen hatte. Durch die Straßen wälzten sich Rauchwolken. Die verpesteten Häuser wurden mit Wacholder ausgeräuchert und gut durchgelüftet. Feuer wurden angezündet. Auf Höfen, in Gärten oder gleich vor den Haustüren wuchsen die Scheiterhaufen. Lumpen, Möbel, Kleidung, alles wanderte hinauf. Die Provisoren verschlossen die Häuser und vernagelten sie mit Brettern. Am Fluss wurden ein paar Häuser geräumt und als Lazarette eingerichtet. Apotheker wurden mit Gewalt herbeigeschleppt und gezwungen, ihre Pulver und Tränke zu mahlen und zu brauen. Bader wurden ins Badehaus getrieben, wo sie sich der Kranken annehmen und ihnen das Pestblut ablassen mussten. Ansteckungsverdächtige wurden isoliert, und Sträflinge brachten ihnen die Nahrung in Körben an langen Stangen.

Es schien, als könnte die Obrigkeit das Chaos zumindest eindämmen, wenn sie die Mörderin schon nicht aufhalten konnte. Es wurde eine strenge und konsequente Untersuchung eingeleitet. Es galt den Herd zu finden und ihn auszumerzen. Irgendwo musste die Mörderin doch ihre Brut werfen, irgendwo musste doch alles seinen Anfang haben, irgendwo war die Quelle allen Übels.

Die Untersuchung deutete auf ein Wirtshaus beim Stadttor. Dort trafen sich die vermögenderen Kaufleute. Sie schlossen Geschäfte ab und begossen sie in Gesellschaft liederlicher Damen, an denen es in so schweren Zeiten ebenso wenig mangelte wie in besseren. Der Wirt und alle, die noch nicht in alle Winde zerstoben waren, wurden hart in die Mangel genommen. Die Nachricht verbreitete sich schnell. Die Krankheit war wirklich von den Kaufleuten eingeschleppt worden. Mit gefälschten Dokumenten waren sie durch die Sperren gedrungen. Einer von ihnen hatte mit brennenden Schwären und schwarzen Beulen im Bett gelegen. Der Wirt hatte es vertuschen wollen. Den Toten hatten sie nachts in den Fluss hinabgelassen, seine Kleidung und das Bettzeug heimlich verbrannt und die Asche in der Erde vergraben. Naiv hatten sie geglaubt, es würde dabei bleiben. Aber es war schon zu spät. Das Unheil war schon ausgebrochen. Die Verdächtigten hätten in dem allgemeinen Chaos fliehen können, aber niemandem war es in den Sinn gekommen, in diesem Irrenhaus könnte jemand eine Ermittlung einleiten. Die Verbrechergesellschaft wurde bei Unzucht und Besäufnis angetroffen. Derjenige Kaufmann, den man zusammen mit dem Wirt zur Verantwortung ziehen würde, musste buchstäblich von und aus einer Hure gezogen werden.

Schon beim ersten Verhör, noch bevor man ihn ordentlich unter Druck gesetzt hatte, gab der Mann so ungewöhnliche Äußerungen von sich, dass alles klar war. Er hatte den Teufelssamen in sich. Er führte sich aggressiv auf, direkt unverschämt, stritt verbissen jede Schuld ab und behauptete, Gott schicke seine Geißel schon über die richtigen Leute, immer über die richtigen.

Die Kunde ging wie ein Lauffeuer durch die Stadt. Noch am selben Abend sprach man in allen Schenken über diesen Abgesandten des Teufels, der zu ihnen gekommen war, die wahnsinnige Pestkrankheit auszusäen. Der gekommen war, zu behaupten, dass es immer die Bösen und die Dummen treffe. Noch am selben Abend zogen Gruppen betrunkener und aufgebrachter Bürger tobend durch die Straßen und forderten seinen Kopf. Komödianten und Musikanten hatten bereits einen ätzenden Gassenhauer zusammengeschustert vom Kaufmann, der in seinem Schnappsack die Pest von Ort zu Ort trage. Mit Satans Hilfe, selbstverständlich.

Und was am überraschendsten war, was die Vermutungen, die bereits nach dem ersten Verhör aufgekommen waren, restlos bestätigte: Die Pest stellte sich tot. Zwar nicht völlig, aber statt der zehn Menschen, die ihr am Vortag erlegen waren, starben nach Entdeckung des Verbrechers nur fünf. Nach allen Erfahrungen und aller Kenntnis, über die die Pestkommissare verfügten, hätten es mehr Tote sein müssen. Das war der beste Beweis, dass man den Unglücksherd aufgespürt hatte. Dass man die Mörderin an der Gurgel gepackt hielt. Nur das Haupt musste man ihr noch zertreten.

Eine frohe Volksmenge sammelte sich am nächsten Morgen vor dem Rathaus, wo das Schnellgericht seine Entscheidung verkünden würde, und in den Straßen, durch die man ihn, daran bestand kein Zweifel, zum Galgen oder zum Wasser oder auf den Scheiterhaufen führen würde. Verbarrikadierte Häuser öffneten sich, Gesunde und solche, die schon vom Fieber geschüttelt wurden, Bürger, Bauern,

Soldaten, Beamte, Kapuziner, Männer, Frauen, Kinder, alles drängte sich, um den Höllenteufel zu sehen, der die Keime des Bösen in ihre Stadt geschleppt hatte, um sein gerechtes Ende zu sehen und das Ende ihres schwarzen Unglücks. Nur die Allervorsichtigsten blieben in den Häusern und beobachteten hinter angelehnten Fensterläden den Auflauf und die Fröhlichkeit auf Plätzen und Gassen. Vergebens hatte der oberste Pestkommissar die Verfügung erlassen, das Volk solle in den Häusern bleiben, der Verbrecher und Teufelsabgesandte werde auf jeden Fall gerecht bestraft, das heiße vernichtet; vergebens schoben die Wachen mit ihren Spießen das Gedränge auseinander; vergebens versuchten Kapuziner und Ärzte mit ihren Schnabelmasken die Menschen zu überzeugen, dass noch kein Ende des Mordens abzusehen sei, das der Satansbote ausgesät und ausgestreut habe und das weiterwüten würde. Nichts half, alle waren ins Freie geströmt. Die Luft roch nach Wein und Wacholder, mit dem die Kapuziner über den Köpfen der Leute räucherten, nach Knoblauch und anderen Düften. Am meisten aber nach Wein. Der größte Teil des Volkes war gefährlich betrunken, und die Soldaten verloren jegliche Lust, die Massen weiterhin auseinanderzutreiben.

Inzwischen ging eine neue, überraschende Kunde von Mund zu Mund. Auch zu dem Wirtshaus, in dem sich Johann Ott mit Wein vollaufen ließ, gelangte sie. Diese Nacht hatten Eilboten neue Beweise für die Ermittlung gegen den verbrecherischen Kaufmann gebracht. Dieser leugnete nichts. Er zählte selber auf und bestätigte: In Satans Nest selbst sei er ausgebrütet worden. Seine Großmutter habe man im Feuer geröstet. Die Höllenteufel aber lebten fort in der von ihr geworfenen Brut. Dem Christus am Kreuz habe sie die Augen ausgestochen und sich unsichtbar gemacht. Sie habe Mütter gezwungen, ihre eigenen Kinder zu töten. Sie habe den Leuten Zaubertränke gegeben, wovon sich ihnen die Haut abgeschält habe. Gemeinsam mit anderen Druden habe sie einen Bauern umgebracht.

Jetzt war alles endgültig klar. Jetzt gab es nicht mehr den geringsten Zweifel.

Die Wächter, die ihn hinausführten, genauer gesagt durch das große gewölbte Portal des Rathauses auf die Straße hinausstießen, waren in lange Kittel gekleidet, trugen Handschuhe aus Sämischleder und hatten die Gesichter durch große Masken verdeckt. Nur die Augen und die roten Lippen waren durch kleine Öffnungen zu sehen. In sicherer Entfernung schritten hinter ihnen die Richter mit allen Insignien ihrer Würde, die Kommandanten der Interventionstruppen und die Pestkommissare. Der erste Kreis wurde von Kapuzinermönchen mit rauchenden Wacholderzweigen in den Händen beschlossen, der zweite wieder von Soldaten mit Stöcken und Lanzen. Zum Wohl und Nutzen des ehrbaren Volkes stießen sie alles vor sich weg und schlugen auf die am nächsten stehenden Köpfe ein, sodass die ganze Zeit seines Weges ein leerer Raum um den teuflischen Verbrecher war.

Das Volk brüllte auf vor Begeisterung und Wut, als sich die Gesellschaft vom Hof durch das Portal des Rathauses bewegte. Jeder presste ein Kreuz in den Händen oder ein Bildchen des heiligen Sebastian, von Rochus oder der heiligen Rosalia, ein Figürchen oder ein Bildnis der Unbefleckten, zumindest aber einen Stein, ein Stück Holz oder sonst einen geeigneten Gegenstand, den er dieser verbrecherischen Bestie ins Gesicht werfen würde.

Sie stießen den Missetäter auf den Wagen, der von einem alten, lahmenden Maulesel gezogen wurde. Einer der Richter stieg auf ein Gesims und hielt ein Blatt Papier hoch in die Luft. Er begann zu lesen. Inmitten des wilden Geschreis war nichts zu hören.

Dann setzte sich der Zug wieder in Bewegung.

Johann Ott saß im halbleeren Wirtshaus. Er hatte sich mit Wein vollaufen lassen, und sein Kopf fiel in den Schoß einer fülligen Frau, die ihn dann und wann streichelte, meist aber mit leerem Blick in das Gebrüll auf der Straße starrte. Im Winkel klimperten noch ein paar Musikanten, die jetzt endlich zu ihrer Pause gekommen waren. Das Wirtshaus war verwüstet. Die Stühle zerschlagen, zwischen Krugscherben und Fleischstücken floss der Wein über den Boden, Wände und Scheiben waren über und über bespritzt. Alles deutete darauf hin, dass Schluss war mit den Lustbarkeiten, denn wenn man diesen Kaufmann abgeschnürt haben würde, würde auch die Ordnung wieder einkehren, und Galeoten, Huren, entwaffnete Soldaten und Musikanten würden mitsamt den Scherben hinausgefegt werden.

Draußen wurde der Beginn der Veranstaltung durch vereinzelte Ausrufe und das betrunkene Gegröle jener angekündigt, die keine Lust hatten, zum Rathaus zu gehen, sondern gleich mit dem Krug in der Hand auf die Straße traten, um dort, vor dem Wirtshaus, auf den Verbrecher zu warten und danach sofort zurückzukehren, um seinen Tod zu feiern. Die Ausrufe gingen im Krakeelen der sich nähernden Menge unter. Vom oberen Ende war ein Höllenlärm zu hören. Trommeln, Schreien, Singen, Beten, Schimpfen, all das vermischte sich und strömte durcheinander, als nähere sich eine riesige Meereswelle. Johann Ott stand auf und stützte sich mit beiden Händen auf den Tisch. Er fasste den Krug, tat einen langen Zug und torkelte zur Tür. Doch da hatte die Welle schon das Gebäude erfasst, und alles geriet ins Wanken. Bei der Tür rückte es weiter, jemand schrie ins Innere: „Da ist er, da ist er", und wirklich, er war schon da. Hoch über den Köpfen schaukelte ein junges Gesicht, ein wenig gerötet vom Trinken und ein wenig blutig von einem Rinnsal, das ihm von der Stirn über die Wange lief. Es kam näher, und die Menschen um Johann Ott drückten sich ihre Kreuze und Heiligenbildchen an den Mund. Der Lärm war jetzt hier, ganz nahe, er wurde weggeschoben und an der Wand zermalmt. Doch der dort oben schrie. Er fluchte und heulte in die kläffende Menge. „Ihr werdet alle krepieren, im Eiter des Verbrechens und der Dummheit", so etwa schrie er in die aufgeputschte Menge, so etwa las Johann Ott aus dem wirren Gestammel der knurrenden Bestie auf dem Wagen heraus, der wirklich ein Teufel unter die Haut gekrochen sein musste, dass sie so allein, so verrückt und so hoffnungslos kämpfte.

Doch in diesem Augenblick kam die Erkenntnis wie ein Schlag. So gewaltig durchfuhr sie ihn, dass er am ganzen Körper zu zittern begann, als würde er von einem Krampf geschüttelt. Übelkeit überkam ihn vor der plötzlichen Klarheit, und alle Trunkenheit war im Nu vergangen. Er musste sich an der Wand festhalten. Ein schneidender Gedanke raste in seinem Innern.

Adam, so zuckte es in ihm und stieg in ihm auf, als dränge bittere Glut aus den Eingeweiden hoch in die Brust und durch den Mund, das ist Adam.

Er stieß einen Betrunkenen, der ihm den Weg verstellte, zur Seite und strebte der grölenden Menge nach, die sich langsam entfernte.

So nah kam er heran, dass er noch einmal sein Gesicht sah, vom ununterbrochenen Schreien zur Fratze verzerrt.

Er rammte ziellos in die Mauer aus Leibern hinein.

– Adam, schrie er, du Narr, warum hast du gestanden, verfluchter Narr? Daran glaubst du doch selbst nicht, niemals hast du daran geglaubt, Adam, warte, verdammter Idiot, was hast du denen nur vorgefaselt?

Aber die Mauer war fest. Er kam nicht durch, und auch seine Stimme verlor sich in dem schrecklichen Getöse. Der Kaufmann hatte die Menge mit seinem Geschrei so sehr aufgebracht, dass er es nur den Soldaten und Kapuzinern zu verdanken hatte, wenn er nicht gleich hier auf dem Pflaster zertrampelt und gehäutet wurde.

Johann Ott warf sich noch einmal in die Mauer aus Leibern. Mit Zähnen und Fäusten biss er sich in die Nähe des Wagens durch. Ihm war, als hätte jener ihn für einen Moment mit seinem Blick erfasst. Er fühlte, wie sich ihre Blicke trafen, aber der andere erkannte ihn nicht. Gläsern ging sein Blick durch ihn hindurch.

Dann schlug es über ihm zusammen. Die Woge ging über ihn hinweg. Er blieb wie gelähmt an der Wand stehen. Auch das, dachte er, auch das ist mir nie gelungen, ihm zu sagen, dass ich genauso einem Hexennest entkrochen bin, dass in mir genauso ein Teufel hockt.

Die Menge mit dem Abgesandten des Satans war jetzt schon am unteren Ende der Straße. Er sah Hände, die hinaufgriffen. Jemand hielt ihn gepackt. Sie würden ihn am Boden in Stücke reißen.

Aber sie schlugen ihn nicht tot. Noch hielt die Obrigkeit die Zügel in Händen. Das Verfahren wurde gesetzeskonform und würdig zu Ende geführt. Er wurde gehängt, dann wurde der Leichnam in einen Sack eingenäht und im Fluss versenkt.

Das war aber auch die letzte gesetzmäßige Handlung, die die Stadtobrigkeit mit Hilfe der Interventionstruppen vornahm. Denn noch in derselben Nacht schlug das Unheil zu wie nie zuvor.

Das Volk verlustierte sich in den Wirtshäusern und auf den Gassen. Die Teufelsbrut war erledigt, eigentlich nur ein Glied der Teufelsbrut – der Wirt war davongekommen mit ein paar Jahren Kerker wegen Nichtbeachtung der hygienischen und medizinischen Sicherheitsvorschriften, den Hexensamen hatte das Wasser fortgeschwemmt, der Krankheitsherd war zerstört, das Haupt der Schlange zertreten.

Aber schon in dieser Nacht, mitten im herrlichsten Vergnügen, entstand Unruhe. Kapuziner und Ärzte mit Schnabelmasken vor dem Gesicht erschienen plötzlich an allen Ecken und Enden. An langen Haken zogen sie aufgedunsene, schwarze und stinkende Leichname aus den Häusern. Zuerst vereinzelt, zuerst schien es sich noch um übriggebliebene Fälle zu handeln, um die letzten Atemstöße der Mörderin Pest, die bei ihrem Abgang noch einige Male mit ihrer schwarzen Faust zugeschlagen hatte, aber bald erwies sich, dass es in dieser Nacht schlimmer werden würde als je zuvor. Manche erbrachen mitten auf der Straße, andere sanken in den Wirtshäusern zusammen. Nein, das war kein besoffenes Kotzen, das war die Pest.

Jetzt hatte die Stadt wirklich und endgültig den Verstand verloren. Die angetrunkene Menge drückte gegen das Stadttor: Raus, raus, hier muss alles sterben. Aber die Tore waren verrammelt, und oben auf der Mauer standen Wächter mit Arkebusen auf Holzgabeln. Es krachte ein paarmal, und die Menge flutete zurück in Richtung Rathaus. Steine donnerten gegen die Fassade. Aber da war niemand, der ihnen hätte sagen können, ob man das Tor öffnen und damit erlauben würde, dass die Mörderin Pest durch das Land weiterraste. Denn im Rathaus waren nur wenige am Leben geblieben. Richter, Pestkommissare, Schöffen, Schreiber, Ankläger und Henker, alle, die sich nach gutem altem Brauch zum Gerichtsmahl versammelt hatten, waren einer nach dem anderen von den Kapuzinern und Schnabelmännern an den großen Eisenhaken herausgezogen worden. Tot. Was am Leben geblieben war, wurde in einen Extraraum gesperrt, mit einer Wache davor.

Noch regierte irgendwo jemand, noch befehligte jemand die Soldaten, noch versuchte jemand die Ordnung wiederherzustellen, aber diesen Jemand konnte die Menge nicht ausmachen. Immer mehr Kranke mischten sich unter die Gesunden. Sie stammelten und strauchelten beim Gehen, drückten sich an die Wände und versuchten sich in verborgene Ecken zu schleppen, als wären sie von schrecklicher Angst getrieben. Einige spien, andere verstanken die Atmosphäre mit Durchfall. Sie hielten sich den Bauch und schrien, es zerreiße ihnen das Gedärm.

Auf der Straße starben sie und in versteckten Räumen.

Gegen Morgen waren sie in alle Richtungen zerstoben und hatten sich in Häusern, Ställen und Schuppen verkrochen.

An den langen Eisenhaken zogen die Kapuziner und die Schnabelmänner die Toten in die Pestgruben. Dort qualmte es, als wütete unten das Höllenfeuer selbst.

Ein schrecklicher Gestank erhob sich.

In dieser Nacht wurden in der Stadt an die dreißig Tote gezählt.

Die Wirtshäuser waren Schauplatz von Tollheit, Unmoral, Wahnsinn und Verbrechen.

Niemand wusste, aus welchem Untergrund sich die zahllosen Bösewichter in die Peststadt geschleppt hatten, die Dirnen, Bettler, Springer, Giftmischer, Zigeuner, die merkwürdigen Fratzengesichter und Krüppel, denen zu gesunden Zeiten ein anständiger Mensch in weitem Bogen ausgewichen, wenn nicht gar mit Feuer unter den Füßen zu Leibe gerückt wäre. Jetzt hatte sich diese ganze Brut erhoben und strömte auf den Schauplatz des menschlichen Todes, zum letzten Ende. Die Obrigkeit versuchte noch etwas zu unternehmen, sie ließ eine alte Hexe ergreifen und versuchte auf die Schnelle einen neuen Hexenprozess zu inszenieren, aber das interessierte niemanden mehr. So viele Jahre hindurch hatte man sie in die Gerichtstürme gesteckt, auf die Galeeren geschickt, ihnen Nasen und Ohren abgeschnitten, so viele Jahre hindurch hatte man sie gehängt und verbrannt, und siehe da, jetzt stieg all dieser menschliche Unrat aus dem Morast und kroch in diese wahnsinnigen Wirtshäuser, mischte sich unter die ehrbaren Bürger und Bürgerinnen. Ja, auf einmal waren alle gleich, niemand zeigte mehr mit dem Finger auf irgendwen.

Sie ließen sich mit Wein vollaufen und schluckten Kräuter, die von alten Giftmischerinnen herbeigeschleppt wurden: eingelegte Fichtenspitzen, Wacholderbeeren, Knoblauch, Wegwarte, Kälberkropf, Gundelkraut, Zitronenschale, Weinraute, Holunderbeeren, sie schluckten Schnaps und Öl und Wermutwein. Ohne Anfang und Ende soffen sie und griffen schamlos nach den Weibern, zogen sich Masken übers

Gesicht und warfen mit Geld um sich. Niemand war irgendwem etwas schuldig, niemand irgendwem etwas wert, alle waren hier zusammen und vor dem Ende und vor seinem kalten Antlitz.

An den Kaufmann, dem man die Halsschlinge zugezogen und den man unter Wasser gedrückt hatte, dachte niemand mehr. Ein Kapuziner, der seine Arbeit stehen- und liegengelassen hatte, fing tatsächlich an herumzulaufen und zu predigen, der Abgesandte der Pest sei ein Abgesandter Gottes gewesen; Gottes, schrie er, und nicht des Satans, aber niemand hörte ihm zu. Johann Ott sah seine entzündeten Augen, aus denen der Schleim triefte, und wusste: Den holt es auch bald.

Für sich selbst aber wusste er: Mich hat es bisher nicht erwischt, und das wird es auch jetzt nicht. Inmitten dieser fröhlichen Wahnsinnigen saß er mit einem Krug Wein vor sich und horchte auf den bitteren Schmerz, der in den Eingeweiden brannte und nach der Brust griff. Hier schlang er sich mit kaltem Griff um das Herz. Die ganze Zeit hatte er dieses vom Trinken aufgedunsene Gesicht Adams vor Augen, jenes blutige Rinnsal, das ihm irgendwo unter dem Haar hervorgekrochen gekommen war. Sein Schreien und seinen verzweifelten einsamen Kampf mit der betrunkenen, in Panik versetzten, aufgeputschten Menge. Jenes Getöse wogte ihm ohne Anfang und Ende durch den Schädel, bis es plötzlich verstummte. In dieser jähen Stille starrte er in seinen Krug, und vor seinen Augen begann eine ungeheure Menge von Köpfen aufzuwogen. Ganz stumm war sie, kein Laut, sie wogte nur leicht und regte sich. Die gefährliche Menge wogte so wie die stille und gefährliche Dünung des Westlichen Meeres.

In dieser dumpfen Stille stand er auf und schritt durch all die fratzenhaften Gesichter und Masken hindurch, zwischen den Händen, die sich mit gespreizten Fingern nach seinen hohlen Augen streckten.

Draußen war die Nacht voller abgestandener Luft. Er hob den Krug zum Mund, und seine Pupillen kreisten an der niedrigen Kuppel des leeren Himmels. Er verlor das Gleichgewicht und lehnte sich gegen die Wand. Er fühlte, dass ihn die Beine kaum noch hielten. Die Muskeln waren erschlafft, und ihm war, als hätten sie sich in Fettgewebe verwandelt, das jeden Augenblick nachgeben würde.

Eine unbekannte Angst und Beklemmung befiel ihn in der Brust. Wann, dachte er, wann hab' ich das letzte Mal Angst gehabt? Er tappte ums Haus, und ein dunkler Schatten wich ihm in großem Bogen aus. Hinten auf dem Hof stand die große Stalltür sperrangelweit offen. Im Innern war ein kleiner Lichtschein. Er ging auf das Leuchten zu. Reste eines Feuers schwelten leicht und wollten gerade verlöschen. Mit schwacher Bewegung fasste er einen Armvoll Stroh und warf ihn auf die Glut, sodass es im Nu aufflammte und den leeren, großen, stillen Raum ausleuchtete. Er griff in die Tasche und warf eine volle Hand Wacholder in die Flamme.

Rauch stieg auf, der scharfe Geruch füllte den leeren Raum. Er setzte sich auf den Boden, mit dem Rücken an die Wand gelehnt, und steckte sich eine große Zehe Knoblauch in den Mund, dann spülte er in großen Schlucken fast den halben Krug Wein hinterher. Aber die Glut in Bauch und Brust legte sich nicht, sie wollte auch unter den Güssen des warmen Weingesöffs nicht verlöschen, das er in sich hineinschüttete. Es brannte und brannte. Hier unten brannte es, und im Kopf klaffte ein greller, ätzender Schmerz wie eine Zange. Der presste und drückte auseinander, und er fühlte, wie er ihm in die Augen stach, fühlte, wie ihm die Augäpfel aus dem Schädel traten. Er beugte sich hinunter zur Glut und zum Feuer. Er scharrte ein Stück toter schwarzer Kohle heraus. Vorsichtig drehte er sich zur Wand und malte mit unsicherer Hand langsam und lange sein Zeichen.

| | | | | |
|---|---|---|---|---|
| S | A | T | A | N |
| A | D | A | M | A |
| T | A | B | A | T |
| A | M | A | D | A |
| N | A | T | A | S |

Er atmete tief und lehnte den Kopf neben der Schrift an die Wand. Übelkeit überkam ihn, und kraftlos versuchte er, diese Glut aus den Eingeweiden zu pressen, aus dem weichen Gewebe, das sich da drinnen regte und hin und her waberte. Dann fühlte er im Schädel wieder den grellen Zangenbiss des Schmerzes, der alles zusammen auseinanderreißen wollte. Er erbrach sich über sich selbst; alle Innereien,

Wein und Eiter und Schleim flossen ihm durch die Zähne. Er versuchte sich den Speichel abzuwischen, der ihm über das Kinn triefte, und fühlte, dass ihm die lappige Hand nicht mehr gehorchte.

Der Körper fiel in sich zusammen, und als er sich auf den Boden legte, sah er durch die brennenden Pupillen zwischen dem Flattern der Schatten an der Decke große Flecken und Stellen von Nässe, die zusammenkrochen und wieder auseinanderstrebten und Fratzen schnitten in undeutlichen, undefinierbaren Formen. Es war ein einziges Kriechen und Wimmeln in dieser Stille. Die Stille dröhnte im Kopf und im Raum.

Dann hörte er auf einmal Stimmen. Sie kamen näher und zur Tür herein. Plötzlich hallten sie unter dem Gewölbe des leeren Raumes wider. Irgendetwas brabbelten und tönten sie in ihrem alltäglichen Umgangston. Er wollte etwas sagen, aber er konnte den Mund nicht öffnen. Dann sah er die beiden.

Hoch aufgerichtet standen sie dort am Feuer, ihre Gestalten reichten fast bis zur Decke. Einer trug einen langen, ölgetränkten Kittel, den Kopf hatte er mit einer Kapuze bedeckt. Auf der Brust hatte er eine Burse, und darin war sicher eine geweihte Hostie. In der Rechten hielt er eine lange, weiße und am Ende gekrümmte Stange, mit der Linken verstrich er ein Fett oder etwas Ähnliches auf seinem Gesicht. Der andere trug über dem Mantel eine Maske mit großer, schnabeliger Nase. Wo die Augen hätten sein sollen, waren gläserne Brillenfenster, in denen sich die Flammen spiegelten.

– Wacholder, sagte der erste, der hat sich selbst zu helfen versucht. Er stieß die Kapuze zurück und beugte sich hinunter zum Boden und zu seinen Augen. Johann Ott sah auf den zahnlosen Mund, der sich öffnete und redete, wie vor langer Zeit einmal ein anderer neben einem anderen bleichen Gesicht geredet hatte. Als beugte sich der verfluchte Haderlump Anton mit seinem widerlichen Atem über ihn. Der Kapuziner richtete sich auf und zuckte mit den Achseln.

– Hast du Melisse genommen? fragte der mit dem Schnabel und den gläsernen Brillenfenstern.

– Ja, sagte der andere, und Zitrone und Minze und Wermut. Er schwieg eine Weile, dann fügte er mit gedämpftem Lachen hinzu: Na ja, mit etwas Wein.

Der Schnabelträger zog sich die Handschuhe aus Sämischleder an und zog einen langen Eisenhaken durch die Tür herein. Den hakte er Johann Ott hinters Hosenbein und zog an.

– Sieh mal, sagte der Kapuziner, was für Narben der um den Leib hat.

Der andere beugte sich hinab.

– Ein Galeot, sagte er, das kommt von den Ketten.

Wieder spürte er, dass der Schnabelträger am Haken zog. Sein Kopf schlug auf den Boden.

Ich komme durch, dachte er, ich komme durch.

Morgen früh bin ich nüchtern, und dieser verfluchte Traum ist weg.